UNE ÉCHARPE DANS LA NEIGE

Après une brillante carrière juridique, Viveca Sten s'est lancée dans l'écriture. Véritable phénomène en Suède, sa série mettant en scène l'inspecteur Andreasson et Nora Linde a été publiée dans une quinzaine de pays, vendue à plus d'un million d'exemplaires et adaptée à la télévision. Diffusée en France sur Arte sous le titre *Meurtres à Sandhamn*, la série a réuni plusieurs millions de téléspectateurs. Son dernier roman, *Une écharpe dans la neige*, a été nº 1 en Suède dès sa publication et s'est déjà vendu à plus de 300 000 exemplaires.

Paru au Livre de Poche :

Au cœur de l'été

Au nom de la vérité

Dans l'ombre du paradis

Du sang sur la Baltique

Les Nuits de la Saint-Jean

La Reine de la Baltique

Retour sur l'île

Les Secrets de l'île

Sous protection

VIVECA STEN

Une écharpe dans la neige

ROMAN TRADUIT DU SUÉDOIS PAR RÉMI CASSAIGNE

ALBIN MICHEL

Titre original :

OFFERMAKAREN
Publié chez Forum Bokförlag, Suède,
avec l'accord de Nordin Agency AB, Suède.

ISBN : 978-2-253-24397-7 – 1re publication LGF

À Nicole et Pierre
– sans votre visite, nous n'aurions jamais atterri à Åre !

Prologue

Une couche de neige compacte recouvre le parking du personnel. Sebbe Granlund se gare devant le VM6, l'un des plus anciens télésièges de la station où il est saisonnier.

Il fait moins vingt, mais la température ressentie est encore plus basse. Les cimes des arbres sont drapées de givre, le sommet de l'Åreskutan disparaît presque dans la brume glacée. Le violent éclairage électrique dessine un paysage en noir et blanc avec de longues ombres sur la neige.

La saison hivernale vient tout juste de commencer dans la station d'Åre.

Il n'y a que quelques pas jusqu'au VM6, mais la chaleur de la voiture s'évanouit en un clin d'œil. Les narines piquées par l'air glacé, Sebbe ouvre le local technique. Il est neuf heures tout juste passées, les remontées ouvrent à la demie, il faut que tout soit prêt d'ici là. Comme d'habitude, elles fonctionnent depuis début décembre, mais il n'y a pas encore grand monde sur les pistes.

Il presse le bouton rouge pour démarrer la machinerie. Un signal strident déchire le silence, puis le télésiège se met en branle. Ses banquettes de six places se mettent à défiler devant les yeux de Sebbe.

Il sort son téléphone pour jeter un œil à Snapchat pendant que le télésiège tourne. Les banquettes sont recouvertes par la neige tombée pendant la nuit, il aurait dû sortir les brosser, mais le froid le retient à l'intérieur.

Ce n'est pas bien grave pour la première demi-heure : le soleil ne se lève qu'à dix heures moins le quart, d'ici là il n'y aura pas foule.

Tout à coup, Sebbe lâche son portable des yeux. Une ombre a attiré son attention, une forme étrangère sur une des banquettes. Quelqu'un est-il descendu depuis le sommet ?

Il essaie d'y voir plus clair, mais il fait encore nuit noire.

Le siège approche de la plateforme d'embarquement. On dirait en effet qu'une personne est à demi couchée au coin de la banquette, mais sa posture est bizarre, de guingois, affaissée sur elle-même.

La silhouette sombre reste immobile alors qu'elle est presque arrivée.

Sebbe agit d'instinct. Il presse le bouton d'arrêt d'urgence et se précipite dehors. Le siège reste suspendu quelques mètres plus haut. La secousse a fait glisser la personne un peu plus bas.

Sebbe s'immobilise tandis que son cerveau assimile ce qu'il voit.

On dirait un mannequin. Sauf que non. Les traits humains sont là, mais tout signe de vie a disparu. Les cils et sourcils sont couverts de cristaux, le visage est figé dans une grimace gelée. La peau est bleutée, les lèvres rétrécies par le froid.

Le siège se balance, ce qui suffit à faire glisser le corps dans la neige, aux pieds de Sebbe.

Il fixe bouche bée le cadavre gelé.

« Putain, murmure-t-il. Pas toi. »

LUNDI 9 DÉCEMBRE 2019

1

Hanna Ahlander n'échappe pas à la bouillasse de neige fondue sur le trottoir entre le métro et l'appartement de Solna. L'humidité traverse ses baskets et elle jure en sentant ses chaussettes se mouiller.

La bandoulière de son sac lui cisaille l'épaule, elle le change de côté tout en s'efforçant de ne pas repenser à son entretien de l'après-midi avec son chef, Manfred Lidwall. Mais ses mots résonnent encore : difficultés relationnelles, désobéissance, manque de discipline.

Manfred la déteste. Il a été très clair. Si elle ne veut pas chercher du travail ailleurs, il fera tout pour se débarrasser d'elle. La voilà renvoyée chez elle pour y réfléchir. Il ne veut pas la revoir avant janvier, après les vacances.

Sa gorge se noue à l'idée de devoir quitter son travail, qu'elle aime malgré tout ce qui s'est passé.

L'asphalte gorgé de pluie absorbe toute la lumière, le monde se peint de nuances de gris et de noir. Dans quinze jours, c'est Noël. Il devrait y avoir de la neige, un froid vif, de doux flocons qui virevoltent. Au lieu de quoi le ciel pleure.

Peu importe, l'ambiance de Noël est pour l'heure le cadet de ses soucis. Ces dernières semaines, elle n'a pas une seule fois pensé pain d'épices et bougies de l'Avent.

Les lourdes gouttes collent ses cheveux sur son front. Elle baisse la tête pour se protéger le visage, mais l'eau traverse son blouson et la fait frissonner. Elle hâte le pas pour rentrer chez elle, chancelle après avoir trébuché. Les dernières heures, elle les a passées dans un bar à boire des shots de vodka en ressassant toujours les mêmes pensées.

Pourquoi n'a-t-elle pas fermé sa gueule ? Pourquoi ne pouvait-elle pas faire comme tous les autres, rester dans le rang ?

Elle aurait dû laisser tomber cette histoire d'enquête bâclée, cette pauvre Josefin battue à mort par son mari. Qui se trouvait être un collègue policier.

Si elle s'était contentée de regarder ailleurs et de s'occuper de ses affaires, elle ne se retrouverait pas dans cette situation.

L'esprit de corps a joué, et maintenant, la voilà exclue.

À quelques centaines de mètres, elle aperçoit son porche. Au quatrième, le trois-pièces qu'elle partage avec Christian. La fenêtre est éclairée : il est à la maison.

Si seulement elle pouvait se blottir dans ses bras. Mais comment lui raconter son entretien du jour, lui dire que la police de Stockholm et son chef veulent à tout prix se débarrasser d'elle ?

Comment pourra-t-elle seulement le formuler à haute voix ?

La honte l'envahit.

Manfred a dit qu'il ne supportait plus de la voir. Si elle ne part pas d'elle-même, il va tout faire pour que sa vie soit un enfer.

Il y a beaucoup de choses qu'elle n'a pas eu le courage de partager avec Christian ces six derniers mois, mais elle n'arrivera pas à aborder le sujet aujourd'hui. Pas ce soir, une autre fois.

Là, elle veut juste rentrer chez elle, se servir encore une vodka et se plonger dans un bain chaud. Laisser derrière elle le monde extérieur et ne pas avoir à penser à tout ce qui a mal tourné.

Les larmes lui montent aux yeux, elle les chasse avec colère en clignant des yeux.

Elle va faire comme si de rien n'était, au moins un petit moment, le temps de digérer la situation. L'avenir, elle y pensera demain.

Avec un soupir, elle pousse le porche et monte les escaliers. Elle hésite devant sa porte, essuie une larme qui a malgré tout réussi à couler. Puis elle glisse la clé dans la serrure.

2

En entrant dans l'appartement, la première chose que voit Hanna est une valise noire à roulettes qui attend dans le hall.

Elle se déleste de son lourd sac à main sur le tapis de l'entrée et accroche son blouson trempé. Ont-ils de la visite ? se dit-elle, avant de se rendre compte que c'est la valise de Christian, celle qu'il utilise quand il part pour quelques jours.

« Il y a quelqu'un ? lance-t-elle en haussant un peu la voix. Je suis rentrée. »

Elle se débarrasse de ses chaussures et gagne le séjour-cuisine.

Toutes les surfaces de travail sont luisantes de propreté, comme d'habitude. Ils viennent de rénover, et Christian a passé beaucoup de temps à choisir couleurs et matériaux. C'était son idée, Hanna aurait sans difficulté pu continuer à vivre encore quelque temps avec l'ancienne cuisine. Mais le résultat est réussi, il faut l'avouer. Le plan de travail de pierre grise s'accorde avec les placards. Le parquet ruineux apporte une superbe touche finale. Sauf qu'on dirait que son agent immobilier de compagnon a stylé leur intérieur en vue d'une de ses visites commerciales.

Ils n'ont pas de vodka, mais elle trouve une bouteille de vin rouge dans le garde-manger, dont elle se sert un grand verre. Les larmes lui brûlent la gorge, mais elle les ravale, encore et encore. Elle ne veut pas pleurer davantage sur son boulot. On ne peut rien y faire.

Dans la vitre du four, son reflet est affreux. Ses cheveux trempés sont aplatis, son mascara a dégouliné. Elle ne se maquille pas beaucoup d'habitude, mais aujourd'hui, elle regrette de ne pas avoir au moins mis un peu de gloss sur ses lèvres gercées.

Son verre à la main, elle va à la salle de bain se rincer le visage, puis ouvre le robinet pour se faire couler un bain chaud. Elle inspire à fond avant de gagner la chambre pour dire bonjour à Christian.

Tout ce qu'elle veut, c'est un câlin.

Couché sur le couvre-lit violet, tout habillé, il est en train de tripoter son portable. Il lève les yeux à son arrivée. Ils ont beau être ensemble depuis cinq ans, son charme lui fait toujours de l'effet. Elle sent comme toujours un chatouillis au creux du ventre.

Christian satisfait à toutes les normes masculines. Une mâchoire marquée, d'épais cheveux châtain clair et un charme juvénile dont il sait jouer. C'est un agent immobilier à succès qui adore son travail et chaque nouvelle vente. À terme, il compte ouvrir sa propre agence. Sa joie de vivre est contagieuse, avec lui l'avenir semble toujours plus lumineux.

Même sans avoir l'intention de lui parler de son affreuse journée, elle désirerait qu'il la console. Une part d'elle-même aimerait se blottir dans ses bras et pleurer à chaudes larmes. Sentir ses bras autour d'elle et l'entendre dire que tout va s'arranger. Que tout ira bien.

Christian se lève du lit, son portable à la main. Mais il ne la touche pas, ne lève pas la main pour lui caresser la joue. Pas un mot non plus sur ses yeux rouges et gonflés ni sur son air de chatte trempée.

Il y a quelque chose qui cloche.

Son cœur se serre.

Christian est nerveux. Elle voit ses mâchoires crispées, il semble se blinder avant d'ouvrir la bouche.

« Il faut qu'on parle, dit-il d'un ton sec. Ça ne marche pas. »

Il lui faut un instant pour enregistrer ce qu'il dit. Mais elle ne comprend pas.

Hanna tente de lire l'expression de son visage mais il reste fermé, étranger.

« Qu'est-ce que tu veux dire ? demande-t-elle.

— Nous deux. Ça ne marche pas. »

Aucune réponse sensée ne lui vient. Sa langue est épaisse, elle refuse de collaborer.

Elle plonge alors les yeux dans le verre qu'elle tient. La panique déferle et inonde sa poitrine comme une pâte gluante.

« Qu'est-ce que tu dis ? finit-elle par balbutier.

— On ne peut plus rester ensemble, toi et moi.

— Mais pourquoi ? »

Quelle question idiote.

« Tu es impossible à vivre », dit-il.

Hanna a toujours du mal à saisir. Ça ne va pas bien entre eux depuis longtemps, elle doit le reconnaître, mais tous les couples se disputent, c'est dans l'ordre des choses. Il devrait quand même le comprendre !

Bien sûr, l'ambiance a été merdique au travail ces derniers temps et elle sait qu'elle accuse le coup. Elle a ramené à la maison sa colère face au traitement injuste dont elle était victime au sein de la police. Elle rentrait le soir fâchée et cassante, ou s'effondrait directement sur le lit, mais ce n'était quand même pas si grave que ça. Si ?

« Je suis impossible à vivre ? répète-t-elle.

— Nous ne faisons que nous rendre malheureux », dit-il en passant devant elle pour rejoindre l'entrée.

Hanna titube derrière lui.

« Ce sera mieux comme ça », continue-t-il.

Sa voix est pleine de lassitude, mais ça vaut toujours mieux que son ton froid et cassant du début.

Christian attrape sa valise. Aussitôt, elle déteste cette valise.

« Comment ça, mieux ? » demande-t-elle, comme incapable de formuler elle-même une phrase.

Est-ce vraiment elle, là, en train de bredouiller ?

Christian soupire.

« On ne fait plus que se disputer. On n'a pas fait l'amour depuis des mois. Ça ne sert à rien de continuer. Tu n'es pas satisfaite, moi non plus. On se portera mieux l'un sans l'autre. C'est triste, mais c'est la vérité. »

Elle le dévisage. Une puissante impression d'irréalité s'empare d'elle. L'appartement semble pourtant toujours pareil. Les manteaux pendent à leurs patères, les chaussures sont soigneusement alignées. Exactement comme quand elle est partie ce matin, avant que tout ne s'effondre au travail. Et voilà sa vie privée elle aussi réduite en miettes ? Le même jour ?

Christian passe la main dans ses cheveux châtains, ces cheveux qu'elle a si souvent caressés après l'amour. Ils sont unis, il devrait pourtant le comprendre !

S'il part, elle n'a plus personne. Elle se retrouve toute seule.

Reste ! crie une voix en elle. *Je peux changer*.

« Je t'aime », murmure-t-elle.

Christian demeure immobile. Une ombre passe sur son visage, presque imperceptible, mais Hanna parvient à la saisir au vol. Elle comprend, sans qu'il ait dit un seul mot.

« Tu as rencontré quelqu'un ? »

Il hésite, puis hoche la tête sans la regarder.

Il aurait aussi bien pu lui mettre son poing dans la figure. Christian en a lui-même plusieurs fois parlé pendant leurs cinq années de vie commune : on peut tout pardonner, sauf l'infidélité. Ils ne devaient jamais être de ceux qui agissent dans le dos de l'autre. Leur amour était fort et sincère.

« Je vais habiter chez un copain cette semaine pour te laisser le temps de déménager, dit-il en tirant sur la poignée de la valise.

— Déménager ? »

Hanna regarde lentement autour d'elle, ses yeux s'arrêtent sur le joli canapé en cuir que Christian a récupéré dans un appartement-témoin. Devant la large baie avec vue sur le lac de Råsunda, le fauteuil en velours. C'est là qu'elle s'installe pour lire, les jambes repliées sous elle. Le plaid en laine posé sur l'accoudoir est un cadeau de Noël.

Elle cligne des yeux. Bien sûr. C'est Christian qui possède l'appartement. Il venait d'acheter ce joli trois-pièces quand ils se sont rencontrés. Elle sous-louait pour sa part un studio miteux depuis sa sortie de l'école de police. Le choix a alors été assez simple.

Mais ici, c'était chez *eux*. Et à présent il veut la mettre dehors, comme ça.

Hanna se redresse.

« Tu ne peux pas me faire ça. »

Sa voix tremble, elle se déteste d'être incapable de se maîtriser.

« Où je vais habiter ? »

Christian a au moins la décence d'avoir l'air honteux.

« Allez, pas d'histoires, marmonne-t-il. C'est mon appartement. C'est moi qui ai payé presque toutes les traites. »

Parce que tu gagnes beaucoup plus que moi, voudrait-elle objecter, mais ça ne servirait à rien. Ils étaient pourtant d'accord sur cet arrangement. On ne peut pas faire grand-chose avec un salaire de policier.

Le portable de Christian sonne. Il rejette l'appel, mais Hanna a le temps d'apercevoir le nom qui s'affiche à l'écran.

Valérie. Elle ne connaît pas de Valérie. Et qu'est-ce que c'est que ce nom, d'ailleurs ?

Puis elle comprend.

« C'est chez elle que tu vas ? C'est avec elle que tu vas habiter pendant que je déménage ? »

Christian attend une seconde de trop.

« Oui », lâche-t-il avant de se tourner vers la porte.

Ce dos tourné est la goutte d'eau qui fait déborder le vase.

Christian compte filer sans même qu'ils aient fini de parler. Il vient de lâcher une bombe et ne peut pas sacrifier cinq malheureuses minutes pour l'écouter.

« Regarde-moi ! crie Hanna. Tu peux au moins me le dire en face ! »

Quand Christian se retourne, ça part tout seul : Hanna lève son verre et lui jette le vin en plein visage. Une cascade de gouttes rouge sang lui dégouline sur le front et les joues. De grandes taches sombres se forment sur ses vêtements.

Elle le dévisage sans vraiment comprendre ce qu'elle vient de faire.

« Putain, mais ça va pas la tête ? » crache Christian.

Il s'essuie le front du revers de la main, mais cela ne sert pas à grand-chose.

« Sois partie au plus tard dimanche. Et je veux récupérer les clés, tu entends ? »

Il claque la porte derrière lui tandis qu'Hanna tombe à genoux. Tellement choquée qu'elle n'arrive même pas à pleurer. La respiration coupée.

Puis elle entend le clapotis de la baignoire qui déborde.

MARDI 10 DÉCEMBRE

3

L'inspecteur Daniel Lindskog se prépare pour la journée. Sous la couette vert menthe du lit double, Ida et le bébé dorment encore. Ida est étendue sur le côté, ses longs cheveux sombres emmêlés, épars sur l'oreiller. Alice ronronne sur le dos, la bouche à demi ouverte.

Daniel s'arrête au bord du lit, le regard sur sa fille. Son amour pour Alice a ouvert en son cœur un espace dont il ignorait l'existence. Quand il touche ses doigts minuscules, quelque chose se passe. Il devient un autre, un homme qui pourrait traverser le feu pour son enfant.

Trente-six années durant, il a vécu sans comprendre ce qu'impliquait un amour inconditionnel. Il n'est rien qu'il ne ferait pour elle.

En même temps, le silence est un soulagement. Alice s'est réveillée à de nombreuses reprises cette nuit. Même dans un spacieux trois-pièces, on n'échappe pas aux pleurs inconsolables d'un nourrisson souffrant de coliques. Après ces premiers mois, Ida et Daniel sont épuisés.

Les yeux collés et le corps lesté de plomb, il entre sous la douche. L'eau brûlante ne suffit pas à le stimuler, ce n'est qu'en passant brusquement à l'eau glacée que le choc le réveille.

Il se couvre bien, jean et gros pull en laine bleu sur une chemise. Son grade d'inspecteur le dispense de porter l'uniforme, mais en cette saison, les vêtements chauds sont de rigueur. On ne sait jamais quand on devra sortir dans le froid. C'est la raison pour laquelle il porte la barbe depuis quelques années : ça protège un peu le menton – et puis c'est assez mignon, ce qu'il n'oserait jamais dire tout haut.

Pour ne pas réveiller Alice, il renonce à petit-déjeuner. Il pourra toujours prendre un café au commissariat, il n'a jamais eu spécialement faim le matin. Mieux vaut laisser Alice dormir, ainsi Ida dormira aussi. Pour elle, le changement reste difficile, elle est bouleversée d'être devenue maman et tâtonne encore. L'absence de Daniel pendant la journée ne facilite pas les choses. Ils ont eu plusieurs accrochages sérieux, pour des broutilles, au fond, eux qui ne se disputaient jamais auparavant.

Daniel éprouve souvent de la culpabilité. Ils ne prévoyaient pas de faire un enfant, pas si vite en tout cas, après une relation de six mois seulement. Quand Ida est tombée enceinte, ils avaient à peine eu le temps de vraiment faire connaissance.

Elle a parlé d'avorter, mais Daniel était rempli de joie à l'idée de devenir papa. Il le désirait depuis des années.

Ida a dix ans de moins que lui. Elle était monitrice de ski, cool, à une tout autre étape de sa vie quand ils se sont rencontrés un samedi soir au Chantier, le bar le plus populaire d'Åre.

Ce souvenir attendrit encore Daniel. Ce soir-là, elle était pleine de vie, si séduisante qu'il n'arrivait pas à la quitter des yeux. Ils ont dansé toute la nuit et elle l'a laissé la raccompagner.

Le coup de foudre a été immédiat, fort comme jamais. Ida l'a fait revivre. Elle l'entraînait dans de folles excursions en scooter des neiges pour des piqueniques en montagne. Elle avait grandi dans la région et connaissait à peu près tout le monde. Ce n'est qu'avec Ida qu'il a commencé à se sentir chez lui à Åre, alors qu'il y vivait depuis déjà deux ans.

Un enfant avec Ida, ce serait fantastique. Telle a été sa première réaction quand elle lui a montré les deux traits bleus du test de grossesse. Il en avait tellement envie qu'il lui a alors dépeint un avenir commun lumineux. À présent qu'il la voit épuisée, à bout, la culpabilité le rattrape insidieusement.

Daniel quitte l'appartement sur la pointe des pieds et sort de l'immeuble. Le pare-brise de sa voiture est couvert d'une couche épaisse de givre et dix bons centimètres de neige se sont accumulés sur le toit. Il lui faut à peu près dix minutes pour gratter soigneusement les vitres, et il finit presque en nage.

Au fond, il pourrait aller travailler à pied : en été, il ne lui faut pas plus d'un quart d'heure, mais aujourd'hui, il fait moins dix-neuf et encore nuit noire. Dans un quart d'heure, il doit retrouver son collègue Anton Lundgren pour une intervention de médiation à l'école Duved. Informer et collaborer à la vie locale est aussi une part importante du travail de la police dans une zone peu densément peuplée. Anton est celui avec qui il travaille le plus, un garçon de la région, gai et franc du collier. Le soir, quand Daniel se dépêche de rentrer retrouver Ida et Alice, Anton, lui, s'adonne à une de ses innombrables séances de musculation.

Åre est un petit commissariat : seulement trois enquêteurs et sept policiers sur le terrain, au plus haut des effectifs. Sur le papier, Daniel est en poste à Östersund, mais détaché à Åre quelques jours par semaine.

Il démarre en se demandant si la nuit aura été agitée. Probablement pas. Ce sera sans doute pire jeudi, le soir de la Sainte-Lucie, quand les lycéens déchaînés feront la fête. Mais tant qu'il s'agit des jeunes du coin, la situation dégénère rarement. Ce sont les touristes qui donnent du fil à retordre à Daniel et à ses collègues. La saison n'a pas encore vraiment commencé, mais bientôt les attendent les bagarres dans les bars et les files d'attente des taxis, ou encore les gens qui font du grabuge au fast-food. Quelques vols de skis et conduites en état d'ivresse complètent leur lot quotidien.

Il s'est mis à neiger abondamment lorsque Daniel quitte son parking, quelques minutes avant sept heures, pour se rendre au commissariat d'Åre.

4

Un son strident et insistant tire Hanna du sommeil. Elle met quelques secondes à réaliser que ce bruit affreux vient de son portable. Elle le cherche péniblement à tâtons sur sa table de nuit, la tête traversée d'éclairs blancs.

De vagues images lui reviennent en mémoire, beaucoup d'alcool, elle blottie au lit avec une bouteille, à boire jusqu'à sombrer.

Le vacarme cesse enfin et Hanna retombe sur son oreiller. Puis ça recommence. Elle tend la main et parvient enfin à attraper son téléphone.

« Allô ? croasse-t-elle.

— Je te réveille ? » demande la voix guillerette de sa grande sœur, Lydia.

Lydia a dix ans de plus qu'elle. Elle mène une brillante carrière d'avocate, a deux enfants invraisemblablement bien élevés et est heureuse en ménage avec un mari qui a tout aussi bien réussi – dans la finance, lui – et gagne un salaire à vomir d'envie.

Hanna aime sa grande sœur mais a du mal à la supporter. Lydia est un rappel permanent des attentes de leurs parents – qu'Hanna ne pourra jamais satisfaire.

« Tu sais quelle heure il est ? » enchaîne Lydia, tôt levée tous les matins dans sa grande villa de Lidingö.

Hanna jette un œil embrumé à l'écran. Onze heures. Peu importe : de toute façon elle n'a plus de boulot. Et Christian l'a quittée.

Le choc de la veille revient à l'instant même où ces mots traversent son esprit. Son ventre se noue. Tout fait mal.

« Je suis en train de tomber malade », lâche Hanna.

Elle *est* malade, d'une certaine façon. Elle a un gros trou douloureux à la place du cœur. Elle ne peut retenir un sanglot.

Lydia a beau être guillerette et avoir une vie de rêve, elle n'est ni sourde ni insensible. Elle perçoit tout de suite que quelque chose ne va pas.

« Qu'est-ce qui s'est passé ?

— Rien », chuchote Hanna.

Pas question d'en parler. Elle, elle se débrouille toute seule. Ce qui lui arrive n'est rien, après tout, comparé à la situation des femmes victimes de violences conjugales auxquelles elle est confrontée dans son travail. Mais elle est si triste. Elle se sent pitoyable et minable. Si elle dit la vérité à sa sœur, cela deviendra réel pour de bon.

Cette pensée lui arrache un gémissement.

« Qu'est-ce qui s'est passé ? » répète Lydia.

Hanna fond en larmes au téléphone.

« Hanna ?

— Christian s'est barré, finit-elle par lâcher entre deux sanglots. Et en plus je n'ai plus de boulot. Mon chef m'a passé un savon hier et m'invite gentiment à chercher une autre affectation. »

Elle ferme les yeux, mais impossible de réprimer ses larmes qui coulent, mêlées de morve, sur la housse de couette bleu clair.

« Je dois avoir déménagé au plus tard dimanche. »

Elle essaie d'essuyer ses yeux avec un coin de drap, sans succès.

Lydia lâche un soupir presque imperceptible.

« Où est Christian ? demande-t-elle.

— Chez sa nouvelle copine. Valérie. »

Pour une fois, Lydia reste sans voix. Avant de balancer : « Oh ! Quel salaud ! »

Hanna pleure de plus belle.

« Ça va s'arranger », reprend Lydia après un petit moment.

Sa voix s'est faite plus douce, elle est redevenue la grande sœur qui lui lisait des histoires quand Hanna était petite, loin de la femme puissante interviewée par la presse économique.

« Tu vas surmonter ça, ma vieille, je le sais, ajoute-t-elle.

— Qu'est-ce que je vais faire ? murmure Hanna. Où aller ? Comment gagner ma vie ? »

On frappe à la porte à l'autre bout du fil et la voix grave d'un homme lâche quelques mots indistincts.

« Désolée, j'ai une réunion », dit Lydia à Hanna.

Elle a retrouvé sa voix habituelle – efficace et un peu stressée.

« Je te rappelle après. Je vais réfléchir.

— Ne dis rien à maman, murmure Hanna. Promets-le-moi. »

Dans la famille, les rôles sont bien définis depuis longtemps. Lydia est la bonne élève dont les parents vantent les succès devant leurs amis en Espagne. Hanna est la petite dernière qu'on préfère oublier. Elle les a toujours déçus. Son style de vie bohème puis son choix professionnel tardif font tordre le nez à ses grands bourgeois de parents.

La seule chose dont sa mère était vraiment satisfaite était sa relation avec Christian. Et maintenant, c'est fini.

Hanna repose son portable et remonte la couette sur sa tête. La trahison de Christian est inconcevable. Comment a-t-il pu lui faire ça ? Après cinq ans passés ensemble ?

Penser qu'il est avec cette fille aggrave encore les choses. Hier, Hanna et Christian se sont réveillés dans le même lit. À présent, il est parti pour toujours.

En plus, elle n'a nulle part où aller. Le marché de l'immobilier à Stockholm est une jungle. Il n'y a pas d'appartements à louer, que des logements en accès à la propriété qui coûtent des millions. Un argent qu'elle n'a pas et n'aura jamais.

Elle ne peut pas emprunter aux parents. Impossible même d'envisager de leur téléphoner. Celle qu'ils appellent leur « petite erreur » n'a jamais rien pu réussir, diraient-ils. Elle n'a pas su garder Christian, et n'a pas les moyens de se loger à l'âge de trente-quatre ans.

Que faire ? Où aller ?

5

Lydia rappelle une heure plus tard, exactement comme elle l'a promis.

Hanna est toujours au lit. Ses larmes ont fini par se tarir, elle fixe le plafond, apathique. Elle aurait dû prendre une douche, aller chercher un cachet de Treo contre son mal de tête, essayer d'avaler un petit déjeuner. Elle n'arrive pas à bouger un seul muscle.

« Voilà ce qu'on va faire, dit doucement Lydia, comme si elle s'adressait à un petit enfant. Tu vas aller te reposer quelques semaines dans notre maison d'Åre.

— Åre ? » murmure Hanna.

Sa sœur et elle y ont passé toutes leurs vacances d'hiver avec leurs parents. Mais Hanna n'y est pas retournée après le lycée, alors qu'elle a toujours aimé le ski.

Certains souvenirs font encore mal.

Lydia s'empresse de poursuivre :

« Pendant ce temps, je vais me renseigner sur votre plan d'accession à la propriété. Christian ne peut pas te jeter à la porte comme ça, je ne le laisserai pas faire. Il y a des lois qui protègent les concubins. Et puis, j'ai l'intention d'aller dire deux mots à ton employeur. »

Avec Lydia, tout semble si simple.

« Nous sommes montés à Åre le week-end dernier, continue-t-elle, mais à Noël, nous partons faire cette croisière dont je t'ai parlé. La maison restera vide jusqu'à fin janvier au moins. »

Voilà quelques années, Lydia et son mari Richard ont fait construire une grande maison en périphérie d'Åre, dans le quartier de Sadeln. Hanna n'y est jamais allée, mais Lydia lui a montré l'élégant intérieur dont elle est si fière. Rien que le canapé doit coûter plus que ce qu'Hanna gagne en trois mois.

« Ce sera parfait », conclut Lydia.

Hanna en doute. Mais elle n'a pas d'alternative. Nulle part où aller, pas de travail qui la retienne, ni beaucoup d'argent.

« Je t'ai réservé un billet d'avion, reprend Lydia sans attendre la réaction d'Hanna. Le vol est à trois heures et demie cet après-midi. Puis tu as une place de bus à l'aéroport d'Östersund, jusqu'à l'arrêt Åre Björnen. À pied, c'est à dix minutes seulement de la maison, mais tu peux aussi prendre un taxi. »

L'énergie pratique de sa sœur paralyse Hanna de plus belle. Elle qui est incapable de se doucher et de s'habiller, comment réussirait-elle à prendre un vol pour Åre ?

« Ah oui, ajoute Lydia. Un taxi passe te chercher à deux heures moins le quart. Tu es déjà enregistrée.

— Mais je n'ai pas les moyens d'aller en taxi à Arlanda », objecte Hanna.

Quand elle s'y met, Lydia est un rouleau compresseur. Sa conviction que tout peut s'arranger balaie tous les obstacles un à un. Comme si tout allait forcément toujours mieux au bout du compte pourvu qu'on *fasse* quelque chose.

« Il est payé d'avance, ne t'inquiète pas. Le taxi est sur mon compte. »

Hanna lâche un petit soupir de soulagement.

« Et voilà, conclut Lydia, la situation est sous contrôle. »

Rien n'est sous contrôle, pense Hanna. Mais elle n'a ni l'énergie ni la capacité de l'expliquer. Pas non plus le courage de s'opposer à Lydia.

« Merci, murmure-t-elle d'une voix terne.

— Il y a à manger plein le congélateur, sers-toi autant que tu veux. Tu trouveras aussi de quoi skier, on a tellement de matériel qu'on pourrait ouvrir une boutique de location. »

Lydia rit doucement à sa propre plaisanterie.

« Appelle-moi une fois là-bas, que je sache que tout s'est bien passé. Maintenant, il faut que je file. Je dois voir un client important à son bureau, je ne peux pas être en retard. C'est Noël, tout doit être réglé avant les fêtes. Tu sais comment c'est. »

Après avoir raccroché, Hanna essaie de digérer cette conversation. Lydia veut l'envoyer lécher ses plaies à Åre. Tout est arrangé, Hanna n'a plus qu'à s'habiller et faire sa valise. Le taxi va bientôt arriver.

Åre.

Elle se représente Åreskutan aussi nettement que si elle était au pied de la majestueuse montagne. Pour Lydia, il allait de soi de faire construire là, dans les montagnes du Jämtland, cette maison de vacances qu'elle appelait tant de ses vœux. Hanna a elle aussi toujours aimé l'endroit, sans pourtant y revenir comme elle. Trop de souvenirs d'enfance y sont rattachés, liés surtout à ces années où elle s'est retrouvée seule avec ses parents une fois Lydia partie de la maison.

À présent, elle n'a pas le choix : elle n'a nulle part où aller, c'est Åre ou rien.

Hanna se blottit dans le lit. Christian lui manque tant qu'elle va se briser. Se réveiller le matin avec lui. La sensation rassurante de vivre avec quelqu'un. Être deux. En se retournant dans le lit, elle peut encore sentir son odeur sur l'oreiller…

Si seulement elle pouvait remonter le temps et que tout redevienne comme avant.

6

Amanda Halvorssen trouve fermée la salle de réunion où elle a rendez-vous avec son mentor, Lasse Sandahl, pour son entretien de motivation. Il est professeur principal de la filière économique du lycée du Jämtland, où elle est en dernière année. Il doit avoir été retardé, ils devaient se voir à quatre heures. Elle espère qu'il va bientôt arriver : le lycée se trouve à Järpen et le bus pour rentrer chez elle à Åre part à cinq heures moins vingt.

Comme elle a eu dix-huit ans en septembre elle n'est pas accompagnée par un de ses parents. C'est la première fois, et c'est assez agréable. Sa mère est pénible avec ses sempiternels laïus sur son travail scolaire. Elle se mêle d'à peu près tout, veut toujours savoir où va Amanda et qui elle fréquente. C'est comme si elle ne comprenait pas qu'Amanda est effectivement majeure désormais. Qu'elle décide elle-même.

C'est pour ça qu'elle ne lui a pas parlé de Viktor. Elle sait exactement ce que sa mère dirait si elle entendait parler de son nouveau copain. Avec sa mauvaise réputation, Viktor ne serait pas accueilli avec enthousiasme.

Amanda s'assied sur un banc contre le mur du couloir blanc et sort son téléphone de sa poche pour contrôler sa coiffure dans le miroir de l'écran. Ses cheveux fraîchement teints en noir lui arrivent tout juste aux épaules. Elle a mis du noir sur ses yeux comme d'habitude et étrenné son rouge à lèvres rouge sombre un peu trop cher qu'elle s'est acheté il y a quelques jours.

Elle ouvre Snapchat et regarde distraitement quelques stories. Ebba, sa meilleure copine, a posté plusieurs snaps et un message, alors qu'elles se sont quittées il y a moins d'un quart d'heure.

Pourquoi Lasse n'arrive-t-il pas ?

Elle est seule dans le couloir, les quatre cents élèves sont pour la plupart partis. Amanda a faim et voudrait rentrer chez elle. En plus elle a froid. Quand la température descend sous les moins vingt, il est difficile de chauffer le grand bâtiment du lycée.

Des pas se font alors entendre dans l'escalier, et Lasse Sandahl apparaît. Comme toujours, il porte un jean et un pull de jeune, malgré ses trente-cinq ans.

« Désolé d'être en retard, s'excuse-t-il, essoufflé. J'étais coincé dans le bureau de la proviseure.

— Ça ne fait rien », marmonne Amanda.

Lasse ouvre la porte et elle entre après lui dans la pièce aux rideaux vert mousse. Au centre, une table ronde entourée de trois chaises tapissées de noir. Elle en tire une et s'installe en face de Lasse, pas trop près.

« Eh bien, Amanda, comment s'est passé ce trimestre pour toi ? Ce printemps, c'est le bac, tu seras bientôt dispensée de nous voir tous les jours, mes collègues et moi. »

Il sourit largement. Une fois de plus, Amanda remarque qu'il s'est fait refaire une partie des dents du fond.

Elle répond à son sourire pour qu'il reste de bonne humeur.

« Ça va », dit-elle en haussant les épaules.

Ses notes sont moyennes, elle n'a pas le courage de travailler le soir, alors qu'il faudrait, elle le sait bien.

Lasse fouille dans sa serviette usée et en sort quelques papiers.

« Qu'est-ce que tu penses de ta prestation à l'épreuve nationale d'anglais vendredi dernier ? » demande-t-il.

Amanda tripote un peu le vernis à ongles noir qui commence à s'écailler sur un de ses pouces. Elle a eu du mal à se concentrer sur les questions, alors qu'elle savait que c'était important. C'est que, la nuit précédente, elle est restée des heures sans dormir à ressasser. Que faire ? Ses pensées tournaient en rond sans qu'elle parvienne à une réponse.

Il faudrait qu'elle parle à un adulte de ce qu'elle a vu, c'est sûr, mais tout est tellement compliqué. Elle a peur de ce qui pourrait arriver si la vérité éclatait au grand jour.

« Alors, Amanda, qu'est-ce que tu en dis ? »

La voix de Lasse la ramène à la réalité.

« Pardon ?

— Tu as l'air assez déconcentrée ces derniers temps. Est-ce qu'il y a quelque chose qui te pèse, dont tu voudrais parler ? »

C'est une plaisanterie ? pense Amanda. Voilà bien la dernière personne à qui elle irait se confier.

Avant qu'elle ait le temps de réagir, Lasse rapproche un peu son siège pour tendre le bras et poser sa main sur la sienne.

« Je suis là pour t'aider. »

Sa main reste posée un peu trop longtemps, elle sent sa paume moite sur sa peau avant de la retirer.

« Tout va bien, lui assure-t-elle. J'ai dû bosser un peu trop au lieu de me concentrer sur le travail scolaire. »

Discrètement, elle se cale tout au fond de son siège pour mettre de la distance entre eux.

« Je bosse pour gagner de quoi faire des cadeaux de Noël, précise-t-elle.

— Je comprends, dit Lasse en feuilletant ses papiers. Mais je vois que tes absences ont aussi augmenté. C'est pas frais, ça. »

Lasse aimerait être perçu par ses élèves comme un copain, malgré son âge. Il utilise des expressions de jeune qui semblent ridicules dans sa bouche.

« J'ai été enrhumée, ment Amanda. Plusieurs fois. Ça ira sûrement mieux ce printemps. »

Lasse passe en revue les appréciations des différents enseignants, tandis qu'Amanda s'efforce d'écouter en ayant l'air concernée.

Au début, quand il est devenu professeur principal, elle le trouvait mignon et cool. Comme beaucoup, elle appréciait sa manière de flirter qui donnait l'impression d'être vu et choisi. Il n'était pas comme les autres profs.

Elle gratte encore le vernis noir de l'ongle de son pouce, il n'en reste presque plus.

Enfin, ils ont fini. Il est quatre heures et demie bien tassées, elle va devoir courir pour avoir son bus.

Quand ils se lèvent, Lasse fait quelques pas vers elle et pose le bras sur son épaule. Impossible de se dégager sans que ce soit trop démonstratif.

« J'espère que tu viendras me voir si tu as besoin de parler, dit-il. Je serais vraiment déçu, sinon. »

Est-ce une proposition ou autre chose, quelque chose qu'elle devra payer ?

Son haleine de vieille cigarette et de café flotte entre eux.

Amanda hoche la tête, se force à sourire en lorgnant la porte. Il n'y a pas de fenêtre, personne ne peut voir à l'intérieur de la salle.

Elle veut juste s'en aller au plus vite.

7

Il est six heures et quart quand le bus de l'aéroport dépose Hanna au centre de Björnen.

À Stockholm, le sol était encore nu, ici l'hiver bat son plein. Tout est blanc.

Hanna est partie pour Åre comme une zombie, concentrée sur sa marche, un pied devant l'autre. Et là, elle est épuisée, comme après avoir couru un marathon. La poitrine percluse de chagrin, elle se déteste d'avoir tout gâché.

Le GPS de son portable la guide hors du petit bourg avec ses logements, ses remontées mécaniques et ses locations de skis. Elle franchit un pont, passe devant le stade avec ses pistes de ski de fond et se dirige vers le nouveau quartier, baptisé Sadeln, qui se trouve un peu à l'écart.

À part la neige qui crisse sous ses semelles, le silence est irréel. Les flocons étouffent tous les sons, le monde est drapé de blanc. Le froid engourdit ses doigts et ses orteils.

Au bout de dix minutes, elle arrive à la voie d'accès, bordée d'un muret de schiste. On y lit *Sadeln* en rutilantes lettres de cuivre. Il s'en dégage une impression de luxe inaccessible. Comme si l'accès était réservé aux personnes légitimes, les autres étant priées de passer leur chemin. Suit une montée en pente raide. Arrivée en haut, Hanna a le souffle coupé.

C'est monumental. Immense.

Les maisons s'étendent sur de vastes pentes parmi des sapins à perte de vue. Malgré l'obscurité, elle devine l'architecture montagnarde moderne, larges toits de tourbe et généreux balcons, grandes baies vitrées embrassant le paysage. Les parcelles et les bâtiments sont beaucoup plus importants qu'à Björnen, ici il y a de la place et une vue à l'infini.

En contrebas, le lac Åresjön hiberne sous la glace.

On a un peu l'impression d'une ville fantôme, même si elle va se réveiller avec le début de la saison. Le silence est compact, les maisons sombres et vides, fenêtres fermées. Les bougies de l'Avent et les éclairages extérieurs ne parviennent pas à chasser la solitude de ce vaste paysage où on ne voit pas âme qui vive.

Hanna continue à patauger avec son sac à dos et sa valise. Dix minutes, disait Lydia, mais elle marche sûrement depuis au moins un quart d'heure. Elle aurait dû prendre un taxi, mais veut éviter de dépenser plus d'argent que nécessaire – l'avenir semble si incertain.

La veille, quand son boss Manfred Lidwall l'a convoquée dans son bureau en refermant soigneusement la porte derrière lui, elle a compris ce qui l'attendait.

Cela faisait si longtemps qu'elle était en colère, qu'elle était déçue, elle avait protesté et résisté, puisque personne ne faisait rien. Mais jamais elle n'aurait pensé que c'était elle qui allait être sanctionnée.

Elle avait espéré jusqu'au bout que les grands chefs finiraient par rouvrir l'enquête. Qu'ils comptaient malgré tout envoyer au trou leur collègue Niklas Konradsson, l'homme qui avait battu à mort une femme. Une femme qui s'appelait Josefin, mais n'intéressait personne. Tous, ils avaient finalement fait bloc autour de Niklas. Et voilà que c'était à Hanna d'être désavouée, accusée d'avoir des difficultés à coopérer et de ne pas faire preuve d'esprit de corps.

Manfred ne l'a même pas invitée à s'asseoir. Il lui a fait face, le regard froid et les bras croisés. D'une voix tranchante, il lui a conseillé de quitter la police de Stockholm, sans quoi il veillerait à la faire muter dans un placard et elle pourrait faire une croix sur sa carrière.

Il a énuméré ses griefs : combien il était excédé par son manque de respect, qu'elle était à deux doigts d'un signalement pour faute professionnelle, que plus aucun collègue ne voulait travailler avec elle. Après son éclat de la semaine précédente, quand elle l'avait accusé d'être incompétent et corrompu, la coupe était pleine.

Manfred s'exprimait d'une façon qu'Hanna n'aurait jamais crue permise entre un supérieur et sa subordonnée. Probablement n'aurait-il pas parlé en ces termes s'ils n'avaient pas été seuls dans la pièce, mais entre quat'z-yeux, il pouvait se le permettre.

C'est un salaud, se répétait Hanna, qui n'en était pas moins mortifiée. Ils ne voulaient plus d'elle. Ils la viraient, ni plus ni moins.

Elle continue sur la route enneigée. Il n'y a pas de trottoir, juste de hautes congères sur les bas-côtés. Elle s'arrête pour s'orienter et comprend que la maison de Lydia doit être cette grosse bâtisse à une centaine de mètres devant elle.

Difficile de ne pas rester bouche bée devant ce chalet massif avec deux ailes et double hauteur de toit. Il est tout en haut d'une butte, sans vis-à-vis. De gigantesques baies vitrées aux bordures joliment chantournées sont tournées vers le panorama et l'éclairage de la façade crée un halo particulier, une gloire qui rehausse l'impression de luxe.

Lydia disait en manière de plaisanterie qu'ils n'y étaient pas allés de main morte. Ce n'était pas exagéré.

Hanna imaginait un chalet de montagne ordinaire, mais ce bâtiment de verre et de bois sombre a peu de rapport avec la norme architecturale des montagnes suédoises. On pense plutôt à un *mountain lodge* dans le Colorado ou à un luxueux chalet suisse.

En Suède, il est de bon ton de faire profil bas, de ne pas faire étalage de son argent et de ses biens, mais ici Lydia et Richard ont fait tout le contraire.

Le rugissement d'un moteur brise le silence.

Hanna a tout juste le temps de voir le faisceau des phares avant que le SUV sombre ne surgisse en vrombissant du virage sur la route étroite. Elle se souvient vaguement d'un panneau de limitation à trente à l'entrée de la voie d'accès, ce dont manifestement cette voiture se moque.

Pendant une seconde, Hanna reste figée. La voiture arrive beaucoup trop vite, le capot surélevé se dresse déjà devant elle. La carrosserie vernie lance de bien trop près un éclat de mauvais augure.

Aucun doute : elle va l'écraser.

Son instinct prend le dessus. Elle se jette tête la première dans la congère la plus proche, qui heureusement cède, et Hanna roule loin de la route dans un nuage de neige.

La voiture la frôle. Il s'en faut de quelques centimètres. Un pur coup de chance qu'elle ait eu le temps de remonter le pied avant que la roue arrière ne roule dessus.

Hanna reste étendue sur le dos, de douloureuses palpitations dans la poitrine. Elle ose à peine essayer de bouger ses membres. S'en est-elle tirée indemne ?

Elle se redresse prudemment. Rien de cassé apparemment, même si elle s'est cogné la hanche en se jetant de côté.

Elle regarde dans la direction où le véhicule a déjà disparu. Le chauffeur l'a forcément vue. Et pourtant, il ne s'est pas arrêté.

Crétin.

Était-ce un homme au volant ? Difficile à dire, tout est allé si vite. Elle n'a pas eu le temps de noter le modèle de la voiture ni son immatriculation, juste qu'elle était aussi noire que la nuit qui l'environne à présent.

Un fou en tout cas, qui a bien failli la tuer.

Hanna est si choquée qu'elle est un instant tentée de rester étendue là. En s'endormant dans le froid, elle serait au moins dispensée de faire face à tout ce qui lui arrive.

Elle est à bout. Elle est couverte de neige et gèle sous son blouson. Elle a déjà commencé à s'ankyloser et elle ne sent plus ses orteils.

Mais Christian aurait des remords si on la retrouvait ici demain, morte.

Elle prend alors son élan et se remet péniblement debout, puis s'efforce de brosser le gros de la neige avant de ramasser sa valise et de se frayer un passage jusqu'à la maison.

La porte d'entrée est à l'arrière, sans doute pour ne pas nuire à la vue. Il faut traverser le local à skis avant de parvenir à l'entrée principale. Là, Hanna se débat avec le code de la serrure hyper-moderne qu'a fait installer Lydia. Elle a si froid que ses doigts ne répondent presque plus.

Elle ne s'est jamais sentie si petite et abandonnée. Christian l'a quittée, Christian l'a quittée… Cette pensée martèle l'arrière de sa tête.

Elle parvient enfin à ouvrir la porte et entre. L'odeur de bois de la maison monte vers elle. Un effluve consolateur surgi de l'enfance, un feu de cheminée qui crépite, du chocolat chaud à la crème. Lydia qui lit une histoire à Hanna assise sur ses genoux.

Le soulagement d'être au chaud la fait presque fondre en larmes.

MERCREDI 11 DÉCEMBRE

8

Il est midi passé quand Hanna quitte son lit et se traîne jusqu'à la cuisine dans son vieux pyjama usé.

Il n'y a rien à redire à la chambre d'amis de Lydia. Il y en a quatre au sous-sol, dont trois équipées de larges lits doubles. Hanna a choisi celle située dans l'angle est, décorée de tons chauds, avec une vue grandiose sur le lac. Malgré tout ce confort, sa nuit a été agitée, elle s'est réveillée à plusieurs reprises parce qu'elle pleurait dans son sommeil.

Pieds nus, elle gagne la machine Nespresso et se fait couler un café extrafort. Elle trouve du pain dans le congélateur qui déborde de provisions, viande, poisson et légumes. Il y a même des brioches maison. Le réfrigérateur lui offre de la confiture, du caviar en tube et autres tartinades de longue conservation. Il y a même une boîte d'œufs sur l'étagère du haut. Des œufs, alors qu'il était censé n'y avoir personne pendant des semaines…

Lydia disait que le chalet était bien équipé. En effet ! Hanna ne peut s'empêcher de sourire en songeant à sa sœur si bien organisée.

Après s'être préparé deux tartines, elle s'affale à la table de la cuisine et allume la télévision pour échapper au silence. Elle fixe la grande baie vitrée. Le temps est couvert, il neige légèrement. Au-dessus de Renfjället, une vague couronne lumineuse fait office de soleil. En contrebas s'étend le lac d'Åre, qui unit les deux versants de la vallée. Elle en suit le contour du regard jusqu'à ce qu'il tourne à l'ouest, vers Duved. Derrière la montagne se trouve la Norvège, à seulement une soixantaine de kilomètres.

Elle se force à avaler la première tartine et jette l'autre à la poubelle. Le café passe mieux, mais ne fait pas disparaître son mal de crâne. Sur le plan de travail de la cuisine traîne encore la bouteille de vin rouge vide qu'elle a piquée dans la cave réfrigérée en arrivant. Hanna s'y connaît assez en vins pour en estimer le prix : pas en dessous de deux cents couronnes.

Elle se prépare un autre café et sort son portable pour faire défiler des photos de Christian. Au bout d'un moment, elle s'arrête sur l'une d'elles prise l'été dernier, quand ils sont allés rendre visite à ses parents à Nerja, en Espagne, où ils ont une maison depuis des décennies. Elle a fait beaucoup de photos de ce voyage. Le plus souvent sur la terrasse, où ils avaient l'habitude de boire un verre l'après-midi. Christian portait presque tous les jours une chemise blanche aux manches retroussées. Derrière lui, la Méditerranée était aussi bleue que ses yeux et le soleil transformait en or ses cheveux châtain clair.

Le père d'Hanna et Christian faisaient une partie de golf chaque matin et elle soupçonnait Christian de le laisser parfois gagner. L'évident engouement de ses parents pour leur « gendre » lui faisait presque oublier le fait qu'ils prenaient plus volontiers des nouvelles de lui que d'elle. Aucun de ses précédents petits amis n'avait réussi à susciter cette mine satisfaite chez sa mère. Elle non plus, pour commencer.

Christian était tout ce qu'aimaient ses parents. Il avait lui aussi grandi dans une banlieue huppée de Stockholm, avait un diplôme universitaire et des parents propriétaires d'une jolie villa. La ressemblance avec son propre milieu était presque comique.

Sauf qu'Hanna, elle, ne s'y est jamais sentie à sa place. Elle a toujours été la brebis galeuse. Elle n'est jamais rentrée dans le moule, pas comme Lydia, mignonne et populaire, qui collectionnait les bonnes notes et une ribambelle de petits amis bien élevés qui faisaient des visites polies à la maison.

Ce n'est qu'avec Christian qu'Hanna s'était sentie spéciale. Et puis elle appréciait la réaction de ses parents : enfin, elle ramenait à la maison un homme qui répondait à leurs exigences. C'était bon, pour une fois, de se sentir… à la hauteur.

Un petit lièvre passe en sautillant dans le jardin. Hanna le suit du regard. Ses empreintes nettes marquent la couche de neige, ses longues pattes arrière parfaitement dessinées suivent les pattes de devant. Il semble aussi seul et abandonné qu'elle.

9

Amanda et Ebba fument, assises devant le lycée. Il fait gris et un froid de canard. Ebba essaie de profiter de sa cigarette, malgré le banc qui transforme leurs cuisses en glaçons. Elle sent la nicotine se répandre dans son corps.

L'air est plein de légers flocons.

« C'est vraiment trop moche, crache Amanda après avoir tiré une grande bouffée. Putain, comment on peut faire ça à quelqu'un ? »

Ebba regarde son amie à la dérobée.

Ce n'est pas la première fois qu'elles en parlent. Amanda a dit vouloir révéler toute l'histoire. Raconter ce qui se passe, pour que tout le monde connaisse la vérité.

Ebba n'a jamais vu Amanda aussi stressée. Ça l'inquiète. Ce n'est pas juste de se taire, elle le comprend bien. En même temps, elle redoute les conséquences : que va-t-il se passer si tout cela éclate au grand jour ?

« Et si tu en parlais d'abord à ta mère ? propose Ebba.

— Elle va être trop vénère. Je sais exactement ce qu'elle va dire. »

Amanda écrase son mégot par terre. Elle le piétine violemment, jusqu'à ce qu'il ne reste que des miettes brunes dans la neige.

« Et ton père ? » suggère Ebba.

Amanda ricane.

« Tu sais comment est papa. S'il y a le moindre risque que ça entrave sa carrière politique, il se taira à mort. »

Quand Amanda monte sur ses grands chevaux, il est très difficile d'argumenter. Elle a un tempérament beaucoup plus vif qu'Ebba, c'est toujours elle qui s'indigne des injustices ou s'élève contre les enseignants.

Amanda se fiche du qu'en-dira-t-on. Ebba n'oserait jamais penser comme elle. Son amie est capable de dire n'importe quoi. Elle n'a pas d'insomnies à force de s'inquiéter, comme Ebba.

« Putain, je te jure qu'ils ne vont pas s'en tirer comme ça ! » lâche Amanda avec un geste violent de la main.

Ebba croit voir sa meilleure amie dégager des éclairs.

« Il faut qu'on rentre, dit-elle. On a maths dans trois minutes. »

Elle montre de la tête l'entrée du bâtiment jaune clair. *Lycée du Jämtland !* indique un panneau au-dessus du porche. Ebba s'est toujours interrogée sur ce point d'exclamation.

Elle se lève, une boule au ventre. Elle s'inquiète de la réaction de ses parents s'ils apprenaient dans quoi Amanda et elle ont trempé. Elle regrette tellement d'être entrée dans la combine, de ne pas avoir dit non dès le début.

« Qu'est-ce que tu comptes faire ? » demande-t-elle.

Amanda ne répond pas.

10

L'eau dans la bassine est parfaitement tiède quand Daniel y plonge délicatement Alice pour son bain du soir. Elle gigote un peu, comme elle le fait toujours au début avant de se détendre, satisfaite, le dos soutenu par la main gauche de son père.

Il est à genoux sur le carrelage blanc de la salle de bain, la bassine rose placée au milieu de la douche. Ça, c'est leur moment à tous les deux. Daniel essaie toujours de rentrer à temps pour donner le bain à sa fille.

C'est un des gros avantages de ce poste en montagne : un emploi du temps régulier et peu d'enquêtes de grande envergure. Même si un rythme plus soutenu lui manque quelquefois, il ne regrette pas son ancien poste aux stups de Göteborg. L'obligation parfois décourageante de traiter trop d'enquêtes en parallèle. L'impression que chaque crime élucidé est immédiatement suivi de deux nouvelles affaires. Les bagarres entre bandes rivales et les fusillades à n'en plus finir.

Il est malgré tout du Nord, originaire de Sundsvall. L'atmosphère d'Åre est un écho bienvenu de sa région natale. Il a quitté Sundsvall pour Göteborg en cédant à l'attrait de la grande ville, mais a bien vite découvert le revers de la médaille.

Il savonne Alice, qui gazouille, ravie. Ses fins cheveux blonds sont soyeux sous sa paume quand il rince sa petite tête. Pour finir, il nettoie le nombril du bout de l'index.

Il aurait aimé que sa mère, Francesca, ait pu connaître Alice. Dix ans se sont écoulés depuis l'accident de voiture, et il a appris à vivre avec ce manque. Avant la naissance d'Alice, il pouvait s'écouler des jours sans qu'il pense à sa mère, parfois des semaines. Aujourd'hui, elle est présente dans ses pensées presque tous les jours.

Il n'avait que vingt-six ans à sa mort. Elle habitait toujours à Sundsvall. Un jour, elle est sortie acheter du lait, pour la dernière fois. Le chauffard qui l'a renversée a pris la fuite. L'accident est demeuré non élucidé, une plaie impossible à cicatriser. Daniel travaillait alors à Göteborg. Il est rentré comme anesthésié s'occuper de l'enterrement.

Il n'a jamais pris la peine de prévenir son père. Pourquoi se serait-il soucié de la mort de Francesca, lui qui s'était si peu intéressé à elle de son vivant ?

Son père lui avait fait quitter l'Italie, mais il les avait abandonnés après quelques années seulement, alors que Daniel était encore tout petit. La honte d'être mère célibataire était trop grande : elle n'est jamais retournée en Italie.

Daniel n'a aucun lien avec sa famille italienne et ses contacts avec son père suédois sont presque inexistants. Il vit à Umeå, s'est remarié et a deux autres enfants, une fille et un garçon. Daniel ne les a vus que quelques fois, lors de rares visites qui ont peu à peu complètement cessé vers ses dix ans.

Cette trahison est toujours là, plaie profonde et infectée. Il s'est promis d'être un père totalement différent. Il n'abandonnera jamais Alice, quoi qu'il arrive.

Quant à elle, elle n'aura jamais à avoir peur de lui comme sa mère avait peur de son père, ce grand-père colérique que Daniel n'a jamais connu. Il a grandi avec les histoires des crises de colère de son grand-père. Francesca lui racontait comment son père explosait, forçant le reste de la famille à se mettre à l'abri le temps qu'il se calme. Ces récits étaient pittoresques, mais la réalité devait avoir été autrement pénible. Grandir dans une famille où l'humeur du père faisait la pluie et le beau temps ne pouvait pas avoir été une partie de plaisir.

Daniel s'est promis que son propre tempérament explosif, qu'il lui faut parfois combattre pour le contrôler, ne nuirait jamais à Alice.

« Comment c'était, le boulot, aujourd'hui ? »

Ida est dans l'embrasure de la porte, les cheveux fraîchement séchés. Elle a l'air gaie : Daniel s'est échappé tôt du commissariat, il est rentré à quatre heures. Elle a pu faire une petite sieste et même faire la déco de Noël de la cuisine. Là, elle est de nouveau elle-même : la jolie monitrice de ski rencontrée au Chantier voilà tout juste un an, plutôt qu'une jeune maman épuisée.

Il hausse les épaules.

« Rien de particulier. Quelques réunions en ligne avec Umeå. Demain, ce sera Östersund, comme d'habitude. »

D'un point de vue purement technique, il est en poste à la section grande criminalité d'Östersund, mais son chef est d'accord pour le laisser télétravailler depuis Åre trois jours par semaine. Même s'il passe beaucoup de temps en voiture, il est content de cet arrangement. Ça lui donne une chance de s'enraciner à Åre. C'est là qu'il est chez lui désormais, avec Ida et Alice. Ses femmes.

Il sort sa fille de l'eau et la drape dans la grande serviette que lui tend Ida.

« Qu'est-ce que tu dirais d'un plat de lasagnes pour le dîner ? propose-t-il. Avec une sauce tomate maison ? »

Daniel aime faire la cuisine, il s'est toujours senti bien aux fourneaux. Il a coutume de plaisanter sur son héritage italien, son amour pour la *pasta* et le parmesan.

« Miam », sourit Ida.

Elle tend les bras et lui prend Alice.

« Petite crevette, gazouille-t-elle. Viens voir maman. »

Daniel l'embrasse sur le front. Et là, devant le sourire édenté d'Alice, impossible de se rappeler la raison de tant d'aigreurs et de disputes ces derniers temps.

JEUDI 12 DÉCEMBRE

11

Devant le miroir de la chambre d'Ebba, Amanda essaie de prendre une décision. Elle hésite entre son top jaune côtelé H&M et le rouge commandé sur Internet. C'est la veille de la Sainte-Lucie et le rouge est mieux accordé à la période de Noël, mais le jaune met plus en valeur sa poitrine. Elle s'examine soigneusement sous tous les angles, fait la moue en regardant ses fesses et finit par enfiler le top jaune.

Ebba est déjà dans la salle de bain en train de se maquiller. Le dernier album d'Avicii passe en musique de fond. Une voix masculine chante « SOS » et Amanda esquisse quelques pas de danse en souriant à son reflet dans le miroir. Elle n'est pas si mal. Maintenant, elle va faire la fête, elle attendait vraiment cette soirée. Elle pense à Viktor et sourit de plus belle.

Ils sortent ensemble depuis un certain temps, mais en cachette. Il ne frappera plus jamais personne. Surtout pas elle. Viktor n'a pas fait mystère de son passé, il lui a juré que tout n'était qu'un accident, et elle le croit. Et puis il embrasse tellement bien, il lui change les idées. Elle a besoin de lui en ce moment, elle ne peut pas sans arrêt ressasser ce qui s'est passé la semaine dernière.

Elle s'est promis de ne plus y penser, au moins pour quelques heures. Elle se sent encore sale, elle ne peut s'empêcher tous les soirs de regretter d'avoir accepté l'argent. Si elle en avait les moyens, elle rembourserait jusqu'à la dernière couronne… Sentant sa bonne humeur s'estomper, Amanda ajuste son top d'un geste résolu, refoule ses idées noires et rejoint Ebba devant le miroir de la salle de bain. Elle est occupée à se tartiner les cils de mascara. Un grand gin tonic est posé à côté du lavabo.

Amanda prend le verre et en boit quelques gorgées. Dans sa tête les nuages reculent. L'alcool la réchauffe, elle se sent beaucoup mieux. Ce soir elles vont juste s'amuser. Elle avale d'autres rasades.

Les parents d'Ebba et son petit frère sont partis à Stockholm pour un anniversaire, ils sont absents tout le week-end. Amanda se demande s'ils sont au courant de la fête. Probablement pas. Mais ce n'est pas son problème.

Ebba montre le verre de la tête.

« Hé, laisse-m'en un peu, dit-elle. Les autres ne vont pas tarder. »

Ils sont dix-huit dans la classe, et ce printemps, ils vont passer leur bac. C'est leur dernière veillée de Sainte-Lucie. Amanda en a ras le bol du bahut, mais elle aime bien ses camarades. Ce sont eux qui l'ont fait tenir cette année. Sans eux, elle aurait décroché, malgré sa mère qui n'arrêtait pas de rabâcher qu'il fallait continuer les études.

« Pousse-toi un peu », dit-elle à Ebba en se faufilant devant le miroir.

Elle écarte ses cheveux noir corbeau et sort un eye-liner tout aussi noir qu'elle applique soigneusement sur ses sourcils.

« Wille m'a écrit qu'il apportait pas mal de tise, dit Ebba en vérifiant les ombres sur ses paupières et en ajoutant un peu de sombre au coin d'un œil.

— Cool », opine Amanda.

Elles sont dans la même classe que Wille depuis le primaire. Ils ont tous les trois grandi au village. Wille est celui qui a les meilleurs contacts. Non qu'il soit difficile de se procurer à boire, mais c'est lui qui sait trouver ce qu'il y a de meilleur au plus bas prix. En plus, Mackan doit apporter de la bière et de quoi fumer. Viktor aussi. Ils ont tous les deux des frères et sœurs plus âgés qui leur achètent de quoi.

Amanda sent un chatouillement en pensant à Viktor.

Le portable d'Ebba bipe.

Elle montre le message à Amanda.

On est arrivés. Bisous, maman.

P.-S. : Pas de fête à la maison !

« Est-ce qu'elle ne va pas être super vénère quand elle saura que tu as quand même invité des gens ? » demande Amanda en continuant de se maquiller.

Ebba ricane en rajustant son top noir qui s'obstine à remonter.

« T'inquiète, dit-elle. Ils ne rentrent pas avant dimanche soir. Ça laisse tout le temps de faire le ménage. »

Elle finit son verre et fait un clin d'œil à Amanda.

Dehors, il fait nuit noire. Il a neigé tout l'après-midi.

Amanda ajoute du mascara. Ce soir, elles vont trop s'éclater. Pas question d'avoir peur ni de s'inquiéter, ça peut attendre demain.

S'amuser, c'est tout.

12

Hanna est étendue sur le canapé du séjour, il est presque sept heures et demie du soir. Elle a rampé jusque-là avec une nouvelle bouteille. Depuis hier après-midi, elle a principalement bu et somnolé en ruminant ce qu'elle aurait pu faire ou dire pour que Christian reste avec elle. Elle est prête à tout pour avoir une deuxième chance.

Et dire qu'en rentrant lundi dernier, elle pensait que la catastrophe au boulot était ce qu'il pouvait lui arriver de pire.

La sonnerie de son portable la fait sursauter.

Le temps d'un battement de cœur, elle espère que c'est Christian, qu'il regrette et a compris que c'est vraiment elle qu'il aime. Qu'ils pourront faire comme si ces derniers jours n'avaient jamais existé.

Puis elle se souvient dans quel état elle a laissé l'appartement. Et voit qui appelle.

Maman.

Hanna ne veut parler à personne, encore moins à sa mère, Ulla. Lydia l'a-t-elle mise au courant pour Christian, malgré sa promesse ?

« Allô ? répond-elle d'une voix rauque.

— Ma chérie », commence sa mère sur ce ton qui signifie qu'Hanna a encore fait une bêtise.

Le sentiment de culpabilité la submerge tandis qu'Hanna tente de se souvenir. Qu'a-t-elle oublié cette fois ?

« Quand arrivez-vous pour le Nouvel An ? demande Ulla Ahlander. Tu avais promis de m'envoyer l'horaire de votre vol. »

Hanna a complètement zappé que Christian et elle étaient censés prendre l'avion le 30 pour fêter le Nouvel An à Nerja.

Elle a toujours fait tout son possible pour éviter l'Espagne. Seule la présence de Christian rendait la chose supportable. Son charme faisait oublier aux parents d'Hanna leur sempiternel rabâchage : qu'elle ferait mieux de quitter la police et de trouver un emploi mieux payé et plus qualifié – c'est-à-dire dont ils puissent se vanter devant leurs amis dont les enfants étaient avocats, experts-comptables ou médecins.

« Vous atterrissez quand ? reprend sa mère. Vous louez une voiture, n'est-ce pas ? Avec papa, on aura du mal à vous promener à droite et à gauche, sinon. »

Elle rit, comme pour gommer ce que cette remarque a d'incongru. En bruit de fond, on entend les cigales. Elle est probablement sur la terrasse où ils ont installé des citronniers dans de grands pots en terre.

« Tu n'imagines même pas combien de fois nous sommes invités ces prochaines semaines, continue-t-elle. C'est vraiment sympa toutes ces fêtes avant Noël. »

Elle baisse un peu la voix, comme si elle avait quelque chose d'extraordinaire à raconter. Elle parle toujours d'une voix un peu essoufflée, avec quelque chose d'enfantin que tout le monde sauf Hanna semble trouver charmant.

« Figure-toi, dit-elle avec une fierté manifeste, que nous avons été invités à la *Christmas party* du maire le 23 décembre. Tout le monde y sera. Il faut que je m'achète une nouvelle robe. »

Hanna ne sait pas ce qui est le pire, annoncer à sa mère que c'est fini avec Christian, ou être obligée d'aller leur rendre visite sans qu'il soit là pour faire tampon.

Elle ne pourra jamais avouer qu'on l'a sommée de quitter son poste à Stockholm.

Sa seule consolation est que Lydia ne semble pas avoir vendu la mèche.

« Je travaille, ment Hanna en s'efforçant d'affermir sa voix pour cacher qu'elle a bu. Je peux t'appeler demain ? »

Sans s'embarrasser des protestations d'Ulla, elle raccroche. Sent revenir la boule familière dans sa gorge. Elle ne veut pas se laisser entraîner dans les souvenirs d'enfance, mais ils s'imposent à elle.

Sa mère avait quarante et un ans et son père cinquante-deux à sa naissance. Ils ne voulaient pas d'autre enfant : Lydia comblait toutes leurs attentes. Ils formaient un trio parfait jusqu'à ce qu'Hanna, dix ans plus tard, brise leur idylle.

Hanna a grandi en entendant sa mère ressasser sa grossesse difficile. Qu'elle avait pris beaucoup de poids et avait failli mourir pendant l'accouchement. Qu'Hanna avait crié sans arrêt les premiers mois, épuisant tout le monde. Que si après la naissance de Lydia,

Ulla avait sans difficulté retrouvé sa silhouette, la deuxième fois ça avait été une autre paire de manches.

Hanna se souvient encore de sa mère se pesant tous les matins et tous les soirs sur la balance de la salle de bain. Elle entend encore ses sempiternelles questions : « Est-ce que cette robe me mincit ? », « Quelle couleur pour affiner ma silhouette ? », « Est-ce qu'on voit dépasser mon ventre dans cette nouvelle jupe ? ». Hanna avait beau lui assurer qu'elle était la plus belle du monde, rien n'y faisait. Enfant, elle essayait toujours de la consoler et de l'admirer pour compenser les dommages qu'elle pensait avoir provoqués.

C'était sa faute si sa mère avait perdu sa beauté…

Elle, elle n'a pas de balance et s'est jurée de ne jamais en acheter. Elle ne veut pas penser à son poids, préfère les pulls lâches et les vêtements amples, alors qu'elle est mince par nature.

Hanna enfouit son visage dans l'oreiller en fermant fort les yeux. Tout ce qu'elle voulait, c'était que maman soit contente. Et qu'elle l'aime autant que Lydia.

Sa sœur lui a dit qu'elle pouvait rester au moins un mois à Åre. Il faut qu'elle trouve une excuse pour ne pas descendre en Espagne. L'idée d'y aller seule lui semble impossible. Elle se sent incapable de faire face à la déception de ses parents quand ils apprendront sa rupture.

Lors de leur dernier séjour en Espagne, sa mère a parlé mariage, multipliant les allusions, rappelant son âge à Hanna – il ne fallait pas attendre trop pour faire des enfants. Elle qui avait toujours refusé d'aider financièrement Hanna, elle n'avait rien contre la prise en charge d'une noce coûteuse.

Et puis, Christian serait un père formidable, répétait-elle, sur un ton censé être léger, mais qui déchirait Hanna comme une lame de rasoir.

Elle est au bord des larmes rien que d'y repenser.

Maman avait tout à fait raison, se dit-elle. Christian sera un père formidable, mais pas pour mes enfants.

13

La musique retentit à fond dans toutes les pièces, la fête bat son plein. Amanda fume sur le canapé. Elle se demande comment Ebba va pouvoir s'expliquer, une fois ses parents rentrés. Amanda n'oserait jamais inviter la classe chez elle en l'absence des siens. Sa mère serait folle, même si rien n'était cassé.

Des éclats de rire arrivent de la cuisine. Elle croit reconnaître Viktor. Elle se lève pour le rejoindre, elle a bien envie de danser et de se faire un peu câliner.

Viktor et Wille s'accrochent à l'évier. Depuis une heure, ils se sont sérieusement lâchés. Ils sont tous les deux si bourrés qu'ils tiennent à peine debout. Ils la fixent, l'œil dans le vague, en sortant des blagues d'ivrognes. Des canettes de bière écrasées jonchent la table de la cuisine et le sol est poisseux d'alcool renversé.

Entièrement absorbés dans leur conversation, les garçons la snobent. Amanda le prend mal. Elle va s'en aller quand Viktor tend la main pour l'arrêter. Elle dégage son bras. Elle aussi est bourrée, mais pas au point d'avoir envie d'un câlin quand il la traite comme ça.

Elle fronce les sourcils en le voyant forcé de s'appuyer à une chaise pour ne pas tomber à la renverse.

« Putain, ce que t'as bu, crache-t-elle en rabaissant son petit haut jaune qui est remonté sur son ventre.

— Putain, ce que t'as bu », l'imite-t-il d'une voix si pâteuse qu'il réussit à peine à finir sa phrase.

Il tend de nouveau la main vers elle et l'attire plus près de lui. Sa force est étonnante malgré tout ce qu'il a bu.

« Pourquoi tu te fâches comme ça ? »

Amanda penche la tête quand Viktor essaie de l'embrasser.

« Allez, quoi, je t'aime bien ! »

Il se croit romantique mais ne réalise pas qu'il est en train de brailler. Elle détourne ostensiblement le visage. Sans succès : il continue à approcher de son oreille sa bouche béante.

Il la serre trop fort, elle a la joue plaquée contre son torse, à tel point qu'elle peut à peine respirer. Elle tente de se dégager, en vain. Il la serre encore plus fort tandis que son autre main descend vers ses fesses.

« Arrête ! »

Amanda se débat pour lui échapper.

« Laisse tomber, Viktor !

— Mais enfin, elle veut pas », fait Wille en rotant bruyamment.

Enfin, Viktor lâche prise.

« Bon, pardon, quoi », dit-il en haussant les épaules comme s'il n'avait rien fait de mal.

Amanda l'anéantit du regard. Elle regagne le séjour, à la recherche de quelqu'un avec qui parler.

Viktor est un abruti. S'il se comporte comme ça, elle ne veut plus de lui.

14

La fête commence à dégénérer. Il est minuit largement passé. Une cigarette a brûlé le canapé, une forte odeur de tabac flotte dans toute la maison. Dans un coin, un couple se pelote.

Amanda est assise seule dans l'escalier. Ebba a disparu. Ce n'est pas comme ça qu'elle imaginait cette soirée. Si Viktor veut faire le con, tant pis pour lui. Elle n'a pas l'intention d'aller ramper devant lui.

Elle part à la recherche d'Ebba. À l'étage, de bruyants gémissements sortent de la chambre parentale. On dirait Mackan, le garçon le plus cool de la classe. Emily est sans doute l'élue du jour. Elle a été pendue à ses basques tout le premier trimestre. Elle était assez éméchée plus tôt dans la soirée.

Amanda regarde autour d'elle. La chambre d'Ebba est vide, celle de son frangin aussi. Dans la salle de bain, elle trouve son amie par terre, adossée au mur carrelé de bleu, la tête pendant sur ses genoux. Ses cheveux bruns lui cachent le visage.

Ça pue le vomi. La lunette des toilettes est constellée de taches brunâtres.

Pauvre Ebba.

« Comment ça va ? demande Amanda en s'agenouillant près d'elle.

— Pas bien, murmure son amie. Je suis bourrée. »

Elle doit à nouveau se précipiter au-dessus des toilettes. Un peu de vomi lui éclabousse les cheveux, mais Ebba ne semble pas le remarquer. Elle retombe sur le sol en gémissant.

« Tu ne ferais pas mieux d'aller te coucher ? suggère Amanda en lui caressant le dos.

— Bientôt, bredouille-t-elle. Il faut d'abord que je me repose un peu. »

Ses larmes se mettent soudain à couler.

« Mackan est avec Emily, chuchote-t-elle. Je le déteste. »

Amanda soupire. Comment Ebba peut-elle en pincer pour ce salaud de Mackan ? Il peut avoir qui il veut – au moins la moitié des filles de la classe sont à ses pieds – et il en profite.

À ce moment, de grands cris retentissent dans la chambre parentale.

Et là, d'un coup, Amanda n'en peut plus.

Elle devrait rester consoler Ebba, la mettre au lit et l'aider à faire le ménage. Mais elle se lève. Elle en a assez de ses camarades de classe ivres, de l'odeur de bière et de vomi. Elle attendait impatiemment cette soirée, mais rien ne s'est passé comme elle l'imaginait.

En plus, rien à faire, elle n'arrête pas de ressasser, comme elle l'a fait toute la semaine depuis qu'elle a compris l'horreur de ce qui se passe. Ses copains de lycée bourrés lui paraissent d'un coup puérils et naïfs, ils ne pigent rien.

Impossible de retenir ses idées noires, surtout quand à son angoisse s'ajoute sa colère contre Viktor. Pourquoi faut-il qu'il ait choisi ce soir pour être aussi nul ?

Elle veut rentrer chez elle, essayer de trouver une solution à tout ce merdier.

Au fond, elle aimerait tout raconter à sa mère, qu'elle la serre dans ses bras et lui dise que tout va s'arranger. Mais elle sait ce qu'elle dirait si elle apprenait la vérité. Si elle savait ce qu'Amanda a fait avec Ebba.

« Écoute, je me tire, dit-elle. Je t'aiderai à ranger plus tard ce week-end. Au fait, j'ai grave le seum avec Viktor. Il est trop relou ce soir. »

Ebba hoche faiblement la tête.

« Mmh…, marmonne-t-elle le visage tourné vers le sol.

— À demain », dit Amanda.

Façon de parler. Car il est presque une heure du matin et dans six heures et demie, à l'école, c'est le spectacle de la Sainte-Lucie. Ebba et Amanda sont censées être en aube blanche dans le cortège. Elle espère qu'Ebba aura eu le temps de dessoûler d'ici là, sinon le prof de musique va l'engueuler. Ils répètent les chants de Noël depuis octobre.

Amanda descend dans l'entrée et cherche son blouson dans le fouillis de vêtements jetés à même le sol. Elle enfile son bonnet et ses boots. Dehors, il fait un froid de canard.

Elle reste un instant la main sur la poignée de la porte. Il a recommencé à neiger, de gros flocons blancs emportés par le vent. Les bus ne passent plus et il lui faut quarante minutes pour rentrer chez elle à pied. Le plus rapide est de longer l'E14, mais ce n'est pas vraiment une bonne idée : les voitures roulent si vite.

Est-ce qu'elle ne devrait pas plutôt rester dormir ?

Elle jette un œil en direction de la cuisine. Par l'embrasure de la porte, elle aperçoit Wille appuyé au plan de travail, mais pas Viktor. La musique est toujours aussi forte, mais plus personne ne danse. La fumée des cigarettes se mêle à une odeur plus sucrée.

Viktor apparaît, il titube vers les toilettes. Il est si pressé qu'il n'a pas le temps de fermer la porte. On entend son jet d'urine gicler sur la cuvette et probablement tout éclabousser à côté.

Quel connard.

Amanda se détourne avec une mine dégoûtée.

Elle entend que Viktor la rejoint, mais l'ignore. Elle ne veut plus le voir.

« Tu t'en vas ? » lui lance-t-il.

Amanda ne répond pas.

Soudain, il passe devant elle et lui bloque le passage.

« Allez, quoi, Amanda ! »

Il tente de l'embrasser, mais cette fois elle est prête.

« Ne me touche pas ! »

Il a eu plusieurs heures pour se réconcilier avec elle. Il a préféré rester traîner à boire des bières avec Wille. En tout cas, il semble avoir les idées un peu plus claires que tout à l'heure.

« Qu'est-ce que t'as ce soir ? »

Viktor a l'air fâché qu'elle lui résiste.

« Pourquoi tu te soûles comme ça ?

— Je te le demande », crache Amanda.

Il tente à nouveau de la prendre dans ses bras, mais elle le repousse. Sans mesurer son geste. Ivre et surpris, Viktor perd l'équilibre et heurte le mur. Il atterrit lourdement sur les dalles en pierre avec un grand juron.

Amanda le regarde fixement. Il a le visage déformé par la colère.

Amanda ne sait si elle doit dire : « Pardon » ou : « Bien fait. » Le stress lui assèche la bouche.

Le regard dur, Viktor se relève.

« Qu'est-ce qui te prend ? éclate-t-il. Salope ! »

Le ton de sa voix effraie Amanda. Elle ne l'a jamais entendu comme ça. Pour la première fois, elle se demande si ce qu'il a fait à cette fille à Umeå était vraiment un accident.

Au point que quand il s'avance vers elle, elle ne sait pas si c'est pour l'étreindre ou la frapper.

Amanda ouvre la porte à la volée et se précipite dans la nuit. Malgré les cris de Viktor dans son dos, elle continue à courir.

VENDREDI 13 DÉCEMBRE

15

La sonnerie réveille Lena Halvorssen dans la chambre encore sombre. Elle tâtonne pour éteindre le réveil. Il est six heures, c'est le matin de la Sainte-Lucie. Elle a du mal à émerger, mais les enfants doivent aller à l'école et son premier patient arrive à huit heures et quart.

Harald dort encore. Elle lui donne un coup de coude, mais il se contente de grogner. Sa barbe naissante est plus grise que noire, son double menton repose sur la couette remontée.

Lena soupire et balance les jambes par-dessus le rebord du lit. Ludde arrive aussitôt en agitant la queue. Elle se penche pour flatter la tête du labrador noir avant d'enfiler sa robe de chambre. Il est l'heure de réveiller les jumeaux. À neuf ans, Mimi et Kalle partagent toujours la même chambre. L'idée est qu'un des deux prenne la chambre d'Amanda quand elle aura quitté la maison. Elle passe son bac au printemps. Les incessantes disputes entre Lena et sa fille ces dernières années laissent supposer que l'adolescente ne devrait pas s'éterniser.

Lena s'arrête dans l'embrasure de la porte de la chambre des enfants. Ils sont mignons endormis, avec leurs joues roses. Leurs lits sont à angle droit, deux houppettes blondes en dépassent. Kalle est calme, il est réfléchi et prudent, un petit penseur. Mimi est plus audacieuse, elle parle d'abord, réfléchit ensuite. C'est elle qui trouve les bêtises à faire, Kalle suit le mouvement.

Lena aimerait les garder toujours à cet âge-là. Qu'ils ne deviennent pas des ados grincheux. Elle n'avait que vingt-trois ans à la naissance d'Amanda. Maman inexpérimentée, elle en a bavé. Comment aura-t-elle l'énergie de faire face à la puberté de deux gamins en même temps, avec leurs hormones qui explosent dans tous les sens ? Elle n'en a aucune idée.

Elle lorgne vers la chambre d'Amanda. Va-t-elle la réveiller tout de suite ? Non, d'abord il lui faut un café. Ça va être la croix et la bannière pour la tirer du lit après la fête chez Ebba. Lena ne l'a pas entendue rentrer, mais c'était sûrement très tard. Elle n'a sans doute dormi que quelques heures, et pas encore dessoûlé. Lena ne se fait aucune illusion sur ces soirées où l'on ne boit soi-disant pas d'alcool.

Après un café et une douche rapide, il est déjà sept heures moins vingt quand elle est prête. Elle réveille Mimi et Kalle. Harald devrait se lever lui aussi, mais il dort encore comme une souche. Sa réunion au conseil communal a dû s'éterniser hier soir, elle ne l'a pas non plus entendu rentrer.

Lena se blinde mentalement pour ouvrir la porte de la chambre d'Amanda. Elle enfonce la poignée, glisse un œil, appelle sa fille de sa voix la plus douce. En l'absence de réaction, elle ouvre en grand.

La chambre est vide, le lit intact.

Elle se met aussitôt en colère. Satanée gamine ! Si elle dort chez une copine, elle doit envoyer un sms, c'est le deal. Même si c'est chez Ebba.

Lena va réveiller Harald.

« Amanda n'est pas à la maison, dit-elle sans cacher son irritation.

— Hein ? »

Mal réveillé, Harald la regarde, puis se redresse sur un coude, faisant glisser la couette à rayures. Des poils gris parsèment son torse.

« Amanda, répète Lena. Elle a dû rester chez Ebba mais elle n'a pas prévenu. Ça me rend folle quand elle fait ça. »

Elle se laisse tomber sur le bord du lit en attrapant son portable pour envoyer un sms incendiaire à sa fille.

Harald lui tapote la main. Il joue les Casques bleus dans la famille, mais laisse Lena monter seule au front quand les enfants n'obéissent pas.

Ludde l'a suivie dans la chambre et jette des regards langoureux vers le lit. Il a l'interdiction stricte d'y grimper.

« Du calme, dit Harald. C'est la Sainte-Lucie, tu sais comment c'est. Elle a dû s'endormir chez Ebba avant d'avoir le temps d'écrire son message. Elle va sûrement aller directement au lycée. »

La voix de son mari apaise Lena. Il est doué pour ça, ramener le calme autour de lui. C'est pour cela qu'il est un bon président du conseil communal, malgré une coalition politique fragile. Il a un effet rassurant sur les gens.

« Tu as sûrement raison », dit-elle, avant de taper un message plus gentil qu'elle ne l'envisageait.

Tu as dormi chez Ebba ? N'oublie pas le cortège de la Sainte-Lucie. :-)

Harald l'attire contre lui, elle appuie sa tête contre son épaule. Sa peau est encore toute chaude de sommeil, il sent bon, même s'il ne s'est pas encore douché.

« Elle n'a que dix-huit ans, dit-il. Tu ne te souviens pas comment on était à cet âge-là ? »

Bien sûr que Lena s'en souvient. Ils étaient dans la même classe au lycée et même s'ils se connaissaient depuis longtemps, ils n'ont commencé à sortir ensemble que le printemps de l'année de leur bac.

Lena lui sourit à contrecœur. C'est l'effet qu'a Harald sur elle. Il est presque toujours de bonne humeur. Comme d'habitude, c'est elle qui réagit avec excès. Elle le fait souvent avec Amanda, d'où leurs fréquentes disputes. Parfois, elle ne comprend même pas pourquoi elle n'arrive tout simplement pas à se contrôler. Avec les jumeaux, c'est différent. Elle est beaucoup plus patiente avec eux, même si elle aime tout autant ses trois enfants.

« Viens, dit-elle en se levant du lit. Il y a des brioches au safran et du café à la cuisine. Et des biscuits aux épices. »

Harald s'illumine. Il adore brioches et biscuits, surtout quand ils sont maison.

Lena repose son portable. Elle essaiera d'appeler Amanda dans la matinée, entre deux patients.

Pourquoi faut-il toujours qu'elle s'inquiète autant ?

16

Lena vient de s'occuper d'un dos douloureux qui avait bien besoin de ses mains expertes de naprapathe. Elle a un quart d'heure avant le patient suivant. Le temps de rafraîchir le cabinet de consultation, désinfecter la couchette et boire un café noir. À condition de faire vite.

Mais elle sort plutôt son portable pour voir si Amanda a donné des nouvelles.

Rien.

Lena soupèse le téléphone dans sa main. Il est onze heures et demie, l'heure du déjeuner. Le cortège de la Sainte-Lucie est terminé depuis longtemps. Même si Amanda est en cours, elle a eu plusieurs interclasses pour répondre.

Lena envoie un nouveau message.

Est-ce que tout va bien ? Bisous, maman.

Ça la travaille, cette inquiétude de mère qui ne lui laisse aucun répit. Elle a le don de faire sourire Harald.

« Amanda est majeure, elle a eu dix-huit ans. Elle peut faire ce qu'elle veut », a-t-il l'habitude de dire.

Il est temps pour Lena de lâcher prise.

« Pas tant qu'elle habite à la maison », répond-elle toujours.

Tant qu'Amanda vit sous leur toit, elle veut savoir où va et ce que fait sa fille.

Elle reste là à fixer son portable. Pourquoi est-elle si soucieuse ? Åre est un endroit sûr où grandir. Les crimes les plus courants y sont des infractions routières et des fêtes qui dégénèrent en bagarres entre touristes ivres.

Mais un drame, ça peut arriver partout, un accident de la route par exemple, même dans les endroits calmes. Avec toute la neige tombée cette nuit, la visibilité était mauvaise. Si Amanda est rentrée à pied en pleine nuit, elle a pu être renversée.

L'image d'un corps inconscient au fond d'un fossé traverse l'esprit de Lena.

« Arrête ça ! » s'ordonne-t-elle tout bas.

Devrait-elle appeler Harald, au cas où Amanda lui aurait donné des nouvelles plutôt à lui ? Elle le fait parfois, quand sa mère est sur le sentier de la guerre. Lena compose le numéro de son mari, mais tombe sur le répondeur. Il doit être en réunion, comme d'habitude.

Elle ne comptait pas appeler Amanda, mais le fait quand même, bien que sa fille déteste qu'on lui téléphone au lycée. Les sonneries se succèdent jusqu'à ce que l'appel soit coupé.

Naturellement, elle est en cours. Ou alors elle a tout simplement fait une croix sur le lycée pour rester dormir chez Ebba. Il y a forcément une explication.

On frappe à la porte et une femme d'une quarantaine d'années glisse un œil. Cia, une de ses patientes régulières. Elle a un problème à l'épaule traité aux ultrasons.

« Je peux entrer ?

— Bien sûr, répond Lena en posant le téléphone. Bienvenue. »

L'inquiétude la dévore, mais elle se force à sourire à Cia.

Tout est en ordre. Il le faut.

17

Harald Halvorssen referme son carnet de notes en le faisant un peu claquer. Il est derrière son bureau, son directeur financier vient de partir après un point sur le budget. Rien de réjouissant. Beaucoup trop de déficits pour être à l'équilibre. Dans une coalition quadripartite, chacun cherche à faire valoir ses exigences et à tirer la couverture à soi.

La situation n'est pas nouvelle à Åre : les mandats précédents ont vu défiler différents attelages politiques. Traditionnellement, c'est son parti, le Centre, qui a toujours dominé, avec quelques interruptions pour une majorité rouge-verte. Désormais, il est tributaire d'un nouveau venu, le parti Västjämtland d'abord, qui défend les intérêts locaux et joue un rôle d'arbitre.

Il faut qu'il trouve le moyen de convaincre tout le monde de la nécessité de réaliser davantage d'économies. Åre connaît une croissance rare pour une localité isolée, mais la pression fiscale y est déjà élevée.

Il se cale au fond de son fauteuil et joint les mains derrière sa nuque. Son ventre pointe. Le travail est très prenant, il n'a plus le temps de faire autant de sport qu'avant. Sur ses skis de fond, il n'arriverait plus à courir la Vasaloppet en six heures comme autrefois.

Son regard tombe sur la photo encadrée sur son bureau. Toute la famille au sommet de l'Åreskutan. Le cliché date de Pâques, le soleil brillait, comme souvent en avril. Ils avaient emporté un casse-croûte. Les jumeaux étaient déchaînés et tenaient à peine en place, et même Amanda souriait à l'objectif.

Harald soupire. Pourquoi ces disputes continuelles entre la mère et la fille ? Soit c'est Lena qui s'énerve contre elle, soit c'est Amanda qui crie contre sa mère et lui claque la porte au nez. Harald s'efforce de faire le relais, comme il peut, mais c'est parfois un vrai champ de mines : quoi qu'il fasse, il y a une mécontente. Il est plus facile de gérer l'opposition communale que de faire s'accorder sa femme et son aînée.

Son portable bipe. Un message de Lena.

Je n'arrive pas à joindre Amanda, elle t'a donné des nouvelles ?

Harald regarde sa montre. Déjà cinq heures moins le quart. Il n'a pas vu passer la journée.

Il répond aussitôt :

Non.

Le message suivant arrive au bout de quelques secondes seulement.

Elle n'a pas donné de nouvelles ! Tu crois qu'il a pu se passer quelque chose ?

Harald soupire à nouveau. Lena se monte facilement la tête. Ce n'est pas la première fois qu'Amanda ignore les sms de sa mère. Au fond, il la comprend : Lena a un peu trop tendance à vouloir tout contrôler. Elle veut toujours savoir où il est, où sont les enfants, sans quoi elle stresse et imagine les pires scénarios catastrophes.

Il s'apprête à répondre quelques phrases apaisantes quand on frappe à sa porte.

Mira Bergfors, son bras droit, est sur le seuil. Ses cheveux noirs qui encadrent son visage aux traits fins et coulent sur ses épaules luisent sous le plafonnier. Harald est fier d'avoir une si belle assistante. Elle a trente et un ans, est mariée et maman d'une petite Leah de trois ans.

« Tu es un homme libre, sourit-elle. La prochaine réunion a été annulée, tu peux rentrer. »

Bien qu'on soit un vendredi et le jour de la Sainte-Lucie, il avait une réunion prévue à cinq heures. Rentrer à cette heure-ci alors qu'il quitte le plus souvent le bureau à six heures et demie, sept heures, c'est un luxe.

« Parfait, répond-il.

— Je pensais y aller moi aussi », dit Mira.

Elle tourne les talons, et Harald ne peut s'empêcher de fixer les belles formes de ses fesses bien moulées par son jean noir.

Il sait ce que c'est que de caresser ce corps soyeux.

Il se souvient alors qu'ils sont au travail. Il prend aussitôt une expression neutre et lève la main pour la saluer.

« Bon week-end », lance-t-il en commençant à écrire à Lena, mais il se ravise et préfère lui téléphoner.

Elle répond dès la première sonnerie, d'une voix paniquée.

« Amanda n'a toujours pas donné de nouvelles ! J'ai envoyé des messages et téléphoné plusieurs fois.

— Tu as essayé de contacter Ebba ? Elle est peut-être allée chez elle après le lycée, suggère Harald pour la calmer.

— Oui, j'ai déjà appelé, mais elle ne répond pas non plus. »

Harald regarde par la fenêtre. Il a cessé de neiger et un croissant de lune pâle luit dans le ciel noir.

« Je peux faire un crochet par chez Ebba en rentrant, dit-il. De toute façon, j'étais sur le départ.

— Ok. »

Lena n'a pas l'air plus rassurée.

« Écoute, dit Harald, ne t'inquiète pas comme ça.

— Et s'il lui était arrivé quelque chose ? lâche Lena. Quelque chose de grave ? »

18

Le week-end approche au commissariat d'Åre. Daniel est dans la salle de détente avec deux enquêteurs locaux, Anton et Raffe. Ils ne se fréquentent pas beaucoup mais s'entendent bien. C'est devenu une habitude de faire une pause café le vendredi avant de partir.

La semaine a été calme. Ces deux jours de congé sont pourtant les bienvenus pour Daniel. Alice est-elle assez grande pour une excursion en traîneau ? S'ils l'emmitouflent bien, ils pourraient la tirer à skis jusqu'à Fröå Gruva, et déjeuner là-bas au café.

Anton s'apprête à parler du saxophone alto qu'il compte s'acheter – il joue dans un groupe de jazz à ses heures perdues – quand ils sont interrompus par le central d'Umeå.

Anton répond tandis que Raffe feuillette un journal ouvert sur la table. Il s'appelle en réalité Rafael Herrera, est issu d'une famille de réfugiés chiliens des années soixante-dix. Il a grandi à Strömsund, est passionné de snowboard, au point d'avoir participé à des compétitions dans l'équipe nationale junior. Anton et lui sont en poste à Åre depuis nettement plus longtemps que Daniel, le seul pourtant à habiter dans le village même. Anton a un appartement à Duved et Raffe vit à Kall, près de l'église, parce que sa femme est originaire de là.

Anton raccroche et se tourne vers ses collègues.

« Il semble qu'une fille d'Åre ait disparu depuis hier soir, dit-il. Elle était à une fête, mais n'a pas donné de nouvelles depuis. On ne l'a pas vue à l'école de toute la journée.

— Quel âge ? » demande Raffe en se grattant une oreille.

Comme Daniel, il porte une courte barbe, mais celle de Raffe est presque noire, quand Daniel la porte châtaine.

« Elle a eu dix-huit ans en septembre, répond Anton. C'est sa mère qui a donné l'alerte.

— Elle s'appelle comment ? » demande Daniel.

Anton consulte ses notes.

« Amanda Halvorssen. Elle est scolarisée au lycée de Järpen et habite Pilgrimsvägen à Åre.

— Où a eu lieu cette fête ?

— À cinq minutes d'ici. Trollvägen.

— Elle est probablement chez une copine, bâille Raffe. Et elle aura oublié d'appeler sa mère. »

Raffe a raison, pense Daniel. La plupart des adolescents portés disparus se sont juste incrustés chez un copain. À cet âge, on ne réfléchit pas, on contrôle mal ses pulsions, le cerveau n'a pas fini de se développer. La capacité à mesurer les conséquences de ses actes est défaillante à tous les niveaux.

Il se rappelle sa propre jeunesse à Sundsvall, les fêtes où il buvait tant qu'il finissait par sombrer chez un pote. À la maison, sa mère célibataire se faisait chaque fois un sang d'encre, mais ça ne l'empêchait pas de recommencer.

Daniel prend un biscuit aux épices dans une boîte au centre de la table. Son couvercle brille à la lueur du chandelier de l'Avent rouge qui décore la fenêtre.

« Les parents ont appelé toutes leurs connaissances, objecte Anton. Personne ne l'a vue depuis hier soir. »

Daniel jette un coup d'œil par la fenêtre. Le soleil est couché depuis longtemps, il fait moins vingt. Il ne faut pas jouer avec les forces de la nature.

« La mère avait visiblement l'air très inquiète », ajoute Anton.

Daniel fronce les sourcils. Dans une grande ville, ils ne lanceraient pas de recherches si peu de temps après une disparition, en tout cas en l'absence de soupçons criminels. Normalement, on attend au moins vingt-quatre heures avant de prendre des mesures. Mais ce qu'il vient d'entendre ne lui plaît pas.

Des jeunes qui font la fête par des températures très basses, ça peut mal finir. Il termine son café et se lève.

« Je pense qu'il faut aller causer à la famille, dit-il. Par acquit de conscience. »

Anton se lève aussi.

« Je t'accompagne. »

Anton a grandi à Åre, il sait tout des dangers de la météo. Combien l'homme est petit face à la nature, à la morsure de ses tempêtes glaciales. Dans ces régions, une ado trop légèrement habillée peut mourir de froid en quelques heures seulement.

19

Le dernier message de Lydia s'affiche à l'écran du portable que tient Hanna.

Comment ça va maintenant ?

Hanna est assise dans le séjour sur le grand canapé de velours marron clair, une couverture sur les genoux. Encore en pyjama, elle n'a pas eu le courage de s'habiller aujourd'hui. Ce n'est pas mieux côté cuisine : elle s'est contentée de se faire quelques sandwichs et a ouvert une nouvelle bouteille de rouge.

Il lui a fallu longtemps pour s'endormir après l'appel de sa mère hier soir.

Le parfum d'un pot de jacinthes blanches lui parvient.

Hanna ne comprend pas bien pourquoi toutes ces décorations la dérangent, tous ces chandeliers de l'Avent en bois sombre, ces pommes rouges autour de gros lumignons posés par terre. Des branches de sapin odorantes ornent l'entrée du chalet et des étoiles blanches accrochées aux fenêtres diffusent une douce lumière.

C'est typique de Lydia tout ce décorum de saison, alors que la famille n'est venue qu'un week-end en décembre et sera en croisière pour Noël et le Nouvel

An. Le comble, c'est qu'elle ne s'en est probablement pas occupée elle-même. L'an dernier, elle a chargé une société spécialisée d'acheter et de préparer le sapin de Noël. Tout était prêt quand la famille est arrivée en avion de Stockholm le 22 décembre.

Hanna soupire. Elle ne devrait pas être aussi négative, Lydia pense bien faire. C'est juste qu'elle veut tellement s'occuper de tout qu'à force, c'est trop. La redoutable efficacité de sa sœur la fait se sentir toute petite – pourtant, Lydia a bien souvent été son seul refuge. Sans Lydia pour faire tampon entre elle et sa mère, son enfance aurait parfois été insupportable.

Tout va bien, répond-elle.

Elle veille toujours à répondre aux messages de sa sœur, sans quoi elle en reçoit trois autres dans la foulée. Lydia n'est pas du genre à laisser facilement tomber.

Hanna attrape la télécommande et regarde l'offre de Netflix. Surtout pas de films *feel good* où la fille tombe dans les bras du garçon au son d'une musique douce. Elle écarte aussi les films policiers. Trop éloignés de la réalité. Et puis elle ne veut pas penser à son métier pour le moment, à ce commissariat où elle n'est plus la bienvenue.

C'est la seule profession qu'elle ait jamais voulu exercer : policière.

Jusqu'à ce qu'elle le comprenne, l'avenir était vague et insaisissable. Après le lycée, elle est partie à la dérive dans l'existence, enchaînant les petits boulots, surtout dans des bars un peu partout en Europe. Elle était beaucoup trop fêtarde, faisant preuve de ce manque de caractère que lui reprochait justement sa mère. Tandis que Lydia menait à terme ses études de droit et se voyait embauchée à l'essai dans un prestigieux cabinet d'avocats, Hanna était la petite sœur à la traîne. Incapable de se retrousser les manches ou de suivre une formation digne de ce nom.

Hanna serre son verre de vin. Elle sait exactement ce qui a infléchi le cours de sa vie.

L'agression à Barcelone…

Sans qu'elle s'y attende, il lui arrive de revoir la cave étroite, les murs de moellons gris irréguliers, l'étouffante odeur d'humidité et de moisi, le sol de terre battue qui lui écorchait le dos, alors qu'elle était brutalement plaquée par le poids du patron du bar. Elle se souvient encore des doigts dégoûtants de Miguel sur son corps, de son désarroi tandis qu'elle tentait en vain de le repousser pour qu'il arrête. Il était son chef, nettement plus âgé. Elle n'avait que vingt-deux ans, elle était si jeune et naïve.

Après, une fois de retour en Suède, ses blessures physiques guéries, sa colère et toutes ses autres émotions ont eu besoin d'un exutoire. Entrer dans la police lui a donné cette possibilité. C'était une manière naturelle de rendre les coups. De se relever et de montrer à ces salauds qu'ils ne pouvaient pas traiter une femme n'importe comment. Et chaque fois qu'elle envoyait au trou un maquereau ou un auteur de violences, la blessure qu'elle portait en elle s'adoucissait quelque peu.

Son portable bipe. Hanna jette un coup d'œil à l'écran et sursaute.

Qu'est-ce qui t'a pris, merde ?

Christian. Il est manifestement repassé à l'appartement et a découvert ce qu'elle a fait avant de filer.

Hanna rougit d'avoir vidé dans l'évier les coûteuses bouteilles de vin rouge qu'il avait achetées aux enchères et réservait pour le jour où il aurait les moyens d'avoir une cave. En même temps, elle éprouve une petite satisfaction. Bien fait pour lui.

A-t-il aussi découvert ce qui était arrivé à sa garde-robe – ses cravates coupées en morceaux, ses costumes de marque inondés de ketchup ? L'autre soir, lorsqu'il l'a laissée seule dans l'appartement, elle a cherché comment riposter. Il fallait qu'elle fasse quelque chose de concret, c'était obligé. Ses larmes ont cessé de couler quand elle s'est méthodiquement attaquée à ses vêtements de luxe.

Elle n'aurait jamais imaginé pouvoir agir ainsi.

Elle n'a pas l'intention de répondre à Christian. Elle met son portable sur silencieux et le range dans un coin. Elle devrait manger, mais elle n'a pas faim.

Son regard glisse vers la cuisine, à l'autre bout de la maison. Tout l'étage est un unique espace commun, avec un séjour, une bibliothèque et une salle à manger qui communiquent de façon fluide.

Hanna ne s'est jamais particulièrement intéressée à l'agencement intérieur, c'était le domaine de Christian. Mais elle est quand même capable de voir que les nuances taupe, beige et caramel créent une unité de bon goût. Le moindre bouton en laiton a été soigneusement choisi. De belles suspensions en bois de renne rappellent l'ambiance montagnarde.

Il n'y a qu'Hanna qui jure avec cette esthétique. Elle est l'erreur dans le tableau. Le bibelot Ikea égaré dans les vitrines de luxe de Nordiska Galleriet.

Elle caresse du bout des doigts le métal frais d'un chandelier.

La maison de Lydia ne rappelle en rien le chalet de montagne que leurs parents louaient en bordure d'Åre quand Hanna était petite, avec ses meubles de pin et ses lits superposés. Cette résidence est modelée pour la famille parfaite de sa sœur. Le design idéal pour des dîners douillets devant la cheminée qui crépite, les adultes à table avec leurs verres de vin pendant que les jeunes sont dans la salle télé un étage plus bas. Ici, on peut profiter de la montagne et se détendre loin de la grande ville et d'une vie professionnelle dans les hautes sphères.

Pouvoir fréquenter d'autres familles prospères originaires des mêmes banlieues de Stockholm, puisqu'elles ont elles aussi fait construire ici, à Åre, ne gâche rien. Aucun risque de devoir se remettre en cause.

Le verre d'Hanna est vide. La bouteille aussi. Elle va à la cuisine en ouvrir une autre. Lydia lui a dit qu'elle pouvait prendre tout ce qu'elle voulait mais elle a quand même mauvaise conscience.

Elle ouvre la cave réfrigérée mais se ravise. Il faut qu'elle se calme.

Que va-t-il se passer quand Christian aura découvert qu'elle a versé de la moutarde dans ses chaussures italiennes ?

Elle n'a jamais rien fait à moitié, il aurait dû le savoir.

20

Ebba est étendue sur le lit défait. Elle aurait dû faire le ménage après la fête, la cuisine est pleine d'ordures et ça pue encore le tabac dans le séjour. Mais elle reste là à fixer le plafond, suivant du regard une imperceptible craquelure.

Harald vient de passer pour la presser de questions sur Amanda. Ebba la croyait rentrée à Pilgrimsvägen, puisqu'elle n'avait pas voulu rester dormir chez elle. Mais personne ne semble l'avoir vue depuis hier soir.

L'inquiétude d'Harald a effrayé Ebba. Et s'il s'était passé quelque chose… pour de bon ? Pourquoi aurait-elle disparu, comme ça ? Elle n'a rien dit au sujet de Viktor. Aurait-elle dû ?

Elle sait qu'Amanda n'en a pas parlé à ses parents, étant donné sa réputation. Mais Viktor a changé, Amanda le lui a assuré. Ce qui s'est passé à Umeå était un accident. Il a juré que tout ce qui concernait cette fille n'était qu'un malentendu. Amanda le croyait.

Ebba sort son portable et constate qu'elle n'a pas reçu un seul message d'Amanda depuis presque vingt-quatre heures. En temps normal, elles se donnent tout le temps des nouvelles.

Elle va voir sur Instagram si Amanda a été active depuis hier, mais ne trouve rien. Son dernier post est la photo qu'elle a envoyée avant la fête. Les deux amies lèvent leur verre devant l'objectif, la bouche en cœur et joue contre joue. *Party time*, a titré Amanda, suivi de plein d'émojis ridicules.

Où est-elle passée ?

Ebba essaie de ravaler sa peur. Elle frissonne et remonte sa couette, tente de se souvenir de ce qui s'est passé dans la salle de bain, de ce qu'Amanda lui a dit avant de filer de la fête. Tout est flou. Elle ne se rappelle que des fragments des dernières heures avant qu'elle ne sombre. Elle revoit Amanda à côté d'elle pendant qu'elle vomissait aux toilettes. Puis c'est le blanc. Ou bien… est-ce qu'Amanda n'était pas furieuse contre Viktor ?

Est-ce qu'il pourrait malgré tout être mêlé à tout ça ? Ebba ne se rappelle pas quand il a quitté la fête. Mais il n'aurait quand même pas fait du mal à Amanda… ?

La mauvaise conscience lui pèse de plus belle sur la poitrine. Si Ebba n'avait pas autant bu, elle aurait peut-être pu convaincre Amanda de rester. Et tout serait aujourd'hui comme d'habitude.

Ebba voudrait sa mère. Mais si elle l'appelle pour lui dire ce qui se passe, elle devra lui parler de la fête, et ça, elle n'ose pas.

Elle envoie plutôt un nouveau message à Amanda. Morte de peur de ne pas recevoir de réponse.

21

La première chose qu'Harald voit en arrivant devant la façade peinte en rouge du chalet familial est le véhicule de police garé au niveau du garage.

Un instant, il hésite à sortir de sa voiture, ce serait plus simple de rester là, dans l'obscurité.

Il ferme les yeux et appuie le front contre le volant, pris d'une forte envie de passer son chemin. Il n'est pas prêt à recevoir une mauvaise nouvelle au sujet d'Amanda. C'est déjà assez d'avoir découvert qu'elle n'était pas chez Ebba.

Les minutes passent. La raison finit par l'emporter et Harald se redresse. Il coupe le moteur et ouvre la portière. En marchant pour rejoindre la porte d'entrée, il essaie de se ressaisir. Il ne doit pas craquer maintenant, la police peut être venue pour tout autre chose.

Les mains tremblantes, il pousse la porte ouverte. Ludde accourt, mais Harald le remarque à peine.

Lena est assise sur le canapé du séjour en face de deux policiers. Les jumeaux ne sont pas là.

Ses pires pressentiments sont en train de se réaliser.

« Qu'est-ce qui se passe ? »

Il n'a pu s'empêcher d'éructer la question. Puis il avance de quelques pas rapides et dévisage les deux hommes.

« Est-ce qu'elle est… ? »

Impossible d'achever la phrase. Planté là dans son blouson, il attend une réponse. Il a à la fois chaud et froid. Ses grosses chaussures dégoulinent.

« Est-ce qu'Amanda… ? »

Le souffle lui manque.

« C'est moi qui les ai appelés », explique Lena en se levant.

Il faut quelques secondes à Harald avant d'être capable de répondre.

« Elle va bien, n'est-ce pas ? » bégaie-t-il.

Le visage de Lena se ferme.

« Elle est toujours introuvable. Mais je ne voulais pas attendre plus longtemps, alors j'ai appelé le 112. »

Le plus proche des deux hommes se lève pour se présenter : Daniel Lindskog, de la police d'Åre. Son collègue blond s'appelle Anton Lundgren.

Daniel propose à Harald d'ôter son blouson et de venir s'asseoir pour qu'ils puissent parler. Il n'a l'air ni ému ni inquiet, plutôt maître de lui. Harald, lui, est comme anesthésié. Il essaie de trouver un calme intérieur, mais il n'arrive plus à suivre. En voyant les policiers dans son séjour, il était certain qu'ils étaient venus lui annoncer la disparition d'Amanda.

Il remarque une photo de leur fille sur la table. Ancienne, avant qu'elle ne se teigne les cheveux en noir corbeau. Ils ont encore leur teinte naturelle châtain clair, comme ceux de Lena. Amanda a l'air un peu boudeuse, comme si elle n'avait pas vraiment envie d'être photographiée, mais regarde en face l'objectif. Elle a les joues encore rondes, le menton levé, et on voit bien ses taches de rousseur. Elle ressemble tellement à sa mère. C'est pour ça qu'elles ont tout le temps des frictions.

Sa fille chérie.

Harald serre fort l'accoudoir.

Le dénommé Daniel pose une question après l'autre. Il a des cheveux brun foncé, une barbe bien taillée, il ressemble au prince Carl Philip, mais en plus grand et avec un teint plus clair.

« Amanda a-t-elle déjà fugué ? demande le policier blond en prenant des notes dans son carnet. Ou manifesté qu'elle ne se plaisait pas avec vous ? »

Lena secoue vivement la tête, comme si cette question était absurde. Elle répond d'une voix stridente :

« Vous ne comprenez pas qu'il a dû lui arriver quelque chose de grave ? Amanda n'aurait jamais quitté la maison comme ça, sans un mot !

— Nous n'affirmons rien, tempère Daniel Lindskog. Mais nous devons poser certaines questions de manière à comprendre ce qui s'est passé. Nous devons nous faire une idée de votre fille et de ses comportements habituels. »

Lena hoche la tête, le regard vitreux.

« Quelle était l'ambiance entre vous la dernière fois que vous lui avez parlé ? poursuit-il. Vous êtes-vous… disputées avant qu'Amanda parte à cette fête ? »

Les joues de Lena rougissent.

« C'était comme d'habitude, murmure-t-elle. Nous n'étions pas en mauvais termes. Ma fille et moi nous nous entendons bien. »

Harald hésite à signaler la tension qui régnait entre elles, mais s'abstient.

« Est-ce qu'elle a pu dormir chez un ou une camarade sans vous prévenir ? glisse Daniel.

— J'ai contacté son professeur principal et tous les élèves de sa classe, répond Lena avec un geste d'impuissance. J'ai passé les dernières heures au téléphone, jusqu'à votre arrivée, j'ai appelé toutes nos connaissances. Personne ne l'a vue.

— Je comprends, dit Daniel. Comment s'appelle son professeur principal ?

— Lasse Sandahl. Il s'occupe de la classe de ma fille depuis le début du lycée.

— Je viens de chez sa meilleure amie, Ebba », intervient Harald avant de rendre compte de sa visite infructueuse à Trollvägen.

Lena écarquille des yeux apeurés.

« Vous devez faire quelque chose ! s'exclame-t-elle. Et si Amanda avait été renversée cette nuit en rentrant ? Elle est peut-être dans une congère sur le bord de la route ! »

Il fait encore plus froid que la veille. Harald ne peut s'empêcher de jeter un œil vers la fenêtre qui donne sur la prairie communale. La vitre est noire et impénétrable. On ne voit pas les sapins couverts de neige derrière la maison.

« Mon Dieu, murmure Lena, pourquoi n'a-t-elle pas appelé pour qu'on aille la chercher ? Si seulement elle avait téléphoné…

— Vous ne devriez pas contacter Missing People ? demande Harald. Ce n'est pas ce qu'il faut faire dans ce genre de situation ? Je connais Bosse Lundh, leur délégué local. »

Les deux policiers échangent un regard.

« Nous allons faire de notre mieux pour retrouver Amanda », assure Daniel.

Il se lève. Anton Lundgren referme son carnet et l'imite.

Harald remarque que Daniel tient un pull rose à la main. Est-il à Amanda ? L'ont-ils pris pour lancer des chiens à sa recherche ?

« Nous vous contacterons dès que nous en saurons davantage, reprend Daniel.

— Vous partez déjà ? »

Lena dévisage les policiers, l'air confus. Ludde vient poser son museau sur ses genoux, comme s'il sentait son désarroi.

« Nous allons organiser les recherches depuis le commissariat, lui assure Daniel. Mais nous vous tiendrons au courant. »

Il tend à Lena une carte de visite marquée du sigle de la police.

« Voici mon numéro. Vous pouvez m'appeler à n'importe quel moment. »

Il pose une main rassurante sur son bras.

« La plupart des personnes qui disparaissent reviennent après un à trois jours. »

Harald veut dire quelque chose, mais Lena le précède.

« Et qu'arrive-t-il à celles qui ne reviennent pas ? » chuchote-t-elle.

Amanda ouvre les yeux. Couchée sur un matelas, sous une fine couverture, elle regarde autour d'elle. On dirait un chalet de montagne : des parois en bois brut, une porte, un poêle dans un coin.

Au bord de la panique, elle réalise qu'elle est toute seule et n'a aucune idée d'où elle se trouve.

Comment est-elle arrivée là ?

De vagues souvenirs remontent. Ça secouait et ça tanguait. Elle était sur le dos, attachée, incapable de bouger les jambes ou les bras. Elle se rappelle le vent sur son visage, comme si elle était sur le traîneau d'un scooter des neiges.

Elle se lève en chancelant et tente de s'orienter. Le chalet se limite à une pièce unique. À part les lits superposés fixés au mur, il n'y a qu'une table bancale et deux chaises. Quelques bandes dessinées sur un banc devant la fenêtre.

Elle a froid et s'aperçoit que ses vêtements ont disparu. Elle n'a plus que sa culotte et son soutien-gorge. Il a pris tout le reste, y compris ses chaussures.

Amanda s'emmitoufle dans la fine couverture, à défaut d'autre chose, et gagne la porte. Fermée. Par la fenêtre, partiellement obturée par une réglette, elle voit que tout est plongé dans la nuit noire. En plissant les yeux, il lui semble distinguer de grosses congères.

Mais où a-t-elle donc atterri ? Dans la montagne ?

Il y a du feu dans le poêle. Elle s'accroupit devant la trappe en tendant les mains vers la chaleur.

Se dit que même si elle arrivait à sortir d'ici, elle n'oserait pas affronter ce grand froid à moitié nue.

Son portable a lui aussi disparu.

Impossible de retenir ses larmes. Personne ne l'entend pleurer.

« Maman, murmure-t-elle. Aide-moi ! »

22

Daniel laisse Anton conduire. Il regarde fixement par la fenêtre tandis qu'ils rentrent au commissariat.

Encore une fois, la plupart des ados portés disparus réapparaissent d'habitude dans les trois jours. Mais sa mère a juré qu'Amanda ne serait jamais partie de son plein gré.

C'est surtout l'hypothèse d'un accident qui inquiète Daniel. Dans l'état actuel des choses, il n'y a aucun indice criminel. En revanche, le risque est bien réel que la jeune fille soit morte de froid si, ayant beaucoup bu, elle est tombée dans une congère et s'y est endormie.

La plupart des gens ne comprennent pas à quel point on frôle la mort en sortant par grand froid sans vêtements adaptés. Daniel a vu des inconscients en chaussures basses ou talons hauts entreprendre de rentrer chez eux en pleine nuit, même à plus de dix kilomètres, et partir parfois dans la mauvaise direction. Trop de touristes montent à Åre en train, prennent possession de leur logement et filent aussitôt au bar en taxi. À l'heure de rentrer, ils ne connaissent ni la route ni la distance à parcourir.

Si Amanda a tenté de rentrer à pied et qu'elle était ivre au point de s'endormir sur le bord de la route, ça a pu très mal tourner.

L'idée d'un suicide effleure Daniel, mais rien dans ce que ses parents leur ont dit ne peut étayer cette hypothèse.

Anton met le clignotant pour tourner vers Kurortsvägen, où est situé le bâtiment relativement récent du commissariat. Il le partage avec la maison médicale, tout est moderne et neuf, mais l'architecture n'est pas parfaitement adaptée : il serait facile de bloquer toutes les entrées et les sorties pour saboter une intervention de la police – ce qu'ils s'abstiennent bien de crier sur les toits.

Le téléphone de Daniel bipe. C'est l'opérateur téléphonique qu'il a contacté en se rendant chez les Halvorssen. Le portable d'Amanda n'a plus été utilisé après une heure du matin. Pas bon signe.

« Il faut des chiens, dit Anton en se garant. On appelle Jarmo ? »

Jarmo Mäkinen habite Järpen, la localité centrale de la commune. Il est l'unique maître-chien des environs. Tous les autres se trouvent à Östersund. C'est à une heure et quart de route, et Daniel n'est pas sûr qu'ils puissent se permettre d'attendre autant.

« Vas-y, répond-il. Dis-lui de nous retrouver au plus vite à Trollvägen. Et appelle la compagnie de taxis pour vérifier s'ils ont vu quelque chose. »

La compagnie de taxis d'Åre est souvent d'une grande aide. Chaque année, ils jouent un rôle précieux en récupérant des skieurs ivres qui rentrent en pleine nuit chez eux en titubant.

Anton hoche la tête et détache sa ceinture de sécurité. Ils vont faire un bref arrêt au commissariat pour planifier la suite. Daniel veut discuter de la situation avec ses supérieurs à Östersund. Pour des recherches de plus grande envergure, il faut souvent l'appui d'un hélicoptère. Il faudra aussi peut-être faire appel aux sauveteurs en montagne.

En attendant, il va envoyer une voiture de police inspecter les bords de la route entre le domicile d'Amanda et Trollvägen, où a eu lieu la fête. Il n'y a pas beaucoup d'autres itinéraires possibles : si la jeune fille s'est endormie dans une congère, ils devraient la trouver – il ne veut pas imaginer dans quel état. Il va aussi aller chercher Ebba, sa meilleure amie, pour entendre ce qu'elle a à leur dire.

Il est presque six heures et demie. Il ne va pas pouvoir rejoindre tout de suite Ida et Alice. Ni donner le bain à sa fille ce soir. C'est la première fois depuis sa naissance qu'il manque ce moment.

Il sort son portable et tape à la hâte un message pour Ida :

Je dois faire des heures sup', pas possible autrement. Sorry. ♥

23

Les traces d'une fête de jeunes sont claires quand Daniel et Anton entrent chez Ebba. On n'a pas consommé que de l'alcool et des cigarettes : une odeur de cannabis flotte encore dans l'air vicié.

Rien d'étonnant : le trafic de stupéfiants est la nouvelle forme de criminalité dans la région, le problème de la drogue a pris une ampleur notable ces dernières années. Avant, c'était l'alcool le principal souci, mais maintenant les gamins de quinze ans fument des joints pendant qu'ils jouent en ligne.

Dans l'entrée, Ebba mâchonne une mèche de cheveux. Son mascara a coulé au coin de ses yeux, elle a l'air d'être fatiguée et d'avoir la gueule de bois.

En promenant son regard vers la cuisine, Daniel repère quantités de canettes de bière et de bouteilles vides autour de l'évier. Il reconnaît une marque de vodka russe, ce qui ne le surprend pas. Autrefois, on achetait de l'alcool maison, mais maintenant, quand on n'a pas un grand frère ou une grande sœur pour s'en procurer légalement, on trouve sans difficulté de l'alcool de contrebande bon marché. Les jeunes d'aujourd'hui disposent de beaucoup plus d'argent que ceux de sa génération.

« On peut s'asseoir pour parler un peu ? » propose-t-il tandis qu'Anton sort pour répondre à un appel.

Ebba va à la cuisine et fait vite un peu de place pour qu'ils puissent s'installer à un bout de la table. Elle s'assied tout au bord d'une chaise, les bras serrés autour du corps. Daniel a pitié d'elle. Ce n'est pas le moment de lui faire la morale sur l'alcool et la drogue. Le rappel à la loi attendra. Pour l'heure, il lui faut le plus possible d'informations sur Amanda et ce qui s'est passé à la fête avant sa disparition.

« Tes parents sont là ? commence-t-il.

— Ils sont à Stockholm. »

Ebba a l'air contrite.

« C'est obligé qu'ils sachent pour la fête d'hier soir ? demande-t-elle tout bas.

— On verra. Le plus important maintenant, c'est qu'on retrouve ta copine.

— Elle s'est barrée de la fête, murmure Ebba.

— Pourquoi ?

— Je ne sais pas.

— Est-ce qu'il a pu se passer quelque chose qui l'a décidée à partir ? »

Ebba hausse les épaules, hésitante.

« Je ne me souviens pas bien. Demandez à Viktor, peut-être qu'il sait, lui. »

Le téléphone à l'oreille, Anton entre dans la cuisine, l'air préoccupé.

« Une des patrouilles a trouvé une écharpe au bord de l'E14, dit-il. Juste au niveau du parking, devant le télésiège VM6. »

Il brandit son portable vers Ebba : la photo d'une écharpe en laine violette tombée dans la neige.

« Tu la reconnais ? » demande-t-il.

Ebba hoche la tête.

« C'est celle d'Amanda. J'en ai une presque pareille. »

Elle sort de la cuisine et revient avec un modèle rose vif aux motifs identiques.

« On les a achetées ensemble chez H&M. C'était en solde… Qu'est-ce qu'elle fait là-bas ? » ajoute-t-elle d'une voix fragile.

Il peut y avoir d'innombrables explications, mais Daniel ne veut pas s'engager sur cette voie pour l'instant. Le lieu de cette découverte représente néanmoins un pas en avant. Il montre qu'Amanda était en route vers chez elle. La distance entre Trollvägen et Pilgrimsvägen, où habite la famille Halvorssen, est de tout juste cinq kilomètres. Il faut une quarantaine de minutes à pied, en pleine nuit. Le parking est à peine à mi-chemin.

« De quel côté de la route était l'écharpe ? demande Daniel à Anton.

— Ils l'ont trouvée côté sud. »

Cela indique qu'Amanda marchait dans le sens de la circulation – peut-être dans l'espoir d'être prise en stop ? Si c'est le cas, c'était stupide : sur ces routes nationales, il n'y a pas de place prévue pour des marcheurs et, de nuit, avec les chutes de neige et l'obscurité, un piéton risque tout bonnement la mort.

Mais Amanda semble bien avoir longé l'E14 en pleine nuit et perdu son écharpe. Après, mystère.

« Dis à Jarmo de s'y rendre illico, dit Daniel.

— Il est déjà en route », répond Anton.

Il regarde autour de lui dans la cuisine, et Daniel devine qu'il tire les mêmes conclusions que lui sur la fête. Anton a cinq ans de moins que Daniel, mais il a quand même de l'expérience.

« Tu as mentionné un certain Viktor, dit-il à Ebba. Qui c'est ? »

Ebba semble regretter d'avoir parlé de lui.

« Ils étaient ensemble, murmure-t-elle à contrecœur. Enfin… presque ensemble.

— Qu'est-ce que tu veux dire ?

— Ils traînaient ensemble, mais pas vraiment… officiellement.

— Pourquoi ? »

La bouche d'Ebba tremble.

« Amanda ne voulait pas. »

Daniel l'observe attentivement, attendant qu'elle en dise plus. Gênée, Ebba évite son regard.

« Tout allait bien entre eux ? demande Daniel.

— Je crois qu'ils se sont disputés, répond faiblement Ebba.

— Tu peux préciser ?

— Je crois qu'elle était vénère contre lui en partant, mais je me souviens pas bien. J'avais trop bu. »

Elle cache son visage dans ses mains.

« Pardon », murmure-t-elle avant de fondre en larmes.

SAMEDI 14 DÉCEMBRE

24

Il n’est que six heures cinq quand Hanna ouvre les yeux. C’est la première fois depuis son arrivée à Åre qu’elle se réveille tôt spontanément.

Il fait encore nuit noire. Pendant quelques secondes, elle ne sait pas où elle se trouve. Si, ça y est : elle est couchée dans le grand lit double d’une des chambres d’amis de Lydia. Comme elle s’est abstenue de boire hier soir, elle n’a ni sommeil ni la gueule de bois.

Elle allume sa lampe de chevet, attrape son ordinateur et surfe un moment. Elle essaie d’éviter la page Facebook de Christian, mais ne résiste pas. Il la met à jour régulièrement, aime poster les photos d’une vie idéale, un verre de vin au coucher du soleil ou une bière sur une piste de ski. Ou les photos cool de tous les jolis appartements qu’il vend.

Ce matin, elle ne trouve rien de nouveau. Il n’a rien publié depuis plusieurs jours. Enfin… si. Il a modifié son statut. Avant, il mentionnait : *En couple avec Hanna Ahlander*. Maintenant, c’est : *avec Valérie Ohlin*.

Le sang d’Hanna se glace.

Elle fixe plusieurs minutes la publication, en enfonçant ses ongles dans la paume de sa main pour ne pas pleurer. Il ne le mérite pas. Christian est comme tous ces imbéciles. Il a menti, l'a trompée avec cette Valérie. Un minable qui ne pense qu'à lui.

Les larmes lui brûlent les paupières. Elle se force à fermer la page. Elle continue à surfer, regarde des sites météo sur Åre et continue à cliquer au hasard.

Elle tombe sur un groupe Facebook appelé « Nous, les habitants d'Åre ». Quelqu'un y a posté une photo d'une grande adolescente aux cheveux noirs. Le titre attire son attention : *Avez-vous vu Amanda ?*

Hanna lit que la fille a disparu dans la nuit de jeudi à vendredi. Son écharpe a été retrouvée sur le bord de l'E14, à proximité du télésiège VM6. Toutes les informations sont les bienvenues, ajoute la publication.

C'est une femme qui l'a postée. Lena Halvorssen.

En visitant la page Facebook personnelle de cette femme, Hanna trouve la même photo et le même texte. Soudain, elle perçoit leur ressemblance et comprend : c'est la mère de la dénommée Amanda.

Comme c'est triste. Elle espère que cette fille n'est pas la jeune victime de plus d'un homme violent.

Le souvenir de Josefin s'impose de nouveau. Hanna le ressasse depuis des mois. Son corps sans vie a été retrouvé à son domicile avec de graves blessures à la tête. Elle était la mère d'une petite Lisa, cinq ans, dont le père violent, Niklas Konradsson, travaillait aux stups, dans le même bâtiment qu'Hanna, trois étages plus haut.

C'est à cause de cette affaire qu'elle doit quitter la police de Stockholm.

On ne voulait pas faire plonger un collègue, alors on a tout balayé sous le tapis. On a considéré que Josefin avait glissé dans la salle de bain et avait heurté le bord de la baignoire. Après une enquête technique indigente, le décès a été classé comme un accident.

La seule à oser remettre en question cette conclusion a été Hanna. Elle s'est battue pour que l'enquête soit rouverte, qu'on reprenne les éléments plus sérieusement. Les enquêteurs responsables ne devaient-ils pas même reconnaître une faute professionnelle ? Car la mort accidentelle de Josefin était évidemment fallacieuse. Pourquoi personne n'avait-il examiné de plus près le comportement de Niklas vis-à-vis de sa femme ? Pourquoi sa version des faits avait-elle été acceptée sans aucune objection ?

Face à son obstination, le chef d'Hanna lui a reproché de manquer d'esprit d'équipe. Et voilà pourquoi elle en est là.

Hanna retourne sur la page du groupe Facebook. L'annonce a été publiée voilà quelques heures seulement, mais les messages de soutien sont déjà nombreux.

Pendant qu'elle les lit, une nouvelle mise à jour s'affiche. Elle provient de Missing People : tous les volontaires qui souhaitent participer à la recherche d'Amanda sont invités à se rassembler ce matin à huit heures sur la place principale d'Åre ; plus il y aura de monde, mieux ce sera.

Hanna regarde l'horloge. C'est dans une heure. Elle n'est pas sortie de la maison depuis son arrivée mardi dernier. Elle n'a fait que boire en pleurant et en se lamentant sur Christian.

Il y a au garage une Mitsubishi que Lydia l'a invitée à emprunter. Elle s'y connaît quand même un peu dans la recherche de personnes disparues. Son aide pourrait être utile.

Elle n'a pas réussi à rendre justice à Josefin, mais elle pourra peut-être contribuer à retrouver Amanda.

Peut-être aussi que penser à autre chose lui fera du bien ?

25

Quand Daniel arrive sur la place centrale d'Åre quelques minutes avant huit heures, plusieurs douzaines de personnes emmitouflées sont déjà sur place. Il en reconnaît un assez grand nombre, les salue de la tête en évitant de se laisser embarquer dans des conversations.

Ce n'était pas l'idée de Daniel de contacter Missing People : les parents en ont pris l'initiative. Non qu'il n'apprécie pas cette organisation, qui a fait ses preuves. Daniel aurait juste souhaité plus de temps pour les investigations policières. Parfois c'est bien d'être nombreux pour mener des recherches, mais le temps est au grand froid et ils ont si peu d'indices.

De toute façon, trop tard pour faire marche arrière. La police a décidé elle-même de publier les informations hier soir, en constatant que toutes les pistes s'arrêtaient à la découverte de l'écharpe d'Amanda. Sa photo et son signalement sont disponibles sur le site de la police.

Daniel bâille, il n'est rentré dormir que quelques heures chez lui. L'adrénaline a provisoirement raison de son manque de sommeil, mais tôt ou tard, son corps réclamera du repos.

Anton vient à sa rencontre depuis le parking situé plus haut dans Stationsvägen. Il porte deux gobelets en carton et en tend un à Daniel.

« T'as vraiment l'air d'un déterré », constate-t-il.

Daniel ne prend pas la peine de répondre – Anton non plus n'a pas l'air très frais –, mais il boit avec reconnaissance le café dont la chaleur se diffuse dans tout son corps.

« Östersund a envoyé deux autres patrouilles cynophiles, dit Anton. Et Jarmo est là aussi. Ils attendent sur le parking. »

Un homme d'une cinquantaine d'années coiffé d'un bonnet à pompon, un mégaphone bleu à la main, monte l'escalier d'un bâtiment noir qui abrite un restaurant au-dessus d'une boutique Stadium.

« Bonjour ! lance-t-il une fois en haut. Votre attention, s'il vous plaît. »

C'est Bosse Lundh, un acteur de la vie économique locale, Daniel le connaît de loin. Lundh possède un des petits hôtels du bourg, ainsi que plusieurs stations-service. Sa compagne, Annika, est à ses côtés, une quinquagénaire à la mine grave. Elle porte un blouson rembourré vert sombre dont le col lui monte à mi-visage.

Bosse Lundh a l'habitude d'organiser des opérations, ça se voit tout de suite. Rapidement et efficacement, il répartit les volontaires par équipes. Il distribue les tâches et des numéros à appeler en cas de trouvaille intéressante. D'autres collaborateurs de Missing People distribuent des cartes et le signalement d'Amanda, avant de faire signe aux groupes de se mettre en route.

Après avoir rappelé à tous que le rapport doit être fait ici même entre onze heures et midi, Lundh redescend l'escalier et rejoint Daniel et Anton, suivi de sa compagne.

« C'est une bien triste histoire, dit-il en secouant la tête, faisant tressauter son pompon. J'espère vraiment qu'on va la trouver rapidement. »

Sa compagne opine du chef.

« On ne peut pas imaginer pire situation que la disparition d'un enfant. Même si les nôtres sont adultes à présent. »

Lundh lui pose le bras sur les épaules.

« Comment vont les parents ? » demande-t-il.

Daniel les a expressément priés de ne pas participer aux recherches : mieux vaut qu'ils restent à la maison, au cas où Amanda donnerait des nouvelles. À ce moment, il aperçoit Harald Halvorssen arriver en voiture. Il se gare n'importe comment sur la place, descend du véhicule et regarde autour de lui, aux abois.

Daniel a du mal à lui en vouloir d'être venu. Lui-même n'est père que depuis peu, mais il sait que rien ne pourrait le faire rester à la maison s'il arrivait quelque chose à Alice.

Halvorssen part à petites foulées pour rattraper le dernier groupe de Missing People. Son blouson n'est pas fermé, il n'a pas de bonnet. Daniel reconnaît sur ses talons le labrador noir de la famille.

« Le pauvre, dit Lundh avec beaucoup de compassion. Ça doit être atroce. »

Anton écrase d'une main son gobelet vide.

« Je ne savais pas que vous étiez actif au sein de Missing People », dit-il à Lundh.

L'homme hausse les épaules, comme pour minimiser son engagement.

« Il faut aider de son mieux, dit-il. C'est un des avantages de vivre dans une petite communauté comme ici, on veille à être disponible pour les autres. Quand Missing People a cherché des bénévoles pour leur antenne locale, c'était impossible de refuser. »

Il regarde Anton.

« Lorsqu'on a grandi dans la région, on doit être solidaire de ses voisins. Vous auriez fait pareil si vous n'étiez pas déjà policier, n'est-ce pas ? »

Anton hoche aussitôt la tête. Il a beaucoup de famille dans la région, des racines profondément ancrées dans les montagnes du Jämtland.

« Il est temps de s'y mettre », fait Lundh en se dirigeant vers le parking.

Daniel se résume la situation, même s'il n'y a rien de neuf depuis la veille au soir. Le téléphone d'Amanda reste inactif et aucun tuyau intéressant ne leur est parvenu, malgré la ligne dédiée ouverte à Östersund.

L'explication la plus plausible est que la fille est montée dans une voiture. Le fait qu'on ait retrouvé son écharpe sur une aire de stationnement renforce cette hypothèse. Rien de très étonnant au fond : les jeunes qui font du stop tard dans la nuit sont monnaie courante dans la région.

Le problème est ce qu'implique un tel scénario. Si Amanda avait été prise en stop, elle aurait dû arriver chez elle sans encombre. Mais trente heures se sont écoulées depuis la dernière fois qu'elle a été vue.

Il est de plus en plus difficile de ne pas envisager un acte criminel, mais lequel ? Un accident de la route ? Si Amanda a été renversée, et dans le pire des cas mortellement blessée, le conducteur peut avoir pris le corps pour s'en débarrasser quelque part où il ne pourra pas être retrouvé.

Autre possibilité, tout aussi affreuse ; Amanda a été enlevée par un pervers.

Daniel a déjà eu affaire à des enlèvements de femmes pour motif sexuel, mais ici, dans les montagnes, la chose semble peu vraisemblable. Il veut croire que ce genre de méfait reste plus l'apanage des grandes villes que d'une localité idyllique comme Åre. Tout en reconnaissant qu'il est naïf de raisonner en ces termes : la criminalité est partout.

Pour l'heure, il espère encore que ses collègues ou Missing People vont réussir à localiser Amanda. Et qu'il n'est pas trop tard pour qu'elle soit toujours en vie.

26

Le bâton qu'Hanna enfonce précautionneusement dans la neige épaisse ne rencontre aucune résistance. Elle le ressort, avance de quelques pas et répète l'opération. Elle sait qu'une personne sans vie peut être vite recouverte par la neige. Il ne faut pas grand-chose pour devenir invisible.

Les importantes chutes des derniers jours ne facilitent pas les recherches. La progression est malcommode, elle n'arrête pas de trébucher ou d'avoir de la neige dans les chaussures.

Elle s'est jointe à un groupe qui cherche au sud de l'E14, juste en dessous de l'endroit où l'écharpe d'Amanda a été retrouvée. C'est une zone entre la route et le lac. Åre n'est pas bien grand, mais dans une occasion pareille, quand le moindre pouce de terrain doit être inspecté, c'est beaucoup plus vaste qu'on ne l'imagine. En plus, il y a étonnamment peu de maisons, la majeure partie du territoire étant inconstructible. Hanna a beau avoir passé beaucoup de vacances aux sports d'hiver à Åre au cours de son enfance, elle n'avait jamais remarqué à quel point le terrain devenait vite impraticable dès qu'on quittait le centre-bourg proprement dit.

Ça n'avance pas vite. Ils sont sept personnes d'âges variables qui progressent lentement en battue.

Le jour s'est levé, mais le ciel est gris. Le soleil traverse à peine l'épaisse couche de nuages. Ici et là pointent de maigres bouleaux dénudés, comme des gribouillis d'encre dans le paysage glacé. Des sapins bas leur tiennent compagnie, effleurant le sol de leurs branches lestées de neige.

Ils ont eu le signalement d'Amanda, mais Hanna sait que cela ne leur sera pas d'une grande aide. La fille portait un blouson noir, un haut jaune et un jean noir. Un manteau rouge ou orange aurait été beaucoup plus repérable, mais quels ados en portent ?

Elle s'efforce de repérer des anomalies, une forme qui ne colle pas avec le paysage, mais presque tout a disparu sous l'épaisse couche blanche.

« C'est un peu glauque de marcher comme ça », dit la fille la plus proche d'Hanna.

Elle a une voix claire de petite fille, mais semble avoir le même âge qu'Hanna. Elle porte une doudoune marron foncé qui a dû beaucoup servir.

« Tu as déjà fait un truc comme ça ? continue-t-elle.

— Quelques fois, murmure Hanna.

— Imagine qu'elle soit là et que, d'un coup, on pique son corps… »

Hanna ne sait pas trop quoi répondre à ça.

« Au fait, moi, c'est Karoline, dit la fille, mais tout le monde m'appelle Karro.

— Moi, c'est Hanna. »

Elle n'a pas tellement envie de bavarder, et tourne son attention vers le lac d'Åre.

En tout cas, Amanda ne peut pas s'y être noyée. Le lac doit être gelé presque jusqu'au fond, avec un froid pareil. En cette saison, on l'utilise surtout pour y rouler à scooter ou y faire de la course sur glace.

Hanna se rappelle un soir d'hiver quand elle avait dix ans, ou peut-être onze. Elle était sur le scooter derrière son père, les mains autour de sa taille, ils roulaient sur la glace. La vitesse était enivrante, son ravissement faisait rire son père. Elle adorait être seule avec lui, sans sa mère qui la jugeait en permanence.

Que s'était-il passé ensuite ? Elle n'en garde pas le souvenir, juste une sensation de bonheur. Un des rares souvenirs heureux de ses vacances à Åre.

« Tu es de Stockholm ? » demande Karro.

Elle fait vraiment des efforts pour lancer la conversation.

« Ça se voit, non ? » répond Hanna.

Karro rit.

« Åre n'est pas bien grand. En plus, je ne t'avais encore jamais vue et tu n'imagines pas combien d'habitants de Stockholm montent s'installer ici en ce moment. Tout le monde fuit la grande ville. Tu habites où ?

— Sadeln. Ou plutôt j'habite chez ma sœur, c'est elle qui a une maison à Sadeln.

— Tu fais quoi dans la vie ? »

Hanna hésite. Elle n'a pas envie de parler de sa situation. En même temps, elle ne veut pas avoir l'air désagréable.

« Je suis dans la police, finit-elle par lâcher.

— Mon frère aussi est policier, dit Karro. Tu vas travailler ici, à Åre ? »

Hanna secoue la tête.

« En ce moment, je ne travaille pas. »

Karro la regarde avec curiosité.

« Tu es en burn-out ?

— Pas exactement…, élude Hanna.

— Tout le monde est en burn-out, fait Karro, comme si elle commentait la météo. Personne n'arrive plus à suivre ce tempo de dingue. Il y a partout des coupes budgétaires et des restructurations. Je travaille dans une maternelle, et des fois, il y a de quoi devenir chèvre avec les idées débiles des politiciens pour économiser de l'argent.

— Oui… »

Hanna se garde bien de corriger Karro. Mieux vaut qu'elle la croie en burn-out que virée. Son ventre se noue rien que d'y penser.

Hanna se concentre de nouveau sur la battue. Elle fixe le sol à quelques mètres devant ses pieds et essaie de trouver un rythme régulier. Elle enfonce son bâton tout en avançant le pied.

Ils ne sont pas dehors depuis longtemps, mais Hanna a froid malgré tous les vêtements empruntés dans les vastes placards de Lydia, son épais pantalon de ski et ses grosses chaussures.

« Tu connais la famille Halvorssen ? demande Karro après un moment.

— Pas vraiment.

— Alors c'est vraiment gentil de ta part d'être venue aider. »

Hanna marmonne quelque chose d'inaudible.

« J'ai vu l'annonce de sa mère sur Facebook, et j'ai tout de suite décidé de venir, dit Karro. Dans un petit village, il faut prendre soin les uns des autres. Ma plus grande fille est en primaire avec le frère et la sœur d'Amanda. Märta la connaît bien. »

Karro continue à bavarder sans paraître remarquer les réponses monosyllabiques d'Hanna. Elle est pourtant adorable, délicieusement désarmante.

Hanna lève les yeux vers l'E14. Depuis une heure et demie qu'ils cherchent, ils n'ont pas beaucoup avancé. Si Amanda suivait l'E14 à pied, peu de chances qu'elle ait décidé d'obliquer par ici en pataugeant dans la poudreuse pour rentrer chez elle par un autre chemin.

Hanna est gagnée par la conviction qu'ils perdent leur temps, mais elle ne veut pas critiquer ouvertement la direction de Missing People. Parfois, il vaut mieux obéir aux ordres en silence, elle l'a appris à ses dépens ces derniers mois.

« Au fait, tu sais que c'est un homme politique ? demande Karro, l'arrachant à ses pensées. Il est président du conseil communal.

— Qui ?

— Le père d'Amanda, Harald Halvorssen.

— Ah bon.

— Il fait sûrement de son mieux, mais… »

Karro s'interrompt un instant.

« Mais il ne s'est pas rendu très populaire », ne peut-elle s'empêcher d'ajouter.

Hanna ne veut pas participer aux ragots sur les parents d'Amanda, cela ne lui semble pas correct. En même temps, impossible de ne pas rebondir.

« Pourquoi ? »

Karro s'arrête. Elle lève la main droite et frotte d'un air entendu le pouce contre les autres doigts. Ce qui semble légèrement incongru avec les énormes moufles qu'elle porte.

« À cause du championnat l'an dernier.

— Le championnat ? »

Hanna sait bien sûr que le championnat du monde de ski alpin a eu lieu à Åre l'an dernier, mais ça s'arrête là.

« Les prévisions étaient complètement fausses, explique Karro, beaucoup de gens ont perdu de l'argent. C'était censé être une grande fête populaire, à ce qu'on nous disait, avec des hôtels bondés et des opportunités de faire des affaires. Mais tout ce battage autour du championnat a fait fuir les touristes habituels, et la plupart des entreprises ont bu la tasse. En plus la météo était mauvaise. »

Karro a l'air indignée, mais elle ne semble pas chercher à médire. Plutôt à partager son ressenti.

Hanna ne trouve pas quoi répondre. Elles continuent à avancer en silence à travers champs en sondant l'épaisse couche de neige.

« Au fait, j'ai entendu dire que c'était peut-être son petit ami qui était derrière tout ça », lâche soudain Karro.

Hanna tourne la tête.

« Qui est-ce ?

— Il s'appelle Viktor Landahl, il fréquente le même lycée qu'Amanda, dans la classe parallèle. Sa famille habite Björnänge.

— Pourquoi serait-il coupable ? »

Hanna remarque le ton sec de sa voix, mais Karro n'a pas l'air de le percevoir. Ses yeux prennent un air conspirateur.

« Le petit frère de mon copain le connaît. Apparemment, Viktor est un… *bad boy*, si tu vois ce que je veux dire. »

Elle baisse un peu la voix pour ajouter :

« Il faut dire qu'il a été condamné pour violences sur son ancienne petite amie. Sa famille est originaire d'Umeå, c'est pour ça que pas grand monde n'est au courant par ici. Ils ont déménagé après, il n'avait que seize ans à l'époque, il entrait en troisième. Crois-le ou non, il n'a pas été condamné à des travaux d'intérêt général, ni même à une amende. Juste à une sorte d'avertissement.

— Un rappel à la loi », précise Hanna.

Ça lui a échappé. Le rappel à la loi est utilisé lors d'un premier délit, quand on estime que son auteur trouvera l'aide et le soutien nécessaires au sein de sa famille. Si la personne commet un nouveau délit dans les six mois, l'avertissement est levé et l'affaire est jugée. Dans le cas contraire, le délit est effacé du casier judiciaire.

« Si j'étais policière, j'irais tout de suite l'arrêter », dit Karro.

On dit « interpeller », pense Hanna. Ce n'est que dans les séries policières américaines qu'on arrête les gens.

Elle songe que Karro ne pense pas à mal, qu'elle essaie juste de bavarder.

« On dit qu'une seule fois ne compte pas… »

Karro enfonce son bâton en projetant de la neige alentour.

« La police est-elle au courant pour ce petit ami et pour son passé ? demande Hanna. Tu en as parlé à ton frère ? »

Karro éclate de rire.

« À Anton ? Non, jamais de la vie.

— Pourquoi ?

— Je suis institutrice de maternelle, je ne sais rien du travail de la police.

— Ce que tu m'as raconté me semble important. »

Karro a l'air embarrassée.

« Ce ne sont sûrement que des ragots. »

Ils sont arrivés sur un méplat où ils se déploient. La neige vierge y est encore moins praticable. Hanna s'enfonce jusqu'aux genoux à chaque pas. On a beau n'être qu'à cinq minutes de voiture d'Åre, l'endroit semble désert et abandonné.

Il y a donc un petit ami qui aurait des antécédents de violences. Pourrait-il être impliqué ?

Hanna ne serait pas étonnée qu'il y ait un crime à l'origine de la disparition d'Amanda. Dans quatre-vingt-dix pour cent des violences faites aux femmes, le coupable est un proche.

27

Quand la voiture de police s'arrête devant la maison, une panique pure s'empare de Lena. Ses oreilles se mettent à bourdonner, comme envahies par un essaim d'abeilles. Elle frissonne malgré la sueur froide qui lui poisse la peau.

Ce sont les mêmes policiers qu'hier, deux hommes d'environ trente-cinq ans. Le barbu lève les yeux vers la maison en secouant la tête, l'autre répond quelque chose d'inaudible avant de fermer la voiture. Puis ils se dirigent vers la porte d'entrée, la mine grave.

Ils sont venus annoncer la mort d'Amanda… Lena le sait, avec cet instinct maternel qui ne se trompe jamais. Dieu, qu'a-t-elle fait pour être punie ainsi ?

On sonne à la porte, mais elle reste assise. Puis elle entend la voix sombre de Daniel Lindskog dans l'entrée :

« Il y a quelqu'un ? »

Allez-vous-en ! voudrait crier Lena, mais sa voix flanche.

« On peut entrer ? »

Sa paralysie lui permet tout juste de croasser :

« Oui. »

Lena n'arrive pas à se lever quand Daniel et son collègue Anton pénètrent dans la cuisine. Elle s'agrippe fort à la table pour ne pas s'évanouir, force ses lèvres à formuler la question :

« Elle est morte ? »

L'expression étonnée de Daniel lui donne déjà la réponse.

« Non. Ou plutôt nous ne savons pas, dit-il. Elle est portée disparue et nous continuons à la chercher. »

Son soulagement est si violent que Lena vacille sur sa chaise. Daniel lui pose une main sur l'épaule pour la retenir. Ce contact physique la ramène à la réalité, elle enfouit son visage dans ses paumes et fond en larmes.

« Vous voulez un peu d'eau ? » demande-t-il.

Sans attendre sa réponse, il prend un verre dans un des placards et le remplit au robinet. Lena en boit quelques gorgées minuscules tout en s'efforçant de se ressaisir.

Daniel s'assoit en face d'elle et lui laisse quelques minutes.

« Comme je vous l'ai dit, les recherches continuent, lui assure-t-il. Nous avons reçu des renforts d'Östersund et Missing People nous apporte aussi son aide. J'ai vu que votre mari avait suivi leur battue. Nous aurions besoin de vous parler un moment, si vous en avez le courage. »

Lena hoche la tête et pose son verre d'eau, la main si tremblante qu'il tinte contre la table.

Daniel se penche en avant. Un de ses coudes effleure une vilaine marque qu'Amanda y a faite en balançant un dessous-de-plat en fonte, un jour qu'elle était dans une colère noire. Cette fois-là, en punition, elle est montée dans sa chambre. Aujourd'hui, Lena donnerait n'importe quoi pour la voir ici en train de tout casser.

Ses larmes coulent.

Pourquoi se disputaient-elles ainsi tout le temps ? Elle ne s'en souvient pas. Elle se souvient plutôt d'Amanda dans la chambre de son petit frère et de sa petite sœur, en train de leur lire une histoire avec tant de vie que c'était un véritable spectacle. Quand Lena est devant l'évier, de tous les enfants, c'est Amanda qui s'approche sur la pointe des pieds derrière elle pour un câlin-surprise. Il lui arrive encore de venir se blottir sur le canapé pour regarder la télévision la tête sur les genoux de sa mère. Elle ronronne alors tel un chat et demande à Lena de lui gratter le dos, comme quand elle était petite.

« Nous avons besoin de mieux comprendre votre fille et ses habitudes, reprend Daniel. Nous avons entendu dire qu'elle avait été vue sur l'E14 dans la nuit de vendredi. Une personne a appelé notre ligne dédiée pour déclarer avoir vu une personne à pied sur le bord de la route et une voiture sombre s'arrêter sur l'aire de stationnement où son écharpe a été retrouvée. »

Les pensées de Lena tournent au ralenti.

« Ah bon ? fait-elle en s'essuyant les yeux du revers de la main.

— Savez-vous si Amanda avait des ennemis ? demande Daniel. Des gens qui auraient pu la suivre et l'agresser après son départ de la fête ?

— C'est difficile à imaginer. Pourquoi voudrait-on lui faire du mal ? Amanda n'est qu'une enfant.

— Nous envisageons toutes les possibilités, répond Daniel, le visage impénétrable.

— Avait-elle beaucoup d'amis ? enchaîne Anton en tirant une chaise à côté de son collègue.

— Oui, murmure Lena. Amanda était populaire. »

Elle la revoit quand elle partait à l'école. Souvent avec un sourire en coin, comme si elle se réjouissait de quitter la maison. Toutes ces fois où Lena essayait de trouver les mots justes au départ de sa fille. Souvent, elle ne lâchait qu'un pauvre : « Bonne journée. »

« Elle se plaît dans sa classe, continue-t-elle. C'est une bonne équipe, et il y a aussi Ebba avec qui elle est copine depuis toujours. Amanda est facile à aimer, elle est créative, a plein d'idées. Toujours là pour ses amis.

— Nous comptions aller parler à son prof principal que vous avez mentionné hier, dit Daniel. Est-ce qu'elle l'appréciait ? »

Lena doit réfléchir. Amanda était très emballée par Lasse la première année du lycée. Puis elle en parlait de moins en moins.

« Je crois. »

Daniel hoche la tête.

« Et ce petit ami, Viktor, que savez-vous de lui ?

— Qui ça ?

— Viktor Landahl. Ebba nous a dit qu'ils sortaient ensemble. »

Lena hésite.

« Je ne suis pas au courant qu'il est son petit ami, avoue-t-elle. Il n'est jamais venu à la maison. »

Daniel gratte sa courte barbe.

« Est-ce qu'il pourrait y en avoir eu d'autres ?

— Je ne sais pas.

— Nous nous demandons si Amanda pourrait avoir convenu d'un rendez-vous avec quelqu'un après la fête, sans vous prévenir ni en parler à Ebba, explique Anton. Si elle pourrait être partie avec un garçon et que ça ait mal tourné. »

Lena détourne les yeux. Ils ont tant de questions et elle n'a aucune réponse.

Ses joues sont brûlantes de honte : mauvaise mère, qui sait si peu de choses sur la vie amoureuse de sa fille aînée. Elle aurait dû être plus attentive mais le quotidien l'a absorbée, le travail et les jumeaux, toutes ces activités qui font courir dans tous les sens sans que l'on voie le temps filer.

« Savez-vous si Amanda était active sur les réseaux sociaux ? demande Daniel. Pourrait-elle avoir rencontré des gens par ce biais ? »

Ce qui est sûr, c'est qu'Amanda était connectée en permanence, toujours sur Internet. Chaque fois que Lena frappait à sa porte et entrait dans sa chambre, son ordinateur était allumé, mais dès qu'elle apercevait sa mère, elle le refermait. Lena n'a aucune idée de qui Amanda fréquentait en ligne, impossible de contrôler à ce point une ado de dix-huit ans.

« Je suis incapable de répondre à ça, avoue-t-elle.

— Et côté argent ? demande Anton. A-t-elle eu plus d'argent à sa disposition ces derniers temps ? »

En effet, se dit Lena en y réfléchissant. Au cours de la dernière année, Amanda a rarement réclamé davantage d'argent de poche pour ses vêtements et son maquillage.

Le sens de la question du policier lui apparaît soudain.

« Vous sous-entendez qu'elle aurait rencontré un homme plus âgé ?

— Pour le moment, nous devons envisager toutes les hypothèses, dit Daniel.

— Il n'est pas inhabituel que des hommes d'un certain âge entrent en contact avec des jeunes filles par l'intermédiaire de divers forums en ligne, ajoute Anton.

— Je ne peux pas imaginer Amanda faire ça », murmure Lena.

Elle n'a pas le courage de spéculer davantage sur ce point. Sa fille s'était renfermée depuis un an, certes. Quand Lena lui posait des questions, cela tournait le plus souvent en disputes qu'Amanda concluait en lui crachant de ne pas se mêler de ses affaires. Lena pensait que ça passerait.

« Comment décririez-vous votre fille ? demande Daniel. Sa capacité à envisager les conséquences de ses actes ? Est-elle mûre pour son âge ? »

Lena se griffe le dos de la main.

« Elle est sans doute comme tous les autres… »

Elle s'est souvent plainte à Harald qu'Amanda n'assumait pas assez de responsabilités à la maison, mais elle ne peut pas avouer ça aux policiers, ce serait une trahison envers sa fille.

« Elle n'est pas irresponsable, dit-elle en guise de compromis. Elle ne commettrait jamais une bêtise ou un délit. Elle s'occupe de son frère et de sa sœur.

— Pensez-vous qu'elle ait pu suivre un inconnu qui lui aurait proposé de la prendre en stop ? » demande Anton en continuant de prendre des notes dans son carnet.

Lena hésite. Il y a des bus, mais ils arrêtent de rouler assez tôt le week-end. En général, les jeunes se déplacent à pied ou à vélo, mais bien sûr ils font aussi du stop. Il lui est elle-même arrivé de ramasser des jeunes qui marchaient au bord de la route le pouce en l'air. La région est sûre, elle n'a jamais eu peur de prendre quelqu'un en stop.

« Possible », répond-elle.

Daniel fait un signe à Anton et se lève.

« Nous voudrions voir la chambre d'Amanda, dit-il. Nous aurons aussi besoin d'emporter son ordinateur, si vous êtes d'accord.

— Bien sûr. »

Elle se redresse avec l'impression d'être étrangère à son corps. Une fois devant la porte d'Amanda, durant une étrange milliseconde, elle a la conviction que sa fille est couchée dans son lit. Que tout cela n'était qu'un immense malentendu. Puis elle ouvre la porte et la chambre vide lui rappelle que ce cauchemar est bien réel.

Les deux policiers entrent dans la pièce, qu'ils inspectent attentivement. Lena voit avec leurs yeux. Une chambre de fille en désordre, un bureau Ikea et un vieux fauteuil bleu à oreilles devant la fenêtre. Au pied du lit défait, un tas de vêtements.

Elles se sont disputées tant de fois au sujet de cette mauvaise habitude qu'avait Amanda de jeter ses vêtements par terre au lieu de les ranger dans la penderie. Ces vêtements, Lena voudrait aller les toucher maintenant, plonger son nez dedans pour s'assurer qu'elle n'a pas oublié l'odeur de sa fille.

Des photos d'Amanda avec ses copains sont punaisées à un tableau d'affichage au-dessus du bureau. Sur l'une d'elles, Amanda est en bikini jaune sur la rive du lac d'Åre. À côté, une photo presque identique d'Ebba. Une bande de clichés de photomaton sur lesquels Amanda prend des poses pend un peu de travers.

Anton a trouvé l'ordinateur de l'adolescente sur le fauteuil, sous un pull en laine. Il le déplie, et le visage bronzé et souriant d'Amanda s'affiche en fond d'écran, avec son frère et sa sœur.

« Vous connaissez son mot de passe ? » demande Anton en se tournant vers Lena.

Elle secoue la tête. Amanda ne le lui aurait jamais donné.

« A-t-elle aussi une tablette ?

— Non, juste l'ordinateur et son téléphone. »

Daniel s'arrête sur le seuil.

« Si vous pensez à quelqu'un avec qui Amanda aurait pu être en contact en dehors de son cercle habituel, il faut nous en parler immédiatement. »

Lena hoche la tête. Elle voudrait vraiment les aider, mais une unique question l'accapare sans relâche.

Pourquoi ne la retrouvez-vous pas ?

28

La famille Landahl habite Björnänge dans une maison ancienne en bois située un peu à l'écart, sans voisins en vue. Des lumignons de fête brûlent le long de l'allée quand Daniel se gare devant le terrain. Anton et lui sont venus rencontrer le mystérieux petit ami d'Amanda, Viktor. Peut-être une des dernières personnes à l'avoir vue…

Quand la porte s'ouvre, ils sont accueillis par une musique de Noël et un parfum de vin chaud et de biscuits aux épices. Une femme d'une cinquantaine d'années se tient sur le seuil, souriante, un tablier de cuisine sur un pull à paillettes.

Son sourire meurt quand elle découvre Daniel et la carte de police qu'il lui tend.

« Pardon ! Je vous avais pris pour quelqu'un d'autre. Nous allons bientôt avoir une soirée vin chaud.

— Ce ne sera pas long, dit Daniel. Nous aimerions parler à votre fils, Viktor. Vous êtes bien sa mère ? »

La femme hoche la tête.

« Maria Landahl », se présente-t-elle.

Ses yeux s'emplissent d'inquiétude et elle frotte nerveusement ses mains sur son tablier.

« Pourquoi cherchez-vous Viktor ? Que s'est-il passé ?

— Nous avons besoin de lui parler un petit moment, dit Anton. À propos de sa camarade de classe qui a disparu jeudi dernier, Amanda Halvorssen. »

Maria Landahl retient son souffle.

« C'est vraiment horrible ! s'exclame-t-elle. Comme je plains ses parents. »

Puis elle se dirige vers le bas de l'escalier.

« Viktor ! Descends ! »

Au bout de quelques minutes, un garçon en hoodie noir et jean troué à un genou apparaît en haut des marches. Il est pieds nus et ne se presse pas trop.

Ils ont effectué un contrôle de routine sur lui, mais n'ont rien trouvé de notable dans son dossier.

« Il y a deux policiers qui veulent te parler », lui explique sa mère.

Elle lisse ses cheveux et jette un coup d'œil anxieux par la fenêtre. Si elle s'inquiète d'une voiture de police garée devant son entrée, elle peut se rassurer : ils ont pris un véhicule banalisé.

« Y a-t-il un endroit où nous puissions parler sans être dérangés ? » demande Daniel.

Maria Landahl lance un regard vers la porte.

« Nous allons avoir de la visite d'un moment à l'autre. Vous serez plus tranquilles là-haut. »

Elle s'humecte les lèvres, regarde sa montre et hasarde :

« Je peux venir ? »

Daniel secoue la tête d'un air désolé.

« Il vaut mieux que nous voyions ça avec Viktor tout seul. Il est majeur. »

Elle n'insiste pas, se contentant de leur lancer un regard soucieux avant de disparaître à la cuisine.

Daniel et Anton suivent Viktor jusqu'à une vaste salle meublée d'un canapé d'angle gris. Au mur, un grand écran plat. Un film est en pause au milieu d'une scène où deux petites personnes escaladent une montagne. C'est *Le Seigneur des anneaux*, Daniel a vu la trilogie plusieurs fois.

Un paquet de chips à moitié mangé et une canette de Fanta traînent sur la table basse. Il y a des miettes par terre et sur les coussins.

Viktor se cale dans un coin du canapé, le plus loin possible des policiers.

« C'est pour quoi ? demande-t-il en jetant les pieds sur la table basse.

— Nous avons quelques questions concernant une de tes camarades de classe, Amanda Halvorssen, explique Daniel.

— Elle n'est pas dans ma classe.

— Elle est bien dans la classe parallèle ? » demande Anton.

Viktor hoche la tête. Puis bâille à s'en décrocher la mâchoire. Il a l'air aussi ramolli qu'Ebba hier soir.

« Amanda a disparu, dit Daniel.

— Mmh, je sais.

— Tu étais à la fête chez Ebba quand elle a disparu. Je voudrais savoir si Amanda t'a parlé avant de partir.

— Je n'ai rien fait. »

Sa réponse a fusé.

« Nous n'avons rien prétendu de ce genre, dit Anton. Nous voulons seulement savoir ce qui s'est passé avant qu'elle quitte la fête.

— Ah, d'accord.

— Peux-tu nous parler de cette soirée ? demande Daniel.

— Bah, on a glandé, comme d'hab', dit Viktor. Un peu déconné. »

Il passe la main dans les cheveux noirs qui pendent sur son front.

« On a passé un moment à la cuisine à boire des bières. Un peu plus tard, je l'ai vue prendre son blouson pour partir.

— Quelle heure était-il ? demande Anton.

— Je ne me rappelle pas… assez tard. Sûrement minuit passé… Vers une heure, peut-être ?

— A-t-elle dit où elle allait avant de s'en aller ? demande Daniel.

— Non.

— Est-ce qu'elle avait l'air différente en quoi que ce soit ?

— Non.

— Sais-tu si elle avait peur de quelque chose ?

— Non. »

Il répond d'une voix monocorde, sans paraître concerné, s'enfonce plus profondément dans le canapé et sort son portable de sa poche arrière pour regarder l'écran.

« Vous vous étiez disputés ? » demande Daniel d'un ton un peu tranchant.

Viktor le dévisage.

« On s'était un peu frités.

— Ebba nous a dit que vous sortiez ensemble tous les deux, souligne Daniel. Et que vous vous étiez disputés au cours de la soirée. »

Viktor attrape la canette de Fanta et en boit quelques gorgées. Un peu de soda orange mouille les commissures de ses lèvres.

« C'est exact ? insiste Daniel.

— Amanda était assez en pétard contre moi avant de se tirer. Elle trouvait que j'étais trop bourré.

— C'était le cas ? »

Viktor esquisse un vague rictus. Il pose son portable sur la table, la coque bien en vue, un serpent enroulé sur fond noir.

« J'étais complètement schlass. »

Daniel lui lance un regard sévère.

« C'est tout ce que tu as à dire ? »

Viktor a soudain l'air gêné. Il ramasse son portable et contrôle à nouveau l'écran. Il s'est à peine écoulé trente secondes depuis qu'il l'a posé. Son besoin de tripoter son téléphone semble maladif.

« C'est de ta petite amie qu'on parle, souligne Daniel.

— Ce n'est pas ma petite amie, lâche Viktor, les yeux sur son portable. On flirtait juste un peu de temps en temps. »

La mollesse du garçon irrite Daniel. Comment peut-il ne pas saisir la gravité de la situation ? Sa petite amie est peut-être morte, pendant qu'il bouffe des chips vautré sur le canapé. Daniel a lui aussi passé quelques années turbulentes à l'adolescence, mais lui, au moins, il utilisait son cerveau.

Il remarque alors les pupilles dilatées de Viktor et comprend : il est défoncé. Daniel renifle, sans sentir d'odeur de cannabis. Quoi qu'il ait pris, ça explique au moins pourquoi le gamin réagit à peine à la disparition d'Amanda ; il est dans son trip.

Daniel sent la colère déferler.

« Maintenant, tu vas m'écouter, petit merdeux ! » éructe-t-il.

Il frappe si fort de la paume sur la table que Viktor sursaute.

« Il faut que tu nous aides ! »

Anton lui adresse un regard. Daniel inspire plusieurs fois à fond pour se calmer. Il perd rarement ses nerfs en service.

Viktor le regarde, l'air furieux.

« Je ne sais pas ce qui s'est passé ! Je l'ai déjà dit ! »

Anton intervient, sur un ton nettement plus doux que son collègue :

« Qu'est-ce que tu as fait après le départ d'Amanda ?

— Je me suis endormi chez Ebba. Puis je suis allé directement au bahut depuis chez elle. Mon pote Wille était là aussi.

— Tu ne t'es pas inquiété en ne voyant pas Amanda au lycée ?

— Non. »

Viktor a un geste d'impuissance.

« Je pensais qu'elle était chez elle et qu'elle dormait, comme tous les autres. Moi-même, j'étais assez naze, je me suis barré direct après le cortège de la Sainte-Lucie, ça me gonflait de rester en cours. Wille a fait pareil.

— Qu'est-ce que tu as fait aujourd'hui ? demande Anton.

— Glandé. »

Il montre le canapé.

« Je suis surtout resté ici à regarder des films. »

Daniel est frustré. Cet ado complètement shooté ne leur est d'aucune aide. Ils auraient dû prendre sa mère à part pour lui expliquer qu'il est sur une mauvaise pente, mais il y a plus urgent.

Il se lève et sort une carte de visite qu'il pose sur la table.

« Si tu te souviens de quelque chose, n'importe quoi qui puisse nous aider à retrouver Amanda, tu dois nous prévenir. »

Viktor a déjà tendu la main vers la télécommande.

« Ouais… », marmonne-t-il en remettant le film en route.

29

C'est le rassemblement dans la grande salle de réunion du commissariat d'Åre. Elle est meublée d'une vaste table ovale et de dix chaises. Les sièges sont habillés de tissu rouge, tout le reste est blanc, y compris le tableau qui se fond presque dans le décor.

Daniel est assis à un bout, avec Anton et Raffe. Ils viennent de se connecter avec Östersund, où d'autres policiers participent à la réunion en visioconférence.

La commissaire Birgitta Grip apparaît à l'écran pour ouvrir la séance. Elle dirige la section criminelle, dont Daniel fait partie. Elle doit partir à la retraite d'ici quelques années, mais son engagement demeure intact. C'est Grip qui a recruté Daniel. Ils ont fait connaissance à Göteborg, où il travaillait sous ses ordres à la brigade des stups. Elle a ensuite déménagé vers le nord, dans la ville de son enfance, Östersund. Cinq ans plus tard, quand Daniel a souhaité quitter Göteborg, elle l'a embauché.

Birgitta Grip l'écoute attentivement résumer la situation. Les battues de Missing People n'ont permis de retrouver ni Amanda ni le moindre indice qui puisse expliquer sa disparition. Rien n'indique qu'il y ait eu des violences sur l'aire de stationnement, ni qu'elle ait été victime d'un accident de la route. Son petit ami Viktor ne les a pas aidés non plus.

« L'écharpe retrouvée sur l'aire de stationnement est notre seule piste, conclut Daniel. Le scénario le plus plausible est qu'elle est montée dans une voiture de son plein gré, ou qu'elle y a été embarquée de force. »

Il mentionne le témoin qui leur a signalé par téléphone la présence d'un véhicule à l'arrêt sur l'aire de stationnement où se trouvait Amanda. Malheureusement, cette personne ne se souvient pas du modèle, ni de l'immatriculation, juste que c'était une grosse voiture sombre – peut-être un SUV noir ?

« Pourquoi n'aurait-elle pas prévenu ses parents si elle a suivi quelqu'un de son plein gré ? demande Raffe.

— Elle était peut-être furieuse contre eux et voulait les punir, suggère Anton. Ça s'est déjà vu. »

Le fait que le téléphone d'Amanda n'ait pas été utilisé depuis sa disparition est embarrassant. Des études ont montré que la plupart des adolescents consultent leur téléphone toutes les cinq minutes environ. À moins qu'elle ait perdu son portable ? Mais on arrive toujours à en emprunter un si besoin.

Chaque hypothèse débouche sur des questions sans réponses. Daniel étouffe un bâillement, il aurait besoin de rentrer dormir quelques heures.

Birgitta Grip se racle la gorge. La coupe de ses cheveux gris souligne son air strict.

« Y a-t-il soupçon de kidnapping ? demande-t-elle. Peut-être crapuleux ? »

Daniel secoue la tête. Il n'y a pas eu de lettre ni d'appel en ce sens. En outre, les kidnappings contre rançon sont extrêmement rares en Suède. Que quelqu'un ait kidnappé Amanda pour extorquer de l'argent à ses parents semble tiré par les cheveux.

« Ses parents ne sont pas particulièrement fortunés, dit-il. Certes, le père est président du conseil communal, mais son capital est davantage politique que financier. Sa mère travaille à mi-temps à son compte comme naprapathe. À ma connaissance ils n'ont aucune autre source de revenus significative, et personne ne leur a réclamé d'argent.

— Et une menace politique ? demande Grip.

— Beaucoup n'ont pas digéré la gestion par la commune du championnat de ski l'an dernier, reconnaît Anton. Mais j'ai du mal à imaginer qu'on ait pu kidnapper Amanda presque un an après pour se venger. »

Il se gratte le cou sous le col de son pull bleu marine. Ses muscles se gonflent sous son T-shirt. Il est petit mais extrêmement athlétique, la musculation est sa grande passion, avec la musique.

« Bon, opine Grip. On met ça de côté pour le moment. »

Elle note quelque chose dans son carnet avant de poursuivre :

« Si la fille a suivi quelqu'un de son plein gré, il est vraisemblable qu'elle connaissait cette personne. Il faut se concentrer là-dessus. Commencez par cartographier son cercle d'amis et ceux qui étaient présents à la fête, voyez s'il y a parmi ses fréquentations des gens qui se sont rendus coupables de violences ou qui ont un casier. Il faut aussi vérifier l'école. Et si elle avait un petit boulot. *Begin with the basics.* »

Daniel hoche la tête. Il n'y a plus qu'à s'y mettre. Ce qui a commencé comme une affaire d'ado perdue dans la nuit s'est désormais transformé en enquête criminelle.

« Si nous supposons que la fille a été enlevée en voiture, dit Grip, qu'en est-il des caméras de vidéosurveillance sur la route ? »

En Angleterre ou en Suisse, il y a des caméras partout. En Suède, on n'en utilise que pour le contrôle de vitesse. La probabilité qu'un kidnappeur ait été flashé en plein excès de vitesse est minime. Mais c'est naturellement à vérifier.

« On va voir ça avec Kiruna, répond Daniel. »

C'est à Kiruna que parviennent les contraventions contre les fous du volant. Daniel fait signe à Anton de s'en occuper.

Anton obéit et s'essuie le front. Il a l'air d'avoir chaud sous son pull, sa tenue standard quelle que soit la saison.

« On peut aussi vérifier les stations-service, dit Raffe. La plupart ont des caméras de vidéosurveillance. Il faut voir si des personnes de l'entourage d'Amanda y auraient été filmées. »

Grip approuve.

Daniel se demande comment ils vont avoir le temps pour tout ça. Les tâches sont nombreuses, les ressources faibles. Même si Raffe et Anton sont sur le pont, le manque de personnel est criant. Pour le moment, trois postes sont vacants à la section criminelle d'Östersund, et la situation est aussi tendue à

Åre. Pour ne rien arranger, ils ont perdu plusieurs enquêteurs expérimentés ces dernières années en raison de la très critiquée restructuration de la police en 2015.

Le regard de Daniel se pose sur l'horloge murale. Deux heures moins cinq. Amanda est portée disparue depuis à peu près trente-six heures.

De frustration, il serre son poing sous la table. Chaque minute compte.

Couchée sur le lit, Amanda regarde la braise des derniers bouts de bois.

Elle a froid.

Elle n'a plus rien à brûler. Elle a déjà mis au feu tout ce qu'elle avait pu trouver, de vieux illustrés tachés et le tapis déchiré. Elle n'ose pas brûler les matelas, de peur que tout le chalet s'embrase. Elle avec.

Depuis combien de temps est-elle enfermée ? Impossible de le dire. Elle sait juste que la faim qui la tourmentait a disparu.

Pourquoi est-elle enfermée ? Pourquoi personne ne vient-il la sauver ?

Bientôt les braises vont s'éteindre et mourir. Elle se retrouvera seule dans le noir. Elle a plus peur de l'obscurité que du froid.

Avec ses dernières forces, elle se traîne jusqu'à la fenêtre. Tout est noir et désert, on ne voit aucune silhouette dans la montagne. Peut-elle malgré tout tenter de s'échapper par là ? Pieds nus et sans vêtements, elle mourrait de froid en quelques heures. Elle ne sait même pas si elle pourrait réussir à se glisser sous la réglette qui barre le carreau.

Elle trouve dans un tiroir une fourchette rouillée avec laquelle elle grave son nom dans le cadre de la fenêtre, au bord du carreau. Elle voudrait en écrire davantage, qu'elle est seule et enfermée, qu'elle a besoin d'aide, mais elle n'en a pas la force. Elle retourne se blottir dans le lit, sous la fine couverture et le matelas de la couchette supérieure qu'elle a descendu pour conserver davantage de chaleur. Il n'y a rien d'autre.

Maman..., pense-t-elle à nouveau, en se demandant si on la cherche.

Quelqu'un doit bien être en train de la chercher, non ? Des heures ont dû s'écouler depuis sa disparition. Ou est-ce là encore une illusion ?

Elle ne sait plus distinguer le rêve de la réalité.

Elle ne veut pas mourir comme ça. Toute seule.

30

Après la battue avec Missing People, Hanna gare la Mitsubishi de Lydia dans l'allée derrière la maison de Sadeln. Elle est transie. Le bref trajet en voiture ne l'a pas réchauffée, elle n'est pas encore habituée à ce froid. Ici, il vous pénètre jusqu'à la moelle. Il refroidit le corps de l'intérieur, un danger immédiat quand on n'a pas les bons vêtements.

Elle ouvre et file à la cuisine. Son corps réclame quelque chose de brûlant et sucré, une tasse de chocolat chaud est exactement ce qu'il lui faut.

Devant la cuisinière, elle remue la boisson brûlante dont le parfum la ramène dans une autre cuisine, une autre maison à Åre, vingt-cinq ans plus tôt. La location qu'ils prenaient toujours pour les séjours aux sports d'hiver de son enfance.

Hanna revoit sa mère fouetter le chocolat dans une casserole, pendant qu'elle attend, assise à la table de la cuisine. Quel âge a-t-elle alors ? Six ou sept ans peut-être ? Des brioches à la cannelle tout juste sorties du four trônent dans un plat au centre de la table. Leur parfum est tellement délicieux, mais Hanna n'ose pas y toucher sans permission. Papa et elle sont sortis sur les pistes, elle est gaie et de bonne humeur. Il a déclaré qu'elle était vraiment à l'aise à skis, plus même que Lydia au même âge. Le compliment la rend fière, elle se sent grande et douée, assise là le menton appuyé sur les mains.

Tout change quand elle renverse du chocolat sur son nouveau pantalon de ski très coûteux. Son ventre se noue. Maman lui a dit de faire attention. Elle n'ose pas bouger, même pas pour essuyer la tache.

Le visage de maman s'assombrit lorsqu'elle découvre ce qui s'est passé. Elle soupire de cette façon bien particulière, qui tue l'ambiance sans un mot. Puis elle se tait toute la soirée, comme si tout était irrémédiablement fichu. Papa n'ouvre pas la bouche pour prendre la défense d'Hanna. Il laisse maman gâcher leur journée spéciale, exactement comme il a toujours laissé ses sautes d'humeur gouverner la famille.

Hanna verse le chocolat dans un mug et pose la casserole si brusquement dans l'évier qu'elle reçoit une éclaboussure brûlante sur la main.

Son père n'a jamais élevé le ton contre sa femme. Quand sa mère sera au courant de sa rupture avec Christian, elle va la bassiner avec ça jusqu'à la démolir. Et son père ne s'interposera pas pour l'arrêter. Amère, Hanna imagine qu'à cette heure-ci, ses parents sont probablement au bord de la piscine en train de boire leur premier verre de rosé de la journée.

Elle se force à penser à autre chose tout en trempant ses lèvres dans le chocolat. Après la battue avec Missing People, Karro a proposé d'aller boire un café. Elle semblait prévenante, le genre de personne qui souhaite que tout le monde se sente bien. Ce qu'elle lui a raconté au sujet d'Amanda, de son père et de son petit ami l'a intriguée. De retour sur la place centrale d'Åre pour faire leur rapport, Karro lui a indiqué Harald Halvorssen. Accompagné de son chien, il parlait avec deux hommes. Son visage était ravagé.

Hanna s'installe à la table de la cuisine avec son ordinateur. Elle veut en savoir plus sur Harald et sa famille. Peut-être un moyen de dissiper ses idées noires ?

Elle googlise le nom et trouve quelques photos. Yeux bleus, souriant. Son nom de famille sonne norvégien. En effet, son père est originaire de Trondheim, mais Harald a grandi à Järpen avec sa mère suédoise et un frère cadet. Hanna lit aussi qu'il a milité au Parti du centre toute sa vie, en commençant par la section locale de l'Union des jeunes centristes. Il a toujours vécu dans le Jämtland, à part quelques années d'études d'économie à Umeå. Marié avec son amour de jeunesse, Lena. Amanda est l'aînée de leurs trois enfants. Harald a beaucoup pratiqué le ski de fond et même participé à des compétitions à une époque. Il possède bien sûr un scooter des neiges, comme tout le monde dans cette partie du pays.

Le chocolat a réchauffé Hanna. Ses doigts et ses orteils lui font mal en se dégelant. Elle grimace à mesure que ses extrémités reprennent vie. Elle doit se masser un bon moment la plante des pieds pour chasser la douleur.

Ne trouvant rien d'autre sur Harald Halvorssen, elle décide de googliser à présent le championnat du monde de ski alpin d'Åre. L'écran s'emplit immédiatement de nouveaux titres. Cet événement a été très controversé, exactement comme l'a dit Karro. Les critiques ne se sont pas fait attendre. Certains acteurs locaux ont même exigé des compensations de la part de la commune.

Hanna finit son chocolat et regarde par la fenêtre. La nuit commence déjà à tomber, on ne voit presque plus la crête de Renfjället, et Åreskutan disparaît dans les nuages. Le soleil se couche à quatorze heures vingt, les cinq heures de jour passent vite.

Hanna repense au garçon mentionné par Karro, Viktor Landahl. Il n'avait pas l'air d'être exactement le petit copain idéal. Il est rare que de si jeunes hommes commettent des crimes aussi graves que le kidnapping ou le meurtre, mais sait-on jamais ? Les statistiques des violences faites aux femmes sont éloquentes.

En repensant à la pauvre Josefin, Hanna ne peut s'empêcher de se demander si les responsables de l'enquête à Åre sont au courant du passé de Viktor. S'il a vraiment été condamné à un rappel à la loi, il doit y en avoir trace dans les bases de données. La police locale a très vraisemblablement déjà trouvé l'info et interrogé le gamin.

À moins que le temps n'ait joué en faveur de Viktor. Un rappel à la loi étant effacé du casier judiciaire au bout de trois ans, avec un bon timing, il vient peut-être tout juste de disparaître. Karro a dit que le garçon était en troisième quand c'était arrivé.

Hanna secoue la tête. Ce ne sont pas ses affaires, après tout.

Elle redresse la peau de mouton gris acier sur le dos de sa chaise. La laine fait de douces boucles qui réchauffent agréablement. Ses doigts et ses orteils commencent à retrouver leur état normal. Il lui a fallu presque une heure pour se réchauffer vraiment. Si Amanda est restée dehors depuis sa disparition, il n'y a plus aucune chance qu'elle soit encore en vie.

31

Ida secoue Daniel par l'épaule.

« Chéri, réveille-toi. »

Il ne veut pas, son corps tout entier est endolori par le manque de sommeil, mais il finit à contrecœur par ouvrir les yeux.

Elle se penche vers lui en lui présentant son téléphone.

« Ils te cherchent au boulot, dit-elle d'une voix soucieuse. Ils ont plusieurs fois essayé de te joindre. »

Les pensées de Daniel sont engourdies.

« Il est quelle heure ? marmonne-t-il.

— Bientôt sept heures du soir. »

Il a donc dormi trois heures. Il est rentré si fatigué qu'il s'est directement couché à côté d'Alice, qui faisait la sieste en ronronnant.

Elle n'y est plus, constate-t-il en clignant des yeux pour se réveiller.

« Ok », lâche-t-il en prenant le téléphone.

C'est Anton qui répond à son appel. Comme il avait pu dormir la nuit précédente, c'est lui qui est resté de permanence au commissariat pendant que Daniel rentrait se reposer.

« Il faut que tu viennes, dit-il. On a trouvé quelque chose d'intéressant.

— Quoi ?

— Viens dès que tu peux », fait une voix à l'arrière-plan.

La communication est coupée et Daniel reste assis, son portable à la main. Quand il lève les yeux, Ida est toujours là. Son regard est inquiet, elle n'est pas habituée à ce genre d'urgence. C'est la première enquête de ce type depuis que Daniel vit à Åre.

Quand il travaillait à Göteborg, c'était différent. À l'époque, il lui arrivait de devoir se rendre disponible jour et nuit en cas d'urgence. Ici, il s'est habitué à travailler autrement, dans un environnement plus calme.

Les graves menaces de mort qu'il a reçues après une enquête pour meurtre à Göteborg, il n'en a jamais parlé à Ida. Au cours de leurs dix-huit mois de vie commune, il est rentré à l'heure pour le dîner presque chaque soir.

« Il faut que je file, dit-il.

— Tu dois retourner travailler ? »

Ida tripote la longue natte qui lui tombe sur l'épaule.

Daniel lève les mains, paumes ouvertes.

« Je suis désolé, je dois vraiment y aller.

— Mais tu as travaillé toute la nuit dernière.

— C'est important. Une fille de dix-huit ans a disparu. »

Elle hoche la tête et s'approche, lui caresse la joue.

« Oui, je comprends, c'est affreux ce qui s'est passé. »

Elle inspire alors, garde l'air un instant puis l'expulse par le nez.

« Tu sais, j'ai honte de dire ça, surtout maintenant que tu as tant à faire, mais ce n'est pas facile d'être tout le temps seule avec Alice. Elle me rend presque folle quand elle ne fait que crier et que tu n'es pas là. Je ne sais pas si je vais y arriver sans toi. »

Ida semble au bord des larmes.

Daniel stresse. Qu'elle soit malheureuse, c'est vraiment la dernière chose qu'il souhaite. Mais elle devrait quand même tenir compte de la gravité de la situation.

« Écoute, dit-il, ça va aller mieux, je te promets. Je t'aiderai davantage par la suite. Dès que l'enquête sera terminée. »

Il veut vraiment éviter une dispute. Surtout ne pas s'emporter comme il le fait facilement. Ce n'est absolument pas le moment. Il sait d'amère expérience ce qui peut se passer quand il perd le contrôle. Son maudit tempérament lui a bien des fois joué des tours : il porte à fleur de peau l'héritage de sa famille italienne, et en particulier de son grand-père maternel.

Il attire Ida à lui et l'embrasse sur le front. Son corps est d'abord raide, puis elle se détend.

« J'espère vraiment que vous allez la retrouver, murmure-t-elle contre son torse. Tu sais qu'elle était en seconde au lycée quand Sara faisait sa terminale ? »

Sara est la petite sœur d'Ida, elle a passé le bac il y a deux ans et suit une formation de coiffeuse à Sundsvall. Comme leur mère Elisabeth en son temps, qui a aujourd'hui un salon de coiffure à Järpen.

Un cri perçant de nourrisson retentit dans le séjour, où Alice est allongée dans sa poussette. C'est l'heure habituelle des coliques, mais chaque soir ils espèrent que ça va lui passer.

Ida regarde Daniel, ses yeux sont doux.

« Je m'occupe d'Alice. Vas-y. »

32

En arrivant au commissariat à bord de sa Kia Sportage gris argenté, Daniel trouve le parking presque complet. Il a à peine ouvert que le vent happe sa portière. Il doit s'arc-bouter pour gagner l'entrée du bâtiment dans la tempête de neige.

Anton vient à sa rencontre dans le couloir. Il semble stressé et porte des gants en latex, comme s'il venait de manipuler des pièces à conviction.

Daniel sent son pouls s'accélérer.

« Suis-moi », lui dit Anton sans s'arrêter.

Ils gagnent la grande salle de réunion, provisoirement transformée en cellule de recherche. Plusieurs photos d'Amanda sont affichées, avec des photos de l'aire de stationnement où son écharpe a été retrouvée. Mais c'est autre chose qui attire l'attention de Daniel.

Un tas de vêtements a été placé au centre de la table. Un blouson noir à capuche, un jean sombre et deux chaussettes blanches. Des boots UGG marron clair sont posées à côté d'un court top jaune vif.

Daniel comprend immédiatement.

« Vous avez retrouvé les vêtements d'Amanda ! » s'exclame-t-il.

Anton hoche la tête et tire un siège.

« On a eu un bol incroyable », dit-il en se balançant un peu, excité.

Daniel s'installe en face de son collègue.

« Comment ça s'est passé ?

— C'est un gars de la région qui a appelé il y a une heure. Il était en montagne avec son scooter, malgré le mauvais temps. Alors qu'il roulait au nord d'Ullådalen, il a aperçu un sac plastique fourré à la va-vite dans une crevasse. Il pensait qu'il contenait des restes de nourriture et pour éviter que des animaux les dispersent, il s'est arrêté et l'a ramassé pour le jeter à la poubelle. À tout hasard, il l'a ouvert et a trouvé ces vêtements.

Anton a raison. C'est un coup de bol invraisemblable. Mais un peu de chance ne peut pas leur faire de mal, vu les circonstances.

« Comment a-t-il fait le rapprochement avec la disparition d'Amanda ? » demande Daniel.

Il enfile une paire de gants en latex et saisit le jean pour l'examiner de plus près.

« Il a vu l'annonce de Missing People sur Facebook. Il y avait le signalement d'Amanda. C'est le T-shirt jaune qui l'a fait réagir. »

Missing People.

Daniel s'inquiétait de leur implication, mais à présent il leur en est reconnaissant. L'organisation a une audience avec laquelle la police et ses propres canaux ne peuvent pas rivaliser. Heureusement aussi qu'Amanda portait ce top jaune vif – facilement reconnaissable – lors de sa disparition.

Il scrute attentivement les vêtements, les manipule délicatement. Rien ne semble déchiré ni abîmé. Ni arraché de force. Il ne manque pas un seul bouton.

« Y a-t-il des traces de violences ? demande-t-il. Avez-vous trouvé du sang sur les tissus ? »

Anton secoue la tête.

« Et du sperme ? »

Même s'ils ignorent si la personne qui a enlevé Amanda est un homme ou une femme, ils savent que les auteurs de meurtres ou de violences sont dans quatre-vingt-cinq pour cent des cas des hommes.

« Rien de visible à l'œil nu, dit Anton. Mais il faudra attendre l'avis du labo pour être sûrs. »

L'absence de sang et de sperme est bon signe : dans le meilleur des cas, la fille n'est pas blessée.

Daniel regarde encore les vêtements. Il manque quelque chose.

« Pas de soutien-gorge ni de culotte ?

— Non », répond Anton.

L'image d'un agresseur qui oblige une jeune fille à se mettre à moitié nue donne la nausée à Daniel.

« C'était emballé dans quel genre de sac ? demande-t-il.

— Un banal sac de courses Ica. On l'envoie aussi au labo. Avec un peu de chance il peut y avoir dessus des empreintes digitales ou de l'ADN. »

Daniel réfléchit à haute voix :

« Pourquoi essayer de cacher ses vêtements ? Qu'est-ce que ça peut vouloir dire ?

— En tout cas, ça prouve qu'elle n'a pas fugué, dit Raffe qui vient d'entrer dans la pièce. Elle ne se serait pas donné la peine de les cacher dans un endroit aussi improbable. »

Daniel hoche la tête.

« Et son portable ? demande-t-il.

— Toujours introuvable, répond Anton.

— Le lieu doit avoir son importance, cogite Daniel. Qui cache quelque chose le long d'une piste de scooter ?

— Quelqu'un qui circule en montagne ? propose Anton. Et en scooter ?

— Un habitué, alors. »

Anton hoche la tête.

« Probablement quelqu'un du coin, dit Daniel. Qui d'autre ?

— Dans ce cas, c'est vraiment une saloperie. »

Anton semble en faire une affaire personnelle. Fier de sa région, il ne mettrait jamais les pieds de plein gré dans une grande ville.

« Je me demande si l'agresseur peut avoir déposé Amanda quelque part et jeté le sac en revenant, dit Raffe. Il voulait peut-être s'en débarrasser avant de rentrer chez lui, pour diminuer le risque de se faire prendre.

— Plausible, dit Anton.

— Dans ce cas, la personne que nous recherchons doit avoir une famille, sinon ça n'aurait aucune importance », contre Daniel.

Cette idée est profondément dérangeante. Il faut être vraiment tordu pour kidnapper une jeune fille en pleine nuit si on a soi-même des enfants.

Daniel fait le tour de la table pour examiner les vêtements sous un autre angle. De petite taille : Amanda n'est pas très grande, un mètre soixante-deux seulement. Elle ne fait pas le poids face à un adulte, surtout un homme.

« Dans l'hypothèse où il s'agirait d'un ravisseur, dit-il, pourquoi avoir tout emporté sauf les sous-vêtements ?

— Si elle est enfermée dans un lieu isolé avec juste un soutien-gorge et une culotte, elle ne peut pas s'enfuir, souligne Anton. Elle mourrait de froid en moins d'une heure. »

Daniel hoche la tête. Sa fatigue a disparu, il a à nouveau les idées très claires.

« Le ravisseur utilise la nature comme prison. Serait-elle retenue prisonnière dans un endroit accessible uniquement en scooter ? Dans ce cas, nous devrions la chercher en montagne. »

Il jette un coup d'œil par la fenêtre. Il s'est remis à neiger, il fait moins vingt et un et la température va encore chuter.

Si Amanda est enfermée dans un chalet, ils ont du boulot. Elle peut être n'importe où entre Åre et la frontière norvégienne. Ou encore au-delà. C'est un vaste territoire, difficile en outre à quadriller de nuit.

Il essaie de se représenter la scène, rechigne à imaginer ce que recherche celui qui séquestre sa victime dans un chalet perdu en montagne où personne ne peut la trouver. Ni l'entendre crier.

Amanda est entièrement à la merci de son ravisseur.

33

Assis à son bureau, Daniel s'efforce de planifier une opération de recherche pour le lendemain matin. Le temps est trop mauvais pour l'engager dès cette nuit, ils vont devoir attendre qu'il fasse jour, en espérant que le vent sera un peu tombé.

Il est déjà vingt heures trente quand son portable sonne.

« Lindskog à l'appareil.

— Salut, Daniel, dit Bosse Lundh, le président de Missing People. Comment ça se passe ?

— On continue à travailler.

— Dommage que ça n'ait rien donné ce matin. J'espérais vraiment trouver des indices pour avancer.

— Oui », marmonne Daniel.

Il n'a pas le temps de bavarder. Ils doivent bientôt se réunir, dès qu'Anton aura trouvé une carte détaillée de la zone. Mais il ne veut pas être désagréable. Bosse est dévoué, il a le feu sacré et fait beaucoup pour la région.

« Beaucoup de gens ont répondu présent, dit Bosse avec de la chaleur dans la voix. Plus de cinquante personnes sont sorties chercher dans le froid. Ça, c'est de la solidarité locale. Quand même, ça rend fier des gens d'ici, tout le monde veut aider. »

Anton glisse la tête par la porte et lui fait signe que la réunion va commencer.

« Vous vouliez quelque chose en particulier ? demande Daniel en essayant d'éviter un ton cassant.

— Ah oui, dit Bosse. J'ai joint l'organisation jumelle de la nôtre à Trondheim, c'est la raison de mon appel. Ils souhaitent eux aussi aider, si ça peut être utile. »

Daniel réfléchit. Il y a à peine dix-sept kilomètres entre Åre et Trondheim. Ils ont décidé d'orienter les recherches autour d'Ullådalen, mais ils peuvent très bien avoir besoin de prospecter de l'autre côté de la montagne.

« Bon à savoir, dit-il. Je reviendrai vers vous si nécessaire. »

Bosse Lundh soupire.

« C'est difficile de penser à autre chose qu'à Amanda en ce moment. Et à ses malheureux parents. Est-ce que vous avez du nouveau de votre côté ? »

Daniel regarde les vêtements d'Amanda étalés devant lui.

« Je ne peux pas entrer dans les détails, dit-il, mais nous avons trouvé… certains vêtements.

— C'est vrai ? C'est bon signe, non ? Alors elle est encore en vie ?

— Nous l'espérons, dit Daniel. Mais gardez ça pour vous pour le moment.

— Bien entendu. Et où avez-vous trouvé ça ?

— Je ne peux malheureusement pas en dire plus.

— Je comprends. Si vous avez besoin de monde pour chercher dans le secteur où vous avez trouvé ces vêtements, n'hésitez pas. »

Daniel se dit qu'ils n'ont pas encore fini de planifier les recherches en montagne. Autant éviter le déploiement inutile des volontaires de Missing People.

« Patientez un peu, répond-il. Nous devons encore travailler pour définir où continuer les recherches. Mais restons en contact.

— Beaucoup de monde dans la région souhaite participer, insiste Bosse. Vous n'avez qu'à nous demander, et nous rassemblons nos troupes.

— Merci, dit sincèrement Daniel. Nous apprécions votre engagement. Laissez-nous juste un peu de temps. »

Il se sent soutenu, mais n'est pas sûr de vouloir envoyer des civils par mauvais temps en terrain accidenté. Trop risqué. Ils n'ont vraiment pas besoin que d'autres personnes disparaissent en montagne en ce moment.

34

Anton a déniché une grande carte qui indique les pistes de scooter entre Duved et Åre. Elle est épinglée au mur de la salle de réunion. Daniel y examine soigneusement les environs d'Ullådalen.

C'est à l'ouest de l'Åreskutan, pour ainsi dire à l'arrière de la montagne. Une destination populaire pour les skieurs, surtout au printemps, quand le temps se radoucit et qu'il fait clair en soirée.

Daniel imagine le paysage vallonné avec en son centre le lac Ullsjön, en ce moment gelé. La vallée est environnée de moraines érodées et de vastes étendues blanches qui scintillent quand le soleil brille. Ici et là, des bosquets de bouleaux nains sont fouettés par le vent et plus haut, les arbres disparaissent, il ne pousse plus que des ronces noires qui parviennent à peine à percer la croûte de neige. Des chalets de chasse ou de pêche à moitié ensevelis sous la neige, aux couleurs délavées depuis des décennies, sont dispersés dans la nature. Parfois, on les repère à peine, seule une cheminée dépasse des congères. Pour y accéder, le scooter est une nécessité.

Ullådalen est une des zones naturelles les plus belles d'Åre. Et peut-être désormais le lieu d'un crime sordide.

Raffe entre dans la pièce, une grosse feuille de papier sous le bras. Ses cheveux sombres qui lui tombent sur les épaules sont attachés en queue-de-cheval, ses manches de chemise retroussées jusqu'aux coudes.

« Voici le plan du cadastre de la zone entre Storlien et Järpen. »

Dessus, un fouillis de lignes et de petits carrés indiquant propriétés et bâtiments. On dirait une fourmilière.

Daniel s'assied, le menton appuyé dans les mains.

« Par où commencer ? demande Anton, comme s'il lisait dans les pensées de son collègue. Nous supposons donc que le ravisseur a circulé à scooter, enchaîne-t-il, et soupçonnons qu'Amanda se trouve dans un chalet en montagne. Il devrait bien être possible de croiser la liste des scooters de la région avec celle des propriétaires de chalet dans cette zone.

— Beaucoup de gens possèdent un scooter à Åre », le coupe Raffe.

Daniel lève la main.

« Laisse-le continuer.

— Peut-être bien, admet Anton. Mais leur nombre est malgré tout limité. Et il y en a encore moins qui possèdent du terrain hors de l'agglomération. »

Il prend un crayon. Puis il trace un grand cercle, avec Ullådalen pour centre. Daniel comprend.

La zone proprement dite n'est pas si vaste, dans la mesure où le chalet devrait se trouver là où il n'y a pas de route. Sinon, il n'y aurait pas besoin de scooter. Le ravisseur devrait résider dans un rayon raisonnable du lieu de détention, sans quoi il serait trop long pour lui de revenir chez lui. Et surtout, la zone de recherche devrait pouvoir être limitée à l'ouest d'Åreskutan, dans la mesure où les vêtements ont malgré tout été retrouvés dans la vallée d'Ullådalen.

Anton croise les bras.

« Et les chalets snacks d'Ullådalen ? demande-t-il. Il faut aller voir avec eux si le personnel n'aurait pas vu quelque chose. »

Anton a grandi à Åre et connaît le secteur comme sa poche.

« À quoi tu penses ? demande Daniel.

— Le Ski Lodge de Tväråstugan en premier lieu. Puis la gaufrerie de Lillåstugan. Par acquit de conscience, il faudrait aussi interroger le personnel de l'hôtel Buustamons Fjällgård. »

Anton reprend le crayon et marque Tväråstugan d'une croix. Le chalet est situé au fond de la vallée, juste au nord du télésiège d'Ullådal, et n'est pas accessible par la route. Daniel se souvient y être quelquefois passé à skis au printemps. L'endroit est particulièrement beau, près d'une cascade au pied de l'Åreskutan.

Anton met une autre croix sur Lillåstugan. Ce chalet est situé plus près de Tegefjäll et de l'E14, au-dessus du lieu-dit Ängarna. Il n'est pas non plus relié à la route, mais est plus facile d'accès. Il marque enfin Bustadmon, près du lieu-dit Rödkullen.

Crayon à la main, il se dirige vers l'autre carte, celle des pistes de scooter punaisée au mur. Il y place Tväråstugan, Lillåstugan et Bustadmon et trace un grand cercle autour d'un lieu situé à proximité de Tväråstugan.

« C'est là qu'a été retrouvé le sac de vêtements », indique-t-il.

Tout devient plus clair.

La piste de scooter traverse la partie nord d'Ullådalen. Le lieu de la découverte est situé au sud de la piste et à peu près à l'est de la salle de conférences de Tväråstugan.

Daniel respire un peu plus sereinement. Voilà un point de départ. Le personnel de cet établissement détient peut-être des informations importantes. Avec de la chance…

« Il faut contacter les secours en montagne, dit-il. On aura aussi besoin d'un hélicoptère avec caméra thermique.

— Comment fait-on avec Missing People ? demande Raffe.

— Ils pourraient faire plus de mal que de bien », dit Anton.

Daniel songe à sa récente conversation avec Bosse Lundh.

« On les laisse en attente pour le moment », dit-il.

Bosse devrait comprendre leur position. Daniel l'espère en tout cas. C'est une chose d'envoyer des civils faire des battues autour de l'agglomération et le long de l'E14. C'en est une autre de les envoyer en montagne par des températures glaciales.

Il regarde la neige tournoyer par la fenêtre.

« Quelles sont les prévisions météo pour les douze prochaines heures ? demande-t-il. Comment ça se présente ? »

Raffe secoue la tête.

« Pas spécialement bien. Vents violents et moins vingt, comme hier. Et il va continuer à neiger. »

Cela veut dire que l'hélicoptère aura du mal à arriver à destination. Mais rien à faire, ils ne peuvent pas attendre davantage.

« Dès qu'il fait jour, on commence les recherches. »

Amanda a cessé d'avoir froid.

Son corps est engourdi. Même les frissons qui la traversaient ont disparu. Désormais, ses muscles sont mous et las, comme s'ils appartenaient à quelqu'un d'autre. Son cœur bat au ralenti dans sa poitrine, elle respire lentement.

Étendue sur le matelas, Amanda rêve.

Elle voit maman et papa, Mimi et Kalle. Elle tend les bras pour les serrer, mais ils disparaissent chaque fois comme des ombres.

Elle n'arrive à toucher personne.

« Fais-moi un câlin », murmure-t-elle en essayant d'entourer de ses bras son petit frère, mais il se dérobe, comme les autres.

Elle voit Ludde, mais ne l'entend pas aboyer.

Pourquoi avait-elle si froid, avant ? Elle ne se rappelle pas, sait juste qu'il a cessé de faire froid.

Elle respire lentement, c'est un peu difficile, mais elle n'a pas peur, juste terriblement sommeil.

Elle écarte la couverture et le matelas étendu sur elle, elle n'en a plus besoin puisqu'elle n'est plus gelée. Pour la première fois depuis qu'elle s'est réveillée dans ce chalet, elle a chaud.

Tout ce qu'elle veut, c'est continuer à dormir.

DIMANCHE 15 DÉCEMBRE

35

C'est le bruit de la porte d'entrée qui réveille Hanna. Elle s'ouvre et se referme en claquant un peu. Il n'est que sept heures du matin.

Hier soir aussi, elle a eu du mal à s'endormir. Elle ne cessait de penser à Christian. Il lui manquait, malgré sa trahison.

À présent, elle est tout à fait réveillée et son pouls s'emballe. Dans la maison, elle entend des pas s'arrêter quelques secondes avant de repartir.

Ce n'est pas normal.

Hanna retient son souffle. Un cambrioleur n'aurait pas les clés. Qui ça peut être alors ? Inquiète, elle enfile un peignoir et, pieds nus, monte à pas de loup vers le rez-de-chaussée.

Au moment où elle pose le pied sur la dernière marche, un fracas et un cri retentissent.

Devant le placard à balais de l'entrée se tient une femme aux cheveux sombres, pommettes hautes et yeux fins. Un aspirateur gît à l'envers par terre, son fil lové à côté comme un serpent.

Hanna et la femme se dévisagent. Hanna se ressaisit la première.

« Qui êtes-vous ?

— *So sorry* », balbutie la femme.

Paniquée, elle fixe quelques bouteilles de détergent qui ont aussi dégringolé du placard. Le bouchon de l'une d'elles a sauté, et un liquide épais se répand sur le sol en pierre. Elle semble terrorisée de voir ça.

Hanna lui touche doucement le bras.

« Ne vous inquiétez pas, dit-elle. Ce n'est pas grave. On l'essuiera plus tard. »

La femme se met à pleurer. Sa réaction est complètement disproportionnée. Faire tomber un aspirateur et renverser une bouteille de lessive, ça peut arriver à n'importe qui.

Hanna s'agenouille devant elle.

« Vraiment, ça ne fait rien, dit-elle. Comment vous appelez-vous ? »

Comme elle ne réagit pas, Hanna passe à l'anglais.

« Zuhra », répond la femme sans la regarder dans les yeux.

Sa lèvre inférieure tremble encore.

« *Sorry* », chuchote-t-elle à nouveau.

Hanna va prendre un rouleau d'essuie-tout et nettoie le sol maculé.

Zuhra paraît encore terrorisée par la situation.

« Je prépare du café ? » propose Hanna en anglais.

Comme elle ne répond pas, Hanna l'entraîne à la cuisine et lui fait signe de s'asseoir. Puis elle glisse une capsule Nespresso dans la machine et lui en prépare une tasse.

« Du lait ? »

Zuhra secoue la tête.

Hanna s'assied en face d'elle. Elle ne doit pas être bien vieille, sûrement pas plus de vingt, vingt-deux ans.

« D'où venez-vous ? demande Hanna précautionneusement.

— Ouzbékistan.

— Vous êtes en Suède depuis longtemps ? »

Zuhra fait un geste sibyllin. Elle a toujours une expression d'effroi dans les yeux.

« Vraiment, ne vous inquiétez pas, insiste Hanna. C'était un petit accident, il n'y a pas de mal. »

Le silence se fait, Zuhra tripote sa tasse. Elle a les ongles rongés et le bout des doigts enflé. Sa bouche tremble toujours.

Elle reste figée, comme si elle ne savait pas s'il lui était permis de bouger.

« Personne maison, lâche-t-elle. Je ménage chaque deux semaines et toujours vide. »

Hanna comprend. Elle tente de lui expliquer que sa sœur lui a prêté la maison en urgence. Lydia a probablement oublié de prévenir l'employeur de Zuhra qu'Hanna serait là pendant quelques semaines.

Hanna n'est pas étonnée que Lydia ait une femme de ménage. C'est typique de sa sœur de veiller à ce que la maison soit tenue propre, qu'elle soit occupée ou non. En revanche, elle ne comprend pas pourquoi Zuhra est à ce point terrorisée. Travaillerait-elle au noir ? Difficile à croire. Lydia ne ferait jamais ça. C'est une avocate renommée, sa réputation vaut bien plus que quelques billets de mille économisés en frais de ménage.

Zuhra a bu son café.

« Je ménage maintenant ? demande-t-elle en se levant un peu trop vite.

— Bien sûr, dit Hanna. Je vous laisse le champ libre. »

Zuhra lui répond en hochant nerveusement la tête. Hanna n'est pas certaine qu'elle ait compris. La jeune femme disparaît vers le placard à balais et Hanna l'entend monter l'aspirateur.

Quelque chose la tracasse tandis qu'elle redescend se doucher. Cette expression d'effroi dans les yeux de Zuhra, sa façon de se recroqueviller…

Zuhra lui fait penser à d'autres femmes qu'elle a pu rencontrer dans son métier de policière. Des femmes battues par leur mari.

36

Par la suite, Daniel se rappellera exactement où il se trouvait quand la nouvelle est arrivée.

Tout le monde est rassemblé dans la salle de réunion pour planifier l'opération de recherche. Deux hommes des secours en montagne sont là, ainsi qu'une femme de la défense civile, ses cheveux gris attachés en touffe. Raffe, Anton et Daniel sont assis en bout de table. La carte annotée la veille est étalée sur la table.

Östersund est connecté en visio. La commissaire Birgitta Grip apparaît à droite de l'écran que Daniel a sous les yeux. Son visage ridé a une expression inquiète tandis qu'elle écoute le point sur l'enquête. La gravité de la situation se reflète dans le ton de la réunion : personne ne prend la parole inutilement, la concentration est totale tandis qu'ils débattent de la meilleure méthode pour retrouver Amanda.

Le briefing dure depuis une bonne heure. Ils vont se mettre en route incessamment, vers neuf heures et demie, dès qu'il fera assez jour pour que les recherches soient efficaces. Ils ont à leur disposition deux hélicoptères équipés de caméras thermiques et un grand nombre de scooters des neiges. Il a été décidé qu'Anton et Raffe participeraient aux opérations sur le terrain pendant que Daniel restera au commissariat.

Les prévisions météo sont mitigées. Il neige toujours et le vent souffle fort sur l'Åreskutan, mais le temps s'est tout juste assez radouci pour permettre aux hélicoptères de voler.

Pourvu qu'ils aient choisi de concentrer leurs recherches sur les bonnes zones, se dit Daniel. Il est debout depuis six heures et a déjà bu trois cafés. Cette nuit, il a dormi cinq heures, Ida et Alice étaient profondément endormies quand il est rentré et reparti.

« Vous avez réussi à joindre le personnel de Tväråstugan ? demande Birgitta Grip après avoir attentivement écouté le résumé de Daniel.

— On a fait chou blanc, répond Anton. C'était fermé le soir de la Sainte-Lucie. »

Même chose pour Lillåstugan, qui n'ouvre pour la saison que le lendemain de Noël. Ils vont interroger le personnel de Bustadmon plus tard dans la journée, mais le patron du restaurant leur a déjà assuré au téléphone n'avoir rien remarqué d'anormal.

Ils viennent de finir de passer en revue les derniers détails quand Daniel voit à l'écran une personne entrer dans la salle de conférences d'Östersund. C'est une femme habillée en civil. Elle interrompt discrètement Birgitta Grip en lui touchant l'épaule et elles chuchotent entre elles pendant quelques minutes.

Les mâchoires crispées de Birgitta font réagir Daniel. Mauvaise nouvelle, il le sent…

La commissaire tourne à nouveau les yeux vers la caméra. Elle pousse un profond soupir en se passant la main sur le front.

« Le central des urgences vient de recevoir un appel provenant de votre secteur, les informe-t-elle. Un employé de la station a trouvé une personne morte sur le télésiège VM6. Filez-y tout de suite. »

Daniel se lève d'un bond, renversant sa chaise.

Ça ne peut être qu'Amanda…

37

Il ne faut que quelques minutes en voiture du commissariat de Kurortsvägen au télésiège sur Kabinbanevägen. Pourtant le trajet n'en finit pas. Les questions se bousculent dans la tête de Daniel tandis qu'Anton roule aussi vite qu'il l'ose sur la chaussée glissante.

Pourquoi aurait-on retrouvé Amanda dans un endroit aussi bizarre ? Et s'il s'agissait de quelqu'un d'autre ?

C'est un gars qui a téléphoné, tellement choqué qu'ils n'ont pu obtenir aucune précision. Il ne faisait que répéter qu'il y avait un mort sur le télésiège.

Anton tourne en dérapant sur le parking, deux voitures de police dans son sillage. Daniel ouvre sa portière à la volée et s'élance dans la neige vers la hauteur où le bâtiment rouge de la télécabine jouxte le télésiège VM6. Il embrasse la scène du regard à travers un rideau de neige virevoltante.

Le télésiège est à l'arrêt, un des sièges immobilisé à l'endroit précis où il doit normalement entamer son demi-tour. Une masse gît juste en dessous.

Un jeune homme est planté devant le bâtiment brun adjacent, les bras autour du corps, dans un état de panique manifeste. Malgré le froid, il ne porte ni gants ni bonnet. Le rouge vif de son blouson au logo des remontées Skistar détonne.

Il ne réagit pas à l'approche de Daniel. Ce n'est que lorsqu'il s'arrête devant lui qu'il lève les yeux.

« Je suis de la police, dit Daniel, essoufflé. C'est vous qui avez appelé le 112 au sujet d'une personne morte ? »

Le jeune homme hoche vivement la tête. Il indique l'aire d'embarquement, en évitant soigneusement de regarder.

« Là-bas », lâche-t-il.

Ses cheveux sont saupoudrés de neige, ses lèvres bleues de froid.

« Rentrez vous réchauffer », lui enjoint Daniel.

Le garçon le regarde d'un air hésitant, puis se dirige lentement vers la porte.

Anton rejoint alors son collègue. Deux policiers en uniforme arrivent eux aussi.

Du coin de l'œil, Daniel repère quelques skieurs qui observent la scène avec curiosité. Toute la station ne va sans doute pas tarder à être au courant. Les médias feront mousser l'affaire, c'est couru.

« Sécurisez le périmètre, lance Daniel à ses collègues. Empêchez les gens d'approcher. »

Il se baisse pour passer sous la rampe métallique qui contient la queue du télésiège et conduit jusqu'à l'aire d'embarquement.

Le soleil est à peine levé, les ombres sont encore longues. Dans l'obscurité, Daniel devine un dos nu. Le corps est tourné dans le sens de la pente. Difficile de discerner ses contours, mais il devine une taille fine et des hanches arrondies. Puis il enregistre le soutien-gorge et la culotte. Il lui faut quelques secondes pour les voir. Les vêtements sont si clairs qu'ils se confondent avec les légers flocons blancs qui couvrent le corps.

Daniel fait quelques derniers pas pour bien voir le visage. C'est en effet Amanda qui gît là, joue contre terre.

Nom de Dieu…

Il a beau s'y être préparé, c'est quand même un choc de découvrir ce visage inerte dans la neige. Jusqu'à présent, il avait d'Amanda l'image d'une jeune fille riant devant l'objectif. Elle faisait le pitre, prenait des poses, dégageait une énergie. Tout était en couleur. Maintenant, il regarde une version en noir et blanc.

Amanda n'est plus qu'une enveloppe humaine gelée. Une poupée de glace qui jamais plus ne sourira à ses parents ni à son frère ou sa sœur.

Malgré tous leurs efforts, ils ne sont pas parvenus à la sauver.

Les sirènes déchirent le silence. Au loin, un des policiers tente de refouler des skieurs curieux. Un jeune sort son téléphone pour filmer, mais se fait sèchement rappeler à l'ordre.

Daniel s'accroupit à côté du cadavre. Ses yeux sont fermés, son visage calme, son corps légèrement recroquevillé. Elle doit être morte depuis un moment, pas besoin de l'avis du légiste pour le savoir. Des cristaux de glace scintillent sur sa peau.

Daniel se lève. Voilà une demi-heure, ils planifiaient une opération de recherche pour retrouver Amanda avant qu'il ne soit trop tard. Désormais, c'est tout autre chose qu'ils recherchent. Un meurtrier.

38

Daniel se gare devant la villa en briques blanches de la famille Halvorssen. En route, il a réfléchi à la meilleure façon d'annoncer la tragique nouvelle, mais quoi qu'il dise, les parents vont de toute façon être effondrés.

Il défait sa ceinture. Il aimerait en avoir fini. Il n'arrive pas à s'habituer à ces situations, c'est de loin la pire facette de son métier. Il sait qu'il ne trouvera pas le sommeil ce soir, qu'il ressassera ce qu'ils auraient pu faire pour trouver Amanda à temps.

Une demi-heure seulement s'est écoulée depuis qu'ils ont constaté que c'était bien elle. Le légiste et les techniciens sont en train d'arriver, toute la zone autour du VM6 est bloquée. Daniel et Anton se sont dépêchés de se rendre au domicile des parents pour que ces derniers n'apprennent pas la nouvelle par les médias. Qu'au moins ce choc leur soit épargné.

« On y va ? dit Anton. Ça ne sert à rien de traîner. »

Ils gagnent en silence la porte d'entrée. Anton aussi semble désemparé, les deux mains dans ses poches de pantalon, comme s'il ne savait pas quoi en faire.

Daniel sonne. Il est gelé. Pourquoi toujours ce maudit froid ?

Harald finit par leur ouvrir. Le teint gris, mal rasé.

« Pouvons-nous entrer ? demande Daniel. Nous devons vous parler, à votre épouse et à vous. »

Lena descend en hâte de l'étage, les yeux rouges et gonflés. Ils s'assoient à la table de la cuisine, Lena sur une chaise en sapin, tout contre son mari. Elle serre dans une main une feuille de Sopalin. De temps à autre, elle essuie les larmes qui lui coulent sur les joues.

Daniel cherche ses mots, aucun ne semble juste. Impossible de différer plus longtemps.

« Nous avons malheureusement de mauvaises nouvelles », commence-t-il.

Les yeux de Lena s'élargissent tandis qu'Harald agrippe à deux mains le bord de la table.

« Ce matin, une alerte a été donnée au 112, dit Daniel. On a retrouvé Amanda près du VM6. »

Il prend son élan pour l'annonce finale :

« Je suis vraiment désolé, mais votre fille est morte. »

Lena reste d'abord parfaitement immobile, comme si elle n'avait pas entendu. Puis elle laisse échapper un gémissement. Daniel n'a jamais rien entendu de pareil. C'est animal et strident, un cri désespéré qui semble jaillir du tréfonds de son corps.

Harald ne bouge pas. Il reste assis, les yeux clos, tandis que le ululement de Lena emplit la pièce. Puis sa voix s'éteint et elle s'effondre, le visage dans les mains.

Le tic-tac de l'horloge de la cuisine est assourdissant dans le silence.

« Comment est-ce arrivé ? demande tout bas Harald sans regarder Daniel. Comment ma fille est-elle morte ?

— Nous ne pouvons pas encore vous répondre. La cause du décès n'a pas encore été établie. »

Harald joint les deux mains.

« Comment était-elle ? reprend-il. Était-elle… blessée ?

— Elle était exactement comme d'habitude », dit Daniel.

Il évite de dire qu'Amanda n'était vêtue que d'un soutien-gorge et d'une culotte. Ce détail n'arrangerait rien.

« Pouvons-nous… la voir ?

— Bien sûr. Mais elle va d'abord être transférée à Umeå pour l'autopsie.

— Vous allez l'ouvrir ? » murmure Lena.

Elle a refermé les mains devant sa bouche, ses doigts tremblent.

« Dans ce genre de situation, une autopsie est obligatoire, explique Anton.

— Je ne veux pas qu'on ouvre ma fille.

— Je suis désolé », dit Daniel.

Il rassemble ses forces pour affronter la suite. Les parents qu'il a devant lui sont déjà anéantis. Ce qu'il doit à présent aborder ne va pas améliorer les choses.

Il s'accorde quelques secondes supplémentaires en passant le pouce à la surface de la table. Elle porte les traces de toute une vie familiale : cercles de tasses trop chaudes, une brûlure d'allumette, diverses rayures de couteau.

« Nous avons des raisons de penser que la mort d'Amanda est d'origine criminelle, se lance Daniel.

Nous aurions besoin de vous poser quelques questions, si vous en avez le courage. »

Lena ne relève pas, elle pleure éperdument, coupée du monde extérieur.

Seul Harald réagit.

« Que voulez-vous dire ?

— Nous pensons qu'Amanda a été enlevée, dit Daniel. Qu'elle a peut-être été détenue dans un chalet en montagne entre le moment de sa disparition et aujourd'hui, où elle a été retrouvée. »

Harald s'ébroue.

« Pourquoi l'aurait-on enlevée et séquestrée ?

— C'est justement ce dont nous aurions besoin de parler avec vous. »

Daniel se penche en avant.

« Quelqu'un aurait-il suivi votre fille ces derniers temps ? A-t-elle parlé de personnes qui la mettaient mal à l'aise ? »

Harald secoue la tête.

« Elle n'a jamais parlé de ça.

— Savez-vous si elle avait peur de quelqu'un ? demande Anton.

— Je ne crois pas.

— A-t-elle reçu des messages désagréables, par exemple sur Instagram ou d'autres réseaux sociaux ? »

Harald paraît complètement interloqué.

« Je ne comprends pas pourquoi on s'en serait pris à elle. »

Sa voix se brise.

« À nous. »

Il regarde Lena, qui semble engloutie par le chagrin, le visage dans les mains.

« Avez-vous des ennemis ? reprend Daniel. Peut-être un ancien conflit qui est remonté à la surface ? Parfois, il faut creuser dans le passé, même si cela paraît invraisemblable. »

Harald se contente de secouer à nouveau la tête.

« Il est important pour nous de savoir s'il y a parmi les proches d'Amanda des personnes susceptibles de s'être rendues coupables de son enlèvement, insiste Daniel.

— Mais elle n'a que dix-huit ans ! s'exclame Harald. Qui pourrait lui vouloir du mal ? »

C'est déchirant de l'entendre parler au présent de sa fille. Daniel ne peut pas se représenter la douleur de perdre un enfant. Il songe à Alice. S'il lui arrivait quelque chose, pourrait-il continuer à vivre ?

« Je comprends que ce soit dur, dit-il. Nous n'en avons pas pour longtemps. »

Daniel doit interroger Harald sur son engagement politique. Les menaces contre les hommes politiques locaux constituent un problème croissant.

« C'est peut-être difficile de répondre maintenant, poursuit Daniel, mais des personnes pourraient-elles avoir voulu vous atteindre à travers votre fille ? »

Harald, déjà très pâle, devient livide.

« On aurait tué ma fille pour se venger de moi ? murmure-t-il.

— Vous êtes un homme politique, dit Daniel avec douceur. En politique, il y a parfois des… différends. Avez-vous des ennemis ? »

Harald s'affaisse sur son siège.

« Pas que je sache.

— Avez-vous reçu des lettres de menaces ou des messages hostiles dans l'exercice de vos fonctions ? Des appels anonymes en pleine nuit ?

— Non.

— Et après le championnat, l'an dernier ? demande Anton. N'y a-t-il pas eu des réactions assez violentes ? Le climat était assez haineux à l'époque. »

Harald secoue la tête.

« Comme homme politique, on est habitué à ne pas plaire à tout le monde en prenant les décisions qui s'imposent, répond-il d'une voix tendue. Parfois, ces décisions sont difficiles. »

Il se tait quelques secondes avant de poursuivre :

« Le championnat a été une déception pour beaucoup, mais je ne peux pas imaginer que mes adversaires politiques s'en soient pris à ma fille… »

Sa voix s'évanouit quand des éclats de voix dévalent l'escalier. Les jumeaux déboulent dans la cuisine dans leurs pyjamas à rayures. Deux blondinets de neuf ans qui tiennent de leur père. Leur ressemblance est époustouflante, le même nez droit, le même corps gracile. Amanda, elle, avait davantage hérité de sa mère.

Leur joie s'éteint d'un coup quand ils voient leur mère effondrée. Mimi et Kalle s'immobilisent, les bras ballants, le regard sur le qui-vive. Leurs yeux, d'abord fixés sur Lena, glissent vers Harald avant de continuer vers les deux policiers. Et là, Kalle se rapproche de sa sœur jumelle. Il l'entoure de son bras dans un geste de protection qui n'est pas de son âge.

Daniel sait d'expérience que leur vie ne sera plus jamais la même. Comme policier, il a été témoin de bien des tragédies familiales, il y aura un avant et un après la mort d'Amanda.

Lena ouvre les bras, les jumeaux s'y jettent.

« Amanda est morte, lâche-t-elle. Votre grande sœur n'est plus là. »

39

Installée avec son ordinateur à la table de la cuisine, Hanna ne trouve rien de neuf au sujet d'Amanda sur la page Facebook de Missing People. En revanche, beaucoup de messages de sympathie d'habitants d'Åre ou de communes des environs.

Karro, rencontrée lors de la battue et avec qui elle a échangé son numéro de téléphone, a écrit quelques lignes de soutien à l'intention des parents, accompagnées d'une multitude de cœurs rouges.

Zuhra vient de partir après un dernier coup d'œil anxieux au sol, où s'était répandue accidentellement la bouteille de détergent. Hanna a dû lui assurer plusieurs fois que ce n'était pas grave, qu'elle n'avait même pas à en parler à son chef. En cinq heures, elle a tout astiqué, à présent tout brille et sent le citron.

C'est un peu une déception qu'aucune autre opération de recherche ne soit organisée. Même si les efforts d'hier ont été vains, Hanna n'aurait rien contre le fait de participer à une nouvelle battue. Elle ne tient pas en place. Dès qu'elle ne fait rien, elle se remet à broyer du noir au sujet de Christian.

Elle aurait aimé participer à cette enquête dans les rangs de la police. Ça aurait mieux valu que de rester là, oisive, à ruminer. Ou bien est-ce Åre qui la fait déprimer ?

Hanna se lève et gagne les baies vitrées. Il neige, comme il a neigé presque sans interruption depuis son arrivée. Il faudrait qu'elle pense à déblayer la terrasse.

À travers la nuée de flocons, elle aperçoit les maisons voisines, avec leurs pimpantes décorations de Noël qui scintillent dans la nuit. C'est le troisième dimanche de l'Avent, mais elle ne s'est pas occupée d'allumer des bougies aux fenêtres.

Tout au fond d'elle, elle sait que le problème n'a jamais été Åre.

Comme Lydia, elle adorait venir ici, admirer la voûte du ciel et les sommets enneigés. Elle connaît la montagne par cœur, ses moindres ravins ou crevasses. Elle a sillonné tant de fois ce versant de l'Åreskutan à skis. Et pourtant, elle n'a jamais voulu y revenir.

Après avoir réussi à éviter les montagnes du Jämtland depuis quinze ans, la voilà de retour, et le souvenir de ses blessures d'enfance remonte à la surface, exactement comme elle le redoutait. Comme si le lieu lui-même refaisait d'elle la petite fille qui n'arrivait jamais à bien faire aux yeux de sa maman.

Son portable sonne. Lydia. C'est un soulagement d'être tirée de ses idées noires.

« Tu as entendu ce qui s'est passé ? » demande sa sœur tout à trac, dans tous ses états.

Cela ne lui ressemble pas. D'habitude, Lydia garde toujours la tête froide.

« Non, dit Hanna en retournant à la cuisine.

— Je viens de recevoir un flash info sur mon portable.

— Quel flash info ?

— La fille morte à Åre. »

Hanna se fige.

« Ils l'ont retrouvée ? s'exclame-t-elle.

— Tu étais au courant ? »

Hanna élude de longues explications sur la battue de Missing People.

« Je savais qu'une jeune fille avait disparu dans la région. »

Tout en parlant, elle se connecte au site d'un journal du soir et voit aussitôt le gros titre : *Une jeune fille retrouvée morte à Åre.*

Une photo floue prise de loin, sans doute au moyen d'un téléphone portable, montre un corps gisant au pied d'un télésiège à l'arrêt. Ce doit être le VM6, Hanna le reconnaît, sait exactement où se trouve cette remontée mécanique qu'elle a très souvent empruntée.

Une impression désagréable la saisit.

« C'est terrible, dit Lydia. Une jeune fille assassinée en plein centre d'Åre !

— C'est sûr ? » demande Hanna.

Lydia hésite.

« Je suppose. Sinon pourquoi l'aurait-on retrouvée comme ça, à moitié nue dans la montagne ? »

Hanna parcourt le texte à l'écran. Apparemment, Amanda ne portait qu'un soutien-gorge et une culotte. Le texte rend compte de sa disparition et des efforts déployés ces derniers jours pour la retrouver.

Comment le journal dispose-t-il déjà de tant de détails ? C'est incompréhensible. Hanna imagine ce qu'en pensent les enquêteurs.

« Je voulais juste savoir si tu allais bien, dit Lydia. Vérifier que tu faisais attention à toi.

— Oui », la rassure Hanna.

Lydia reprend, l'air préoccupé :

« Ça fait beaucoup de choses pour toi ces derniers jours. Comment te sens-tu ? »

Hanna se cale au fond de sa chaise et réfléchit. En fait, ça va un peu mieux. Il s'est écoulé presque une semaine, et l'état de choc des premiers jours est retombé. Elle est toujours terriblement déçue par Christian, mais il ne lui manque plus de la même façon. Plus à en avoir mal partout.

Le chagrin de ne plus pouvoir travailler dans la police demeure en revanche aussi vif et douloureux.

« Je fais aller, répond-elle.

— C'est sûr ? s'inquiète Lydia.

— Promis. »

Elles bavardent encore un peu et s'apprêtent à raccrocher quand Hanna en vient à penser à sa visiteuse de la matinée.

« Au fait, une fille est passée ce matin pour faire le ménage.

— Très bien. »

Lydia ne paraît pas y accorder d'attention particulière.

« Comment s'appelle la société de nettoyage par laquelle tu passes ? demande Hanna.

— Pourquoi ? Il y a eu de la casse ? »

Typique de Lydia de penser en ces termes.

« Mais non, rassure-toi. La fille a oublié son bonnet, improvise Hanna. J'aurais bien voulu appeler pour le signaler.

— Ah, d'accord. Il faut que je vérifie. Nous avons souscrit un abonnement ménage quand la maison a été livrée, alors je ne me rappelle plus bien. »

Va-t-elle dire à Lydia un mot au sujet de Zuhra, de son air craintif et soumis ? C'était juste une impression, certes, rien de concret. Et pourtant, Hanna ne parvient pas à se défaire de l'idée que quelque chose clochait. Mais inutile d'en parler à sa sœur.

« Ce n'est pas très important, dit-elle, mais si tu as le temps de vérifier, envoie-moi le nom de cette société. »

Elles raccrochent et Hanna reste là, le portable à la main. Amanda morte, quelle terrible nouvelle. Elle aimerait pouvoir apporter son aide, de quelque manière que ce soit.

Une fois de plus, elle se demande si les enquêteurs sont au courant du passé violent de son petit ami. Devrait-elle appeler Karro pour lui demander d'en dire deux mots à son frère policier ? Au moins par acquit de conscience ?

40

Une fricassée avec œuf au plat et salade de betteraves prise sur le pouce au restaurant Wersén sur la place centrale d'Åre donne à Daniel et Anton quelques instants de répit. Il leur faut reprendre des forces : il n'est que midi et demi, mais ils sont épuisés après leur visite à la famille Halvorssen. Daniel mange sans savourer.

De retour au commissariat, l'atmosphère est pesante. Tous les collègues accusent le coup : la mort d'une jeune fille, c'est dur à avaler.

Raffe est déjà assis à la longue table quand Daniel et Anton franchissent le seuil de la salle de réunion, accompagnés de deux techniciens qui viennent de revenir du lieu de découverte du corps. Daniel les reconnaît tous les deux, sans se rappeler leurs noms.

La légiste, Ylva Labba, est là aussi. Bien qu'attachés par une barrette sur sa nuque, ses cheveux sombres semblent un peu ébouriffés, comme si elle venait d'ôter son bonnet. C'est une vraie chance qu'elle soit là. Normalement basée à Umeå, elle se trouvait à Östersund pour le week-end. Quand l'alarme a été donnée, elle a décidé de rejoindre Åre. Elle va bientôt repartir chez elle procéder à l'autopsie du corps d'Amanda, mais leur a promis un bref rapport préliminaire avant son départ.

Daniel s'installe en face d'elle. Ils ne se sont encore rencontrés qu'en visioconférence. Les crimes nécessitant son expertise sur place ont été plutôt rares à Åre, du moins depuis qu'il travaille ici. Ylva est chaudement vêtue d'un pull en laine et d'un pantalon matelassé fourré dans de grosses chaussures. Autour de son cou, un châle aux couleurs du drapeau sami.

« Qu'est-ce que tu en penses ? demande Daniel. À quand remonte le décès ? »

Ylva Labba sort une paire de lunettes et la chausse soigneusement sur son nez. Elle a devant elle un épais carnet de notes à couverture noire.

« Tu connais sûrement l'effet du froid sur les cadavres, dit-elle. Il gèle le temps, littéralement.

— Tu peux risquer une hypothèse ? » demande Anton.

Il a l'air fatigué. Daniel se doute que ses pensées suivent la même pente que les siennes. Si seulement ils étaient partis plus tôt à la recherche d'Amanda… À quelques heures près, ils auraient peut-être pu la retrouver encore en vie… Penser en ces termes n'avance à rien, mais impossible de s'en empêcher. La déception et le sentiment d'échec sont lancinants.

La légiste mâchonne son crayon.

« Il n'y a pas beaucoup d'indices, dit-elle. La fille ne présentait pas de taches cadavériques qui auraient pu être une indication. Aucun signe de putréfaction non plus. En temps normal, un corps est raide comme un piquet au bout de huit à douze heures, mais par ce froid, c'est plus compliqué. Le corps s'est-il durci à cause de la température, ou s'agit-il de la rigidité cadavérique qui survient classiquement après la mort ?

— Combien de temps a-t-elle pu tenir avant de succomber au froid ? demande Raffe. Si nous supposons qu'elle se trouvait à l'extérieur par ce temps. »

Ylva Labba se tourne vers lui.

« Cela dépend de plusieurs facteurs : l'état de santé général, la quantité de graisse sous-cutanée et les vêtements. »

Daniel revoit le corps gelé d'Amanda. Elle était quasiment nue et était relativement petite et menue.

« Comment ça se passe, très concrètement ? interroge Raffe.

— La température corporelle normale se situe autour de trente-sept degrés, explique Ylva, mais dès trente-trois, la situation s'aggrave. À ce niveau, on commence à être apathique, le pouls devient irrégulier et la respiration superficielle. Si la température baisse encore, la pression sanguine est affectée, et la confusion mentale s'installe. En deçà de trente degrés, la respiration faiblit et le cœur bat si lentement que les poumons peuvent se remplir de liquide. Le plus souvent, à ce stade, la personne est inconsciente et un arrêt cardiaque finit par survenir. Quand la température tombe à dix-neuf, vingt degrés, l'activité cérébrale cesse. La personne est alors cliniquement morte. »

Ylva Labba est très pédagogue, mais ils ne sont pas plus avancés.

« Peux-tu déterminer l'heure du décès ? » demande à nouveau Daniel.

Il ne veut pas qu'elle reparte à Umeå sans leur avoir donné un ou deux éléments sur quoi travailler.

« Le corps étant à ce point congelé, il a dû s'écouler au moins douze heures, finit par dire Ylva Labba. Je ne peux pas en dire plus pour le moment. »

Amanda a disparu entre une heure et deux heures du matin dans la nuit de jeudi à vendredi. Entre ce moment et celui où elle a été retrouvée, il s'est écoulé environ cinquante-cinq heures. Elle a pu rester en vie un certain temps, peut-être les premières vingt-quatre heures. Où était-elle alors ? Peut-être dans le chalet à la recherche duquel ils s'apprêtaient à partir…

« Et la cause du décès ? demande Daniel. Tu peux te prononcer ?

— Pas définitivement. Je n'ai procédé qu'à un examen visuel, vous comprenez.

— Absolument, s'empresse de répondre Daniel.

— Il y a quelques marques au cou, mais à part ça aucune trace extérieure de violences. Pas d'écorchures, de bleus ou autres blessures.

— Au cou, ce sont des marques de strangulation ? demande Daniel.

— Il semble que oui.

— Mais tu ne peux pas dire si c'est la cause du décès ?

— Pas à ce stade. »

Le malaise de Daniel grandit. S'il n'y a pas de traces manifestes de violences, Amanda a dû suivre la personne volontairement. Ce qui suggère quelqu'un dont elle n'avait pas peur. Qu'elle connaissait. Qui habite la région.

41

Combien de visioconférences avec Östersund ces derniers jours ? Daniel en a perdu le compte quand il s'apprête à se connecter à nouveau.

Ylva Labba et les deux techniciens du labo sont partis.

Il se frotte les yeux avant d'ouvrir le lien utilisé pour les conversations de groupe. Les moyens de communication modernes facilitent les choses dans beaucoup de circonstances, mais en même temps, l'extrême centralisation des ressources fait que la plupart des réunions ont lieu par l'intermédiaire d'un écran.

Dans les grandes villes, on a évidemment tout sous la main, mais il en va autrement dans les zones peu denses. Sur le papier, concentrer les forces augmente l'efficacité, mais dans la réalité, tout devient difficile à piloter quand le lieu du crime se trouve à Åre, la direction à Östersund et le central régional de communication à Umeå.

En outre, tout ce qu'apporte le contact personnel se perd quand on parle en ligne. Il devient difficile de percevoir les petits signes non verbaux, un coup d'œil approbateur, ou une attitude critique.

La porte s'ouvre dans son dos.

« On commence ? demande Anton, un nouveau café à la main, Raffe dans son sillage.

— Donne-moi une minute », dit Daniel.

Son portable bipe, mais il ignore le sms. Une nouvelle question lui traverse l'esprit :

« Comment le corps a-t-il atterri sur le télésiège ? »

Anton tourne la tête vers lui.

« Hein ?

— Comment le meurtrier s'y est-il pris pour placer Amanda sur le télésiège ? » précise Daniel.

Anton pose son gobelet sur la table et s'assoit.

« Quelle est ta théorie ?

— Elle a dû être placée là pendant la nuit.

— L'employé qui a donné l'alerte a dit qu'il avait découvert le corps le matin, en mettant en marche la machinerie », glisse Raffe.

C'est lui qui l'a auditionné, pendant que Daniel et Anton allaient annoncer aux parents la tragédie. Le garçon reste sous le choc : étant une classe au-dessus d'Amanda, il l'a apparemment tout de suite reconnue. Dès qu'il ira mieux, ils l'interrogeront à nouveau. Mais Raffe a malgré tout réussi à obtenir quelques détails.

« Il a déclaré qu'Amanda était déjà à moitié étendue sur le siège qui descendait.

— Son meurtrier a donc dû la coucher dessus au sommet, au moment où il tournait », raisonne Daniel.

Il n'y a pas d'autre endroit pour le faire. Daniel a souvent skié le long du VM6. Le télésiège passe toujours très haut. À peine partis, les sièges se trouvent à plusieurs mètres du sol.

« Attendez un peu… »

Daniel revoit une petite maison juste à l'arrivée du télésiège.

« Skistar a bien placé un employé pour surveiller la montée et la descente, n'est-ce pas ? Au cas où les skieurs n'arriveraient pas à descendre, il y a bien toujours quelqu'un au sommet qui surveille les sièges, non ? »

Anton hoche la tête.

« Il faut qu'on trouve cette personne, dit Daniel. Au plus vite. »

Il tourne le regard vers l'autre bout de la pièce. Il est temps de commencer la réunion avec le GSMP, une équipe formée spécialement pour cette enquête. Selon le manuel, le groupement de soutien méthodique de la police est une entité d'environ vingt-cinq personnes, mais il n'y a jamais autant de monde : les moyens n'y suffisent pas.

Birgitta Grip apparaît à l'écran, avec quelques enquêteurs d'Östersund.

« C'est déjà dans la presse, attaque-t-elle. Avec des photos de la victime et tout. »

Son ton est sec et irrité, même si, comme tous ses collègues, elle sait qu'il est presque impossible d'empêcher ce genre de photos. Les badauds n'hésitent pas à filmer et publier des images d'événements tragiques sur les réseaux sociaux. Il y a des cas d'accidents de la route que des passants ont filmés sans se gêner au lieu de venir en aide aux blessés.

« On a bouclé le périmètre aussi vite qu'on a pu, se défend Anton.

— Nous avons une conférence de presse cet après-midi, poursuit Grip. On en reparlera. »

Son manque d'enthousiasme est tangible : les conférences de presse ne sont pas des sommets du travail policier.

Elle se tourne vers Daniel.

« Où en sommes-nous ? »

Daniel résume l'enchaînement des faits depuis la découverte du corps d'Amanda sous le télésiège. Il espère qu'Ylva Labba et le labo vont découvrir quelque chose de décisif. En tout cas, Ylva a promis de commencer l'autopsie sur-le-champ, ils n'auront pas besoin de faire la queue à l'institut médico-légal comme c'était le cas à Göteborg.

« Nous sommes en train de passer en revue les contacts d'Amanda avant sa disparition, enchaîne-t-il. Son portable est toujours introuvable, mais le service informatique a reçu son ordinateur et travaille à craquer son mot de passe. Les vêtements sont partis au labo, et nous cherchons des témoins présents aux abords du VM6 ces dernières vingt-quatre heures. »

Reconstituer le monde d'une victime est un puzzle complexe dont les nombreuses petites pièces doivent s'agencer pour reconstruire après coup son existence. Ils ont aussi besoin de connaître la séquence des événements avant la mort d'Amanda, d'en comprendre toute la chronologie depuis son enlèvement.

Daniel change de posture sur son siège. Pour l'heure, ils ne disposent même pas d'une hypothèse qui tienne la route. Il leur manque un mobile et un meurtrier. Le petit ami d'Amanda, Viktor, a un alibi.

Grip dévisage Daniel, comme pour s'assurer qu'il va être à la hauteur de cette enquête. Daniel est bien conscient qu'elle est au courant des circonstances de sa mutation de Göteborg à Åre. Il a été dans l'obligation de quitter son poste après s'être frotté d'un peu trop près à un gang de motards lors de sa dernière enquête criminelle. Les menaces personnelles qu'il recevait étaient trop lourdes, il était à deux doigts de perdre les pédales.

Grip savait qu'il était sujet à des cauchemars et à des troubles du sommeil quand il a commencé à travailler dans son équipe. Depuis qu'il est dans le Jämtland, il est redevenu lui-même. Quelque chose a cicatrisé ces dernières années. Il est rentré chez lui.

« Tu vas gérer ? » demande-t-elle sans prendre de pincettes.

Daniel voudrait dire oui sans hésitation. Mais il ne s'agit pas que de lui. La vérité est qu'ils manquent de ressources. Voilà cinq ans, ils étaient quatorze au commissariat d'Åre, aujourd'hui ils sont dix – presque trente pour cent du personnel a été supprimé. Et sur ces dix postes, seuls sept sont actuellement pourvus. La situation est tout aussi tendue à la section criminelle d'Östersund, avec là aussi trois postes vacants sur dix.

En même temps, l'idée de laisser Grip confier l'enquête à un collègue d'Östersund le contrarie. Il a emménagé à Åre pour vivre une autre vie, faire partie d'une communauté. Mis au pied du mur, il ne veut pas reculer. Il se sent solidaire des habitants de la commune, et comprend leur peur.

Ce meurtre doit être élucidé au plus vite. Mais la charge de travail va être colossale. Il ne sait absolument pas comment il va faire pour réserver du temps pour Alice et Ida.

« Ne t'inquiète pas, dit-il. Ça va aller. »

Anton et Raffe hochent eux aussi la tête. Ils ont beau appartenir au commissariat d'Åre et l'enquête être formellement confiée à la section criminelle d'Östersund, il ne fait aucun doute qu'ils font désormais partie de l'équipe.

« Bon, tranche Birgitta Grip. Alors tu vas prendre ta voiture et venir à Östersund pour pouvoir participer à la conférence de presse à quatorze heures. »

Elle plaisante ? Va-t-il faire une bonne heure de route pour assister à une conférence de presse, alors que chaque minute compte ?

Daniel dévisage sa cheffe.

« On a besoin de moi ici, dit-il.

— Si tu veux diriger l'enquête préliminaire, tu dois assumer. Il faut aussi que tu ailles dire deux mots au procureur. C'est Ahlqvist qui est en charge de l'affaire. »

Daniel a déjà travaillé avec Tobias Ahlqvist. C'est un bon procureur, mais assez formaliste. Pas homme à prendre des décisions rapides. Mais il vaut toujours mieux avoir un procureur désigné dès le début d'une enquête plutôt que de le voir débarquer en plein milieu, une fois le premier suspect sérieux identifié.

De toute façon, l'expression de Grip prévient Daniel qu'il n'y a pas matière à discussion.

« Ok, soupire-t-il, sans pouvoir s'empêcher d'ajouter sur un ton acide : Mais qui va s'occuper de mon travail en attendant ? »

Aucune réponse. Östersund s'est déjà déconnecté.

Devant l'écran noir, Daniel retient un juron.

« Sois prudent sur la route », ricane Anton.

42

Daniel met une heure et seize minutes pour rouler d'Åre à Östersund dans ces conditions hivernales. Il se retrouve parfois à se traîner derrière un camion. Doubler le démange mais il s'en tient aux limitations de vitesse : il ne pourrait pas prétendre être en intervention urgente s'il se faisait flasher.

Aussitôt dans la voiture, il a appelé Ida. Elle avait l'air fatiguée, sans doute Alice dans les bras. On entendait son léger gazouillis en arrière-plan et Daniel imaginait presque respirer son doux parfum de bébé. Il a à peine vu sa fille depuis vendredi, seulement posé ses lèvres sur son front endormi avant d'être obligé de retourner travailler.

Il a deviné la déception d'Ida quand il lui a annoncé qu'il rentrerait sans doute tard ce soir aussi. Il ne sait pas combien de temps va durer la conférence de presse et il doit ensuite voir le procureur pour faire le point.

« Je suis vraiment désolé », a-t-il terminé, écrasé de culpabilité.

Quand il arrive à Östersund, les rues sont vides. Les services de police sont à Fyrvallavägen, dans un bâtiment qui abrite aussi les douanes, le central des urgences et les pompiers. La conférence de presse doit se tenir au deuxième étage. Daniel arrive avec un quart d'heure d'avance. Il trouve sa cheffe en train d'enfiler sa veste d'uniforme. Birgitta Grip gratifie le gros pull et le jean de son subordonné d'un regard critique.

« Tu as l'air de descendre tout droit de ta montagne. »

D'une main, Daniel s'efforce d'aplatir ses cheveux. L'idée de changer de tenue ne l'a même pas effleuré. À Göteborg, il participait rarement aux conférences de presse, le service de communication ou les grands chefs s'en chargeaient. Il se sent déjà mal à l'aise, le commentaire de Grip n'arrange rien.

« Suis-moi », dit-elle.

Par un long couloir étroit, ils rejoignent une porte close brun sombre. Un faible brouhaha parvient de derrière.

Tobias Ahlqvist arrive avec la chargée de communication, Ulrika Berge. Elle porte une veste mauve foncé sur un pantalon et des boots noirs dont les talons claquent sur le sol. Elle salue Daniel et ramène ses courts cheveux blonds derrière ses oreilles.

« Ils sont sacrément nombreux à s'être manifestés, l'informe-t-elle. Y compris la presse étrangère. Une jeune fille retrouvée assassinée à moitié nue sur un télésiège, c'est une histoire rentable. Ça n'arrête pas d'appeler. Sans parler de l'immense intérêt suscité auprès du grand public. »

Daniel a rarement le trac, mais ses aisselles se mettent à poisser. Il garde son pull, ne veut pas se montrer devant les caméras avec des auréoles de sueur sous les bras. En fait, il donnerait tout pour ne pas y aller. Ce n'est pas son truc, parler aux médias. Ce n'est pas une question de timidité, il n'aime juste pas être sous le feu des projecteurs.

Tobias Ahlqvist contrôle son portable. Il porte une veste de tweed grise et ne semble pas le moins du monde stressé par la conférence de presse.

« On cause après, n'est-ce pas ? » dit-il à Daniel.

Une question qui ressemble plutôt à un ordre.

« La directrice marketing de Skistar vient d'appeler, dit Ulrika. Elle s'inquiète de toutes les photos du VM6 qui paraissent. Elle demande qu'on laisse son entreprise en dehors de tout ça. »

Daniel hoche la tête. Il a du mal à se concentrer.

Birgitta Grip regarde sa montre.

« On y va. »

Elle ouvre la porte et fait son entrée.

Daniel laisse passer Ulrika Berge et Tobias Ahlqvist devant lui avant de leur emboîter le pas, moins par politesse que pour retarder le moment d'entrer dans l'arène. L'impression d'être jeté aux lions le submerge.

Grip prend place au milieu d'une longue table juchée sur une estrade. Ulrika et Tobias s'assoient d'un côté, Daniel de l'autre. Il garde les yeux baissés sur la table aussi longtemps qu'il le peut. Quand enfin il se décide à les lever, il est confronté à une dizaine de visages inconnus. STV et TV4 ont envoyé des caméras. Les diodes rouges clignotantes indiquent qu'elles émettent en direct.

Après avoir fait le point sur la situation, Grip précise que Tobias est le procureur en charge de l'affaire et Daniel le chef de l'enquête préliminaire. Puis elle laisse place aux questions.

Une jeune fille aux yeux très maquillés lève la main pour le compte d'un journal du soir.

« Avez-vous des suspects ? » demande-t-elle d'une voix criarde, un peu trop forte.

Birgitta Grip vient juste d'expliquer pourquoi ils n'en ont pas encore. Impassible, elle répond :

« Pas pour le moment, je vous l'ai dit. Il est encore trop tôt dans l'enquête. Nous vous préviendrons quand ce sera d'actualité.

— Quand pensez-vous avoir un suspect ? insiste la journaliste.

— Nous ne pouvons pas le dire à ce jour. Mais une vaste opération d'investigation est en cours et cette enquête a la priorité maximale. »

La fille n'a pas l'air contente. Elle griffonne si furieusement dans son carnet que la pointe de son crayon se casse.

Grip donne la parole à un garçon en veste bleue, journaliste d'un des quotidiens du matin.

« Des critiques ont été émises sur le fait que vous n'avez pas réussi à retrouver la victime alors qu'elle avait disparu plusieurs jours avant la découverte de son corps. Avez-vous des commentaires à ce sujet ? »

Grip fait un signe de tête à Daniel. Pris au dépourvu, il se penche vers le micro, la bouche sèche. Il doit se racler la gorge, ce qui produit un vacarme invraisemblable dans le micro. Quelqu'un ricane.

« La zone à ratisser était très vaste, explique-t-il. Les fortes chutes de neige et les températures très basses ont considérablement compliqué les recherches, en particulier pour les chiens. »

Il donne l'impression de chercher à se défausser. Il rougit sans pouvoir s'en empêcher. Birgitta Grip vient à sa rescousse.

« Les recherches ont suivi les procédures, dit-elle. Nous avons toute confiance dans les opérations mises en œuvre localement. Il faut prendre des précautions particulières dans ce genre de conditions climatiques. »

Sa voix rassurante et pleine d'expérience fait beaucoup mieux passer le message que n'en a été capable Daniel. Il sent la sueur dégouliner de son cou jusqu'au bas du dos.

Un journaliste agite la main au fond de la salle.

« Il paraît que les parents eux-mêmes ont dû se tourner vers Missing People, pourquoi la police n'a-t-elle pas directement pris contact avec eux ? » lance-t-il d'une voix indignée.

Daniel perçoit ce que sous-entend cette intervention : le journaliste présente la chose comme une faute professionnelle. Or il ne s'agissait pas d'ignorer Missing People, mais ils devaient d'abord analyser la situation.

« Est-ce que ça aurait pu faire la différence ? continue l'homme. Auriez-vous pu retrouver la fille vivante ? »

Daniel lève les yeux au plafond en poussant un soupir. C'est une question absurde, on dirait presque que le journaliste s'évertue à le coincer.

Il se penche à nouveau vers le micro pour répondre sobrement :

« Impossible de le savoir après coup. »

Discrètement il lorgne vers sa montre. Est-ce que c'est bientôt fini ?

« Allez-vous fermer la station de ski d'Åre ? demande un journaliste de télévision.

— Ce n'est pas d'actualité », répond Grip.

L'homme ne s'avoue pas vaincu.

« Allez-vous prendre le risque de laisser des familles venir fêter Noël à Åre, avec un meurtrier dans la nature ?

— Pas de commentaire », lâche la commissaire, irritée.

Après quelques mots de conclusion, elle se lève. La conférence de presse est enfin terminée.

Daniel sort derrière les autres par une porte latérale, trempé de sueur.

43

Mimi et Kalle regardent la télé dans le séjour. Ils ont eu de la pizza pour le dîner puis un film, la nouvelle version du *Roi Lion*, un de leurs favoris. Lena les entend depuis la cuisine. Des répliques les font rire : comme en sont capables les enfants, ils réussissent à faire abstraction de la gravité de la situation. Même s'ils savent que leur grande sœur n'est plus là, pour l'heure seul le film captive toute leur attention.

Lena ne peut ni manger ni rester devant la télé. Alors elle erre de pièce en pièce. Elle recentre la nappe rouge de Noël sur la table de la cuisine, coupe quelques feuilles d'une étoile écarlate, attrape un verre dans le placard au-dessus de l'évier, puis reste là à se demander pourquoi elle l'a dans la main. Il lui faut plusieurs minutes pour se rappeler qu'elle voulait se servir de l'eau. Mais pourquoi ? Elle n'a pas soif.

L'angoisse la pousse en avant, elle ne supporte pas de rester une seconde immobile. Toutes ses forces s'épuisent à se contenir devant les enfants, à ne pas pousser des hurlements de détresse.

Harald est parti depuis plusieurs heures.

« J'ai besoin d'air frais, a-t-il lâché, les clés de la voiture à la main. Je ne peux pas rester comme ça ici. »

Lena ne sait pas si c'est bien ou mal qu'il se soit éclipsé, si elle le veut à la maison avec elle ou s'il vaut mieux qu'elle soit seule un moment. Quand il n'est pas là, elle se sent abandonnée. Quand il est là, elle ne supporte pas de voir sa propre douleur reflétée dans ses yeux.

Ludde la suit comme une ombre quand Lena quitte la cuisine. Peut-être comprend-il que quelque chose ne tourne pas rond ? Le bruit des griffes du chien sur le parquet l'accompagne à l'étage, dans la chambre. Elle tapote mécaniquement un oreiller et plie le plaid rose. Puis elle le remet en boule et le jette par terre.

À quoi bon ranger, puisque Amanda ne va jamais revenir ?

Lena entre dans la chambre de sa fille. Elle se blottit sur le lit, enfouit le visage dans un de ses pulls, où elle sent encore son odeur.

Trois jours ont passé depuis qu'elle a vu Amanda pour la dernière fois – sans s'en douter alors. La douleur est intolérable. Elle a l'impression d'un couteau planté en permanence en plein cœur.

Ludde pose les deux pattes sur le bord du lit. Lena le laisse monter et se coucher contre elle, même s'il n'en a pas le droit normalement. Il remue un peu la queue avant de s'immobiliser, la tête contre son épaule. Elle sent la chaleur du chien, tandis que ses larmes coulent sur son doux pelage.

44

Ebba est couchée dans le lit double de ses parents, la couette remontée jusqu'au cou. Sa maman lui manque. Son père et elle sont en route depuis Stockholm.

Elle leur a parlé plusieurs fois depuis l'annonce de la mort d'Amanda, mais ce n'est pas la même chose que de les avoir à la maison.

La nouvelle s'est rapidement répandue sur les réseaux sociaux au cours de la journée. Les messages de la classe et de tout le lycée ont afflué. Tout le monde sait qu'Ebba était la meilleure amie d'Amanda. Ils croient qu'elle sait tout de ce qui s'est passé, dans les moindres détails. Ebba n'a pas eu le courage de répondre à qui que ce soit.

Son portable vibre. Le nom qui s'affiche la fait se sentir plus mal encore : Lasse, leur prof principal.

Elle sait qu'elle devrait répondre, mais elle ne peut pas. Elle fixe l'écran jusqu'à ce que l'appel soit rejeté.

Lasse le dégueulasse, comme Amanda avait coutume de l'appeler.

Ebba glisse son portable sous l'oreiller pour ne plus le voir.

La télé est à fond : c'est trop pénible quand le silence s'installe, Amanda envahit alors toutes ses pensées. Elle ne veut pas, ne peut pas admettre que sa meilleure amie est morte, qu'elles ne se reverront plus jamais.

Le journal télévisé a commencé. Soudain, Ebba se rend compte qu'ils parlent du meurtre. Apparaît à l'écran une photo d'Amanda au soleil sur la plage. Ebba croit étouffer. Elle était avec elle cette fois-là. C'est elle qui a pris cette photo avec son portable quand elles se sont baignées dans l'Åresjön l'été dernier. Lorsque Amanda était encore *vivante*.

Tous les bruits disparaissent. Respirer devient pénible, son souffle se crispe, superficiel. Ebba halète, elle manque d'air. Un poids écrase sa poitrine ; ses poumons sont en feu.

Elle se frappe le cœur pour l'empêcher de s'arrêter, elle cogne, et cogne encore, persuadée qu'elle va mourir, comme Amanda. Peu à peu elle finit par retrouver son souffle. La crise de panique est passée.

Quand elle rouvre les yeux, elle voit à la télévision les images d'une conférence de presse. Deux femmes et deux hommes sont assis sur une estrade. Elle en reconnaît un, ce policier venu vendredi dernier, un certain Daniel. Elle fixe son visage. Se concentre dessus pour que la panique ne revienne pas. Ses mains tremblent toujours.

Elle enfouit son visage dans l'oreiller en espérant que sa mère arrivera bientôt. Elle a besoin de l'entendre dire que tout va s'arranger.

Si seulement elle pouvait lui raconter ce qui s'est réellement passé. Lui parler de Linda…

Cela paraît irréel que quelques jours seulement se soient écoulés depuis qu'Amanda et elle bavardaient à la récréation. Le souvenir de cette pause cigarette sur le banc devant l'école ne la laisse pas en paix.

Mais à présent, c'est elle qui se retrouve dans la même situation qu'Amanda quand elle ruminait en se demandant que faire. Et il n'y a personne à qui elle oserait se confier.

45

Hanna est couchée sur le canapé du séjour avec un livre sur lequel elle n'arrive pas à se concentrer. Il traite du mouvement #MeToo à New York. Elle l'a pris sur un rayonnage, mais n'en a pas lu plus d'une quinzaine de pages, alors que le sujet lui tient à cœur et que l'ouvrage connaît un grand succès.

Il est cinq heures et demie. Elle n'a pas envie de se préparer à dîner. Un ou deux verres de vin lui diraient davantage, mais elle a décidé de faire attention avec l'alcool après les excès des dernières semaines.

Au moment où elle attrape la télécommande pour allumer la télé, son portable bipe.

C'était sympa de bavarder hier. On est une petite bande à sortir au Supper ce soir, tu voudrais venir ? Bises. Karro

Il faut quelques secondes à Hanna pour faire le lien avec la Karro qu'elle a rencontrée lors de la battue de Missing People.

C'est quoi le Supper ?

Une rapide recherche sur Google lui donne la réponse : un restaurant populaire au centre d'Åre, très bien noté par TripAdvisor. Le site Internet affiche d'appétissantes photos de plats sud-américains aux couleurs vives.

Spontanément, elle est tentée de décliner l'invitation. C'est adorable de la part de Karro de lui proposer cette sortie, mais elle n'est pas d'humeur à rencontrer des gens pour le moment. Surtout maintenant qu'Amanda a été retrouvée morte.

Il lui semble alors entendre la voix de Lydia :

« Tu ne peux pas rester comme ça à te lamenter sur Christian. Il ne te mérite pas. »

C'est bien vrai, se dit Hanna. Non seulement il l'a trompée, mais il l'a mise à la porte de leur domicile. Après cinq ans de vie commune. C'est la première fois depuis son arrivée à Åre qu'elle est plus en colère que triste.

Hanna n'a pas répondu à ses messages sur ses vêtements détruits et il n'en est plus arrivé d'autres. Elle ne regrette rien. Bien fait pour lui, après ce qu'il lui a fait. Comment a-t-il pu la tromper et la traiter de cette façon ?

Son regard s'arrête sur la couverture de son livre, dont le titre s'affiche en grandes lettres rouges : *SHE SAID*. Le monde est rempli de salauds, la chose est claire.

Pourquoi est-elle donc tombée amoureuse de Christian ?

Hanna prend un coussin et se cale dans un coin du canapé. Au fond, il n'est pas du tout son genre, beaucoup trop lisse à son goût. La première fois qu'ils se sont rencontrés, à une fête organisée par une de ses rares amies d'enfance, il lui est apparu charmant et bien élevé. Elle l'a décrit à Lydia comme le « gendre idéal ».

Il lui a fait une cour assidue, venait la voir avec des roses et du champagne. Alors qu'en temps normal elle aurait trouvé ce comportement excessif, à la limite du harcèlement, elle s'est surprise à en être flattée. Elle n'était jamais sortie avec quelqu'un d'aussi mignon et qui corresponde autant au goût de ses parents. Peut-être cela le rendait-il encore plus intéressant ?

Sa mère avait toujours détesté les précédents petits amis d'Hanna – et elle ne lui en avait pas présenté beaucoup, lassée qu'ils ne trouvent jamais grâce à ses yeux.

La vie avec Christian était si simple, elle s'est juste laissé embarquer. Quel bonheur de voir pour une fois sa mère s'illuminer en présence de son nouveau petit copain. Il sauvait les voyages en Espagne et les insupportables dîners en famille. En sa compagnie, elle devenait enfin à son tour la fille qui avait réussi. Et en effet, elle était en train de devenir une autre Hanna, qu'elle ne reconnaissait pas tout à fait – elle ne se l'était jamais avoué avant aujourd'hui.

Et voilà qu'elle se retrouve là, le cœur brisé par un homme avec qui elle n'aurait peut-être jamais dû aller.

Hanna relit le sms de Karro. Elle est tentée finalement. Si elle dîne avec elle, elle pourra peut-être aussi lui poser quelques questions au sujet du petit ami d'Amanda, Viktor, qu'elle n'arrive décidément pas à se sortir de la tête.

Avant de changer d'avis, elle accepte l'invitation. Karro répond aussitôt :

Nickel. On s'y retrouve à neuf heures et demie.

46

La maison communale de Järpen est silencieuse et déserte quand Harald se gare sur le parking vide devant le bâtiment brun sombre. Il ouvre la porte et file droit à son bureau au troisième étage.

Sans rien allumer d'autre que la lampe de bureau, il sort la bouteille de vodka du tiroir du bas. Elle y est depuis des années. Il ne boirait jamais au travail, mais il l'a reçue en cadeau, puis elle est restée là.

Il va chercher un verre dans la kitchenette, le remplit et l'avale cul sec en fermant les yeux. L'alcool tiède lui arrache la gorge.

Harald n'aime pas les alcools blancs, mais la chaleur se répand dans son corps, ses muscles crispés se détendent. Il est tenté de se resservir, mais n'ose pas. Il faut qu'il reste suffisamment sobre pour pouvoir rentrer en voiture. Il ne peut pas prendre le risque de rouler en état d'ivresse, pas dans sa situation d'homme public.

Mais il n'a pas envie de rentrer, n'a pas le courage de faire semblant devant Kalle et Mimi, ni de voir le désespoir sans fond de Lena.

La lumière tamisée de sa lampe de bureau éclaire la photo de famille, où Amanda est au centre. Sa merveilleuse petite fille qu'il a bercée, nourrie et endormie tant de fois. Nourrisson, il la portait sur son ventre. Il se souvient encore du poids de son petit corps d'enfant dans le porte-bébé. Ses yeux bleu sombre rivés aux siens, son premier sourire.

C'était un peu irréel de devenir papa à vingt-trois ans, mais il a aimé Amanda dès la toute première seconde. Il aurait pu mourir pour elle. Et maintenant, c'est elle qui est morte.

Son beau bébé ne lui sourira plus jamais.

Les larmes aux yeux, Harald tend la main vers la bouteille, mais réussit à résister. Il s'affaisse alors dans son fauteuil. Son cœur bondit, comme s'il n'avait plus la force de remplir sa mission. Il presse les paumes devant son nez et sa bouche, si fort que ses muscles lui font mal. Ce genre de douleur vaut mieux que la souffrance sans fond qui lui écrase la poitrine.

Les mains et les poignets tremblants d'épuisement, il laisse ses bras retomber sur la table. Le front en sueur, la respiration lourde, il s'essuie avec un mouchoir, quand son portable bipe. Encore un sms de condoléances d'un proche. Quelques mots, accompagnés de cœurs rouges et d'émojis tristes.

Il en est arrivé toute la journée, des messages de toutes provenances. Même ses pires adversaires politiques se sont manifestés pour exprimer leur sympathie. Åre n'est pas bien grand et il est une figure connue dans la commune.

Nous pensons à vous, lui ont-ils écrit. *Dites-nous si vous avez besoin de soutien. Nous sommes là pour vous.*

Harald range le portable. Ce ne sont pas quelques cœurs qui pourront l'aider à traverser cette épreuve.

Au bout de quelques secondes, il éprouve le besoin de ressortir son téléphone. Il se languit désespérément de Mira, elle est la seule qui puisse le consoler.

Il hésite, puis lui écrit un bref message :

Je suis au bureau, tu peux venir ?

Il surveille l'écran, tendu. Les minutes passent.

Puis apparaissent trois points, signe que la réponse ne va pas tarder.

Impossible.

Ce refus sec le met au bord des larmes. Il tente à nouveau :

Je t'en prie.

Comme l'écran reste sombre, il fait une dernière tentative :

J'ai besoin de toi.

La réponse est immédiate :

Je ne peux pas. N'envoie pas de message à cette heure-ci.

Harald serre le téléphone dans une main. Puis tend l'autre vers la bouteille de vodka.

47

Aux prises avec les bourrasques de vent, Hanna se rend au restaurant où elle doit retrouver Karro. Elle espère que les chasse-neige auront eu le temps de passer avant son retour à Sadeln : il neige tellement qu'elle voit à peine devant elle.

Le Supper occupe un ancien pavillon de chasse peint en rouge, entre la place centrale et le bâtiment de la gare. En ouvrant la porte, elle trouve une ambiance animée et un brouhaha festif. Même un dimanche soir, il y a foule.

« Bonsoir, l'accueille une fille à queue-de-cheval, tout sourire. Vous avez réservé ? »

Hanna réalise qu'elle ne sait pas à quel nom est la réservation, mais Karro arrive aussitôt. Enlevés, le bonnet et le blouson élimé de la battue. Aujourd'hui, ses cheveux bouclés blond miel sont soigneusement coiffés et elle porte un chemisier léopard bleu au décolleté généreux.

« Elle est avec nous », dit-elle.

Elle entraîne Hanna à l'étage jusqu'à une table d'angle où deux autres filles sont déjà assises, Malin et Jenny. Malin a de longs cheveux aux mèches décolorées et un pull à paillettes. Jenny arbore de nombreux bracelets et un top noir à col bateau et manches en trompette. Hanna, avec son jean ordinaire et la chemise blanche qu'elle a enfilée pour l'occasion, se sent aussitôt mal fagotée.

« Allez, on va commander à boire », s'exclame Karro en faisant signe à la serveuse.

Hanna est venue en voiture. Elle n'a pas les moyens pour un taxi et ne veut pas dépenser trop d'argent en alcool. Mais un cocktail, ça devrait aller, elle s'en tiendra ensuite à de l'eau.

« Quatre mojitos », commande Karro à la fille aux cheveux sombres qui note, sourire aux lèvres, avec une tendance à dire sans arrêt : « Super » – Hanna en dénombre quatre avant qu'elle reparte.

« Et bien tassés », ajoute Karro avec un clin d'œil.

Hanna regarde autour d'elle. C'est un vaste restaurant d'une grande capacité d'accueil. Une cloison sépare l'étage : d'un côté un grand bar avec de généreux espaces pour socialiser, de l'autre, une longue table bordée de chaises hautes. Derrière, les cuisines.

C'est bondé, animé, musique latino en fond. Hanna se force à sourire pour se mettre dans l'ambiance festive : Christian ne va pas lui gâcher la soirée.

La serveuse revient avec son plateau de cocktails. Une paille, de la glace et des feuilles de menthe fraîche dépassent des longs verres.

« D'habitude, on laisse la cuisine décider du menu, dit à mi-voix Karro à Hanna. C'est meilleur. »

Hanna hoche la tête. Bonne idée. Pourvu seulement que ce ne soit pas trop cher.

Elles trinquent, et le breuvage vert tient ses promesses. Les épaules d'Hanna se détendent un peu.

Elle aura bien le temps demain de s'inquiéter de ses finances, ces filles n'ont pas l'air du genre à faire des excès. Et puis, ce soir, elle a bien besoin de ça.

Karro raconte sa rencontre avec Hanna pendant leur battue à la recherche d'Amanda. Elle présente les choses comme si elles avaient participé à une expédition polaire.

« C'est affreux, soupire Malin en agitant les cheveux. On ne croirait pas que ça puisse arriver dans un endroit comme Åre. »

La serveuse revient avec un nouveau plateau et commence à disposer les plats. Tacos aux crevettes, ceviche et épis de maïs grillés. Ça a l'air fameux. Hanna tend la main vers une frite de patate douce saupoudrée de parmesan. Le fumet et le goût sont si fantastiques qu'elle en reprend aussitôt quelques-unes.

Jenny se penche au-dessus de la table. Ses lèvres sont joliment maquillées dans un ton rose foncé, mais la rondeur de sa lèvre supérieure fait tiquer Hanna. Elle ne peut s'empêcher de se demander si Jenny l'a fait retoucher, peut-être une injection de botox ? À Stockholm, c'est courant, mais elle croyait que c'était un phénomène de mode réservé aux grandes villes.

« J'espère vraiment qu'ils vont trouver celui qui a fait ça, dit Jenny. On ose à peine sortir maintenant. »

Karro donne un léger coup de coude à Hanna.

« Toi qui es dans la police, dit-elle, c'est quoi ta théorie ? »

Hanna est gênée. Elle aurait préféré que Karro ne mentionne pas sa profession, ne veut pas s'étendre sur sa situation.

« Qui a assassiné Amanda, à ton avis ? » insiste-t-elle.

Hanna passe le plat de tacos pour faire diversion, en vain.

« Je ne suis ici que depuis quelques semaines, se défend-elle.

— Mais à Stockholm, tu travailles sur quoi ? »

Malin ne peut pas savoir combien sa question lui fait mal. Sa gorge se serre, elle simule une quinte de toux et se cache le visage dans une serviette.

« Tiens, bois un peu d'eau », dit Karro en lui servant un verre.

Hanna boit avec gratitude, en espérant qu'elles vont changer de sujet de discussion. Mais Malin ne renonce pas :

« Alors, qu'est-ce que tu fais dans la police ?

— Je m'occupe de… criminalité intrafamiliale. »

Elle le dit au présent, c'est trop dur d'employer l'imparfait.

« Oh là là ! fait Jenny. Ça a l'air costaud. »

Hanna essaie de doser au mieux la gravité de sa réponse. La vérité sans fard peut gâcher la meilleure ambiance, elle le sait d'expérience.

Au cours de ses sept années passées dans la police de Stockholm, elle a à peu près tout vu, du banal harcèlement à des viols caractérisés ou des violences aggravées au sein de couples. Impossible de parler du meurtre sordide de Josefin, rien que d'y penser lui fend le cœur.

Mieux vaut opter pour un compromis.

« Je travaillais sur des violences conjugales et autres tristes histoires, dit-elle avec un sourire forcé.

Des trucs trop plombants pour une soirée comme celle-ci.

— Je ne resterais pas si mon mec me battait, affirme Karro. Je me tirerais tout de suite. »

Hanna ne peut qu'approuver, même si Karro ne comprend sans doute pas combien il est difficile de quitter une relation violente. La plupart des femmes ne partent pas après les premiers coups. Au contraire, elles restent en se persuadant que ça n'arrivera plus. Et quand ça recommence, elles trouvent toujours d'autres raisons pour ne pas fuir. Puis ça recommence encore et encore, jusqu'à ce qu'elles soient complètement soumises et incapables d'y voir clair.

Mais ce n'est pas le moment d'expliquer tout ça.

« Pauvres parents, dit Malin en revenant à la mort d'Amanda. Ça doit être affreux de perdre sa fille dans ces conditions.

— Dans le journal, ils disent que le meurtrier est presque toujours quelqu'un que la victime connaît », dit Jenny.

Hanna hoche la tête. Les statistiques voudraient que le petit ami soit coupable. Elle cherchait une occasion d'aborder le sujet, et voilà qu'elle lui est servie sur un plateau.

Malin et Jenny sont occupées à se passer les plats, Karro vient de saisir ses couverts pour commencer à manger. Hanna en profite pour lui glisser à voix basse :

« Ce petit ami dont tu m'as parlé hier, qui avait brutalisé son ex, Viktor Landahl, tu l'as signalé à ton frère ? »

Karro secoue la tête.

« Tu ne devrais pas au moins lui dire ce qu'il a fait ? Ça pourrait être important. »

Karro se concentre soudain sur le contenu de son assiette.

« Je ne sais pas… », esquive-t-elle.

Les autres filles n'écoutent pas, mais Karro semble embarrassée, comme si elle regrettait d'avoir raconté cette affaire à Hanna.

« Je ne peux pas me mêler du travail d'Anton. Ce serait déplacé. »

Hanna comprend qu'il ne faut pas insister, et elle hoche la tête. En effet, cela ne la regarde pas. Et puis Karro est bien gentille de l'avoir invitée alors qu'elles se connaissent à peine. Le moins qu'elle puisse faire, c'est de faire preuve de tact.

« Santé ! lance-t-elle alors en levant son verre. Merci de m'avoir invitée à me joindre à vous ce soir ! »

48

La lumière est éteinte quand Daniel se glisse dans la chambre vers onze heures du soir. Alice doit s'être endormie depuis longtemps, Ida semble l'avoir imitée, couchée sur le côté dans sa chemise de nuit bleu clair.

Daniel est épuisé, mais il reste une minute près du lit à barreaux d'Alice. Allongée sur le dos, elle ronronne. Ses minuscules paupières sont closes, ses mains reposent sur le drap rose. Ses doigts sont légèrement fléchis dans un réflexe de préhension.

Son cœur se serre à l'idée que quelque chose puisse lui arriver.

Comment réussira-t-il à protéger sa fille quand elle grandira ? Plus que la plupart des gens, il est conscient de tout ce qui peut arriver à une jeune fille. Le malheur ne fait pas d'exceptions pour les enfants de policiers.

Après un dernier regard à son bébé endormi, il gagne son côté du lit. Il est vidé par la tension de cette journée. Au mieux, il pourra dormir six ou sept heures, si Alice fait une bonne nuit.

Il se déshabille sans allumer et se coule en silence dans le lit. Ida se tourne vers lui dans le noir.

« Maman t'a vu à la télé, dit-elle tout bas pour ne pas réveiller Alice.

— Mmh.

— Pourquoi tu ne m'as pas prévenue ?

— Je n'ai pas eu le temps, marmonne-t-il.

— Pas eu le temps ?

— Je ne savais pas qu'il y aurait des caméras », élude-t-il.

Cette conférence de presse est bien le dernier sujet dont il a envie de parler.

« Maman est très choquée, continue Ida. Elle dit qu'il ne s'est jamais rien passé d'aussi affreux dans la commune. »

Elisabeth, la mère d'Ida, appelle presque tous les jours et a un avis sur tout. En particulier sur la façon de s'occuper d'Alice.

« Elle ne sait pas si elle va encore oser sortir », continue Ida.

Il n'a pas le courage de discuter du cas de sa belle-mère à une heure pareille. Il essaie d'abréger en bâillant ostensiblement :

« Elle exagère. Bonne nuit, chérie.

— Elle a dit que tu avais l'air très tendu et nerveux à la télé, dit Ida en lui caressant le dos. C'était pénible ? »

Daniel n'a pas besoin qu'on lui rappelle sa prestation. Il l'a vue après coup et en est encore gêné. Il a fait figure de pâle amateur. Pourquoi Birgitta Grip s'est-elle obstinée à l'embarquer là-dedans ? La prochaine fois, ils se débrouilleront tout seuls.

« Il faut que je dorme, dit-il. Je dois me lever avant six heures.

— Bon, d'accord, chuchote Ida. Je voulais juste parler un peu. »

Un reproche muet plane dans l'air.

« Tu n'as presque jamais été là depuis vendredi. »

Daniel comprend qu'il ne soit pas facile pour elle de tout porter sur ses épaules, mais il aimerait qu'elle montre un peu de compréhension. Sa journée a été longue, pleine de frustrations. Jusqu'au bout, il a espéré retrouver Amanda en vie. La déception de ce matin le ronge.

« Je me disais que tu voudrais peut-être… me dire comment ça s'était passé pour toi », reprend Ida tout bas en remontant la couette.

Daniel tend le bras et l'attire à lui.

« Pardon, dit-il en lui caressant la nuque. Je suis juste fatigué. »

Elle sent bon, ses cheveux tout propres ont l'odeur du shampooing à la pomme. Sa chemise de nuit est remontée, il sent sa cuisse chaude contre la sienne. D'un coup, il retrouve un peu d'énergie.

Il se retourne pour lui faire face, caresse doucement sa clavicule du bout des doigts et descend vers ses beaux seins rebondis. Il a à peine pu les toucher ces derniers mois.

Ida s'écarte.

« Alice pourrait se réveiller, chuchote-t-elle.

— Elle dort », murmure Daniel.

Ils n'ont pas fait l'amour depuis la naissance d'Alice – une éternité. Soudain, il la désire violemment, voudrait remuer sa chaleur de l'intérieur. Une étreinte brûlante et passionnée, comme au début, avant qu'elle ne tombe enceinte.

Il cherche les lèvres d'Ida, et se serre contre elle.

« Tu es si belle », souffle-t-il à son oreille.

Ida résiste encore un peu, puis se radoucit et répond à ses baisers.

« Tu n'as pas dit que tu étais fatigué ? » le taquine-t-elle à voix basse.

Elle lui caresse le ventre et ses doigts continuent leur promenade. Daniel ferme les yeux tandis que le désir gonfle chaque cellule de son corps.

« Pas *si* fatigué », répond-il en l'embrassant à nouveau.

49

Hanna a du mal à trouver le sommeil après son agréable soirée au Supper. Elle est couchée dans le noir dans le chalet, les bras croisés derrière la nuque, les yeux ouverts.

Le dîner était très bon mais redoutablement cher, même si elle ne s'est autorisé qu'un cocktail. Heureusement, elles n'ont pas partagé l'addition, chacune a payé ce qu'elle avait consommé.

Elle ne veut pas penser au peu d'argent qui doit rester sur son compte, ni à son problème de logement, maintenant que Christian a gardé le trois-pièces pour lui. Il semble bien qu'elle va être sans travail ni domicile à partir de janvier.

Elle veut absolument éviter d'emprunter à Lydia, qui a déjà été si généreuse. Quant à demander leur aide à ses parents, c'est exclu…

À part les cloisons de bois qui craquent, le silence est complet. Il règne en montagne un silence d'une tout autre nature que dans une grande ville, un silence qui apaise l'âme. C'est d'ailleurs encore plus paisible à Sadeln qu'au centre du bourg, car les terrains y sont plus vastes et les maisons plus espacées. En outre, la circulation automobile y est quasi nulle le soir et la nuit.

« On dort bien en montagne », avait jadis l'habitude de dire son père en venant la border.

Hanna sourit à ce souvenir et se tourne sur le côté. Elle ne se souvient pas de sa mère lui faisant la lecture le soir, c'était toujours soit sa sœur, soit son père, mais sa mère devait quand même bien parfois lui raconter une histoire, non ?

Elle est contente d'être allée au Supper ce soir – malgré la dépense. Ça faisait du bien de sortir de la maison et de rencontrer de nouvelles personnes. Les filles étaient gentilles, c'était facile de se laisser porter par la conversation et d'oublier ses soucis pendant quelques heures. La seule chose bizarre était cette réticence de Karro à parler du petit ami violent d'Amanda à son frère. Mais cela vient peut-être de règles tacites entre frère et sœur – on ne parle pas boulot.

Toujours est-il qu'elle ne cesse de penser à Viktor Landahl. Le passé de ce garçon ne la laisse pas en paix. Si elle était impliquée dans cette enquête, elle accorderait une importance primordiale à son dossier.

Que se passerait-il si Hanna allait elle-même voir les enquêteurs ? Juste pour s'assurer qu'ils sont au courant des antécédents de l'adolescent ?

Karro n'est pas mariée, son frangin et elle doivent donc porter le même nom de famille. Il ne peut pas y avoir plus d'un policier nommé Anton Lundgren à Åre. Karro n'a même pas besoin d'être au courant de sa démarche.

Hanna ajuste son oreiller et remonte la couette. Maintenant, il faut qu'elle dorme, il est tard.

C'est peut-être une bêtise de se mêler d'une enquête qui ne la concerne pas. C'est précisément ce genre d'attitude qui a fait qu'on ne veut plus d'elle à la police de Stockholm. Mais si personne au sein des enquêteurs n'était informé des violences déjà commises par Viktor ?

LUNDI 16 DÉCEMBRE

50

La maison est silencieuse quand Lena ouvre un œil. Mal réveillée, elle voit sur son réveil qu'il est six heures moins dix.

Elle est couchée dans le lit d'Amanda, tout habillée. Elle a dû s'endormir sans s'en rendre compte. Ludde n'est plus là.

Lena se lève et écarte de ses yeux ses cheveux ébouriffés. Sur la pointe des pieds, elle va voir les jumeaux. Ils dorment profondément, chacun dans son lit. Elle descend ensuite à la cuisine où, en frissonnant, elle se sert un verre d'eau. Tout est allumé en bas, Harald a dû oublier d'éteindre.

Soudain, Ludde se met à aboyer bruyamment dans l'entrée. Lena se précipite pour essayer de calmer le chien.

« Chut, qu'est-ce qu'il y a ? »

Elle pose une main sur la tête soyeuse du labrador, mais il se dégage et se dirige vers la porte.

« Ludde, stop ! » siffle Lena.

Il est bien élevé, comme doit l'être un chien de chasse. Normalement, il obéit aux ordres sans sourciller. Mais aujourd'hui, impossible de le faire taire. Complètement raidi, il hurle presque à la mort.

Lena le saisit par le collier. Et lui ordonne aussi fort qu'elle peut sans pour autant crier :

« Tais-toi ! Tu vas réveiller les autres ! »

Ludde arrête d'aboyer, mais émet un grognement sourd.

Lena essaie de voir à travers la vitre dépolie de la porte s'il y a quelqu'un dehors.

Amanda ?

Cette idée lui fait ouvrir la porte en grand. Le vent glacé s'engouffre. La neige virevolte dans l'entrée et se dépose sur le tapis. Personne en vue. Rien d'autre que les silhouettes des arbres qui ploient sous les bourrasques.

L'évidence frappe Lena de plein fouet, en plein cœur : Amanda est bien morte.

Ludde grogne à nouveau, les muscles tétanisés. Tous les sens de Lena s'aiguisent. Peut-il y avoir un rôdeur dans le jardin ?

Elle glisse ses pieds dans une paire de boots et enfile un blouson. Puis elle s'avance sur le perron en essayant de distinguer quelque chose dans le noir. Ludde la suit. Il glapit et la dépasse en trottinant.

Lena aperçoit des traces dans la neige. Des traces de pas. Quelqu'un s'est avancé jusqu'à la porte d'entrée avant de rebrousser chemin. Ça ne peut pas remonter à très longtemps, sinon ce serait recouvert de neige.

Qui est donc venu chez eux ? À une heure pareille ?

Lena descend l'escalier en se tenant à la rampe. Elle suit les traces jusqu'au portail, puis elles disparaissent dans la rue qui passe devant la maison. Il fait sombre chez les voisins, tout le monde dort. Le portail est soigneusement fermé, comme il doit l'être. Mais on voit qu'il a été ouvert : une raclure en demi-lune se dessine dans la neige.

Lena continue à fouiller du regard sans rien distinguer dans la tempête de neige. Elle voit virevolter dans la lumière des réverbères de petits flocons incisifs qui se déversent sans fin du ciel noir.

Soudain, elle a si froid qu'elle se met à trembler.

« Viens, Ludde », dit-elle en reprenant le chemin de la maison.

Mais le chien refuse. Il reste en arrêt devant le portail, oreilles dressées et museau dirigé vers les marques de pas.

« Ludde, appelle Lena, il faut rentrer. Il fait trop froid pour rester dehors. »

Ludde ne bouge pas d'un pouce. Lena abandonne. Parfois, elle le lâche dans le jardin le matin, quand il a besoin de sortir. Il gratte ensuite à la porte pour rentrer. Il ne devrait pas en avoir pour plus de dix minutes.

« Ludde, viens ! » tente-t-elle pourtant une dernière fois.

Puis elle se dépêche de rentrer se mettre au chaud et referme derrière elle.

51

Harald se réveille assis dans son fauteuil de bureau, raide et patraque. Il a passé la nuit à la maison communale. Il est sept heures moins vingt, mais il fait encore nuit.

Son regard tombe sur la bouteille vide devant lui. Il ne se rappelle pas l'avoir vidée.

Comment a-t-il pu être aussi stupide ?

Il se frotte les yeux et tente de ramener son corps à la vie. Il est grand temps pour lui de rentrer à la maison, mais il ne sait pas s'il est en état de conduire. Lena va s'inquiéter. À moins qu'il arrive avant qu'elle se réveille, ce qui lui éviterait d'avoir à lui expliquer qu'il est allé en pleine nuit au bureau pour se soûler.

Harald va aux toilettes s'asperger le visage. Le miroir est impitoyable : il a une tête à faire peur, pâle, les yeux caves, les repousses de barbe grises n'arrangent rien. La nausée le prend sans crier gare. Il a tout juste le temps de se pencher au-dessus de la cuvette des toilettes avant de vomir tripes et boyaux. Quand enfin il s'est vidé, il se rince la bouche à l'eau froide et regagne son bureau en titubant pour prendre son blouson. À la dernière minute, il se souvient de la bouteille de vodka. Ses collègues ne doivent pas la voir.

Dehors, il trouve sa voiture recouverte de neige. Le vent est violent. Il brosse sommairement la neige du toit et gratte le pare-brise avant d'allumer le moteur. Le siège est glacé, l'air lui râpe la gorge à chaque inspiration.

Il met la marche arrière mais reste un moment les mains sur le volant. Est-ce bien prudent de conduire ? Quel serait le résultat d'un éthylotest ?

Hors du parking, il n'y a personne, aucun véhicule en vue. À cette heure-ci, il sera seul sur la route. Il pourrait rentrer de Järpen les yeux fermés, depuis le temps qu'il fait ce trajet. Il ne faut que vingt minutes pour regagner Pilgrimsvägen.

Il se promet de conduire lentement et prudemment. La famille ne supporterait pas un drame de plus. Et puis, il a tellement hâte de prendre une longue douche chaude et de retrouver son lit.

Il sait qu'il ne devrait pas prendre le volant mais il manœuvre pourtant en marche arrière avant de se diriger vers l'E14.

52

Lena s'assoupit sur le canapé du séjour. Elle s'est couchée là pour pouvoir entendre Ludde gratter à la porte.

Quand elle se réveille au bout d'une heure, il fait encore nuit, il n'est que sept heures et demie. Pourquoi Ludde ne l'a-t-il pas réveillée ?

Elle se dépêche d'aller ouvrir. Où est-il donc passé ? Elle pensait qu'il reviendrait au bout de quelques minutes, il fait beaucoup trop froid pour rester longtemps dehors.

« Ludde, l'appelle-t-elle de sa voix la plus douce. Viens voir maman. Viens, mon chéri. »

Elle attend, l'appelle encore, mais pas de chien en vue.

La peur la saisit. D'habitude, Ludde accourt toujours quand elle l'appelle.

« Ludde ! lance-t-elle encore, beaucoup plus fort cette fois. Ludde ! »

Tout est toujours aussi sombre et silencieux.

Elle enfile à nouveau boots et blouson et se fraie un chemin dans la neige du jardin. Il a continué à neiger, les traces de pas qu'elle avait remarquées plus tôt ne se voient presque plus, ni l'empreinte du portail ouvert.

La neige tombe un peu moins dru, mais le vent souffle toujours aussi glacial.

« Ludde ! appelle-t-elle à nouveau, d'une voix qui ressemble à présent à un sanglot d'inquiétude. Ludde, où es-tu ? »

Elle sort dans la rue, regarde alentour, revient sur ses pas et fait le tour du terrain. Elle finit par découvrir le chien.

Il est couché sur le flanc, contre un des côtés du garage. Son pelage est couvert de neige et il ne bouge plus.

Lena se précipite.

« Ludde ! »

En la voyant, il essaie de relever la tête, en vain. Il n'aboie même pas, geint seulement en apercevant sa maîtresse. Lena doit à moitié le porter, à moitié le traîner pour le ramener au chaud. Il pèse dans les trente kilos, elle parvient à grand-peine à faire entrer l'animal inerte dans le vestibule. Tous deux s'effondrent par terre.

En se relevant, elle voit les yeux las de Ludde. Ses pupilles sont très fines, une écume blanche s'écoule de ses babines, sa respiration est rapide, haletante, il est parcouru de frissons. Lena ne l'a jamais vu comme ça.

« Qu'est-ce qui s'est passé ? » s'exclame-t-elle.

Elle essaie de le tâter, passe ses doigts partout dans son doux pelage, sans rien trouver qui puisse expliquer son état. Pas de plaie, pas de sang. Il semble s'être juste vidé de toutes ses forces. Pendant qu'elle était en train de dormir.

Elle se maudit, mais ce n'est pas le moment de s'abandonner à la mauvaise conscience. Il faut qu'elle emmène Ludde chez un vétérinaire, et qu'elle réveille Harald pour que pendant ce temps il s'occupe des jumeaux.

Lena se rue dans l'escalier, ouvre la porte de la chambre à la volée. Vide. Le lit n'est pas défait, le plaid d'hier est toujours en boule par terre.

Elle était sûre qu'Harald était en train de dormir. Pas possible qu'il soit parti lui aussi.

Lena s'agrippe à la poignée de la porte en s'efforçant de refouler sa panique. Le plus important est de joindre un vétérinaire.

Où a-t-elle mis son portable ? Elle ne se rappelle pas la dernière fois qu'elle l'a utilisé, probablement hier soir. Mais il n'est pas dans la poche arrière de son jean. Serait-il resté dans la chambre d'Amanda ? Lena s'y précipite et fouille dans le lit. Elle retrouve son téléphone sous les draps froissés.

Ils ont l'habitude d'aller chez le gentil vétérinaire d'Undersåker. Elle cherche fébrilement son numéro sur Google. L'appelle tout en redescendant s'agenouiller auprès de Ludde.

Pourvu qu'il y ait quelqu'un à la clinique de si bon matin.

Ça sonne, sans réponse. La communication finit par être coupée. Lena fixe son téléphone et rappelle. Cette fois, elle tombe sur un répondeur. Après une hésitation, elle décrit de son mieux les symptômes de Ludde. Elle supplie qu'on la contacte au plus vite. Elle a du mal à parler, elle pleure à chaudes larmes et sa voix se brise.

Ludde gémit lamentablement à côté d'elle. Il respire de plus en plus faiblement, à grand-peine. Comme s'il était mourant.

Cette idée est intolérable à Lena. Pas lui aussi. Elle ne le supporterait pas.

53

À six heures et demie, Daniel était de retour au commissariat. Assis à son bureau, il essaie à présent de rattraper son retard en lisant les rapports des divers interrogatoires effectués la veille.

Ils ont commencé à passer en revue les jeunes présents à la fête chez Ebba. L'employée de la station d'arrivée en haut du télésiège VM6 a été interrogée, mais elle n'a rien vu ni entendu de suspect – en tout cas, elle n'a pas remarqué Amanda sur le télésiège au moment de son démarrage au matin. Les spécialistes informatiques travaillent toujours à entrer dans l'ordinateur de la jeune fille et un des enquêteurs d'Östersund est en train de passer au peigne fin les finances de la famille et l'utilisation de leurs cartes bancaires.

On a demandé à l'opérateur téléphonique une triangulation pour savoir si le téléphone d'Amanda avait été connecté à une ou plusieurs antennes relais du secteur, mais ce genre de recherche prend en général plusieurs jours.

Anton entre et s'installe en face de lui.

« Je viens de recevoir un curieux coup de téléphone, dit-il.

— Ah oui ?

— Une fille, qui s'est présentée comme enquêtrice dans la police de Stockholm. Une certaine Hanna Ahlander, spécialiste de la criminalité intrafamiliale. Elle dit qu'elle détient des informations concernant Amanda, ou plus précisément son petit ami Viktor. »

Daniel fronce les sourcils.

« Pourquoi la police de Stockholm s'intéresserait-elle à notre enquête ?

— Elle est apparemment ici pour des raisons privées, et a appris quelque chose qu'elle estime important. Je lui ai proposé de passer. C'est toujours mieux d'entendre les choses en direct. »

Anton se frotte les yeux. Il doit être aussi épuisé que Daniel après le travail du week-end. En revanche, il n'a pas de bébé qui le réveille la nuit. Anton est célibataire. Depuis trois ans qu'ils se connaissent, Daniel ne l'a jamais entendu parler d'une quelconque petite amie.

Daniel rumine toujours le rapport préliminaire d'Ylva Labba. Elle n'a repéré chez Amanda aucun signe d'agression sexuelle. Son enlèvement doit donc avoir un autre motif.

Il se lève et fait signe à Anton de le suivre.

« Viens, on va en salle de réunion. »

Il a besoin d'avoir une vue d'ensemble pour mieux réfléchir. De nouvelles photos du lieu de la découverte du corps, prises sous tous les angles, couvrent presque tout le tableau d'affichage. Daniel s'approche des gros plans du corps d'Amanda. Sa silhouette pâle est couverte d'une fine couche de flocons. Elle est recroquevillée, comme dans une dernière tentative pour se réchauffer avant la mort.

« Pourquoi t'a-t-on enlevée ? » murmure-t-il en examinant les photos une à une.

La grande question.

Anton redresse un cliché qui s'est en partie détaché.

« Qu'est-ce que tu penserais d'un chantage ? propose-t-il. Une vengeance, ou une revanche ? Des représailles ? »

Ça fait beaucoup d'hypothèses à examiner.

« Examinons le mode opératoire, reprend Anton. À commencer par le lieu de la découverte du corps, sur le télésiège. »

De fait, c'est le point le plus étrange dans cette affaire. Pourquoi avoir hissé le cadavre sur une banquette de télésiège ?

« Une forme d'avertissement ? » suggère Daniel.

Il s'assied et joint les mains derrière la nuque.

« Avertissement de quoi ? » interroge Anton.

Daniel réfléchit à haute voix :

« Il faisait trop froid pour l'enterrer. Le sol ne dégèlera pas avant des mois.

— Il aurait pu l'abandonner dans la montagne. Elle aurait été trouvée au printemps.

— Il avait peut-être peur qu'on puisse remonter jusqu'au chalet où nous pensons qu'il l'a séquestrée. »

Anton secoue la tête.

« Avec un bon scooter, il aurait pu la larguer à plusieurs dizaines de kilomètres à l'opposé.

— Il avait peur de laisser des traces ?

— Ça ne tient pas non plus. Elles auraient disparu après quelques heures seulement, vu les chutes de neige de ces derniers jours. »

Ils continuent à tourner et retourner différentes possibilités. Daniel va et vient dans la salle de réunion, jusqu'à ce qu'il s'arrête devant la photo d'Amanda souriante empruntée dans sa chambre. Le contraste avec celles de son corps gelé est brutal.

« En fait, je crois que le meurtrier voulait que nous la retrouvions, finit-il par dire. En plaçant le cadavre ainsi, aucune chance que nous ne le découvrions pas. »

Anton hoche la tête.

« Mais pourquoi ? se demande Daniel. Pour montrer ce qu'il avait fait ? Ou pour manifester son pouvoir sur Amanda, vivante comme morte ? »

Anton a un geste d'impuissance.

« Je ne suis pas un expert en matière de violences faites aux femmes. Tu devrais en parler avec d'autres.

— Mais qui ?

— On pourrait voir ça avec cette policière de Stockholm, Hanna ? Apparemment, c'est son domaine. »

Ils se taisent quelques secondes.

« Imagine qu'il n'ait pas eu l'intention de la tuer, reprend Anton, et qu'il ait voulu restituer le corps. Ou peut-être espérait-il que cela ferait moins de vagues si on la retrouvait ? »

Tout en pesant l'hypothèse de son collègue, Daniel fait encore un tour de la salle.

L'intention n'était peut-être pas qu'Amanda meure. Et si le meurtrier avait juste voulu lui faire peur, mais que tout ait mal tourné ? Cela pouvait-il être à la fois si simple et si tragique ?

Dans tous les cas, Amanda est la clé de l'énigme. Le meurtrier n'a pas voulu enlever n'importe quelle jeune fille, c'était après elle qu'il en avait.

54

L'impression de s'aventurer en eaux troubles poursuit Hanna tandis qu'elle se rend au commissariat d'Åre.

À peine composé le numéro d'Anton Lundgren ce matin, elle l'a regretté, mais il a décroché dès la première sonnerie. Elle ne s'est pas sentie de raccrocher, et a expliqué la raison de son appel. Pour ne rien arranger, il lui a proposé de passer pour lui parler directement.

On la fait attendre à l'accueil. Chaque seconde qui passe augmente son trac.

Un garçon de son âge s'approche. Ses épais cheveux blonds tiennent en place grâce à du gel, il porte un T-shirt bleu marine qui montre ses muscles gonflés. Il a l'air en forme, sportif, une vraie publicité pour la police de montagne.

« C'est toi, Hanna ? » dit-il en tendant son bras athlétique.

Hanna hoche la tête et lui serre la main. Physiquement, Anton ne ressemble pas particulièrement à Karro, mais il y a quelque chose dans l'expression ouverte de son visage et son abord amical qui rappelle sa sœur. D'ailleurs, se demande Hanna, aurait-elle dû signaler qu'elle connaissait un peu Karro ? Non, mieux valait s'abstenir, cela faisait plus professionnel. En plus, Karro a dit ne pas vouloir aborder le sujet avec son frère.

« Suis-moi », dit-il.

Il brandit son passe pour lui faire franchir la porte menant aux locaux de la police. Il y a une salle de pause à gauche et une suite de bureaux sur la droite.

« Un café ? »

Sans attendre de réponse, Anton s'arrête devant un distributeur et leur remplit deux mugs. Puis il continue jusqu'à une salle de réunion dont il pousse la porte.

Hanna s'arrête sur le seuil. Le mur est couvert sur toute sa largeur de photos d'Amanda, de toutes sortes, depuis des portraits où elle sourit à l'objectif jusqu'à des gros plans de son corps gisant dans la neige.

À la table est assis un homme de trente-cinq ans aux traits réguliers et à la barbe châtaine taillée court. Il a des yeux intelligents, mais semble usé. Ses cheveux sont un peu ébouriffés.

« Voici l'inspecteur Daniel Lindskog, de la section criminelle d'Östersund, le présente Anton. C'est lui qui dirige l'enquête. »

Daniel la salue d'une solide poignée de main et la toise, comme si la crédibilité d'Hanna restait à démontrer. Il donne une impression nettement plus pro que son jeune collègue. Elle s'inquiète soudain de sa queue-de-cheval en bataille et de son absence de maquillage. Ce matin, elle s'est contentée d'enfiler un jean et un T-shirt ramassés au pied du lit. Vont-ils la prendre au sérieux ?

« Tu as donc quelque chose à nous dire ? » demande Daniel.

Hanna se racle la gorge, son sentiment de malaise est de retour. Elle ne veut pas répéter l'erreur qui l'a conduite à la catastrophe à Stockholm.

« Samedi dernier, j'ai participé à une des battues organisées par Missing People, commence-t-elle. Là, j'ai entendu parler d'un fait que j'estime devoir porter à votre connaissance. »

Elle résume ce qu'elle sait du copain d'Amanda, Viktor Landahl, l'ado qui a brutalisé sa petite amie à la fin du collège. Comme il avait moins de dix-huit ans à l'époque, il n'a écopé que d'un avertissement avec rappel à la loi.

« Vous êtes peut-être déjà au courant, conclut-elle. Mais je tenais à m'en assurer, puisque ce genre de sanction est effacé du casier judiciaire au bout de trois ans si le coupable est mineur. Si c'est déjà effacé, il est impossible de le savoir quand on fait une recherche d'antécédents judiciaires à son sujet. »

Elle se tait, regarde ses ongles sans vernis avec une impérieuse envie de partir d'ici.

« C'est facile de laisser passer ça, ajoute-t-elle. J'ai eu affaire à un cas semblable à Stockholm, c'est la raison pour laquelle j'ai pris contact avec vous. »

Le policier dénommé Daniel hoche la tête d'une façon qu'elle veut croire encourageante.

« Il semblerait bien qu'on ait manqué ça, dit-il. Bien sûr, nous avons parlé à Viktor, mais ça, c'est une information nouvelle, en tout cas pour moi. Il faut décidément qu'on s'intéresse à ce gars d'un peu plus près. »

Il regarde Hanna, admiratif.

« On aurait dû faire plus attention, c'est sûr. Merci de nous avoir prévenus. »

Le soulagement submerge la jeune femme. Elle a bien fait d'appeler. Le problème est qu'elle n'ose plus se fier à son instinct. Son chef à Stockholm l'a amenée à douter d'elle-même comme jamais.

« Et comment ça se passe à Stockholm ? demande Anton. C'est bien dans la police de la capitale que tu travaillais ? »

Il ouvre une boîte de biscuits sur la table, en prend deux et s'en fourre un dans la bouche.

Hanna espérait couper à cette question. Pour gagner du temps, elle saisit son mug de café et boit le plus lentement possible.

Pas question de dire la vérité. Mais elle ne veut pas non plus mentir.

« Oui, j'étais dans le secteur du centre-ville de Stockholm, finit-elle par reconnaître. Je bossais sur les violences intrafamiliales, ce genre de saloperies.

— Tu as arrêté ? »

Hanna opte pour une réponse un peu biaisée :

« Je suis en train de chercher une autre affectation. »

Ce qui est vrai, d'un point de vue purement technique.

« J'avais besoin de changer d'air, se dépêche-t-elle d'ajouter. Ma frangine a une maison à Sadeln qu'elle me prête en attendant. Pendant que je cogite à la suite. »

Ça aussi c'est véridique.

« Et tu reprends quand le boulot ? demande Anton.

— Ce n'est pas très clair. »

Une lueur d'intérêt s'allume dans ses yeux.

« Ce type d'affaires, ça commençait à me peser », marmonne-t-elle sans donner de détails.

Avec un peu de chance, ils en tireront leurs propres conclusions. Ce n'est pas un secret qu'on s'use au sein des unités travaillant sur les violences faites aux femmes ou aux enfants. Soit on s'épuise, soit on s'aigrit.

Daniel montre le mur couvert de photos.

« Qu'est-ce que tu penses de cette enquête ? Est-ce que tu risquerais un avis sur le profil de notre meurtrier ? »

Ses yeux bruns mêlés de vert se concentrent. Hanna a bien sûr travaillé toute sa carrière avec une orientation particulière, et même suivi quelques formations complémentaires dans ce domaine, mais elle n'a pas une formation de psychologue ni de profileuse.

« C'est difficile de se prononcer comme ça, à brûle-pourpoint, dit-elle pour gagner du temps. Je suppose que vous recherchez un homme, au vu des statistiques. »

Nul besoin pour elle de le rappeler. Ils savent certainement que presque neuf personnes sur dix condamnées pour crimes violents sont des hommes. L'exercice de la violence est fortement lié au sexe masculin.

Elle examine les photos pendant quelques secondes. Elle fixe intensément le corps à demi nu d'Amanda et son ancienne colère se réveille. Ça a toujours été sa plus grande motivation, ne pas laisser ces salauds s'en tirer. Chaque fois qu'elle en a envoyé un au trou, ça a été une façon de rendre les coups à Miguel, le propriétaire du bar de Barcelone. L'homme dont elle ne pourra jamais oublier l'odeur de sueur et la mauvaise haleine. Chaque condamnation a remboursé une part de la dette qui continue de peser sur les épaules d'Hanna, alors que c'était lui l'agresseur.

« On songe tout de suite à chercher le mobile du côté des pulsions sexuelles, dit-elle. Mais contrairement à ce que pensent beaucoup, dans les cas d'agression sexuelle, il est au fond question de pouvoir et de domination. Quand un homme exerce sa violence contre des proches, c'est presque toujours pour lui un moyen d'affirmer sa position de force. Il veut leur montrer que c'est lui qui commande, sans condition. C'est un schéma destructeur de contrôle et d'exercice du pouvoir qui repose très peu sur les pulsions sexuelles proprement dites. »

Les deux hommes l'écoutent attentivement. Hanna éprouve une légère satisfaction à avoir capté leur attention. Elle sait de quoi elle parle. Dans ce genre de contexte, elle est sûre d'elle et professionnelle.

« Le copain d'Amanda a une ancienne histoire de violences contre une petite amie qui le rend intéressant ici. »

Elle se tourne vers Anton.

« Savez-vous s'ils se sont disputés le soir de sa disparition ? A-t-elle voulu rompre avec lui ? Ça aurait pu suffire comme déclencheur. »

Anton hoche lentement la tête.

« Sa copine Ebba nous a en effet raconté que Viktor et Amanda avaient eu des mots au cours de la fête. Apparemment, Viktor avait beaucoup bu. »

Daniel appuie le menton sur sa main.

« Nous avons aussi envisagé qu'Amanda ait pu mourir par erreur, dit-il.

— Tu peux préciser ? demande Hanna.

— Nous ne sommes pas certains que l'intention de l'agresseur était qu'elle meure. Nous pensons que ça a pu déraper.

— Et ce serait donc pourquoi Amanda a fini sur le télésiège, évidemment, le coupe Hanna. Pour être rendue, en quelque sorte. »

Daniel semble étonné. Il regarde Anton.

« Tu lui en as parlé ? »

Anton secoue la tête.

Hanna continue à réfléchir tout haut :

« On ne doit pas sous-estimer la culpabilité et l'angoisse qui s'emparent de l'auteur d'une agression, une fois la chose faite. Beaucoup d'agresseurs regrettent après coup et dans ce cas il leur arrive d'être sincères, du moins sur le moment. Le problème est que leur comportement criminel est trop puissant. Au bout d'un moment, ils retombent dans le même schéma. Les limites à ne pas dépasser s'effacent, et peu à peu la violence se normalise. Ce qui au début était impensable apparaît désormais concevable, ou du moins faisable.

— Continue, dit Daniel, tout ouïe.

— Si le petit ami est l'agresseur, il peut très bien avoir eu des remords. Une fois sa petite amie morte, il aura éprouvé de la honte, un besoin d'expier ses péchés. Rendre le corps a pu être une façon de se racheter – se racheter autant qu'il était possible, dans la mesure où elle n'était plus en vie. »

Hanna marque une pause, pour leur laisser le temps de poser des questions, mais comme personne ne l'interrompt, elle reprend :

« Sur le télésiège, elle ne pouvait pas être recouverte de neige. S'il l'avait abandonnée en pleine nature, il y avait un risque qu'on ne la trouve pas. »

Hanna s'approche d'une photo où le VM6 apparaît au centre. Elle est prise du sud, on distingue le bâtiment de base et les sièges.

« Le VM6 est le télésiège le plus central du système de remontées mécaniques. Il est clair qu'il souhaitait qu'elle soit retrouvée, pourquoi sinon la déposer là ? »

Elle indique la lourde construction métallique, les câbles d'acier où sont suspendus les sièges.

« Il l'a probablement déposée avant l'ouverture. Les sièges stationnent en amont de la zone d'embarquement pendant la nuit et demeurent sans surveillance. Il n'était sans doute pas bien compliqué d'arriver là en scooter par l'autre côté de la montagne et de déposer le corps sur l'un d'eux. Sans doute un siège dont le dossier cachait la vue depuis la vallée, pour que personne ne puisse voir ce que le meurtrier fabriquait.

Daniel la regarde d'un œil perçant.

« Répète un peu ça ? »

A-t-elle dit une bêtise ? se demande Hanna.

« Quoi ?

— Ce que tu viens de dire. Recommence.

— Que le dossier cachait la vue ?

— Mais c'est ça, bien sûr ! »

Daniel se lève si brusquement que les pieds de son siège raclent le sol.

« Nous avons spéculé sur le fait que le corps avait été chargé sur le télésiège au sommet, explique-t-il en montrant une photo du VM6. L'employé du bas a déclaré avoir découvert Amanda quand le siège descendait vers le bâtiment de base, arrivant d'en haut, donc. D'où notre idée que le corps avait été déposé *au sommet*. Mais la fille qui surveillait l'arrivée n'a rien vu. »

Il fouille dans ses cheveux.

« Tu as raison, évidemment. Le corps a dû être déposé près de la zone d'embarquement, et a effectué un tour complet avant de redescendre.

— L'agresseur devait espérer qu'Amanda serait trouvée dès le démarrage du télésiège », dit Hanna.

Anton lève le pouce.

« On ne pourrait pas t'emprunter à Stockholm ? ricane-t-il. On aurait besoin d'une recrue comme toi dans l'enquête. »

Est-il sérieux ? Hanna a l'impression qu'il l'observe vraiment comme s'il se demandait si elle pourrait trouver sa place dans le groupe.

Daniel regarde sa montre.

« Merci d'avoir pris sur ton temps, dit-il. C'était une conversation très intéressante. »

Hanna hoche la tête et recule son siège.

« Tant mieux si ça vous aide.

— Je te raccompagne », dit Anton.

Daniel disparaît dans le couloir avant qu'Hanna ait le temps de rien ajouter.

55

Hanna reste assise dans la voiture, le moteur au point mort. Elle est secouée par sa rencontre avec Anton et Daniel, mais aussi… heureuse.

Enfin, elle s'est à nouveau sentie une vraie flic. Anton et Daniel l'ont considérée avec respect, ils ont eu avec elle une solide discussion factuelle. Elle a eu l'impression d'être utile et qu'ils étaient intéressés par ses avis.

Comme ce genre d'encouragement lui manquait ! Jusqu'à aujourd'hui elle n'avait pas réalisé à quel point. Le mal que ça lui faisait de n'être pas prise en considération.

Il s'est aussi passé quelque chose d'autre au cours de cette rencontre. En sortant, Anton lui a demandé si elle avait envisagé de travailler ici, puisqu'elle n'allait de toute façon pas reprendre son poste à Stockholm. Que penserait-elle d'une nomination provisoire dans les montagnes ?

Åre ? Hanna n'y avait même pas songé. Elle n'était obnubilée que par l'aspect négatif de sa situation : Manfred Lidwall ne voulait plus la voir, elle n'était plus la bienvenue au sein de la police de Stockholm.

Elle s'est entendue répondre oui, beaucoup trop vite. Anton lui a alors expliqué qu'il ne prenait pas ce genre de décision lui-même, mais qu'il allait en parler sérieusement avec Daniel.

« Ce n'est pas comme si j'avais d'autres projets », a-t-elle alors lâché, pour qu'il ne s'installe pas une ambiance gênante.

Elle a encore du mal à accueillir la bonne nouvelle. Que quelqu'un, peut-être, veuille bien d'elle.

Hanna embraye, sort du parking et se dirige vers l'E14 pour regagner Sadeln.

À Stockholm, les derniers temps ont été pénibles, ses missions disparaissaient les unes après les autres. Elle se sentait petit à petit mise au placard. Avait le sentiment d'être une paria, une pestiférée.

Quelques collègues ont bien tenté de la soutenir, mais personne n'a vraiment osé prendre fait et cause pour elle. Elle s'est plutôt entendu conseiller de lâcher l'affaire, de tourner la page. Résister ne servait à rien, de toute façon la direction finirait toujours par avoir raison. L'affaire était classée et il y avait d'autres enquêtes auxquelles se consacrer.

Ça n'a fait qu'aggraver les choses.

Hanna ne veut plus ruminer tout ça. Elle déteste savoir que le mari de Josefin, Niklas Konradsson, s'en est tiré, mais il n'y a plus rien qu'elle puisse faire. Son combat pour rendre justice à Josefin lui a déjà coûté son poste, ressasser n'arrangera rien.

De fil en aiguille, elle en vient à penser à Zuhra, à son air tellement effrayé après l'incident d'hier matin. Cette crainte dans le regard. Mais ça ne veut pas forcément dire qu'elle soit une femme battue. C'est sans doute chez Hanna une déformation professionnelle, après toutes ces années à travailler sur les violences conjugales.

Elle s'arrête à la Coop pour acheter du lait et du pain. Le Systembolaget est juste à côté. Faut-il acheter une ou deux bouteilles pour arrêter de piocher dans les réserves de Lydia ? Hanna décide de s'abstenir. Ce qui a définitivement scellé son sort au travail c'est le jour où elle a piqué une crise de rage contre son chef. Après ça, pendant plusieurs semaines, elle s'est consolée en picolant tous les soirs. Le moment est venu de mettre le holà.

Au moment où elle s'engage sur l'E14, Lydia appelle. Comme d'habitude, elle va droit au but :

« J'ai de bonnes nouvelles. J'ai parlé à ton chef de la police de Stockholm. »

Entendre Lydia mentionner Manfred Lidwall suffit à balayer l'optimisme de la matinée.

« Il n'était pas spécialement arrangeant. »

Dans le langage de Lydia, cela signifie qu'elle a dû sortir l'artillerie lourde. Ce qui, d'un autre côté, est la spécialité de sa sœur.

« Comment ça s'est passé ?

— Eh bien… »

Elle tarde à répondre, mais semble contente d'elle.

« Tu es invitée à te chercher une autre affectation au sein de la police, finit-elle par dire. Pendant que tu cherches, tu es dispensée de travailler, avec maintien complet de ton salaire, tu n'as donc pas besoin de prendre de décision hâtive. Et surtout, tu auras droit à d'excellentes recommandations.

— Merci ! s'exclame Hanna. Merci, merci, merci ! »

C'est comme si on lui ôtait un fardeau des épaules, en une seconde elle se sent redevenir légère. Elle n'a pas besoin de s'inquiéter pour ses finances dans l'immédiat et sa carrière ne va pas s'arrêter net.

« En fait, ce n'était pas si difficile. Je n'ai eu qu'à lui rappeler quelques principes de base du droit du travail. »

Lydia s'esclaffe presque.

« Peut-être bien que je lui ai demandé quel effet cela ferait si la presse apprenait qu'on préfère se débarrasser d'une jeune policière plutôt que de reconnaître ses erreurs. En particulier quand le conflit concerne un collègue qui s'est vu attribuer la garde d'un petit enfant, alors qu'il est mis en cause dans une enquête concernant le meurtre de sa femme. J'ai aussi demandé à ce cher M. Lidwall ce que le syndicat penserait de certaines paroles qu'il a eues à ton encontre. »

Hanna siffle.

« Tu lui as dit ça, vraiment ? »

Elle n'aurait pas cru ça de Lydia. Qu'elle soit prête à user de chantage pour obtenir ce qu'elle voulait. Surtout pour sa petite sœur.

La gratitude l'envahit.

« Disons que je me suis bien fait comprendre, répond Lydia. Il semblait pour le moins désireux que cela ne s'ébruite pas, surtout la façon dont il t'a traitée.

— Tu es géniale », dit Hanna, la voix brisée par l'émotion.

Lydia l'a sauvée. Et la question d'Anton a allumé un espoir nouveau, même si ce n'était absolument pas une promesse. Elle a peut-être encore sa place dans la police, finalement.

56

Quand Anton et David entrent au Broken pour déjeuner, une lourde odeur de graillon flotte dans l'air. On sert ici les meilleurs burgers d'Åre. Au long bar à piètement azur, Daniel commande un grand Coca-Cola et un menu double. Il meurt de faim, n'ayant petit-déjeuné que de café accompagné de quelques biscuits.

Ils s'installent dans un coin tout au fond. Daniel se jette sur son assiette.

« Qu'est-ce que tu as pensé d'Hanna ? » demande Anton quand, leur déjeuner avalé, ils reviennent avec chacun un café.

« Comment ça ? »

Anton prend un air approbateur.

« Brillante, si tu veux mon avis. Un parcours intéressant. En plus, j'aime bien sa façon de penser hors des sentiers battus. »

Daniel s'essuie la bouche avec une serviette.

« Assez mignonne aussi, continue Anton. En tout cas si elle prenait la peine de s'arranger un peu. »

Daniel s'abstient de commenter cette dernière remarque.

« On pourrait avoir besoin de quelqu'un comme elle, vu tous les postes non pourvus, poursuit Anton.

Ce ne serait pas une si mauvaise idée de la demander en détachement. »

Impossible de le contredire. L'équipe de la Criminelle est constituée actuellement de sept personnes, alors qu'ils devraient être dix. C'est la raison pour laquelle Anton et Raffe se retrouvent intégrés au groupe chargé d'enquêter sur le meurtre d'Amanda, en liaison avec Östersund, alors qu'ils sont censés s'occuper des affaires courantes, vols, violences et dégradations à Åre.

« Et puis ce serait bien, une fille, non ? ajoute Anton avec un clin d'œil. Partout, il n'y a que des mecs. »

Là aussi, Anton a raison. Il n'y a que deux femmes en plus de Birgitta Grip. Hanna Ahlander serait sans hésitation une recrue intéressante pour le groupe. Elle pourrait même les secouer un peu, dans le bon sens.

Daniel finit son café au moment où plusieurs clients entrent dans le restaurant. Ils apportent avec eux une bouffée d'air froid qui parvient jusqu'au coin où les deux policiers sont assis.

« Je trouve qu'on devrait regarder s'il est possible de lui obtenir une nomination provisoire, dit Anton. Même si c'est à Östersund de lui payer son salaire. Hanna est déjà sur place, elle pourrait commencer tout de suite comme renfort temporaire du groupe des enquêteurs. »

Daniel lui adresse un regard étonné.

« Comment tu le sais ?

— Je lui ai demandé quand je l'ai raccompagnée. Si elle pouvait imaginer travailler à Åre. Elle avait l'air intéressée, m'a dit qu'elle n'avait pas d'autres projets pour le moment. »

C'est une idée peu conventionnelle de recruter quelqu'un comme ça, au débotté. Mais ils auraient bien besoin d'être plus nombreux. L'enquête sur la mort d'Amanda grignote toutes les ressources. L'intérêt du grand public et les questions des médias les poussent à se presser.

« Comment pourrions-nous arranger ça en si peu de temps ? demande Daniel. Tu sais bien comment ça se passe, dans la police.

— On peut toujours tenter le coup », dit Anton.

Il se cale en arrière en se tapant le ventre d'un air repu.

« Qu'est-ce qu'il pourrait arriver de pire, si tu proposais ça à Grip ? Fais-lui signe, elle pourra toujours causer avec le chef d'Hanna à Stockholm. Les RH devraient pouvoir trouver un raccourci pour une nomination rapide chez nous. Ce n'est sûrement pas la première fois qu'ils arrondissent les angles.

— Je vais y songer. »

Daniel change de sujet. L'après-midi est consacré à un déplacement à Järpen pour interroger le personnel du lycée d'Amanda.

« Il faut qu'on parle à nouveau à Viktor Landahl, dit-il. À la lumière des informations d'Hanna.

— Absolument. Il doit être au bahut à cette heure-ci. »

Daniel recule sa chaise.

« Viens, on file. »

Les enseignants ont sûrement deux ou trois choses à dire sur la relation entre Viktor et Amanda, songe-t-il en sortant. Ce garçon leur doit décidément quelques explications.

57

En arrivant au lycée de Järpen, Daniel et Anton trouvent le drapeau en berne. Une ambiance morose les accueille à l'entrée, qui donne directement dans une cafétéria aux murs décorés de diplômes et de prix obtenus par les élèves. Des jeunes discutent à mi-voix par petits groupes. Dans un coin, une fille pleure, le visage enfoui dans ses mains. Sur une petite estrade est posée une photo d'Amanda, avec une bougie allumée à côté.

On les installe dans une salle aux rideaux de velours vert pendant qu'on va chercher Lasse Sandahl.

La porte s'ouvre, et entre un homme de trente-cinq ans en jean et pull à col en V. Il donne une impression juvénile, même si ses cheveux ont commencé à se clairsemer.

Sandahl salue les policiers d'une poignée de main ferme et s'assied.

« Vous étiez donc le professeur principal d'Amanda Halvorssen, n'est-ce pas ? commence Daniel.

— Oui. »

Sandahl soupire lourdement.

« C'est une terrible tragédie, impossible à accepter. Je m'attends à tout moment à voir Amanda apparaître au bout du couloir.

— Depuis combien de temps étiez-vous son professeur principal ? demande Daniel en sortant son carnet et son stylo-bille.

— Depuis la seconde.

— Vous la connaissiez bien ? continue Daniel.

— Assez bien, étant donné le nombre d'élèves qu'un professeur principal doit suivre. J'ai tous ceux de la filière éco. Vingt-quatre élèves.

— Comment décririez-vous Amanda ? » demande Anton.

Le professeur réfléchit quelques secondes.

« Amanda était une fille super et appréciée de ses camarades. Elle était intelligente et avait la tête sur les épaules. Elle avait un sens aigu du bien et du mal, argumentait souvent pendant les cours et ne reculait pas devant une discussion sérieuse. Elle aimait beaucoup les sciences sociales. »

Sandahl se tait. Il paraît authentiquement ému par le sort d'Amanda, et c'est d'une voix voilée qu'il poursuit :

« C'est irréel qu'elle ne soit plus là. C'était une personne qu'on remarquait, qui ne s'en laissait pas conter. À cet âge, beaucoup de filles ne veulent pas trop s'affirmer, mais Amanda, elle, s'engageait pour ses convictions.

— Avait-elle quelques problèmes au lycée, dont vous auriez connaissance ? demande Anton. Des ennemis ? »

Sandahl secoue la tête.

« J'ai toujours perçu Amanda comme une fille populaire. Elle avait beaucoup de copains, Ebba et elle traînaient toujours avec une grande bande et la classe s'entendait bien. Ils ont fait la fête la veille de la Sainte-Lucie jeudi dernier chez Ebba, si j'ai bien compris. »

On entend passer un groupe de jeunes dans le couloir. Même de loin, leurs éclats de voix semblent alourdis par le chagrin.

« Et qu'en est-il de Viktor, son petit ami ? demande Daniel. Vous êtes aussi son prof principal ?

— Non, il est en filière VT, véhicules et transports.

— Mais vous voyez qui c'est ?

— Oui.

— Quel genre de garçon est-ce ?

— Que voulez-vous dire ?

— Il a mauvaise réputation, vous le savez bien », dit Anton.

Sandahl hésite.

« Je ne peux pas me prononcer à ce sujet.

— Vous avez bien une impression », insiste Daniel.

Sandahl change de position sur sa chaise, son regard se détourne vers la fenêtre.

« Il est assez soupe au lait, convient-il.

— À quoi pensez-vous précisément ? demande Daniel.

— Je ne sais pas si je fais bien de parler d'un élève dont je ne suis pas le professeur principal… »

Daniel lui adresse un sourire rassurant.

« Ça restera entre nous. »

Sandahl hoche la tête et s'humecte les lèvres.

« Il y a eu un incident l'an dernier, dit-il. Viktor s'est disputé avec un autre garçon. Il s'est tellement mis en colère qu'il a défoncé une porte des toilettes. On aurait dû porter plainte, bien sûr, mais ses parents ont remboursé les dégâts et ont réussi à convaincre la proviseure d'être indulgente. »

Lasse Sandahl ne semble pas partager les choix conciliants de sa principale.

« Il semble que Viktor soit la dernière personne à avoir vu Amanda avant sa disparition, dit Daniel.

— J'ai entendu dire ça, oui.

— Qu'est-ce que cela vous inspire ?

— C'est très perturbant. Je veux dire… je refuse de soupçonner un de nos élèves d'un crime aussi grave… »

Lasse Sandahl s'interrompt, comme s'il en avait déjà trop dit. Il se passe machinalement la main dans les cheveux.

« Je suis un peu en état de choc, comme tout le monde au lycée, murmure-t-il. C'est inconcevable ce qui s'est passé. »

Il ferme les yeux et inspire profondément par le nez.

« On n'arrive pas à réaliser qu'elle a été assassinée. »

58

L'acide lactique lui brûle les cuisses. Hanna approche de la fin de la piste éclairée dans la zone de ski de fond, accessible à pied depuis la maison de Lydia.

Elle profite du paysage paisible, de l'impression de disposer seule de la nature enneigée. La piste décrit un élégant cercle en forêt autour d'une tourbière gelée. Les sapins forment une cathédrale de branches à travers laquelle elle glisse sans bruit. La neige a brièvement cessé de tomber et le vent de la montagne ne parvient pas jusqu'ici.

Elle est en bonne forme physique, mais a surtout fait de la descente ces dernières années. Les mouvements du ski de fond sont restés imprimés dans sa mémoire musculaire, même si ses adducteurs protestent au bout d'une quinzaine de kilomètres. Leur rythme est calqué sur sa respiration régulière et son pouls qui tambourine en mesure dans sa poitrine. Le cerveau peut se reposer pendant que le corps travaille.

La dernière partie du trajet est en descente. Quand elle fait du ski alpin, elle aime la vitesse. En ski de fond, elle se bride. C'est en descente qu'on tombe. Les skis sont étroits et instables, il est difficile de maîtriser sa vitesse.

Elle se met en chasse-neige pour ne pas dégringoler. Arrivée au bout de la piste, elle est épuisée.

Au loin, l'aboiement d'un chien se perd bientôt dans le ciel noir.

Son humeur est plus légère. Sa visite au commissariat lui a donné une énergie nouvelle. C'est la première fois depuis son arrivée qu'elle a eu envie de se lancer sur la piste de ski de fond.

La sueur lui coule dans le dos tandis qu'elle rentre à pied, skis sur l'épaule. La maison est à quinze minutes à peine. Pour une fois, le froid est le bienvenu. Sa respiration forme une épaisse vapeur devant sa bouche.

Une fois rentrée, elle prend une longue douche chaude. Elle laisse l'eau couler, abuse de la crème lavante de luxe de Lydia et s'oint le corps avec une lotion encore plus coûteuse qu'elle n'aura jamais les moyens de s'acheter. Elle enfile ensuite un pantalon d'intérieur et un pull et va à la cuisine s'asseoir devant son ordinateur.

Lydia lui a envoyé le nom et l'adresse de sa société de nettoyage. Hanna avait presque oublié ses réflexions au sujet de ce qui s'était passé la veille avec Zuhra, mais le mail de sa sœur les lui remet à l'esprit.

Elle a déjà vu ces yeux effrayés, elle reconnaît cette attitude soumise.

Elle cherche le nom de l'employeur de Zuhra sur Google, Fjäll-städ AB, pour en savoir plus. La société est présentée comme une des plus importantes d'Åre. Elle se rend sur un site économique qui donne des informations sur l'état financier des sociétés et leur bilan annuel. Là, elle trouve les bénéfices, le chiffre d'affaires et le montant des impôts versés ces cinq dernières années.

Fjäll-städ AB a vingt employés et un chiffre d'affaires de vingt-deux millions de couronnes. L'an dernier, les bénéfices se sont élevés à presque un million de couronnes. Hanna se livre à un rapide calcul : cela fait une marge de quatre et demi pour cent. Pas extraordinaire, mais pas mal non plus. Elle observe aussi que le chiffre d'affaires est resté stable depuis trois ans, alors que les bénéfices ont augmenté.

Hanna va voir ensuite les informations sur la direction de la société. Le nom du P-DG ne lui dit rien. Les cinq membres du conseil d'administration sont des hommes blancs, comme le P-DG. Tous entre quarante et soixante ans, leur président en ayant presque soixante-dix. Le fait que le ménage, tout comme les tâches de bureau, soit en écrasante majorité effectué par des femmes ne semble pas affecter la composition de la direction.

Il y a quelque chose de provocant dans la répartition des sexes et des âges au sein de Fjäll-städ, mais c'est le cas dans beaucoup d'entreprises suédoises. Les femmes font le boulot tandis que les hommes occupent les postes de direction et prennent les décisions. Hanna en sait quelque chose.

Elle revoit le visage inquiet de Zuhra. Son employeur, en tout cas, semble dans les règles. Est-ce qu'elle aurait un petit ami violent ou un mari dont elle aurait peur ? Elle aimerait la revoir pour le lui demander directement. Toute femme en danger peut trouver de l'aide.

Elle se cale au fond de son siège, doigts joints derrière la nuque.

Son rendez-vous ce matin au commissariat était le premier point lumineux depuis longtemps. La question d'Anton sur l'idée de travailler à Åre lui a fait l'effet d'un coup de tonnerre. Plus elle y réfléchit, plus elle est intéressée.

Un éclair dans les yeux, Anton lui a fait comprendre que c'est Daniel qui décide. Il est responsable de l'enquête et appartient à la Criminelle d'Östersund. Si quelqu'un peut tirer les bonnes ficelles, c'est bien lui. Anton, lui, est en poste à Åre et s'occupe en réalité d'autres tâches. Il n'a aucune influence sur les nominations.

Sans réfléchir, Hanna retourne sur Google et saisit le nom de Daniel Lindskog, soudain curieuse de l'homme qui va *peut-être* remettre sa vie sur les rails. Elle ne trouve personne qui ressemble au policier qu'elle a rencontré aujourd'hui. Il n'est même pas sur Facebook. Elle recommence sa recherche, tape *Daniel Lindskog + policier*, et là, des résultats s'affichent. Elle trouve plusieurs articles du *Göteborgsposten* où son nom est cité en lien avec diverses enquêtes criminelles.

Dans l'un d'eux, il s'exprime au sujet d'une enquête difficile liée à un gang de motards dans un quartier sensible de Göteborg. Tout était parti d'un homme retrouvé battu à mort dans la forêt, Hanna s'en souvient, cette affaire avait eu un fort retentissement trois ans plus tôt seulement.

D'après le reportage, Daniel a longtemps travaillé à la Criminelle de Göteborg, il semble être un enquêteur expérimenté.

Hanna ne peut s'empêcher de se demander ce qu'un policier avec ce profil fait à Åre. En montagne, on a le plus souvent affaire à des conduites en état d'ivresse ou des bagarres entre Norvégiens ivres, pas à des crimes relevant du niveau de compétence de Daniel. Mais il voulait peut-être changer de vie ? Beaucoup viennent s'installer ici par lassitude des grandes villes.

Elle lit encore quelques lignes, avant de fermer la page et de laisser son esprit vagabonder, le menton dans les mains. Voilà quelques jours encore, elle était persuadée que sa carrière était finie, qu'elle-même n'était bonne à rien. Cette rencontre imprévue avec Anton et Daniel est peut-être le germe d'un nouveau départ dont elle n'osait même pas rêver. Elle vendrait son âme pour avoir une nouvelle chance.

59

Ludde gît dans un sac-poubelle noir au garage. Lena est assise depuis un long moment à la table de la cuisine, à fixer un point sur le mur. Elle a vécu ces dernières heures comme dans un brouillard. La maison est vide, Harald est allé faire les courses avec Mimi et Kalle.

Le chagrin et la douleur de Lena sont si forts que son corps lui semble étranger. L'adorable Ludde avec ses grands yeux bruns… Il était chez eux depuis l'âge de neuf semaines, le chiot le plus mignon qu'on puisse imaginer. Une petite boule poilue d'amour pur dont toute la famille était tombée amoureuse.

Amanda adorait Ludde.

Et les voilà tous deux disparus en quelques jours seulement.

Lena ne comprend pas ce qui s'est passé, Ludde n'avait que quatre ans. Comment un chien vif et en bonne santé a-t-il pu mourir en quelques heures à peine ?

Hier soir, il était là, chaud et vivant, collé à elle, comme s'il comprenait qu'elle était en train de s'effondrer de l'intérieur. Elle a pleuré contre sa tête soyeuse et réchauffé ses mains glacées contre ses pattes toutes douces. À présent il est au garage, aussi raide qu'Amanda quand on l'a trouvée sur ce télésiège…

C'est si insupportable que Lena se laisse glisser sur le sol de la cuisine, recroquevillée en position fœtale, en gémissant et en se balançant d'avant en arrière. La joue contre le parquet glacé, elle halète la bouche ouverte, comme Ludde le faisait parfois.

Harald n'a même pas eu le temps de rentrer. Quand il a poussé la porte, il était déjà trop tard. Elle était assise par terre, la tête de Ludde sur les genoux, le suppliant de tenir bon alors qu'il était déjà mort. Elle aurait pu rester là des heures si Harald ne l'avait pas relevée et conduite à la cuisine. C'est lui qui est allé chercher le sac-poubelle et qui a transporté Ludde au garage, pour que les jumeaux ne le voient pas ainsi à leur réveil.

Les enfants ne savent pas encore qu'il est mort, Harald leur a juste dit qu'il était à la clinique vétérinaire. Impossible de leur annoncer tout de suite la vérité. Pas si près de la mort d'Amanda.

Amanda…

Lena gémit. Sa fille est toujours à l'hôpital d'Umeå, où la légiste charcute son cadavre. Ils n'ont même pas encore pu la voir.

Elle ferait n'importe quoi pour remonter le temps, voir Amanda une dernière fois, pouvoir lui dire qu'elle l'aime tant, que toutes leurs disputes n'avaient absolument aucune importance. Elle regrette tellement toute cette irritation absurde qu'elle a laissée échapper contre sa fille. Si seulement elle avait compris que le temps était compté. Si seulement…

Lena pleure, inondant le sol de ses larmes, sans pouvoir s'arrêter.

« Amanda…, chuchote-t-elle toute seule dans la pénombre. Amanda, ma chérie, reviens-nous. »

60

Au commissariat, la table de la salle de réunion est jonchée de documents.

Une tasse de café à la main, Daniel essaie de faire un bilan. Il est fatigué et se sent presque découragé. On n'a rien repéré d'anormal dans les finances de la famille et la banque a fait savoir que la carte bleue d'Amanda n'avait pas été utilisée depuis jeudi. Le portable est toujours introuvable, malgré de nouvelles recherches le long de l'E14. La triangulation des antennes téléphoniques n'est pas terminée et ils attendent encore les résultats des experts informatiques, qui peinent à accéder à l'ordinateur d'Amanda. En outre, certains d'entre eux sont absents pour raisons familiales, si bien que le travail n'avance pas.

Daniel soupire et boit son café froid.

Ils n'ont pas non plus réussi à joindre Viktor, le petit ami d'Amanda. Ils pensaient pouvoir lui parler après leur entretien avec le professeur principal Lasse Sandahl, mais Viktor n'était pas au lycée, et personne ne se trouvait au domicile familial quand ils s'y sont présentés. Ils vont faire une nouvelle tentative demain. Entre-temps, ils ont contacté leurs collègues d'Umeå pour en savoir plus sur les événements ayant entraîné le rappel à la loi de Viktor. Il s'est en effet rendu coupable de violences au premier degré sur sa petite amie de l'époque. La trace en a été effacée de son casier voilà quelques mois seulement, raison pour laquelle ils n'ont rien remarqué en contrôlant ses antécédents.

Daniel estime que Viktor s'en est tiré à bon compte cette fois-là. Âgé de quelques années de plus, il aurait écopé d'une peine nettement plus lourde.

Ils ont à nouveau vérifié son alibi, et constaté qu'aucun de ses camarades ne pouvait jurer que Viktor était bien encore chez Ebba après le départ d'Amanda. Wille, à qui Viktor les a expressément adressés, était trop ivre pour pouvoir attester quoi que ce soit. Ebba dit la même chose, elle ne se rappelle pas bien non plus. Ils ont beau avoir interrogé tous les participants de la fête, aucun n'est sûr à cent pour cent de l'endroit où se trouvait Viktor entre minuit et trois heures du matin dans la nuit de la Sainte-Lucie.

Daniel se gratte la nuque. Il attend Anton. Ils vont consacrer les prochaines heures à essayer d'identifier les propriétaires de chalet dans la vallée d'Ullådalen disposant également d'un scooter des neiges. L'idée est de cerner les personnes ayant eu la possibilité de transporter le corps d'Amanda jusqu'au VM6. L'hypothèse selon laquelle elle aurait été séquestrée dans un chalet de montagne demeure leur meilleure piste.

Il recule un siège et sort les listes fournies par le cadastre et le registre des immatriculations. La liste des propriétaires n'est rien par rapport à celle des scooters enregistrés sur la commune d'Åre. Au début de l'année dernière, il y en avait cinq mille, dont trois mille six cents en circulation. Ça va prendre du temps de tout vérifier.

Quand Anton arrive, Daniel a listé les personnes qui ont juste des chalets dans le secteur, sans posséder de scooter. Six hommes et deux femmes, par ordre alphabétique :

Bergstrand, Göran
Björk, Stefan
Grönvall, Arne
Mäkinen, Pentti
Nilsson, Carl-Johan
Pihl, Anna-Britta
Risberg, Annika
Skancke, Torgils

« Une magnat de l'immobilier dans l'Ullådalen ? » demande Daniel en montrant l'avant-dernier nom, qui est revenu à plusieurs reprises.

Anton secoue la tête.

« Une vieille famille de la région. Elle a dû hériter des chalets de son père, qui est décédé il y a quelques années. »

Daniel écarte les papiers et se concentre sur le document qu'Anton vient d'imprimer. C'est la liste des noms et adresses des personnes qui sont à la fois propriétaires d'une maison dans l'Ullådalen et d'un scooter. Quatre-vingts pour cent sont des hommes, beaucoup domiciliés sur la commune, mais pas tous. Les femmes sont écartées, car ils recherchent avant tout un meurtrier. Hanna aussi a raisonné en ces termes, se rappelle-t-il. Les statistiques ne plaident pas en faveur d'un agresseur féminin.

Daniel parcourt des yeux les adresses et gémit intérieurement. Ils commenceront par aller voir les plus proches. Les propriétaires fonciers des communes voisines attendront. Il faut aussi qu'ils contrôlent si certains ont un casier judiciaire.

À Östersund de s'occuper de ça, décide-t-il. Eux ont déjà fort à faire avec les vérifications des personnes de l'entourage d'Amanda.

Son portable sonne au moment où Anton va chercher d'autres documents à l'imprimante. C'est Bosse Lundh.

« Comment ça va ? » demande-t-il gentiment.

Daniel en profite pour se lever et s'étirer le dos.

« On est sur le front, répond-il. Il y a beaucoup de boulot, au tout début d'une enquête.

— Je comprends. »

Puis Bosse se racle la gorge et reprend :

« Je vous appelle au sujet de cette conférence de presse qui est passée à la télé hier… »

Daniel fait la grimace, il préférerait oublier ce fiasco.

« J'ai entendu des journalistes demander si la police aurait pu mieux collaborer avec Missing People, continue Bosse. Mais je ne comprends pas la raison de cette question. Nous avons été contactés par la famille dès le samedi matin. Et j'ai trouvé que notre collaboration se passait bien. »

Il marque une petite pause.

« Ce n'est pas moi qui ai parlé de ça à la presse. Je voulais juste que vous le sachiez. »

Daniel lui est reconnaissant de cette précision. Il s'est senti violemment attaqué quand la question lui est tombée dessus.

« Je ne le pensais pas non plus, dit-il. Mais merci pour l'info.

— Si nous pouvons contribuer en quoi que ce soit, n'hésitez pas à nous contacter », conclut Bosse.

Daniel raccroche et retourne à ses listes.

« Ces noms, là, ça te dit quelque chose ? » demande-t-il au retour d'Anton.

Son collègue étudie le document, indique quelques noms et constate à nouveau que rien ne dépasse. Tout semble dans l'ordre. C'est exactement ce que Daniel ne veut pas entendre. Il courbe l'échine et reprend sa lecture.

« Ça aurait été bien d'avoir quelques personnes en renfort, soupire Anton au bout d'un moment. Au fait, tu as réfléchi pour Hanna ? Tu ne devais pas voir avec Grip si la police de Stockholm nous la prêterait provisoirement ? »

Daniel lève les yeux. Encore Hanna Ahlander. Indéniablement, elle semble avoir fait de l'effet à Anton pour qu'il remette ça sur le tapis.

Il doit admettre qu'elle lui est apparue à la fois compétente et expérimentée. En même temps, elle n'avait pas l'air de chercher à impressionner son monde, ce qui lui a bien plu. Il travaillerait volontiers avec elle. Ça ne coûte rien d'essayer, comme l'a souligné Anton au déjeuner.

Daniel sort son portable de sa poche et le triture un moment en réfléchissant. Puis il compose le numéro de Birgitta Grip avant d'avoir le temps de changer d'avis.

61

Hanna surfe distraitement sur Internet dans la pénombre, installée à la grande table de la cuisine. La fenêtre avec les informations sur la société Fjäll-städ AB est toujours ouverte, mais elle n'y prête plus attention. Elle lit ce qui s'écrit sur le meurtre d'Amanda. Les journaux du soir consacrent de nombreuses pages à l'affaire, les spéculations vont bon train. C'est une histoire juteuse pour qui cherche à capitaliser les clics des internautes.

Elle finit par en avoir assez et repousse son ordinateur. Elle n'a pas le courage d'en lire davantage sur le sort de cette malheureuse.

Il va bientôt être six heures et demie. Le vent est tombé. Hanna recule sa chaise, s'approche de la baie vitrée de la véranda et contemple le paysage. La vallée d'Åre dort, à l'ombre du massif de Renfjället. La couverture nuageuse s'est dissipée, laissant place à un vaste ciel étoilé. Des millions de points brillants criblent la voûte céleste.

Elle a tant de souvenirs liés à ce lieu, autant heureux que tristes. Surtout de l'époque où Lydia avait quitté la maison et où elle venait seule avec ses parents passer les vacances d'hiver à Åre. Les moments où elle skiait avec son père, où ils étaient tous les deux sur le télésiège ou au café font partie des meilleurs.

Hanna revoit son père. Il a toujours voulu préserver la paix du ménage, n'a jamais supporté les conflits familiaux. Son horreur des éclats de voix et des scènes a fait que sa femme a toujours eu gain de cause. Il avait la classe d'une star d'Hollywood, mais manquait de la force morale qui lui aurait permis de défendre sa fille.

Assez curieusement, Hanna n'est plus aussi fâchée contre lui que contre sa mère. Peut-être à cause de son âge. Il a quatre-vingt-six ans, onze ans de plus que son épouse, et n'est plus que l'ombre silencieuse de lui-même. Il n'a jamais beaucoup parlé, mais aujourd'hui il ne dit presque plus rien. Il se contente d'approuver de la tête tout ce que dit sa femme. Probablement est-il un peu sénile, et comment Hanna pourrait-elle en vouloir à quelqu'un qui n'existe plus ?

Elle regarde fixement dans la nuit. L'ancienne maison de vacances qu'ils avaient l'habitude de louer n'est pas très éloignée du VM6. Elle n'a pas voulu passer devant, pour ne pas remuer le passé, ses soucis actuels lui suffisent.

Un peu de neige tombe du toit et s'écrase avec un bruit sourd dans l'allée, faisant un petit tas blanc à côté de la masse laissée par le chasse-neige.

Ce n'est pas la faute d'Åre si elle n'y est jamais retournée adulte, se dit Hanna. Lydia lui a souvent proposé de l'y accompagner, mais elle a toujours décliné. Pourtant, elle n'a jamais cessé d'aimer la montagne, son lien avec la nature est resté fort. Ici, elle se sent chez elle, même si elle n'y est pas venue depuis longtemps.

Hanna appuie le front contre la vitre fraîche et ferme les yeux. La station de ski de son enfance pourrait-elle lui offrir un avenir ? En même temps elle n'ose pas vraiment espérer une mutation à Åre. N'est-ce pas un nouveau château de cartes qui finira par s'effondrer, comme tout le reste dans sa vie ?

62

Daniel ne peut pas vraiment s'expliquer pourquoi il a décidé de se rendre chez Hanna Ahlander à cette heure de la soirée.

Birgitta Grip a d'abord cru qu'il plaisantait quand il l'a appelée pour lui proposer un détachement temporaire d'Hanna avec effet immédiat.

« Ça ne se passe pas comme ça », lui a-t-elle assez sèchement assené.

Elle lui a parlé procédures à suivre et exigences formelles. En outre, la police étant organisée par régions, il est toujours plus compliqué d'obtenir un détachement interrégional.

Daniel ne s'est pas démonté. La force de son argumentation l'a étonné lui-même. Il a soutenu que ce serait presque une faute professionnelle de ne pas tirer parti d'une policière compétente dès lors qu'elle se trouvait déjà sur place. D'autant plus qu'elle était prête à se joindre à eux séance tenante et que leurs effectifs, comme Grip le savait très bien, étaient en tension. Le groupe des enquêteurs avait vraiment besoin de renforts. Puis il a mis en avant son précédent poste au sein du groupe de la police de Stockholm chargé des violences intrafamiliales.

Grip a fini par céder. Daniel lui a arraché la demi-promesse de se pencher sur la faisabilité de la chose. À condition qu'il se porte garant d'Hanna et prenne la responsabilité de sa collaboration dans l'enquête sur le meurtre d'Amanda.

« C'est urgent, a lâché Daniel avant de raccrocher. Je la veux le plus vite possible. »

Ils ont convenu de se rappeler le lendemain.

Daniel espère vraiment que la commissaire Grip va réussir. Il n'a rencontré Hanna qu'une seule fois, mais il sait reconnaître une bonne policière. C'est en fait pour lui un réel souci de ne pas avoir de femme dans l'équipe. L'expérience lui a appris que les femmes ont une autre façon de voir les choses, qu'elles se concentrent sur d'autres questions. Les équipes mixtes travaillent tout simplement mieux. Et puis, l'expérience d'Hanna est parfaite pour cette enquête.

Il traverse le centre de Björnen et entre dans Sadeln en arrivant par Fröåvägen. Sa voiture descend la pente, passe devant une location de skis et une rangée de chalets de trois étages qui n'étaient pas là l'an dernier. Encore un signe du boom immobilier. Il tourne dans Västra Sadelviksvägen, cherche des yeux l'adresse d'Hanna et comprend que ce doit être l'énorme bâtisse tout au bout de la route.

Quelle baraque ! Difficile de se retenir de siffler d'admiration.

Trois secondes plus tard, il s'engage dans l'allée et descend de voiture sans fermer la portière à clé. Quand Hanna lui ouvre, il voit ses yeux étonnés.

« Toi ? »

Elle porte un pantalon de survêtement et un sweat délavé.

Daniel regrette presque cette visite impromptue. C'était peut-être une mauvaise idée.

« Tu as le temps de bavarder cinq minutes ? demande-t-il en frissonnant dans le froid mordant.

— Euh, oui. Bien sûr. »

Elle recule de quelques pas pour le laisser entrer.

Daniel pénètre dans le vestibule menant au vaste espace ouvert qui accueille séjour, bibliothèque et longue salle à manger avec vue panoramique sur le lac Åresjön. Le rez-de-chaussée à lui seul doit faire au moins cent cinquante mètres carrés.

« Merde alors ! s'exclame-t-il. Combien de personnes habitent ici ?

— Juste ma sœur et sa famille », répond Hanna.

L'air un peu gêné, elle se dirige vers la cuisine avec ses menuiseries grises et son vaste îlot central en marbre.

« Tu veux quelque chose à boire ? propose-t-elle. Café, vin ? Ou une bière ?

— Un café, très bien. »

Pendant qu'Hanna prépare deux tasses de Nespresso, Daniel regarde autour de lui. Cette maison aurait sa place dans n'importe quel magazine de décoration.

« Tu oses bouger ici sans avoir peur d'abîmer quelque chose ? » plaisante-t-il.

Hanna lève les yeux au ciel et l'invite à s'asseoir à la table. Daniel attrape le lait que la jeune femme a sorti et s'en verse une goutte.

Autant aller droit au but, comme avec Grip.

« Anton m'a dit que travailler par ici t'intéresserait. »

Hanna hoche la tête avec enthousiasme.

« Je n'étais pas sûre qu'Anton était sérieux quand il a abordé le sujet. »

Daniel tend le bras et le pose sur le dossier de la chaise voisine.

« J'ai causé à ma cheffe, Birgitta Grip, qui est responsable de la Criminelle à Östersund. Il y a trois postes vacants dans le groupe, et on aurait besoin de renforts. Surtout pour cette enquête.

— Je peux commencer tout de suite. »

Hanna ne peut réfréner son empressement. Ses yeux brillent sous le lustre en bois de renne.

« De toute façon, reprend-elle, je n'ai pas d'autres projets pour le moment, et ça commence à être assez ennuyeux de traîner ici à ne rien faire. Flic un jour, flic toujours. »

Elle détourne une seconde le visage. Quand son regard revient vers lui, il est clair et déterminé.

« Une affaire comme celle d'Amanda doit être élucidée le plus vite possible. Ce doit être terriblement éprouvant pour la famille. J'aimerais bien apporter mon aide.

— Nous avons discuté de la possibilité d'un détachement provisoire avec effet immédiat, dit Daniel.

— C'est vrai ? » s'exclame Hanna, si surprise qu'elle renverse un peu de café.

Elle se lève aussitôt pour prendre un torchon.

« J'espère avoir confirmation dans les prochains jours, répond Daniel. Mais donc, tu es intéressée si la police de Stockholm accepte de te détacher ?

— Bien entendu ! »

Le silence s'installe quelques secondes. Du bout du doigt, Hanna trace un petit cercle sur la table.

« Puisque tu es là, est-ce que je pourrais te demander quelque chose qui n'a rien à voir ? reprend-elle. Au sujet d'une société à Åre ?

— Vas-y. »

Elle va chercher son ordinateur et fait s'afficher une page couverte de chiffres et de schémas. C'est un bilan comptable sur un site économique. Tout en haut de la page, le nom de Fjäll-städ AB.

« Connais-tu cette entreprise ? demande-t-elle.

— C'est une des sociétés de nettoyage d'Åre, répond-il.

— Sais-tu quels sont ses clients ?

— Probablement pas mal de tes voisins. »

Il montre de la tête les maisons alentour.

« Les résidences secondaires nouvellement construites ont créé une grosse demande de service de nettoyage. Souvent, les maisons sont louées quand leurs propriétaires ne les utilisent pas, il y a donc beaucoup de travail pendant la saison hivernale.

— Je comprends. »

Hanna ouvre un autre onglet avec les photos de différentes personnes. Daniel comprend qu'il doit s'agir du conseil d'administration de Fjäll-städ AB. Cinq hommes d'âge mûr.

« Tu en connais certains ? » demande Hanna.

Daniel lit. La plupart des noms lui sont connus, mais pas tous. Anton aurait sans doute pu mieux la renseigner.

« Est-ce que tu connais le P-DG ? » demande Hanna en indiquant le premier nom, Arvid Gustafsson.

Ça ne dit absolument rien à Daniel.

« Il doit habiter Duved. »

Il effleure du doigt le nom du dessous.

« Anders Matsson. Il possède le supermarché Ica. L'autre est un des entrepreneurs en bâtiment du coin, Fredrik Bergfors. Il a construit beaucoup des maisons de Sadeln. »

Il pointe le dernier nom de la liste.

« Là, c'est Bosse Lundh. Il dirige l'antenne locale de Missing People.

— Ah oui, je l'ai vu lorsque j'ai participé à la battue pour retrouver Amanda, opine Hanna.

— C'est un entrepreneur local, originaire de la région », précise Daniel.

L'autre nom lui est inconnu.

« Pourquoi tu me demandes ça ?

— C'est la société de nettoyage à laquelle ma frangine fait appel. Elle m'a demandé de vérifier un truc, c'est tout, improvise Hanna. Merci pour ton aide. »

Elle referme son ordinateur. Fait un geste vers la cuisine.

« Tu veux un autre café ? Ou manger un morceau, peut-être ? Je n'ai pas encore dîné. »

Daniel est tenté de rester pour discuter de l'enquête avec Hanna, mais cela pourrait être mal interprété. Quoi qu'il en soit, cette visite a renforcé sa première impression, qu'elle est une policière engagée qui sait de quoi elle parle. Il y a beaucoup de points qu'il aimerait aborder avec elle, mais ce sera pour plus tard, au commissariat.

« Merci, mais il faut que je file. Je te tiens au courant dès que j'ai des nouvelles de ma cheffe d'Östersund,

Birgitta Grip. Elle va parler de ton détachement à ton chef de Stockholm. »

Le visage d'Hanna se ferme une seconde. Puis elle se ressaisit.

« Bien sûr.

— Si tu as d'autres références, tu n'as qu'à me les envoyer », ajoute-t-il en se dirigeant vers la porte.

MARDI 17 DÉCEMBRE

63

Un doux gazouillis de bébé retentit près de lui.

Daniel est réveillé en une seconde. Il a beau s'être effondré en rentrant hier soir, son sommeil a été agité.

Ida dort profondément. Il se glisse hors du lit et prend délicatement sa fille dans ses bras. Il lui prépare un biberon et l'emmène dans le séjour. Ida allaite encore, mais Alice prend de temps en temps du lait maternisé, ce qui permet à son père de la nourrir.

Il s'assied sur le canapé, la tête d'Alice au creux de son coude. Son duvet de cheveux couvre à peine le crâne où la fontanelle se dessine. Chaque fois qu'il voit sa fille, il a l'impression d'un miracle. Il n'arrive toujours pas à réaliser qu'elle est là, qu'Ida et lui ont créé ensemble ce petit être.

En écoutant Alice émettre de légers bruits de succion et en la voyant si concentrée sur la seule chose qui compte à cet instant pour elle – son biberon –, Daniel songe aux visages ravagés d'Harald et de Lena, à la douleur qui a creusé leurs joues en quelques jours seulement. Lui ne sait pas ce que c'est de perdre un enfant, mais il a connu des pertes douloureuses.

Une nouvelle fois, il regrette que sa mère, Francesca, n'ait pas connu Alice avant de partir. Il cherche sans arrêt sur les traits de sa fille des ressemblances entre elles. Mais Alice a les yeux bleus, pas gris-vert comme ceux qu'il a hérités de sa mère. En revanche, son deuxième prénom est Francesca.

Daniel se dit souvent que sa mère aurait adoré sa petite-fille, le fait d'être grand-mère. Il sait qu'elle regrettait secrètement de ne pas avoir eu d'autre enfant que lui. Aurait-elle apprécié Ida ?

Il est presque cinq heures quand il recouche Alice. Ses paupières papillotent un peu, puis elle se met à ronronner, satisfaite. Lui aussi aurait vraiment besoin de dormir encore un moment. Au lieu de quoi il avance une chaise et reste assis là, la petite main d'Alice dans la sienne.

64

Quand des enfants qui viennent de perdre leur grande sœur peuvent-ils retourner à l'école ? Harald ne sait pas. Rien ne l'a préparé à cette situation. Hier, ils sont restés à la maison, mais leur vie quotidienne doit reprendre, d'une façon ou d'une autre.

Il s'accroche désespérément à la routine, il a réussi à se lever, à faire s'habiller les petits avant de descendre en pilote automatique à la cuisine. Il est à présent adossé au plan de travail avec une tasse de café, pendant que Mimi et Kalle picorent leur petit déjeuner. Aucun des deux ne dit mot, leurs petites disputes habituelles ont cessé du jour au lendemain.

Autrefois, les bruits incessants qui emplissaient la maison le rendaient fou. Les chamailleries sans fin, les alarmes continuelles des portables et tablettes. À présent, c'est le silence qui le ronge. On n'entend même plus les pattes de Ludde. Harald ne comprend toujours pas ce qui s'est passé. Ludde était un jeune chien en pleine forme la veille.

Il ne voit presque plus Lena. Elle s'est totalement effondrée. Quand leur médecin de famille est passé hier soir avec des somnifères, elle s'est littéralement jetée dessus. Elle dort maintenant là-haut d'un sommeil lourd qui lui permet d'échapper à la réalité. Harald voudrait fuir, lui aussi, mais pour aller où ? Mira lui manque, il voudrait pleurer dans ses bras et pour un moment tout oublier.

L'odeur du café lui donne la nausée. Impossible de l'avaler. Il vide sa tasse dans l'évier. Kalle boit une gorgée de chocolat au lait et repose le verre très doucement, comme s'il avait peur que ce simple bruit dérange.

L'horloge de la cuisine indique sept heures et demie. C'est l'heure pour les jumeaux de partir à l'école.

La routine, songe Harald. Le mieux est de s'en tenir à la routine.

« Aujourd'hui, c'est moi qui vous emmène », dit-il.

Mimi le regarde d'un œil inquiet. Elle n'a pas fini de manger son sandwich au fromage.

« Maman ne déjeune pas ? demande-t-elle d'une petite voix.

— Maman dort, elle en a besoin. »

Harald réussit à parler presque comme d'habitude.

« Elle déjeunera sûrement en se levant.

— Je peux lui préparer une tartine, dit Kalle.

— Elle se la préparera toute seule, ne t'inquiète pas, répond Harald. Prenez vos affaires, on file.

— On est obligés d'y aller ? » demande Mimi.

Sa lèvre inférieure tremble. Le manque de sommeil rend la peau sous ses yeux translucide. Elle a beaucoup pleuré hier soir avant de s'endormir.

Harald s'assied à côté de sa fille et l'attire à lui. Il voudrait pleurer lui aussi et s'enfermer dans sa chambre comme Lena, mais qui ferait alors tenir la famille ? Au fond de lui, il aimerait que quelqu'un d'autre prenne les commandes, leur dise à tous les quatre quoi faire et comment faire.

Il n'est pas croyant, mais s'il l'était, il demanderait à Dieu : « Comment peux-tu être si cruel ? Comment as-tu pu laisser assassiner notre fille et en plus nous prendre notre chien ? »

« On s'en fiche après tout, chuchote-t-il alors dans les cheveux de la fillette qui ont encore un doux parfum d'enfant. Est-ce que vous préférez rester à la maison regarder des films ? On peut faire du pop-corn si vous voulez. Ou manger des bonbons ? »

Mimi hoche la tête et Kalle fait pareil.

« C'est vrai ? demande-t-elle.

— Bien sûr. »

Harald doit serrer les poings pour ne pas perdre le contrôle. Il faut qu'il soit fort devant les enfants. Ne pas flancher.

Cette nuit, il a à peine dormi, occupé à ressasser les mille questions qui lui tournaient dans la tête.

Son portable vibre dans sa poche. Il espère que c'est Mira, elle est la seule personne qu'il ait envie de voir pour l'heure. Il lui a envoyé un message il y a un moment, demandant à la voir hors du bureau. Il n'a pas le courage de s'y rendre. Il ne pourra pas soutenir les regards compatissants de ses collègues sans s'effondrer.

« Papa va peut-être devoir travailler quelques heures, dit-il. Vous allez vous débrouiller ? J'appelle grand-mère ? »

Mimi secoue la tête.

Il sort son portable et jette un coup d'œil à l'écran. C'est la réponse de Mira :

Onze heures à l'endroit habituel ?

Un instant, ses épaules s'allègent. Elle est là pour lui.

65

Hanna est attablée devant son petit déjeuner, une tasse de café et une tartine de confiture. Il fait encore nuit, mais elle s'est réveillée tôt d'elle-même.

Ce serait fantastique d'obtenir une mutation par ici. Elle n'a presque pas fermé l'œil de la nuit tellement elle était excitée. Le seul fait que Daniel soit passé lui parler compte tellement.

Mais elle oscille entre espoir et crainte que ça tourne court. Sa plus grande inquiétude est ce que dira Manfred Lidwall à la cheffe de Daniel. Lydia a assuré qu'il lui ferait une bonne recommandation. Peut-elle y croire ?

Si Manfred trahit sa parole, c'est fichu. Mais Daniel lui a dit qu'elle pouvait leur fournir d'autres contacts. Il faut qu'elle trouve quelqu'un qui soit de son côté.

Hanna passe en revue ses collègues de la section. Une seule personne a essayé de la soutenir au pire moment du conflit. Astrid Ståhl, une inspectrice respectée, proche de la retraite. Astrid n'a pas peur de Manfred. Serait-elle prête à rendre service à Hanna ? Mentir à Daniel ?…

Pas mentir, se corrige-t-elle. Juste lui donner une autre version des événements.

Elle se masse la nuque tout en réfléchissant.

Tout ce qu'Astrid devrait faire, c'est répondre à son appel téléphonique et dire du bien du travail d'Hanna à Stockholm. Expliquer qu'elle a quitté son poste parce qu'elle était usée, lasse du type de délits qu'elle traitait depuis si longtemps. Ce qui n'est pas loin de la vérité : elle était minée par ce flot continu de femmes battues et d'hommes violents, d'enfants en souffrance dans des relations familiales destructrices. C'est peut-être pour ça qu'elle a réagi si violemment dans l'affaire Josefin. Qu'un membre de la police, un de ses collègues, puisse battre à mort sa femme et s'en tirer sans être inquiété l'a tellement révoltée qu'elle a perdu le contrôle.

Elle regarde l'heure. Huit heures et demie, Astrid devrait être au travail. Hanna hésite. Mais a-t-elle le choix ? Il faut qu'elle assure ses arrières.

Elle compose le numéro d'Astrid en inspirant à fond. L'inspectrice répond aussitôt. Hanna prend son courage à deux mains et lui explique la situation.

« Mais bien sûr, tu peux lui dire de m'appeler, répond Astrid. Je chanterai tes louanges, ne t'inquiète pas. Tu es une bonne policière, ne l'oublie pas. »

Hanna ne sait pas comment remercier son ex-collègue.

« Ça compte tellement pour moi, balbutie-t-elle.

— C'est le moins que je puisse faire, grogne Astrid. C'est un scandale la façon dont Manfred t'a traitée. Dis à ce Daniel qu'il peut m'appeler quand il veut. »

Ce soutien sans réserve redonne à Hanna foi en l'humanité. Elle raccroche avec une sensation de chaleur au ventre. Il y a des gens qui se soucient d'elle, qui apprécient sa compétence. Elle n'est pas si nulle finalement. Même ses idées noires au sujet de Christian lui semblent plus légères.

66

Le téléphone bipe dans la poche arrière de Daniel alors qu'il va chercher sa troisième tasse de café de la matinée. Il vient de raccrocher après avoir parlé à Astrid Ståhl, le contact au sein de la police de Stockholm dont Hanna lui a envoyé les coordonnées ce matin. Astrid n'avait que du bien à dire de son ex-collègue.

Il ressort son téléphone et voit que c'est un sms de la légiste, Ylva Labba.

Autopsie terminée. Rappelle-moi.

Il prévient les autres et se dirige vers la salle de réunion. Raffe et Anton le rejoignent et s'installent au bout de la table ovale.

Il compose le code pour se connecter en visioconférence avec la légiste. Le visage d'Ylva apparaît à l'écran. Elle porte encore son tablier, comme si elle venait de quitter la salle d'autopsie, mais elle a ôté ses gants en plastique.

« Ça a été assez rapide, commence-t-elle.

— Qu'est-ce que tu peux nous dire ?

— J'ai travaillé jusque tard hier soir, répond Ylva. Puis j'ai procédé à des vérifications ce matin. Je n'ai pas encore eu le temps d'écrire mon rapport, mais je crois avoir fait le tour. Bon, c'est ce dont je me doutais depuis le début : la fille est morte de froid. Dans l'ensemble, son corps est intact, à part quelques engelures caractéristiques, tout à fait normales au vu de la situation. Mes constatations concernant le cœur et les poumons confirment cette hypothèse. Naturellement j'ai envoyé des prélèvements pour une analyse toxicologique, mais je parie que les résultats seront négatifs. »

Elle marque une pause, comme pour laisser la place à d'éventuelles questions, puis saisit un stylo-bille de la main droite.

« En revanche, j'ai trouvé quelques autres choses intéressantes, en particulier des fragments de peau sous les ongles des mains, qui pourront j'espère nous donner l'ADN du ravisseur. Il y a aussi ces marques que j'avais remarquées sur le cou de la fille, des bleus qui indiquent une pression extérieure. Elle a également reçu des coups en haut des bras. »

Dehors, le vent s'est à nouveau levé. Après une nuit calme, il fouette à présent les maigres bouleaux qu'on aperçoit par la fenêtre. Ils se plient tellement qu'ils menacent de se briser en deux. À Åre, le temps peut virer à la tempête en une heure.

« Quelles sont tes conclusions ? demande impatiemment Daniel.

— Je crois que le ravisseur a usé de violence pour la tenir. Si elle a résisté au début, cela peut expliquer les bleus en haut des bras. À un moment, il l'a attrapée à la gorge, ce qui explique les marques au cou. Il portait probablement des gants, puisque je n'ai pas trouvé de demi-lunes, c'est-à-dire les traces laissées par des ongles sur la peau. »

Daniel essaie d'imaginer la scène. Amanda rentre chez elle en longeant l'E14. Une voiture s'arrête et lui propose de la prendre en stop. Elle reconnaît le conducteur et accepte. Dès l'instant où elle monte, elle est perdue.

« Ces violences n'ont pas suffi à la tuer, continue Ylva. Par exemple, je ne trouve aucune stase, c'est-à-dire de point où la circulation sanguine a été complètement bloquée. La pomme d'Adam n'est pas non plus endommagée. En revanche, elle a pu perdre connaissance un moment.

— Il a donc fallu une personne avec assez de force physique pour la maîtriser le temps nécessaire ? » dit Anton.

Ylva hoche la tête.

Daniel songe à Viktor dans son hoodie noir. Il est de taille moyenne, large d'épaules. Amanda n'aurait pas fait le poids contre lui.

« Dans ce cas, combien de temps a-t-elle pu rester sans connaissance, à ton avis ? Peux-tu dire si elle l'était encore quand elle est morte de froid ?

— Tu veux savoir si elle a eu le temps de se réveiller et de réaliser qu'on l'avait enlevée avant de mourir ?

— En gros. »

Daniel espère que la réponse sera non. Il refuse d'imaginer qu'Amanda ait repris connaissance, groggy et presque nue, dans un endroit perdu en montagne, qu'elle ait été suffisamment consciente pour comprendre qu'elle était condamnée à geler sur place. Si c'est le cas, son agonie a dû être effroyable.

« Je ne me risquerai pas à me prononcer là-dessus », répond Ylva.

La visioconférence à peine terminée, le portable de Daniel vibre. Un nouveau sms qu'il lit avec un intérêt croissant.

Le conducteur d'une des dameuses Skistar a contacté la police. Il était en service tard dans la nuit de samedi à dimanche, quelques heures seulement avant qu'Amanda ne soit retrouvée sur le télésiège. Il pense avoir vu quelqu'un traverser la piste en scooter à ce moment-là.

« Viens, dit Daniel à Anton. Il faut qu'on file. »

67

Harald roule vers Undersåker. Il va retrouver Mira au camping de Vällistegården. Un bon endroit pour se voir sans se faire remarquer. Tout le monde connaît tout le monde dans une petite commune comme Åre, il faut qu'il soit prudent.

Le site est désert, Harald coupe son moteur. Il est en avance, c'est peut-être aussi bien. C'est un soulagement de sortir de la maison et il a besoin d'être seul quelques minutes.

À la maison, tout rappelle Amanda. L'air est si lourd de chagrin qu'Harald est comme paralysé.

Il se cale au fond du siège en se détendant.

Il aurait voulu avoir la force morale de ne pas donner rendez-vous à Mira, mais en ce moment elle est la seule dont la présence puisse le consoler. Il repense à leur rencontre…

Ça a été le coup de foudre dès son entretien d'embauche. C'était une assistante fantastique, et très vite elle s'est imposée comme son véritable bras droit. Ils sont devenus proches, comme cela arrive dans ce genre de relation professionnelle. Cela lui a donné des espoirs, mais il veillait bien à n'en rien montrer. En revanche, il faisait tout pour gagner sa sympathie. Il s'efforçait d'être un chef compréhensif, la soutenait, la laissait toujours gérer à sa convenance ses horaires de travail. Si elle avait besoin de terminer tôt pour s'occuper de sa fille, il l'y encourageait.

Au fil des jours, il a compris à quel point elle se sentait abandonnée au sein de son couple. Le mari de Mira, Fredrik, mettait toute son âme dans son entreprise, et en payait le prix. Toute son énergie allait à son activité. Comme il n'était jamais à la maison, son mariage en souffrait. Mira trouvait qu'elle passait toujours au second plan.

Un soir, au bureau, alors qu'il ne restait plus qu'Harald et elle, elle s'est effondrée. Harald a fait de son mieux pour la consoler. Il l'a écoutée des heures se confier en pleurant contre son épaule. Puis il l'a embrassée et elle lui a rendu son baiser.

Sa vie a changé d'un coup. Elle l'a fait devenir un autre, rajeuni de dix ans, rempli d'une énergie nouvelle. Il était fou de bonheur, même s'il devait mentir à Lena pour retrouver Mira en cachette. Il pensait à elle avant de s'endormir et dès qu'il se réveillait le matin.

Puis Mira a pris peur. Elle s'est mise à parler de son serment de mariage, de la jalousie de Fredrik. De sa crainte qu'il ne les démasque. Et elle a voulu rompre.

Cela ne fait qu'un mois qu'elle a mis fin à leur relation, malgré les supplications désespérées d'Harald. Il ne s'est jamais senti aussi vivant que durant les six mois de leur liaison. Ce n'est qu'avec Mira qu'il a compris ce qu'était l'amour. La merveilleuse, l'ensorcelante Mira, avec ses cheveux noirs luisants et sa fossette presque imperceptible sur la joue…

Lena et lui étaient si jeunes lors de leur rencontre. Il n'avait connu presque personne d'autre qu'elle quand ils se sont mariés et que leur Amanda bien-aimée est née. Puis sont arrivés les jumeaux, la vie a suivi son cours. Avec le temps, leur relation est devenue un partenariat, une amitié, avec une responsabilité partagée pour la maison et les enfants. Ils ne sont ni malheureux ni fâchés, juste… pas amoureux. C'est quand Mira a surgi dans sa vie, à quarante ans passés, qu'il a découvert ce qu'était la passion entre un homme et une femme.

Harald entend un moteur qui approche. Au bout d'un moment, il voit arriver la Toyota blanche. C'en est assez pour le remplir de désir. Pendant un instant, la réalité disparaît. L'excitation bouillonne dans son sang, sa bouche s'assèche. Rien n'existe plus qu'*elle*.

68

Harald remarque que Mira regarde soigneusement alentour avant de quitter sa voiture et de monter dans la sienne. Elle a enfoncé son bonnet jusqu'aux yeux et porte des lunettes noires alors qu'on est en décembre.

Quand elle s'assoit sur le siège passager, Harald ne se maîtrise plus. Il l'attire vers lui et l'embrasse avec une telle fougue qu'il ne perçoit pas qu'elle s'arc-boute contre lui. Il ne reprend ses esprits que lorsqu'elle le repousse en lançant :

« Arrête ! »

Harald se tasse.

« Pardon, murmure-t-il. Il fallait que je… »

Il ne sait pas quoi dire, s'excuse d'un geste des mains.

Les yeux pleins de compassion, Mira croise son regard. Elle lui prend la main et en caresse le dessus avec une légèreté d'oiseau. La chaleur du bout de ses doigts se diffuse dans le corps d'Harald.

« Je suis désolée de ce qui est arrivé à Amanda, dit-elle d'une voix rauque. C'est affreux. »

Il n'a pas le courage de parler de la mort de sa fille. Tout ce qu'il veut, c'est toucher Mira, sentir son corps doux contre le sien. Avoir une chance de tout oublier, ne serait-ce que quelques minutes.

Il tente à nouveau de l'embrasser mais à nouveau elle se dérobe.

« Arrête, répète-t-elle.

— Je t'en prie. »

Mira se cale contre la portière. Une ombre passe sur son visage.

« C'est fini entre nous, dit-elle. Tu le sais.

— J'ai besoin de toi, gémit tout bas Harald. Je ne vais pas m'en sortir seul. Je me noie. »

Il doit presser son poing contre sa bouche pour ne pas perdre totalement le contrôle.

« C'est impossible », assène Mira.

Il ne comprend pas qu'elle puisse dire ça, après ce qui s'est passé. Il est détruit sans elle. Elle devrait le comprendre, non ?

Mais Mira reprend d'une voix totalement neutre :

« Ce que nous avons fait n'est juste ni à l'égard de ta famille, ni de la mienne. Nous étions d'accord là-dessus. »

Elle se tait et regarde sa bague de fiançailles et son alliance. Elles sont en or jaune, la première avec un beau diamant qui scintille au milieu de l'étroit anneau.

« Surtout pas maintenant, dit-elle. Tu dois penser à Lena et aux jumeaux. Ils ont plus que jamais besoin de toi. »

Harald est au bord des larmes.

Lena dormait encore quand il est parti. Ils n'arrivent pas à se soutenir mutuellement dans cette épreuve, il l'a déjà compris.

Il prend la main de Mira et la serre fort, ne peut s'empêcher de l'implorer quand elle est si proche de lui.

« Rien qu'une dernière fois », gémit-il.

Elle retire vivement sa main et remet ses gants.

« Pardon », murmure-t-il.

Mira sort un gloss rose de son sac, comme si elle voulait lui donner le temps de se ressaisir.

« Tu ne peux pas continuer à m'envoyer des sms un dimanche soir comme tu l'as fait, dit-elle. Ce n'est pas possible. »

Le ton est doux, le message limpide.

Harald se souvient d'un coup des sms qu'il lui a envoyés quand il s'est soûlé à la vodka. À présent, il est submergé de honte.

« J'ai été obligée d'inventer une histoire de problème urgent au sein du conseil communal, continue Mira. Mais je ne pense pas que Fredrik m'ait crue. »

Elle range son gloss. Ses yeux sombres brillent d'inquiétude.

« Je crois qu'il est au courant pour nous deux, Harald. Si tu avais vu comme il m'a regardée…

— C'est impossible, objecte Harald. Nous avons été si prudents.

— Fredrik connaît tout le monde dans le coin. N'importe qui peut nous avoir surpris et être allé le lui raconter… »

Mira se mord la lèvre.

« Tu sais comment il est. Fredrik n'est pas quelqu'un qui… pardonne facilement. »

Harald l'a rencontré plusieurs fois, en privé et professionnellement. Fredrik est un homme imposant, grave, la mine austère, tout le contraire de sa femme, menue et vive. Un entrepreneur qui a créé avec succès sa propre société de construction à force de travail. Le boom immobilier à Åre a suscité d'importantes opportunités : toute la localité s'est développée quand Skistar a investi dans la station. Les achats de maisons de vacances ont été nombreux, et le mari de Mira est un de ceux qui ont participé à la construction de Sadeln.

« Tu ne dois plus me contacter en dehors des horaires de travail », insiste-t-elle.

La peur transparaît dans sa voix douce.

« Tu dois me le promettre. »

Harald contemple son beau profil, son nez droit et net, ses longs cils sombres. Elle a quelque chose de lointain dans le regard, comme si elle se demandait déjà ce que Fredrik pourrait faire si la vérité éclatait.

Harald, lui, ferait n'importe quoi pour la reconquérir.

« Je t'aime », dit-il d'une voix rauque.

Quand Mira tourne la tête vers lui, ses yeux sont pleins de compassion, pas de désir.

« Tu es encore en état de choc, dit-elle. Tu ne sais pas ce que tu dis. »

Harald regarde fixement devant lui à travers le pare-brise. Il a cessé de neiger. Tout est blanc autour d'eux, à part les branches noires des arbres dressées vers les nuages. Le camping est vide et abandonné, rien n'y rappelle la vie et l'animation de l'été.

Mira serre les lèvres et semble prendre une décision. Elle ouvre la portière et le vent glacé s'engouffre aussitôt dans la voiture. De sa main gauche, elle lui tapote la cuisse.

« Rentre retrouver Lena. C'est le mieux que tu puisses faire. »

Puis elle sort et claque la portière.

Harald ferme les yeux. Il a du mal à assimiler ce qu'elle vient de lui dire. Sa fille a été assassinée, il se trouve dans le pire cauchemar de sa vie et Mira l'a éconduit, comme ça.

Quand il lève les yeux, elle est déjà dans sa voiture et recule pour s'en aller. Elle ne lui adresse pas même un regard en manœuvrant. Il ne faut que quelques secondes à la Toyota pour disparaître sur la route.

Harald s'enroule le torse entre les bras et serre fort. Il se balance d'avant en arrière sur son siège, le regard aveugle. Tout fait horriblement mal.

69

Ne tenant plus en place, Hanna sort. Impossible de rester dans la grande maison de Sadeln avec toutes les idées qui lui tournent dans la tête. Tout l'après-midi elle n'a fait qu'attendre un appel de Daniel, angoissée que Manfred dise du mal d'elle.

Elle prend la voiture de Lydia et descend au bourg. Elle a besoin de voir du monde, de s'occuper, sans quoi elle va devenir folle. Pourquoi ne pas aller jeter un coup d'œil à la société de nettoyage où travaille Zuhra ? En ouvrant son ordinateur ce matin, elle a trouvé encore ouverte la page qu'elle avait montrée hier à Daniel. L'entreprise est basée à Årevägen, ça ne devrait pas lui prendre bien longtemps.

Elle a décidé de s'en remettre à son instinct. Après tant d'années au sein de la police de Stockholm en contact avec des femmes en danger, elle sent bien que quelque chose cloche chez Zuhra.

Elle trouve à se garer avec une facilité déconcertante. Elle laisse la voiture devant l'hôtel Åregården et regarde autour d'elle dans la nuit de l'après-midi. L'atmosphère de l'Avent est tangible, toutes les boutiques autour de la place centrale d'Åre font scintiller d'engageantes décorations de Noël. Tous les arbres sont ornés de guirlandes lumineuses blanches et de toutes petites lampes illuminent le givre à la cime des arbres. Les cristaux de neige chatoyants créent une ambiance de Noël théâtrale, comme si Walt Disney lui-même était venu saupoudrer le bourg de paillettes.

Il a cessé de neiger, mais il fait toujours si froid que la neige sèche crisse bruyamment sous ses pas.

Hanna se dirige vers l'adresse de la société de nettoyage, un immeuble de trois étages peint en brun, un peu plus haut dans la pente. Elle trouve l'entrée à l'arrière. Le nom de l'entreprise *Fjäll-städ AB* est inscrit sur un fin panneau métallique au-dessus de la porte.

Ce n'est pas fermé : Hanna ouvre et entre dans un hall sombre. Au sol, du linoléum et un paillasson élimé. Dans un coin, un portemanteau où pend un unique blouson.

« Il y a quelqu'un ? » lance-t-elle timidement.

Elle fait quelques pas et voit que le hall conduit à une pièce plus vaste, sobrement meublée. Un bureau avec un ordinateur et encombré de tas de papiers est placé près de la fenêtre. Aux murs, quelques chromos aux motifs montagnards sont pendus à des crochets X qui dépassent au-dessus des cadres. Des seaux remplis de matériel de nettoyage sont alignés le long d'un mur, où une rangée de balais-serpillières semblent au garde-à-vous.

Une porte s'ouvre dans le dos d'Hanna. Une femme brune à lunettes sort des toilettes. Vêtue d'un pull en laine et d'un jean, elle a un téléphone à la main. Sur sa poitrine, un badge au nom de Linda.

Elle regarde avec étonnement Hanna, qui cherche vite quelque chose à dire.

« Ah, bonjour, je me demandais où vous étiez passée, commence-t-elle.

— Vous avez rendez-vous ? »

Une légère méfiance transparaît dans sa voix. Hanna recule de quelques pas.

« Pas vraiment, dit-elle en s'efforçant de trouver une raison vraisemblable à sa visite. Je m'appelle Hanna. C'est bien le siège de Fjäll-städ ?

— Oui », lâche la secrétaire en s'asseyant derrière son bureau.

Elle ôte ses lunettes rondes.

« Que puis-je faire pour vous ?

— Une femme de ménage que vous employez a oublié quelque chose chez nous la dernière fois qu'elle est venue, dit Hanna. J'aurais voulu son numéro pour pouvoir la prévenir. »

La femme secoue la tête.

« Désolée, mais je ne peux pas communiquer les numéros de nos employés.

— Je comprends. »

Hanna se tripote le col. Elle a chaud et commence déjà à suer sous son épais blouson en duvet. Elle ne connaît pas le nom de famille de Zuhra, comment la contacter ?

« Je peux lui laisser un message, si vous voulez », propose la secrétaire.

Hanna est prise de court : quel message laisser pour parvenir à la joindre ?

« Peu importe, dit-elle. Elle le récupérera la prochaine fois.

— Comme vous voulez. »

La femme remet ses lunettes et montre l'ordinateur.

« Et maintenant, excusez-moi, j'ai beaucoup à faire. »

Difficile d'inviter plus explicitement Hanna à s'en aller.

« Merci quand même », dit-elle. Merci de rien du tout, pense-t-elle.

Sur le seuil, elle ajoute :

« Vous pourrez saluer Zuhra de ma part. Elle travaille très bien. »

La femme lève les yeux.

« Qui ça ?

— Zuhra. Votre femme de ménage.

— Nous n'avons aucune employée de ce nom.

— Pardon ?

— Nous ne sommes pas si nombreuses à travailler ici. Je connais tout le monde.

— Mais qui est venu chez moi alors ?

— Vous avez dû vous tromper d'entreprise. »

Lydia se trompe rarement. Mais la dénommée Linda n'a aucune raison de mentir.

« Y a-t-il dans la région d'autres sociétés de nettoyage qui auraient un nom ressemblant au vôtre ? demande Hanna par acquit de conscience.

— Il y en a beaucoup à Åre. Vous pourrez les trouver sur Internet. »

Hanna pousse la porte et ressort.

Quelque chose ne colle pas, mais elle se sent aussi un peu flouée. Elle n'a plus qu'à attendre la prochaine visite de Zuhra pour lui parler.

Hanna traverse la place pour regagner sa voiture. Derrière elle, une voix de femme retentit :

« Salut ! »

En se retournant, elle voit Karro dans la pente.

« Merci pour l'autre soir, dit-elle en embrassant Hanna. C'était sympa de venir. Tu dois te sentir un peu seule là-haut, à Sadeln.

— Merci à toi, dit Hanna en reculant de quelques pas. C'était bien de sortir un peu.

— Et qu'est-ce qui t'amène en ville ? »

Pas question pour Hanna de dire la vérité. Karro la prendrait décidément pour une fouineuse.

« Je voulais juste aller prendre un café, dit-elle en indiquant le torréfacteur à une cinquantaine de mètres de là. Tu as le temps de m'accompagner ?

— Volontiers. Je viens de finir ma journée. »

Elles gagnent la petite boutique où, par chance, une table est libre. Elles sont accueillies par un merveilleux parfum de café fraîchement moulu. Hanna va commander et paie les deux boissons, histoire de remercier Karro de l'avoir invitée au Supper.

La conversation ne tarde pas à tourner autour d'Amanda. Après avoir un peu hésité, Hanna décide de ne pas mentionner le fait qu'elle a contacté le frère de Karro au sujet de Viktor. Elle garde également le silence sur la possibilité de son détachement temporaire à Åre – mieux vaut atttendre que ce soit confirmé.

Le café est aussi délicieux que le promettait son parfum.

Karro se penche au-dessus de la table, les yeux écarquillés.

« Au fait, il faut que je te parle de quelque chose, toi qui es dans la police. Tu sais ce que j'ai entendu hier ? »

Son ton ménage un suspense qui annonce un ragot bien juteux.

« Amanda a eu une liaison avec son prof principal au lycée. Tu imagines ? Il a le double de son âge. Quelle histoire, hein ? Je le tiens de ma voisine, Pia, qui est assistante de vie scolaire au lycée d'Amanda. »

Hanna n'en revient pas.

« Tu es sûre que c'est vrai ?

— Je n'imagine pas Pia inventant ça de toutes pièces. »

Hanna ne sait pas trop qu'en penser.

« C'est glauque, non ? continue Karro. Sauter sur des jeunes filles quand on est prof, c'est dégueulasse. Mais ça pourrait expliquer deux ou trois choses… »

Elle baisse la voix pour ajouter :

« Et si c'était lié à la mort d'Amanda ? »

Karro frissonne.

« Tu as entendu parler d'affaires semblables, quand tu travaillais à Stockholm ? »

Hanna secoue la tête.

« Tu connais le nom de ce prof principal ? demande-t-elle.

— Non. Mais ça ne doit pas être difficile à trouver. »

Hanna hésite. Cette information est-elle fiable ? Pas plus tard que samedi dernier, à l'entendre, le meurtrier était le petit ami d'Amanda. Aujourd'hui, un enseignant serait impliqué. Mais pour l'heure ce ne sont que des spéculations.

Sauf que si cette histoire de liaison est vraie, c'est une piste importante.

« Tu en as parlé à ton frère ? demande-t-elle à Karro. Ce serait peut-être bien de le lui mentionner. »

Karro écarte les mains avec un grand sourire.

« Il ne m'écouterait jamais. »

Hanna réfléchit. Elle voudrait communiquer cette nouvelle information à Anton et à Daniel, mais peut difficilement retourner les voir avant qu'ils l'aient contactée au sujet de son nouveau poste. Surtout pour leur parler de vagues affirmations pêchées au vol en ville. Elle veut par-dessus tout éviter de manquer de professionnalisme à leurs yeux.

En même temps, ce que lui a dit Karro mérite d'être vérifié. Hanna sait exactement comment elle conduirait l'interrogatoire du prof principal d'Amanda, si elle en avait la possibilité.

Elle glisse la main dans sa poche et caresse le métal de son portable. Pourvu que Daniel l'appelle pour lui annoncer qu'elle peut reprendre du service.

70

Daniel roule vers Rödkullen, où la société Skistar abrite ses dameuses dans un grand garage.

La préparation des pistes est un travail continu. Dès la fermeture des remontées, les dameuses entrent en action. Elles roulent souvent jusqu'à deux heures du matin, surtout quand il a abondamment neigé, comme ces dernières semaines. Parfois, elles doivent faire un tour supplémentaire vers six heures du matin.

Le gars qui a contacté la police s'appelle Tor Marklund.

« Il doit être de Skellefteå, dit Anton. Tous les habitants de Skellefteå s'appellent Marklund. »

Daniel hausse les sourcils.

« Tu as des préjugés ?

— Mais c'est vrai, insiste Anton. Tous ceux qui sont nés par ici le savent. »

Tor Marklund les attend sur le parking de Rödkullen. Daniel l'aperçoit aussitôt dès qu'ils quittent la route, un grand type un peu voûté avec un bonnet à pompon et un blouson rouge portant le logo de Skistar. Il est campé sur le passage entre les voitures et le domaine skiable.

« C'est bien vous, Tor ? demande Daniel en arrivant.

— Oui. »

Tor les salue avec un accent de Skellefteå à couper au couteau, en aspirant l'air entre ses dents. Anton donne un coup de coude entendu à Daniel.

« On peut aller dans le chalet », dit Tor.

À côté du Rautjoxa, le restaurant en bas des pistes de Rödkullen, il indique un bâtiment bas en bois marron – en fait, une simple pièce meublée d'une table carrée et de quelques chaises en sapin. Le long d'un mur, une kitchenette avec une cafetière Melitta. Un pichet plein d'un liquide noir d'encre attend sur la plaque chauffante.

« Du café ? propose Tor en se servant.

— Non merci, je viens d'en prendre un », décline Anton.

Daniel, en revanche, en accepte une tasse, d'où monte un inquiétant fumet amer.

« Alors voilà, fait Tor en tripotant sa tasse. Je ne sais pas si c'est important, mais ma copine trouvait qu'il fallait prévenir la police.

— Dites-nous ce que vous avez vu, l'encourage Daniel. Nous sommes preneurs de toute information.

— J'étais sur ma bécane dans la nuit de samedi à dimanche, commence Tor. Il était un peu plus de deux heures du matin, mais je n'avais pas encore tout à fait fini mon service. Il y avait du boulot avec cette sacrée neige qui était tombée. »

Il sort une boîte de tabac à chiquer et s'en fourre sous la lèvre supérieure une petite dose qui forme une légère bosse.

« Je venais de terminer le sommet de Stjärnbacken quand j'ai vu un scooter passer en contrebas. Avec le bruit du moteur de la dameuse, je n'ai rien entendu, mais j'ai vu la lumière de ses phares quand il s'est approché.

— De quel côté arrivait-il ? » demande Anton.

Tor rajuste sa chique, plisse le front en réfléchissant.

« De l'ouest. Il suivait la piste de transport numéro 47, celle qui part de Rödkullen et aboutit au télésiège Hummelliften. »

Daniel essaie de se remémorer la carte des pistes. Le domaine skiable d'Åre en comporte une centaine, si on compte celles de Duved et de Björnen.

« Pouvez-vous dire où vous vous trouviez exactement à ce moment-là ? demande-t-il. Soyez le plus précis possible.

— Voyons voir. »

Tor remonte son bonnet et se gratte au-dessus d'une oreille.

« Je me trouvais un peu en contrebas de l'arrivée du VM6, peut-être à une centaine de mètres de la piste de transport. Ma dameuse était dans la pente, le nez vers la montagne, les phares orientés vers le haut.

— Donc, le conducteur du scooter peut ne pas vous avoir vu, fait remarquer Daniel.

— Je ne crois pas, non.

— Que s'est-il passé après ? demande Anton.

— Le scooter a quitté la piste pour descendre dans Stjärnbacken. Il avait l'air de se diriger vers la zone d'embarquement du VM6, mais il a disparu derrière les arbres, et je l'ai perdu de vue.

— Est-ce qu'il y a quelque chose de particulier qui a attiré votre attention, pour que vous nous ayez contactés ? demande Daniel.

— Encore une fois, il était très tard. À cette heure-là, les seuls à être dehors, c'est nous et les nivoculteurs.

— Les nivoculteurs ?

— Ceux qui entretiennent les canons à neige. Les canons sont en partie automatisés, mais il faut les démarrer et les couper manuellement. Et puis ils nécessitent un certain entretien, les déneiger, tout ça. Entre novembre et février, nous produisons de la neige artificielle pour toute la saison, explique Tor. Il faut qu'il y en ait toujours au moins cinquante centimètres sur les pistes.

— D'accord, dit Daniel. C'est donc ce scooter qui vous a fait réagir ?

— Le truc, c'est que les nivoculteurs sont toujours par équipes de deux. Pour des raisons de sécurité, ils ne sont pas autorisés à se déplacer seuls. C'est pourquoi je me suis douté qu'il s'agissait d'un scooter privé. Il n'avait pour ainsi dire aucune raison d'être là. »

Tor boit une gorgée de café en faisant la grimace.

« C'est de la pure mort-aux-rats, ce truc, lâche-t-il.

— Vous vous souvenez de quoi il avait l'air, ce scooter ? demande Daniel.

— C'est justement ça qui m'a fait tiquer. Il était beaucoup trop sombre pour appartenir à Skistar. Je ne me risquerais pas à me prononcer sur sa couleur exacte, mais je suppose qu'il était noir, puisqu'on avait du mal à le distinguer.

— Comment sont les vôtres ? demande Anton.

— Ils ont des bandes orange sur fond blanc. L'idée est qu'ils soient bien visibles, même par mauvais temps. En plus, leurs conducteurs portent des vêtements de signalisation, les blousons sont entièrement jaune fluo. Tous les scooters ont aussi des équipements spéciaux, par exemple un drapeau fixé dans l'axe du guidon.

« Quand j'ai aperçu celui-là, j'ai pensé à des jeunes sortis faire un rodéo. Ou en train de rentrer d'une fête. Les ados coupent parfois par les pistes, on n'y peut pas grand-chose. »

Tor regarde ses grosses mains. Un peu de tabac à chiquer s'est collé sur le bout de son index.

« Mais c'est quand j'ai entendu parler à la télé de cette pauvre fille en bas du VM6 que je me suis mis à réfléchir. J'en ai parlé à ma copine, qui m'a conseillé de vous contacter.

— C'est très bien de l'avoir fait, dit Daniel. Est-ce que vous vous souvenez de la marque de ce scooter ? »

Tor fronce les sourcils.

« Skistar utilise principalement des Lynx, mais a aussi quelques Ski-Doo. Là, ça devait être une autre marque. Peut-être un Yamaha, mais je n'oserais pas l'affirmer. Ou alors un Polaris. Encore une fois, il faisait très noir et il filait assez vite. J'ai juste eu l'impression que quelque chose était bizarre, je ne peux pas vraiment expliquer pourquoi. »

Daniel reconnaît en Tor un vrai montagnard. Lui-même n'aurait pas su faire la différence entre tel ou tel type de scooter.

Lynx est le leader mondial du scooter des neiges, comme Ski-Doo. Yamaha est un fabricant moins important, mais très populaire. Il doit y avoir des centaines de véhicules de ces marques dans la région. L'information est malgré tout intéressante.

« Vous n'avez pas vu sa plaque d'immatriculation, par hasard ? » demande Anton.

Tor secoue la tête.

« Malheureusement non. Il était beaucoup trop loin.

— Mais vous êtes certain qu'il s'est ensuite dirigé vers le VM6 ?

— Oui. J'ai vu la lumière des phares sur la neige quand il a quitté la piste pour tourner vers la vallée. Le faisceau lumineux a fendu la nuit dans cette direction, impossible de le louper.

— Vous vous souvenez d'autre chose ? demande Daniel. Tous les détails peuvent être précieux. »

Le regard de Tor glisse vers la fenêtre. Dehors passe le téléski qui monte vers la station de Rödkullen. Le ballet des perches qui arrivent à intervalles réguliers et pivotent lentement avant d'emporter les skieurs est presque hypnotique.

« Oui, il y a autre chose. Je suis presque sûr que le conducteur avait une remorque. En tout cas il m'a semblé voir quelque chose qui glissait derrière lui dans les feux arrière quand il a tourné. »

Daniel et Anton échangent un regard.

« Merci beaucoup, dit Daniel. Si vous vous souvenez d'autres détails, n'hésitez pas à nous prévenir. »

Ça ne peut pas être un hasard qu'un scooter soit passé à proximité du VM6 quelques heures avant qu'Amanda ne soit retrouvée sur le télésiège. Et l'hypothèse qu'il ait été muni d'une remorque permettrait d'expliquer comment le corps a pu être transporté.

En plus, il arrivait de l'ouest. Où se trouve la vallée d'Ullådalen.

71

Après le départ de Mira, Harald est resté longtemps assis dans la voiture. Le froid a fini par le faire démarrer et quitter le camping. Il a conduit au hasard vers la frontière norvégienne et a fini par atterrir à Storlien, à soixante-dix kilomètres.

Cet hiver, Storlien est en chantier, un grand centre commercial frontalier est en train de sortir de terre. En tant que président du conseil communal, Harald a soutenu le projet. C'est un investissement important pour la région, et ça permettra aux Norvégiens d'y faire leur shopping plutôt que d'aller embouteiller Åre avec toutes leurs Tesla.

Aujourd'hui, il regarde à peine au passage le centre commercial à moitié terminé, dans le vacarme des engins de chantier. Puis il fait demi-tour et rentre. La mort d'Amanda et l'adieu de Mira palpitent en lui comme des plaies à vif.

Quand il arrive à proximité d'Åre, la nuit est tombée. Il va bientôt passer à Ängarna, le quartier situé à l'ouest de la ville. Là où habite Mira. Son cœur se serre. Il y est passé quelquefois, pour déposer ou signer un document. Par rapport à chez lui, c'est de l'autre côté du centre, mais ils ne sont pas si éloignés.

Il devrait rentrer s'occuper des enfants, il a déjà été trop longtemps absent. Pourtant, il sort de l'E14 et se dirige vers la maison de Mira. Elle est bâtie un peu au-dessus de la voie rapide, avec une belle vue sur le lac. Une imposante demeure en bois rouge à coins blancs. Une vraie maison d'architecte.

Harald s'engage dans la rue. Il roule au pas devant le bâtiment en épiant. Aucun signe de vie, personne ne semble là. Pas de voiture au parking, et la Toyota de Mira n'est pas non plus visible.

Évidemment, elle est au travail. Pendant qu'il restait anéanti au camping, elle a filé au bureau comme si de rien n'était.

Au bout de la rue, Harald fait demi-tour et s'arrête pour regarder bêtement la grande maison en pente. C'est là que Mira dort chaque nuit auprès de son mari. Fredrik, qu'elle ne veut ni n'ose quitter.

Elle est perdue, et lui, sa vie est en ruine.

Harald regarde fixement par le pare-brise, la respiration lourde. Il y a des traces de pneus dans l'allée, probablement le gros SUV de Fredrik. Harald l'a vu plusieurs fois venir chercher Mira au travail.

Une pensée lui traverse l'esprit. Les policiers ont demandé si quelqu'un pouvait avoir une dent contre lui et Harald a répondu que non, pas à sa connaissance. Mais si Fredrik a appris la liaison de sa femme avec son supérieur… s'il sait qu'il a été trahi…

Sa bouche s'assèche.

Fredrik serait-il allé jusqu'à tuer sa fille pour se venger ? L'austère, le taciturne Fredrik qui adore le

Jämtland et part souvent en scooter dans la montagne pour avoir la paix…

Harald a beau tourner et retourner la chose dans sa tête, il parvient toujours à la même conclusion : personne d'autre n'aurait eu de raison de lui vouloir autant de mal.

72

Pas de lumignons de fête devant la maison des Landahl quand Daniel se gare dans l'allée en fin d'après-midi. En revanche, plusieurs fenêtres sont allumées, il devrait y avoir quelqu'un cette fois-ci.

On distingue à peine le sommet du Renfjället de l'autre côté du lac dans la brume de neige. Les nuages se serrent autour de la montagne silencieuse.

Les portes du double garage près de la façade sont closes. Un scooter Yamaha enregistré au nom du père de Viktor est censé y être garé. En revenant de Rödkullen, dès que Daniel a découvert que M. Landahl en possédait un, il a décidé de rendre une petite visite à la famille. Parce que même s'il n'a pas de certification pour ce type d'engin, il n'est pas trop hasardeux de supposer que Viktor y a accès. En tout cas, il a son permis de conduire, qu'il a passé une semaine après ses dix-huit ans.

Les informations d'Hanna sur le passé de Viktor ont été déterminantes. Et plus Daniel en apprend sur ce garçon, plus il le trouve suspect. D'après le lycée, il n'est pas venu en cours de la semaine.

Daniel ferme sa portière et remonte l'allée déneigée. Sa respiration forme un plumeau de fumée blanche dans l'air glacial. Il fait moins dix-sept, une dentelle de givre couvre la boîte aux lettres verte.

C'est Viktor lui-même qui vient ouvrir, vêtu du même sweat à capuche que la dernière fois. Daniel scrute ses pupilles. Aujourd'hui, il a l'air clean.

« Vous ? murmure Viktor.

— Je peux entrer ? J'ai quelques questions supplémentaires à te poser. »

Viktor le laisse entrer dans le vestibule, bien plus en désordre que samedi dernier quand ses parents recevaient leurs amis pour une soirée vin chaud. Diverses chaussures jonchent le sol. Sur un mur, des blousons sont accrochés pêle-mêle à des portemanteaux.

Les Landahl sont une grande famille, Viktor a deux frère et sœur plus petits et une grande sœur qui vit toujours à la maison. Ils ont emménagé ici quand Viktor a commencé le lycée. Probablement pour échapper aux ragots et aux regards suspicieux de leurs anciens voisins qui devaient être au courant des violences pour lesquelles le jeune homme avait été sanctionné.

« Tu es seul à la maison ? demande Daniel.

— Oui. »

Daniel l'espérait. C'est la principale raison pour laquelle il s'est rendu à son domicile, plutôt que de le convoquer au commissariat. C'est nettement plus simple de discuter quand les parents ne sont pas là. Non qu'il fasse là un accroc à la procédure : Viktor est majeur, il peut dans tous les cas être entendu sans la présence d'un adulte.

L'autre raison était de ne pas laisser au garçon le temps de se préparer.

« On se met à la cuisine ? propose Daniel.

— D'accord. »

Ils s'installent à une grande table ovale devant une large fenêtre avec vue sur le lac. Un peu de neige s'est déposée sur les croisillons. La lumière du plafonnier se reflète dans les carreaux.

Sur le plan de travail s'empilent mugs et assiettes sales. Un paquet de bacon et une poêle grasse traînent à côté. Daniel montre le désordre de la tête.

« Dîner tardif ? »

Viktor hausse les épaules.

« Je rangerai tout ça avant que maman rentre. »

Il commence à se mordiller l'ongle d'un pouce dont la peau est rouge et crevassée.

« Tu sais que ta petite amie a été assassinée ? » demande Daniel.

Pas question de prendre des pincettes. Cette fois, Viktor ne proteste pas contre le terme « petite amie ».

« Mmh, marmonne-t-il.

— Qu'est-ce que ça te fait ? »

Viktor le regarde de sous sa frange, en plissant les yeux. Ses cheveux mi-longs lui donnent un air nonchalant. C'est probablement un garçon cool, comme les autres de son âge.

« C'est… pénible », finit-il par murmurer.

Il se balance sur sa chaise, a du mal à rester tranquille. Un de ses genoux tressaute, tandis que son pied tambourine sur le sol de la cuisine.

« Le plus souvent, dans ces affaires, le meurtrier est une personne que la victime connaissait bien, dit Daniel. Un proche. Il est très rare qu'une jeune fille soit assassinée par un étranger qu'elle n'a jamais rencontré. »

Il laisse ses mots faire leur effet, espère une réaction.

« Tu as déjà agressé une jeune fille, reprend-il. Tu as été condamné pour violences. »

D'un point de vue purement technique c'est exagéré, mais ces mots produisent exactement ce qu'attendait Daniel.

Viktor retient son souffle.

« Comment le savez-vous ? s'exclame-t-il.

— Tu croyais vraiment que je ne serais pas au courant que tu as déjà brutalisé une jeune fille ?

— C'était un malentendu, proteste Viktor. Je n'ai jamais voulu lui faire du mal.

— Arrête ton char, le coupe brutalement Daniel. Elle n'avait que quinze ans. Tu l'as frappée si fort qu'elle a eu une fracture de la mâchoire. Il a fallu l'hospitaliser et elle a dû se nourrir à la paille pendant plusieurs semaines.

— Ça ne s'est pas passé comme ça ! s'exclame Viktor.

— D'après l'enquête, tu étais tellement enragé que tu as complètement perdu les pédales. »

Viktor tente de protester mais Daniel lève une main pour le faire taire. Il a lu attentivement le rapport de l'affaire. Se souvient très précisément du récit d'une excursion qui a dégénéré, une belle soirée de fin d'été. Résultat : une adolescente grièvement blessée à la mâchoire et un garçon qui aurait dû écoper d'une peine sévère s'il n'avait pas été aussi jeune et assisté d'un avocat compétent. Daniel est étonné qu'il s'en soit tiré avec un simple rappel à la loi.

« Tu as perdu ton sang-froid et tu as commencé à insulter toutes les personnes présentes. Ta petite amie a eu peur de toi. Tes copains ont essayé de te calmer, mais tu n'as rien voulu savoir et tu t'es mis à la battre.

— Écoutez-moi ! »

Viktor s'est à moitié levé en frappant du poing sur la table.

« J'étais sacrément bourré, je l'avoue. Mais je n'ai jamais voulu faire du mal à Frida. Je l'ai frappée au visage par hasard. Dans un accès de fureur, j'ai lancé une canette de bière. Elle était sur la trajectoire. Ce n'était pas volontaire. »

Le visage de Viktor est rouge. Il respire la bouche à demi ouverte, un peu d'écume à la commissure des lèvres.

Daniel soutient son regard furieux. Disparu, le garçon indolent. Est-ce là sa vraie personnalité qui se montre au grand jour ?

« J'ai frappé Frida par erreur, siffle Viktor entre ses dents. Je me suis excusé je ne sais pas combien de fois. »

Daniel se lève, ils se font face.

« Tu as fait la même chose avec Amanda ?

— Hein ?

— Tu as perdu ton sang-froid et tu t'en es pris à elle, comme avec Frida ? Sauf que cette fois ta copine est morte.

— Vous ne pouvez pas dire ça !

— Tu veux que je te dise ce que je crois qu'il s'est passé entre Amanda et toi jeudi dernier ? dit Daniel en se penchant vers Viktor. Je crois que tu as suivi Amanda quand elle est partie de chez Ebba. Je crois que vous vous êtes disputés, que tu l'as tuée et que tu as fini par la cacher quelque part dans la vallée d'Ullådalen, ne sachant pas quoi faire. Puis tu as eu des remords et tu as laissé son corps sur le VM6, pour qu'elle soit retrouvée. Tu as utilisé le scooter de ton père pour la transporter. Un témoin t'a vu dessus en pleine nuit. »

Daniel bluffe – Tor Marklund n'a pas identifié le conducteur du scooter – et sait que cela peut lui valoir des ennuis, mais on verra ça plus tard. Pour le moment, il veut mettre la pression à ce garçon.

Viktor a l'air pris de panique.

« Ce n'est pas vrai, balbutie-t-il. Ce n'est pas moi qui l'ai tuée. »

Daniel ne se laisse pas démonter, il croise les bras.

« Sais-tu ce qu'on a appris en parlant à tes camarades présents à la fête ? Certains t'ont vu te disputer avec Amanda tard dans la soirée. Juste au moment où elle allait partir. Tu as essayé de la retenir, elle t'a poussé et fait tomber à la renverse. Tu l'as insultée pendant qu'elle filait. Après ça, personne ne peut plus dire où tu étais. Tu nous as adressés à ton copain Wille, mais il s'était endormi et ne peut pas affirmer que tu étais toujours chez Ebba.

— Ce n'est pas moi.

— Personne ne confirme ta version des faits. Personne. »

Viktor devient très pâle.

« Je n'ai rien fait ! » s'écrie-t-il.

Daniel entend le bruit d'une voiture qui monte dans l'allée du garage. Il se penche en avant et décide de changer de ton. Après avoir secoué Viktor, il va tester la douceur pour qu'il se sente à nouveau en confiance, assez pour oser avouer.

« Reconnais que tu as été furieux quand Amanda n'a pas fait ce que tu lui disais. Quand elle a quitté la fête contre ta volonté.

— Ce n'était pas moi.

— Nous savons que c'est toi qui as assassiné Amanda. »

Daniel fait le tour de la table.

« Tu n'as pas d'alibi et tu as déjà été condamné pour avoir brutalisé ton ancienne petite amie. »

Par la fenêtre, il voit une ombre approcher de la porte d'entrée.

« Dis-moi ce qui s'est passé ce soir-là. Je te promets que tu te sentiras beaucoup mieux après.

— Ce n'était pas moi, murmure Viktor. Je ne l'ai pas fait. »

73

Harald rentre très tard à son domicile de Pilgrimsvägen. Lena ne se montre pas. Mimi et Kalle sont absorbés devant la télévision, exactement comme il les a laissés. Ils se sont fait des sandwichs, la cuisine en témoigne : un fromage sue sur le plan de travail à côté d'une plaquette de beurre fondu et d'un pack de lait à moitié vide ; il y a des miettes partout par terre et dans l'évier.

Les jumeaux remarquent à peine son retour.

« Où est maman ? lance Harald.

— Elle dort », répond Mimi sans détourner la tête de l'écran.

Harald s'apprête à aller ranger la cuisine quand le téléphone fixe sonne. Il ne veut d'abord pas décrocher, inquiet que ce soit un journaliste. À la troisième sonnerie, il se décide à saisir le combiné.

« Allô ? »

Une voix de femme.

« Bonjour, je suis Alina Nilsson, vétérinaire à Undersåker.

— Oui ?

— Je crois que votre épouse a laissé un message sur mon répondeur au sujet d'un chien. »

Harald s'en souvient, Lena lui a dit qu'elle avait appelé la clinique en découvrant que Ludde allait mal.

« J'ai passé en revue les symptômes qu'elle a mentionnés, continue la vétérinaire. On dirait que votre chien a été gravement intoxiqué à la nicotine.

— Pardon ? »

Harald referme la porte qui donne dans le séjour, gêné par le son de la télévision.

« Savez-vous s'il a pu avaler des mégots de cigarette, des chiques ou du tabac ? »

La vétérinaire marque une petite pause.

« Je ne veux pas vous inquiéter, mais si votre chien ne va pas déjà mieux après avoir vomi, il vaudrait mieux nous l'amener. La nicotine à haute dose est très dangereuse pour les animaux. S'il a avalé un chewing-gum à la nicotine, il peut en plus faire une intoxication au xylitol.

— Ludde est mort, dit Harald d'une voix sourde.

— Comment ?

— Il est mort hier.

— Désolée de l'apprendre… Alors votre chien a dû en avaler beaucoup en une seule fois. »

Harald reste assis, téléphone à la main.

« Est-ce qu'il pourrait s'agir de nicotine liquide pour cigarette électronique ? continue la vétérinaire. Une seule dose en contient l'équivalent d'au moins deux cigarettes ordinaires. Votre chien est peut-être tombé sur un paquet de doses. J'ai malheureusement déjà eu ce cas. »

Ça n'a plus d'importance, pense Harald. Ludde est mort. Amanda est morte.

Le silence s'installe pendant quelques secondes.

« Voulez-vous que nous procédions à l'autopsie de votre chien, pour savoir avec certitude de quoi il est mort ? propose la vétérinaire. Cela pourrait être bien, au moins pour l'assurance. »

La dépouille de Ludde est toujours au garage. Harald n'a pas pensé une seule fois à son chien ces dernières vingt-quatre heures.

Mais que vient-elle de dire sur l'éventuelle cause du décès ?

« Une intoxication à la nicotine, vous avez dit ? » demande-t-il.

Quelques secondes de silence.

« D'après les symptômes décrits par votre femme, ce serait ça, oui », répond Alina Nilsson.

Elle ne semble pas avoir compris qu'elle s'adresse au père de la jeune fille morte dont parlent tous les journaux. Sa voix n'a pas ces accents de compassion qu'ont tous ceux qui le contactent.

Harald s'efforce d'assimiler cette information qui le stupéfie.

« Comment c'est possible ? parvient-il à lâcher.

— En fait, ce n'est pas si rare.

— Mais nous ne fumons pas, proteste Harald. Personne dans la famille. Et on n'a pas de tabac à chiquer non plus, ni de cigarette électronique.

— Ah ? C'est curieux. Étant donné la rapidité de son décès, votre chien a dû ingurgiter une forte dose de nicotine d'un coup. Mâchonner quelques mégots dans la rue n'aurait pas suffi. »

Elle s'interrompt, il la sent préoccupée.

« Dans ce cas, il faut se demander si c'était bien un accident », finit-elle par lâcher.

Harald se souvient de l'état de Ludde quand il est rentré au matin : il gisait, inerte, avec une bave blanche autour du nez et des babines.

« Vous voulez dire que quelqu'un aurait intentionnellement empoisonné notre chien ?

— Je ne peux pas en être sûre, mais il est difficile d'exclure cette possibilité. »

Une fois la conversation terminée, Harald reste debout, le téléphone à la main. L'idée que Ludde ne serait pas mort de cause naturelle ne l'avait pas effleuré. Pour lui, c'était juste un maudit coup du sort que cela se produise le lendemain du jour où sa fille avait été retrouvée morte.

Et voilà qu'il semblerait que quelqu'un ait intentionnellement tué son chien. Cette pensée le laisse effaré.

Il ne peut s'empêcher de lorgner vers la fenêtre, comme si le meurtrier était en train d'épier la maison dans l'ombre. La nuit tombe, d'ici une demi-heure il fera noir.

Il va verrouiller la porte d'entrée, qu'ils ont pourtant l'habitude de toujours laisser ouverte en journée. Puis il s'effondre devant la table de la cuisine avec la même conclusion que tout à l'heure devant chez Mira.

Il n'y a qu'une seule personne qui puisse leur vouloir autant de mal.

74

Daniel rentre au commissariat avec un sentiment d'échec. Il est presque sept heures, les couloirs sont éteints, tous les autres sont rentrés chez eux. Il s'assoit derrière son bureau et allume sa lampe.

Il était si près de faire avouer Viktor. Et pourtant il n'a pas réussi à briser ce garçon. La prochaine fois, il faudra l'amener au commissariat pour un interrogatoire dans les règles. Mais alors, fini l'effet de surprise.

Le problème, c'est que les preuves sont insuffisantes. Il est conscient des carences de son raisonnement. Le scooter familial, le casier de Viktor, son alibi incomplet, ce ne sont que des indices. Pas assez pour l'arrêter. Il imagine déjà la voix du procureur Tobias Ahlqvist exigeant des preuves plus solides. Surtout avec un gamin aussi jeune : en dessous de vingt ans, c'est toujours délicat dès qu'il est question de privation de liberté.

Le fauteuil grince quand Daniel se cale au fond. Il joint les mains derrière la nuque et essaie de réfléchir.

Le premier commandement dans une enquête criminelle est de ne pas se fixer trop tôt. Ni sur une hypothèse ni sur un suspect. Il faut laisser toutes les portes ouvertes. Plus facile à dire qu'à faire quand tout pointe vers une personne donnée. Un jeune homme qui était en plus un proche de la victime. Mais si Viktor n'est pas coupable, qui alors ?

Ils sont en train de vérifier une série de points, les propriétaires de chalet dans la vallée d'Ullådalen, tous les scooters des neiges enregistrés dans la région, l'ADN de l'agresseur présent sous les ongles d'Amanda et d'éventuelles traces sur ses vêtements. Dans le meilleur des cas, des preuves scientifiques pourraient venir contredire irréfutablement la version de Viktor, au point de le conduire à craquer et à avouer. Mais ils n'en sont pas encore là.

Le ventre de Daniel gargouille. Il devrait rentrer, mais il a d'abord besoin de mettre de l'ordre dans ses idées.

Il se lève et gagne la kitchenette. Une banane tachetée gît dans un saladier. Au réfrigérateur, il trouve un pack de lait presque vide qui suffit à remplir un verre. Debout contre le plan de travail, il mange le fruit tout en buvant le lait.

Viktor a un tempérament sanguin. Aux yeux de Daniel, c'est un élément à charge – il en sait quelque chose. Lui-même n'a jamais su complètement contrôler son humeur. Quand son pouls s'emballe et que sa fureur monte, impossible de résister. Dans ces instants, il ne peut pas se maîtriser, il faut que sa colère trouve à s'épancher, quoi qu'il lui en coûte. Des mots rageurs lui échappent alors avec pour seul but de blesser. Les personnes qui lui sont les plus chères en font souvent les frais, ce dont sa mère n'a que trop souvent fait l'expérience. Daniel a encore honte de sa crise la veille de son bac. Il y avait un problème avec sa tenue, il ne se souvient même plus de quoi il s'agissait. Mais dans un accès de rage pure, il a fini par mettre en pièces sa casquette d'étudiant, sous les yeux effarés de Francesca. Le lendemain, il était le seul tête nue, après avoir passé la moitié de la nuit à tenter en vain de la rafistoler.

C'est peut-être pour ça qu'il soupçonne Viktor : même un gamin ordinaire peut entrer dans une fureur telle qu'il est capable de commettre l'impensable.

Daniel n'a pas de mal à imaginer Viktor en agresseur. Il en reconnaît chez lui tous les signes. Il ne lui a pas fallu longtemps pour le provoquer au point de lui faire perdre le contrôle. Et l'effet de l'alcool le soir de la fête n'a dû qu'aggraver les choses.

75

Lena est couchée dans la chambre, blottie sous le plaid rose. Il fait sombre et les rideaux sont tirés.

Ses larmes coulent sur l'oreiller. La taie a beau être froide et humide, elle s'en moque. Elle a la sensation de ne pas trouver sa place dans son propre corps. Tout lui fait mal, sa peau la pique et la tire, comme si le choc l'avait fait rétrécir. Ses muscles sont si contractés qu'elle tremble, incapable de se détendre.

Si seulement elle pouvait fuir pour toujours dans le sommeil, se réfugier à jamais dans une inconscience miséricordieuse.

Pourquoi Amanda devait-elle mourir ? Pourquoi n'a-t-elle pas pu elle-même mourir à sa place ? Amanda n'avait que dix-huit ans, elle avait toute la vie devant elle. C'est si injuste, si cruellement injuste… Lena se demande un instant où sont passés Harald et les jumeaux. Combien de temps s'est écoulé depuis qu'elle a monté l'escalier en titubant pour s'affaler dans le lit, elle ne saurait le dire. Le monde est devenu si noir.

Elle ne conçoit pas comment elle pourra revoir tous les membres de sa famille et ses amis. Beaucoup ont appelé alors qu'Amanda était encore portée disparue.

Ils voulaient en parler, partager leur inquiétude avec elle. À présent qu'il est trop tard, elle ne peut pas recevoir leur chagrin et leur sympathie. Il est impossible de partager la perte d'un enfant.

Elle est glacée, malgré le plaid en laine.

Harald est entré plusieurs fois dans la chambre pour lui dire de sortir, qu'il fallait qu'elle mange, se douche. Les jumeaux ont besoin d'elle. Lui aussi a besoin d'elle. Elle ne peut pas se couper d'eux ainsi.

Il ne comprend pas. Ce n'est pas qu'elle ne veut pas se montrer, elle ne sait juste pas comment faire. Elle ne se souvient plus comment faire bouger ce corps, faire former des phrases à cette bouche.

Amanda est morte.

Ludde est mort.

Comment se remettre à fonctionner après ça ?

76

Daniel bâille, il est tard et il a encore une fois raté le bain du soir d'Alice.

Il imagine son petit visage et la mauvaise conscience le saisit. Il chérit ces moments avec sa fille, l'amour immense qui remplit son cœur et prend le pas sur tout le reste.

Puis il pense au corps gelé d'Amanda, et sait pourquoi il s'est autant attardé au bureau. La mort de la jeune fille occupe sans cesse ses pensées, le chagrin dans les yeux de ses parents ne lui laisse aucun répit. Il a du mal à rentrer chez lui retrouver sa fille quand le père et la mère d'Amanda ne pourront plus jamais voir la leur.

Il se promet de redoubler d'attention à l'égard d'Ida et Alice dès que cette affaire sera élucidée. Peut-être faire à Ida la surprise d'un dîner romantique en tête à tête, s'il parvient à convaincre sa belle-mère de faire la baby-sitter pendant quelques heures ?

Au moment où il va déconnecter son ordinateur, son portable sonne. C'est Birgitta Grip. Il espère de bonnes nouvelles. Il en a bien besoin après son interrogatoire raté de Viktor.

Il n'a pas parlé à sa cheffe depuis sa visite à Hanna hier soir, juste envoyé à la hâte un mail résumant sa conversation positive avec son ex-collègue Astrid Ståhl.

« Lindskog, allô ? » se dépêche-t-il de répondre.

Grip n'est pas du genre à tourner autour du pot. Elle semble toujours légèrement essoufflée au téléphone, comme si elle était perpétuellement sur le départ.

« J'ai causé à la police de Stockholm et arrangé un détachement temporaire d'Hanna Ahlander chez nous, dit-elle. Ils nous la prêtent pour trois mois, pour commencer, sur notre budget. »

Grip a assuré. Daniel sent un grand sourire se dessiner sur son visage.

« Excellent ! dit-il. Je crois qu'Hanna sera une recrue parfaite pour notre groupe.

— J'ai vu ton mail de ce matin. En effet, on dit beaucoup de bien d'elle. Parfait. Occupe-toi d'appeler les RH avec toutes les infos pour qu'ils fassent la paperasse. »

Grip marque une petite pause.

« C'est sous ta responsabilité, ne l'oublie pas. »

Dès qu'ils ont raccroché, Daniel appelle Hanna.

« Ça a marché, dit-il. Je viens de recevoir le feu vert d'Östersund pour ton détachement chez nous pendant au moins trois mois. Les RH doivent juste encore régler les formalités.

— C'est vrai ? s'exclame Hanna. Je n'osais pas y croire !

— Il n'y a plus qu'à.

— C'est fantastique ! J'ai vraiment hâte ! »

Son enthousiasme est contagieux. Plus vite elle se joindra à eux, mieux ce sera, se dit Daniel. Ce n'est peut-être pas la fin du monde si toute la paperasse n'est pas encore ficelée.

« En fait, tu pourrais commencer dès demain, si tu voulais. Tu as sûrement ta carte électronique pour accéder au système et aux fichiers.

— Absolument, répond Hanna. Elle est là. À quelle heure ?

— Huit heures ça ira. Nous avons un point avec Östersund à sept heures et quart. Comme ça, je pourrai te présenter à l'équipe. »

Il devrait raccrocher, mais quelque chose le retient. Il a la tête farcie de pensées en désordre depuis sa rencontre avec Viktor. Et s'il profitait d'avoir Hanna au bout du fil pour lui faire part de ses impressions ?

« Est-ce que tu aurais le temps de discuter d'une question qui concerne l'enquête ? demande-t-il.

— Bien sûr. De quoi s'agit-il ? »

Daniel lui raconte ses deux rencontres avec Viktor, les témoignages de ses camarades de classe présents à la fête et la façon dont Viktor a clamé son innocence quand Daniel lui a mis la pression plus tôt dans la journée. Il a conscience d'avoir passé les limites pour obtenir des aveux. Il souhaite entendre l'avis d'Hanna. Seraient-ils en train de faire fausse route en considérant Viktor comme leur principal suspect ?

« Il y a beaucoup d'éléments contre lui, conclut-il. Est-ce qu'il n'aurait pas dû avouer, dans ce cas ?

— Mmh », marmonne Hanna.

Le silence se fait quelques secondes.

« Quelque chose me dérange, finit-elle par lâcher. Tu as bien dit qu'il avait beaucoup bu à cette soirée de veille de Sainte-Lucie ?

— Oui.

— Cet élément m'interpelle, justement. Il faut beaucoup de présence d'esprit à la fois pour étrangler quelqu'un jusqu'à la perte de connaissance et pour en gérer les conséquences. C'est-à-dire emmener Amanda inconsciente pour aller la cacher. »

Elle se tait à nouveau.

« Peut-on faire tout ça dans l'état d'ébriété où Viktor semble avoir été ? »

La question est purement rhétorique.

« Je suis d'accord, poursuit-elle, il a beaucoup d'éléments contre lui, mais il semble aussi qu'il était bien trop ivre pour être à ce point calculateur. »

Jusque-là Daniel ne voyait pas vraiment les choses sous cet angle. Il estimait au contraire que l'alcool devait avoir été un facteur déclenchant pour Viktor, combiné à un tempérament sanguin incontrôlable. Et voilà qu'Hanna suggère que la quantité d'alcool ingurgitée par le jeune homme ce soir-là peut paradoxalement constituer une sorte d'alibi : trop ivre pour être seulement capable d'agresser et d'enlever Amanda.

La capacité de raisonnement d'Hanna, sa façon d'examiner sous tous les angles toutes les situations impressionnent encore une fois Daniel.

« À mon avis, il fallait une certaine sobriété pour avoir le sang-froid suffisant, dit Hanna.

— Retour à la case départ, donc, dit Daniel.

— Il est trop tôt pour le dire. Je ne me fixerais juste pas trop sur Viktor avant d'avoir des preuves scientifiques. »

Elle se tait, lâche un petit bruit, comme si elle avait quelque chose sur le bout de la langue.

« Autre chose ? demande Daniel.

— Euh… et le prof principal d'Amanda ? Vous lui avez parlé ?

— Lasse Sandahl ? Oui, on l'a rencontré hier. Pourquoi ?

— J'ai pris un café avec une copine de la région cet après-midi… », commence Hanna.

Elle marque une petite pause, puis finit par se décider.

« Elle m'a parlé de ragots qui courent à son sujet, comme quoi il s'intéresserait… aux jeunes filles. Elle m'a même dit qu'il avait eu une liaison avec Amanda. Certes ce sont des rumeurs, mais j'ai l'impression qu'il faudrait y regarder de plus près », ajoute Hanna.

Daniel ne se rappelle pas que quoi que ce soit chez Sandahl ait attiré son attention. Mais cette information – ragots ou pas – mérite assurément d'être vérifiée.

« On verra ça demain », dit-il.

Il raccroche et sort le rapport de l'interrogatoire de Lasse Sandahl. Il le relit attentivement pour voir si quelque chose irait dans le sens de ce qu'Hanna lui a raconté.

L'alarme de sa boîte mail retentit soudain. Un message anonyme vient d'arriver.

Daniel parcourt le texte et siffle.

« Ça alors ! » lâche-t-il à mi-voix.

Harald Halvorssen aurait eu une aventure extraconjugale avec son assistante, Mira Bergfors. Et l'auteur du message prétend que son mari aurait pu vouloir se venger de lui.

MERCREDI 18 DÉCEMBRE

77

Le parking du commissariat est à peine à moitié plein quand Hanna y arrive à huit heures le mercredi matin, une boule au ventre. Tout est allé si vite, elle parvient à peine à croire qu'elle va à son nouveau travail. Qu'ici on veut vraiment d'elle.

Elle envoie une pensée reconnaissante à Lydia qui a habilement incité Manfred à lui faire une bonne recommandation et rendu possible ce détachement. Lydia l'a littéralement sauvée. Hier soir, ivre de joie, elle a envoyé un message à sa sœur pour lui raconter qu'elle avait trouvé un nouveau poste.

Astrid Ståhl aussi a été là pour elle, se souvient Hanna. Il y a bien des gens pour qui elle compte, il faut qu'elle s'en souvienne quand elle va mal.

Daniel l'attend déjà à l'accueil. Son sourire chaleureux la détend. Il passe son badge dans le lecteur de la porte et la guide vers les mêmes locaux que lundi dernier.

« Tu t'installeras ici », lui dit-il en la conduisant jusqu'à un bureau tout au bout du couloir, où l'attend déjà son passe.

La pièce est petite, mais la vue sur le lac met aussitôt Hanna de bonne humeur. Cette fois, pas de faux pas, se promet-elle. Pas question que la catastrophe de Stockholm se reproduise, elle va faire profil bas, écouter et se fondre dans le groupe.

Daniel la présente à un nouveau collègue, Rafael.

« Appelle-moi Raffe, dit le gars à la barbe sombre, avec un sympathique sourire en coin. C'est cool que tu puisses commencer aussi vite.

— Suis-moi », dit Daniel.

Il se dirige vers la salle de réunion où sont affichées les photos d'Amanda.

« Salut ! fait une voix dans son dos. Bienvenue ! »

Hanna se retourne et découvre Anton.

« Merci, répond-elle. C'est vraiment chouette d'être ici.

— C'est aussi notre avis. »

Il lui adresse un clin d'œil.

« Mais je te préviens, maintenant c'est trop tard pour faire marche arrière. »

Tous les quatre s'installent dans la salle de réunion. Daniel explique à Hanna qu'ils viennent de faire le point avec Östersund par visioconférence, juste avant son arrivée.

Il lui adresse un sourire en coin.

« On fonctionne un peu différemment, ici, dans la cambrousse. Les distances sont plus longues, beaucoup de choses se font par vidéo. Tout le monde est dispersé, les visites à domicile prennent plus de temps. »

Dès que la discussion commence, elle se sent en terrain familier. Hanna a souvent participé à des réunions sur des enquêtes en cours.

Elle remarque que c'est Daniel qui donne le ton, que les autres l'écoutent attentivement. Il passe en revue les dernières informations. Ils attendent toujours de pouvoir entrer dans l'ordinateur d'Amanda, actuellement entre les mains des experts informatiques. Des propriétaires de la vallée d'Ullådalen ont été contactés, mais il en reste beaucoup à voir et pour le moment cela n'a rien donné. Les vêtements d'Amanda ont été envoyés au labo central de la police scientifique pour être analysés. Hanna n'est pas étonnée qu'il faille des semaines pour avoir une réponse de leur part : rien à faire, leurs délais sont notoirement longs.

Daniel change de sujet :

« Hanna m'a dit qu'une rumeur circule en ville, selon laquelle Amanda avait une liaison avec son prof principal, Lasse Sandahl, que nous avons rencontré avant-hier. »

Anton se frotte le menton.

« Il faut vérifier ça, dit-il. Beau boulot, Hanna. »

Elle est gênée par ce compliment. C'est à sa sœur qu'il devrait revenir. Mais elle est contente que les autres la prennent au sérieux.

« À propos de liaison, reprend Daniel, nous avons reçu hier soir autre chose d'intéressant. Un tuyau anonyme nous suggérant de nous intéresser à l'assistante d'Harald Halvorssen, Mira Bergfors. Ou plus précisément à son mari, Fredrik. Il semble que Mira et Halvorssen aient eu une liaison. »

Daniel rassemble ses papiers.

« Je comptais aller échanger quelques mots avec M. Bergfors, dit-il en regardant Hanna. Tu veux m'accompagner ? Nous pourrions aussi rendre visite au prof principal. »

Hanna adresse un regard hésitant à Anton. Si ces deux-là ont l'habitude de travailler ensemble, elle ne veut pas s'imposer. Mais Anton n'a pas l'air du tout contrarié.

« Parfait, dit-il. Raffe et moi, on va continuer à vérifier les propriétaires de chalet dans Ullådalen. »

Hanna prend son blouson et suit Daniel vers le garage des voitures de service. Elle trépigne d'impatience, mais se promet de faire profil bas pendant les interrogatoires. Cette fois, elle ne va marcher sur les plates-bandes de personne.

78

Faudrait-il appeler la police pour leur parler de Ludde ? Harald est à la cuisine, dans le noir, les coudes appuyés sur la table. Encore une heure avant le lever du soleil. Il s'est levé beaucoup trop tôt après une nuit passée à se tourner et se retourner dans tous les sens. Il n'a dormi que par intermittence, sans cesse réveillé au bord des larmes, le deuil d'Amanda comme une pierre sur sa poitrine.

L'hypothèse de l'empoisonnement de Ludde le travaille depuis sa conversation avec la vétérinaire. Mais que pourrait faire la police ? Ils ont demandé si Harald avait des ennemis, s'il connaissait quelqu'un qui aurait une dent contre lui ou sa famille. À présent, plus il y pense, plus il se dit que ce quelqu'un pourrait bien être Fredrik Bergfors.

Harald se rappelle ce que lui a dit Mira hier. Qu'elle était persuadée que son mari était au courant de leur liaison. Il a clairement perçu la peur dans sa voix.

Fredrik aurait-il été capable de tuer Amanda et d'empoisonner leur chien… juste pour le punir lui ?

Harald fait quelques tours dans la cuisine. Les miettes laissées par les enfants crissent sous ses pas.

Il n'a personne à qui parler. Lena se cache dans son lit, elle s'est à peine montrée depuis plusieurs jours. Il a dormi cette nuit dans la chambre d'amis, il n'avait pas le courage d'entrer dans leur chambre, où l'air renfermé suinte de désespoir.

Les feuilles rouges de l'étoile de Noël fanent sur le rebord de la fenêtre, tant pis. Harald se penche audessus de l'évier et essaie de réfléchir, le front appuyé contre la surface fraîche du placard.

Fredrik est fort et athlétique. Si Harald se souvient bien, c'est un ancien chasseur alpin. Cela signifie qu'il a reçu la formation d'un soldat d'élite, entraîné pour les actions violentes.

Harald sort un verre, le remplit d'eau glacée du robinet et boit lentement. Mira lui a dit aussi que Fredrik aimait sa famille par-dessus tout, qu'il ferait n'importe quoi pour elle. Même tuer par vengeance ?

Harald ne veut pas le croire, mais le fait est qu'en quelques jours Amanda a été assassinée et Ludde empoisonné. Il faut une sacrée fureur pour commettre ce genre d'actes.

Il a beau tourner et retourner les hypothèses dans tous les sens, il ne voit que Fredrik pour lui vouloir du mal à ce point.

La confiance qu'Harald a nourrie toute sa vie à l'égard de ses semblables est un champ de ruines. Il sait bien que des gens se rendent coupables d'actes atroces. Il n'aurait jamais imaginé en faire lui-même l'expérience.

79

Juste avant neuf heures, Hanna et Daniel arrivent à Sadeln, où Fredrik Bergfors se trouve sur l'un de ses chantiers.

Le ciel rougit à l'est quand ils se garent devant la bâtisse en travaux au lieu-dit Björnhyllan. La situation est une des meilleures, avec une vue dégagée sur le lac, à deux pas de la piste facile de l'Hermine, un accès direct au domaine skiable.

Des camions s'alignent dans la rue. En entrant, Hanna et Daniel découvrent qu'une activité fébrile règne dans la maison. Une armée d'ouvriers sortent des planches et jettent des gravats dans un grand container.

Fredrik Bergfors est devant les portes du balcon, en train de discuter en anglais avec un gars qui doit être le contremaître. Il fronce ses sourcils clairs quand il voit Daniel brandir sa carte de police.

« Nous avons quelques questions à vous poser, dit Daniel. Y a-t-il un endroit où parler sans être dérangés ? »

Bergfors indique une des chambres, où sont placées une petite table en plastique et quatre chaises.

« Nous pouvons nous installer là, dit-il.

— C'est le coup de feu ? » remarque Daniel en regardant l'activité alentour.

Bergfors hoche la tête sans se fendre d'un sourire.

« La commune vient demain pour l'inspection finale. Tout le monde veut être prêt pour Noël. C'est toujours comme ça en décembre. »

La pièce dans laquelle ils entrent est probablement la chambre principale. On aperçoit par l'embrasure d'une porte une luxueuse salle de bain, à la manière d'une suite.

Hanna se demande comment Daniel compte attaquer. Elle sait comment elle s'y prendrait, mais mieux vaut le laisser faire ; sinon elle aurait l'air de vouloir se pousser du collier dès son premier jour.

« Nous avons quelques questions à vous poser concernant le meurtre d'Amanda Halvorssen, commence Daniel.

— Ah bon ? fait Fredrik sur un ton impassible.

— Vous connaissez bien la famille Halvorssen ?

— Ma femme travaille avec Harald, elle est son assistante. Mais je ne peux pas prétendre connaître cette famille.

— Depuis combien de temps travaille-t-elle auprès de lui ?

— Environ trois ans.

— Diriez-vous qu'ils s'entendent bien ?

— Je suppose. »

Daniel hoche la tête, note dans son carnet.

« Pourriez-vous nous dire où vous vous trouviez dans la nuit du 12 au 13 décembre ?

— J'étais chez moi, en train de dormir.

— Y a-t-il quelqu'un pour l'attester ?

— Ma femme Mira. Elle était à côté de moi.

— Quand êtes-vous allé vous coucher ? »

Bergfors semble sur ses gardes.

« Assez tard, je pense. Il y a beaucoup à faire en cette saison. »

Il a un geste en direction du reste de la maison. Une voix d'homme lance une phrase en polonais, puis un choc sourd retentit.

« À quelle heure ? » demande Hanna.

Elle n'a pas pu s'empêcher d'intervenir, malgré sa résolution de laisser Daniel mener l'interrogatoire.

Un haussement d'épaules en guise de réponse.

« Je ne me rappelle pas bien.

— Avant ou après minuit ?

— Peut-être vers minuit.

— Votre femme était-elle encore éveillée quand vous êtes allé vous coucher ?

— Non, elle dormait.

— Comment peut-elle alors attester l'heure de votre coucher ? » assène Hanna.

Fredrik Bergfors recule un peu sa chaise, dont les pieds raclent bruyamment le sol. Il est si imposant qu'il a à peine assez de place sur la chaise pliante en plastique blanc.

« De quoi s'agit-il ? demande-t-il en sortant une cigarette électronique qu'il se fourre dans la bouche. Je n'ai rien à dire au sujet d'Harald. À part que c'est le chef de ma femme. »

Son ton glacial en dit long.

« Nous avons entendu dire qu'il est davantage que cela », reprend Daniel.

Son calme est presque une provocation.

« Que voulez-vous dire ?

— Une source affirme que votre femme a une liaison avec Harald. »

Daniel va droit au but, remarque Hanna. Il n'a pas l'air du genre à s'inquiéter de prendre des gants. Elle reconnaît cette tactique. Parfois, c'est bien de frapper fort dès le début. Secouée d'emblée, la personne interrogée peut baisser la garde. Prise de court, elle a plus de mal à mentir.

Bergfors répond, les mâchoires serrées :

« Je ne suis pas au courant.

— Non ? »

Le silence se prolonge. Daniel paraît toujours aussi calme.

« Si votre femme avait effectivement une liaison avec Harald Halvorssen, je suppose que vous ne le porteriez pas spécialement dans votre cœur… »

Pas de réponse.

« Il est facile de perdre son calme, dans ces situations-là…, ajoute Daniel. De commencer à nourrir des idées de vengeance… »

Hanna se penche.

« D'où vient cette griffure sur votre menton ? » demande-t-elle.

Bergfors porte la main à la blessure.

« J'ai joué avec ma fille l'autre soir, et elle m'a griffé accidentellement.

— Une fillette de trois ans peut-elle griffer aussi fort ? » s'étonne Daniel.

Le commentaire est parfaitement synchrone, comme si Hanna et lui avaient répété leurs répliques à l'avance.

Bergfors hausse à nouveau les épaules. Son corps est tendu par l'irritation.

« Avez-vous utilisé votre scooter au cours du week-end ? » demande Daniel.

Dans la voiture, il a informé Hanna que selon le registre d'immatriculation des deux-roues, l'entrepreneur est propriétaire d'un scooter de marque Ski-Doo.

« Dans la nuit de samedi à dimanche, par exemple ? » ajoute-t-il.

Bergfors se lève d'un bond, renversant sa chaise.

« Je ne sais pas pourquoi vous êtes ici, mais je n'ai pas davantage de temps à vous consacrer.

— Si vous voulez venir avec nous continuer cette conversation au commissariat, vous êtes le bienvenu, dit Daniel.

— Alors il faudra me convoquer avec mon avocat », répond Bergfors.

Hanna cherche le regard de Daniel tandis que l'homme sort de la pièce d'un pas irrité.

Il leur manque encore beaucoup de réponses. Ils n'en ont pas fini avec Fredrik Bergfors.

80

C'est la récréation quand Hanna pousse la porte du lycée de Järpen pour voir le professeur principal d'Amanda, Lasse Sandahl. Daniel arrive juste derrière elle, portable à l'oreille.

Hanna repense à leur entrevue avec Fredrik Bergfors. Sa forte antipathie à l'encontre d'Harald ne faisait aucun doute. Si cette histoire de liaison entre la femme de Fredrik et Harald est vraie, il a un mobile puissant. D'un autre côté, il n'y a pas grand-chose d'autre qui le relie au meurtre d'Amanda, même s'il possède un scooter des neiges et un SUV du modèle qu'un témoin pense avoir vu sur le parking où la jeune fille a disparu. Il leur faudra davantage d'éléments avant de l'interroger de nouveau.

Hanna regarde autour d'elle dans l'entrée. Une foule d'ados grouille dans les couloirs. Les cliques n'ont pas l'air d'avoir beaucoup changé depuis sa scolarité. Autour d'une table se rassemble la bande des populaires, avec les mecs cool et les jolies filles soigneusement maquillées. Un peu plus loin, les nerds, reconnaissables à leurs vêtements et à leurs lunettes. Dans un coin, une fille solitaire, le nez dans un livre. Vêtue de noir, elle manifeste clairement qu'elle veut

qu'on la laisse tranquille. Le même genre qu'Hanna jeune.

Un surveillant installe les deux policiers dans une salle de classe vide pendant qu'on va chercher Lasse Sandahl. La pièce dégage une impression sinistre. Des lambris gris montent à mi-hauteur des cloisons, les chaises sont grises. Même le sol est gris.

Hanna va à une fenêtre regarder la cour couverte de neige. On dirait plutôt un parking, beaucoup de voitures et peu de verdure.

C'est aussi triste dehors que dedans.

Lasse Sandahl arrive au bout de quelques minutes. Il est large d'épaules mais a un début de bedaine. Typique des gens qui ont fait beaucoup de sport dans leur jeunesse puis se sont un peu trop reposés sur leurs acquis.

Daniel présente Hanna et ils s'installent autour d'une table de classe rectangulaire.

« Merci de prendre le temps de nous parler, dit Daniel. Nous avons quelques questions supplémentaires au sujet d'Amanda. »

Sandahl hoche la tête. Hanna l'observe attentivement. Il a l'air sympathique, semble être quelqu'un qui communique facilement avec les élèves et les parents. Daniel lui a dit que la mère d'Amanda le trouvait agréable.

Font-ils fausse route avec leurs soupçons ? Ils ne reposent que sur de simples ragots après tout, mais il faut vérifier.

En se rendant au lycée, ils ont discuté stratégie et Daniel a proposé que ce soit Hanna qui mène l'interrogatoire. Elle est soulagée qu'il l'ait complimentée pour ses interventions lors de l'interrogatoire de Bergfors, ses relances pointues quand les réponses initiales ne suffisaient pas.

« Pouvez-vous nous en dire davantage sur votre relation avec Amanda ? » commence-t-elle.

Lasse Sandahl hoche la tête. Il donne l'impression de quelqu'un qui veut qu'on l'apprécie.

« Nous avions de bons rapports, directs. J'espère qu'elle était aussi de cet avis.

— De quoi avez-vous parlé quand vous l'avez vue pour la dernière fois ?

— Nous avions un entretien de motivation la semaine dernière, quelques jours avant sa disparition. Nous avons passé en revue ses différentes matières, regardé où elle en était en termes de notes. La routine. »

Il hausse les épaules.

« Est-ce que quelque chose sortait de l'ordinaire ? demande Daniel.

— Pas vraiment. Rien dont je me souvienne en particulier.

— Est-ce qu'Amanda semblait préoccupée ? » demande Hanna.

Sandahl se gratte le cou jusqu'à se faire rougir la peau.

« En fait, elle semblait un peu déconcentrée ces dernières semaines, admet-il.

— Et ses absences ? demande Hanna. Rien de particulier de ce côté-là ?

— Maintenant que vous en parlez… Effectivement, nous avons discuté du fait qu'elle avait été absente plus souvent que d'habitude. Elle m'a assuré qu'elle allait y remédier.

— Vous a-t-elle expliqué à quoi cela était dû ? »

Sandahl rabat une manche de son pull gris à col en V qui peluche aux coudes.

« Une histoire avec son boulot, si je me souviens bien.

— Son boulot ? » relève Daniel.

Hanna comprend qu'il ignorait jusque-là cet élément.

« Quel travail faisait-elle ? demande-t-elle.

— Je ne sais pas. Nous n'en avons pas parlé. »

Sandahl se gratte la tempe. Ses cheveux blonds sont soigneusement peignés pour masquer une calvitie naissante.

« Ça ne fait même pas une semaine que nous nous sommes vus, dit-il d'une voix serrée. C'était mardi dernier. »

Il leur adresse un sourire triste qui s'accroche à la commissure de ses lèvres.

« Qu'en est-il de votre situation familiale ? » demande Hanna, changeant de sujet à brûle-pourpoint.

Lasse Sandahl fronce le front d'un air perplexe.

« Comment ça ? dit-il.

— Nous avons besoin de quelques informations d'ordre général, le rassure Hanna d'un sourire. Êtes-vous marié, ou en couple ?

— Ni l'un ni l'autre.

— Vous avez peut-être une petite amie ?

— Pas en ce moment.

— Mais vous sortez quand même, non ?

— Euh, oui. Ça m'arrive. »

Lasse Sandahl murmure ses réponses, pas sûr de comprendre où ces questions veulent en venir.

« Quel âge avait votre dernière petite amie ?

— Pardon ? »

Hanna s'efforce de conserver un ton neutre :

« Nous avons entendu dire que vous aimiez les jeunes filles. Les lycéennes même. »

Sandahl se tripote le lobe d'une oreille.

« Jamais je ne…, commence-t-il.

— Jamais quoi ? Jamais avec une élève ? »

Son regard fuyant est éloquent : il a tenté quelque chose avec Amanda, conclut Hanna. Il n'est peut-être pas allé jusqu'au bout, mais assez loin pour être embarrassé.

Maudits hommes qui profitent de leur position d'autorité pour s'en prendre aux jeunes femmes ! peste-t-elle. Ils sont partout.

« Vous lui avez sauté dessus ? lance-t-elle d'un ton volontairement plus dur. Vous avez abusé d'elle ?

— Quoi ? Non, absolument pas !

— Si vous nous mentez, nous le saurons, le prévient Daniel.

— Je le jure, je ne lui ai rien fait. Je n'ai rien à voir avec sa mort. »

Lasse Sandahl s'humecte les lèvres.

« Vous avez essayé de la tripoter ? » insiste Hanna.

Daniel approuve la tactique de sa collègue : Sandahl doit être mis au pied du mur.

« Ça ne s'est pas passé comme ça. »

Il baisse les yeux vers le sol.

« Vous salissez tout. »

Ben voyons, pense Hanna.

« Je vous donne une chance de nous dire ce qui s'est passé entre vous, assène-t-elle. Une seule. »

Sandahl fixe un point sur le mur.

« Je n'ai pas couché avec elle. »

Hanna attend la suite.

« Je voulais juste être un soutien, murmure-t-il. Au cas où elle aurait besoin d'un adulte vers qui se tourner.

— Vous avez essayé de l'embrasser ?

— Oui. »

Sa voix est si faible qu'on l'entend à peine.

« Quand ? » relance Daniel.

Sa question claque comme un coup de fouet.

« À la fête de la Walpurgis, l'an dernier. J'avais beaucoup trop bu. »

Comme si c'était une excuse.

« Comment a réagi Amanda ? demande Hanna.

— Elle a refusé et elle a filé. C'est tout, je le jure. Je l'ai tout de suite regretté. »

Hanna le cloue du regard.

« Où vous trouviez-vous dans la nuit du 12 au 13 décembre, quand Amanda a disparu ?

— Chez moi.

— Quelqu'un peut-il l'attester ?

— Non. Je vis seul, je vous l'ai déjà dit.

— Avez-vous une voiture ? demande Daniel.

— Oui.

— Quelle marque ?

— Volvo.

— La couleur ?

— Bleu foncé. »

Daniel hoche la tête ostensiblement, pour que Sandahl perçoive ce que cela sous-entend.

Il a l'air sur le point d'éclater en sanglots.

« Je n'ai pas fait de mal à Amanda », murmure-t-il.

81

Tant qu'elle reste dans la chambre plongée dans le noir, Lena a l'impression d'être dans un cocon où personne ne peut l'atteindre. Elle ne veut pas bouger, ne plus jamais se lever, mais un besoin naturel finit par la forcer à quitter le lit.

Elle se glisse comme une ombre dans la salle de bain, s'assoit sur la cuvette des toilettes. Une odeur âcre de sueur séchée lui monte aux narines. Elle sait qu'il faudrait qu'elle se douche et se lave les cheveux, mais ça attendra. Elle n'en a pas la force.

Le bruit de la télévision au séjour et la voix assourdie des jumeaux traversent la porte de la salle de bain. En provenance d'un autre monde, qui ne la concerne plus. En revanche elle n'entend pas Harald. Il doit avoir dormi dans la chambre d'amis cette nuit encore, car elle ne l'a pas vu depuis hier soir. Mais quelle importance ?

Au fond d'elle-même, elle sait que Mimi et Kalle ont besoin d'elle, qu'elle doit se ressaisir, mais comment ? Où trouver l'énergie de continuer à être leur maman ?

Ce qu'elle pensait aller de soi, ce qui constituait son existence depuis tant d'années n'existe plus. Le quotidien avec une grande famille, les chamailleries perpétuelles entre gamins, les copains qui débarquent, les lessives, la cuisine et les navettes à faire… tout ça est fini.

Elle s'est toujours considérée comme une personne débrouillarde, capable de faire face à toutes les situations. Aujourd'hui que la vie la met à l'épreuve, elle se rend compte que c'était une illusion. Elle est fragile et faible, bonne à rien.

Lena se balance en silence d'avant en arrière sur le siège des toilettes. Tout ce qui subsiste d'elle est une coquille vide, un fantôme dévoré de chagrin.

Au bout d'un moment, elle se passe la langue sur les dents, sent le tartre et saisit une brosse à dents. Puis laisse retomber sa main. Pourquoi se brosser les dents quand la vie n'a plus aucun sens ?

Les rires des jumeaux lui parviennent du séjour. Ils sont jeunes, ils vont surmonter leur peine. Ils vont se bâtir une vie nouvelle, où le souvenir d'Amanda s'estompera à mesure qu'ils grandiront.

Lena, elle, sait qu'elle ne sera plus jamais entière.

Elle essaie de se relever, et doit prendre appui sur le lavabo pour ne pas trébucher. Puis elle se faufile jusqu'à la chambre et ferme la porte pour ne plus entendre les enfants en bas.

82

En revenant à Åre, Daniel et Hanna s'arrêtent à Hållandsgården pour déjeuner. Il est content qu'elle ait intégré leur équipe : l'interrogatoire de Sandahl a déjà montré combien elle était expérimentée. Ils vont bien travailler ensemble.

Pendant qu'ils se servent de boulettes de viande servies avec de la confiture d'airelles, de la sauce brune et de la purée, Daniel raconte ce qu'il sait de ce lieu : un centre chrétien situé sur le chemin du pèlerinage de saint Olof, le long des rapides de l'Indalsälven ; sainte Brigitte y serait passée au XIVe siècle.

Tout en débitant ces informations touristiques, Daniel sent la tension des dernières heures retomber.

« Bel endroit, dit Hanna en hochant la tête. Tout le monde peut parfois avoir besoin d'un lieu de retraite spirituelle. »

Ils vont s'installer avec leurs plateaux à une table près d'une fenêtre. Ils parlent sporadiquement en mangeant. Ce n'est qu'au café que la conversation revient sur l'enquête en cours.

« Il faudrait faire faire un prélèvement ADN sur Bergfors et Sandahl, dit Hanna, pour comparer aux restes de peau retrouvés sous les ongles d'Amanda.

— Tu crois que Bergfors acceptera de son plein gré ? »

Hanna a un geste d'ignorance. Elle a un langage corporel très vivant, Daniel l'a déjà remarqué. Sa touffe de cheveux châtains bouge quand elle parle.

« Probablement pas, concède-t-elle.

— En tout cas, il a un mobile solide, constate Daniel. Il l'a très mal pris quand nous avons abordé l'aventure de sa femme.

— Sandahl aussi pourrait avoir un mobile, fait remarquer Hanna. Amanda l'a peut-être menacé de le dénoncer à la direction du lycée ?

— Plus de six mois après cette soirée où il a essayé de l'embrasser ?

— C'est Sandahl qui affirme que ça a été la seule fois. Mais il a pu se passer quelque chose lors de l'entretien de motivation. Et s'il avait tenté une nouvelle approche ? Elle avait peut-être l'intention d'en parler à la proviseure ou à ses parents ? »

Hanna fait tourner sa tasse de café.

« Sandahl était sûrement au courant qu'Ebba faisait une fête jeudi dernier, puisque toute la classe était invitée, reprend-elle. Il a peut-être fait le guet dehors, en attendant d'avoir une occasion de s'expliquer avec Amanda et la dissuader de tout raconter.

— Tu veux dire qu'il serait resté dehors toute la soirée en espérant la voir sortir seule ? »

Daniel trouve ça tiré par les cheveux.

Le témoin qui s'est manifesté a seulement vu une voiture sombre s'arrêter sur l'aire de stationnement où l'écharpe d'Amanda a été retrouvée. On pense qu'elle y est montée de son plein gré, probablement parce qu'elle connaissait le conducteur. On ne peut pas exclure que ç'ait été son professeur qui se trouvait au volant ce soir-là. Ou bien Fredrik Bergfors.

« Tu trouves que Sandahl cadre avec le portrait type d'un meurtrier ? demande Daniel.

— Parce qu'on sait à quoi ça ressemble, un meurtrier ? rétorque Hanna.

— En tout cas, j'aimerais bien fouiller les voitures de Bergfors et Sandahl pour vérifier s'il y a de l'ADN d'Amanda. »

Daniel sait déjà que Tobias Ahlquist ne l'y autorisera jamais sans preuves plus tangibles. Il semblait déjà sceptique lors du dernier point en visioconférence.

Un bus de tourisme s'arrête pour déposer une vingtaine de visiteurs. Ils disparaissent en direction de l'ancienne église en bois, située juste à côté.

« Il faut qu'on interroge Mira Bergfors et Harald Halvorssen », dit Hanna.

Elle repose sa tasse sur son plateau.

« Et si on allait voir Harald en rentrant ? Je suis curieuse de savoir ce qu'il a à dire au sujet de Fredrik Bergfors. »

83

En arrivant chez les Halvorssen, Hanna et Daniel trouvent toutes les fenêtres éteintes sauf une. Au moment de sonner à la porte, Hanna sent presque le lourd couvercle de chagrin qui écrase la maison.

Harald vient ouvrir.

« Ah, c'est vous », dit-il à Daniel en s'agrippant au chambranle.

Impossible de dissimuler l'odeur d'alcool de son haleine. Il n'est pourtant que deux heures de l'après-midi.

« Pouvons-nous entrer ? » demande Daniel.

Il présente Hanna comme sa nouvelle collègue, avant de la mettre en garde :

« Ils ont un chien. Tu n'es pas allergique, au moins ?

— Ludde est mort », lâche Harald.

Sa voix se brise. Les yeux luisants, il ajoute :

« Il est mort avant-hier. »

Hanna lui touche le bras.

« Je suis désolée. »

Harald semble sur le point de dire quelque chose, avant de se raviser.

Ils s'installent à la cuisine, où s'entassent miettes et vaisselle sale.

« Les enfants sont à l'école ? » demande Hanna.

Harald secoue la tête.

« Ma mère les garde quelques heures. Nous les dispensons d'école cette semaine. »

Hanna se penche en avant. Elle a réfléchi à ce que le prof principal leur a dit au sujet du petit boulot d'Amanda. Il n'en était pas fait mention dans l'enquête, et Daniel non plus n'était pas au courant. En outre, cela lui semble une meilleure entrée en matière que la liaison d'Harald avec Mira Bergfors.

« À propos du petit job que faisait Amanda, commence-t-elle, où est-ce ? Nous aurions besoin de parler à son chef. »

Harald semble étonné.

« Elle n'avait pas de job, dit-il. Nous ne voulions pas qu'elle en ait un pendant l'année scolaire. Il valait mieux qu'elle se concentre sur ses études. »

Il s'essuie le nez du revers de la main.

« Elle pouvait disposer de sa bourse à sa guise. Nous considérions que c'était suffisant, avec ce qu'elle gagnait l'été au kiosque à glaces. »

Hanna ne comprend pas. Lasse Sandahl leur a bien dit qu'Amanda mettait son manque de concentration et ses absences sur le compte de son petit boulot. Et voilà que son père leur affirme qu'elle n'en avait pas. Que faut-il croire ? Sa mère en sait peut-être plus ?

« Lena est-elle là ? » demande Daniel, comme sur commande.

Harald désigne l'étage.

« Elle ne va pas très bien… Elle se repose.

— Je vois », dit Hanna en regardant Daniel.

D'un accord tacite, ils en viennent à la raison première de leur visite.

« C'est aussi bien que nous abordions la question suivante seuls avec vous », dit Daniel.

Harald reste apathique face à eux.

« Nous avons reçu une information anonyme qui vous concerne, vous et votre assistante, poursuit Daniel.

— Mira ? »

Harald semble soudain sur ses gardes.

« Cette source affirme que vous entretenez une liaison. »

Hanna trouve Daniel beaucoup plus aimable qu'avec Sandahl ou Bergfors. Cette fois, il ne cherche pas la confrontation.

Harald cligne plusieurs fois des yeux.

« Nous nous demandons si son mari pourrait l'avoir appris, reprend Daniel. Quand nous nous sommes parlé l'autre jour, vous disiez ne pas avoir d'ennemis. Si cette information est exacte, cela change la donne. »

Harald appuie son front dans ses mains.

« C'est vrai, dit-il d'une voix brisée. Mais c'est fini depuis un moment. Lena n'est pas au courant. Vous ne devez pas lui en parler, elle ne le supporterait pas en ce moment. »

Hanna décide de lui faire part sans plus attendre de leur hypothèse :

« Est-ce que Fredrik Bergfors aurait pu vouloir se venger ? En s'en prenant à votre famille ? »

Harald pâlit.

« Vous savez, j'y ai pensé. J'ai appris hier de la vétérinaire que notre chien était mort d'une intoxication à la nicotine. Il semble que Ludde ait été intentionnellement empoisonné.

— Vous soupçonnez Fredrik ? demande Daniel.

— Je ne sais pas, murmure Harald. Qui d'autre sinon ? »

Hanna cherche en vain son regard.

Harald joint les deux mains sur ses genoux.

« Faites quelque chose, supplie-t-il. Qu'il ne s'en tire pas comme ça. »

84

En rentrant chez elle, Hanna est encore sous l'emprise de toutes les impressions de la journée. Elle est avant tout soulagée. Il lui semble que ça s'est bien passé, Daniel avait l'air satisfait de ses interventions. La boule qui lui serrait la gorge a disparu, pour la première fois depuis bien longtemps.

Elle est en voiture quand son téléphone sonne. C'est Lydia.

« Félicitations pour ton nouveau travail ! s'exclame-t-elle. C'est super. Tu en avais bien besoin, après tout ce qui t'est arrivé. »

Hanna lui raconte sa première journée avec son nouveau chef, Daniel Lindskog, qui s'est démené pour obtenir son détachement temporaire. Leur première rencontre lundi dernier, où Anton avait lancé l'idée qu'elle travaille à Åre.

« Ça s'est passé si vite, termine-t-elle, la voix pleine d'une joie pétillante. C'est génial ! »

Lydia se racle alors la gorge.

« Écoute, fait-elle avec une gravité soudaine dans la voix, il faut que je te dise une chose. J'ai parlé de l'appartement avec Christian, du fait qu'il ne peut pas se l'approprier comme ça, sans autre forme de procès. »

Le ventre d'Hanna se noue. Elle ne veut pas penser à Christian. Pas aujourd'hui où tout se passe si bien.

« Il est drôlement furieux, tu sais ? »

Hanna aussi est drôlement furieuse. Mais inutile de le souligner.

« Oui, se contente-t-elle de répondre.

— Il dit que tu as intentionnellement bousillé ses costumes et ses chaussures, il y en a pour des milliers de couronnes. »

Hanna se mord la joue. Cela ne fait qu'une semaine, elle a l'impression que tout ça appartient à une autre vie.

Quoi qu'il en soit elle aurait aimé que sa sœur ne l'apprenne jamais.

« C'est vrai ? demande Lydia.

— Quoi ?

— Ne fais pas l'idiote. Tu as mis en charpie les costumes italiens de Christian ?

— Peut-être bien. »

Avec le recul, il lui semble incompréhensible qu'elle ait effectivement fait une chose pareille. Hanna n'aurait jamais cru ça d'elle. Et pourtant elle ne regrette rien, même si elle sait que c'était un acte insensé et stupide.

« Il m'a dit que tu avais aspergé ses chaussures de moutarde et de ketchup. Apparemment, elles sont complètement fichues. C'est vrai aussi ?

— Oui, murmure Hanna.

— Enfin, sérieusement, qu'est-ce qui t'a pris ?

— Je ne sais pas… J'étais en colère et désespérée. »

Sa rage se ravive en y songeant. Cette façon dont Christian a rompu, comme ça…

« Bref, il a l'intention de porter plainte contre toi.

— Hein ? »

Hanna n'en croit pas ses oreilles. Christian l'a trahie et trompée. Compte-t-il à présent la traîner devant la justice ? Qu'est-ce que c'est que ce type ?

« J'ai tenté de le raisonner, continue Lydia. Apparemment, il a déjà pris contact avec un avocat. Ils veulent porter plainte pour vandalisme, tu risques une amende ou la prison.

— Je connais la sanction pour vandalisme », grommelle Hanna.

Maudit Christian.

« Qu'est-ce que tu envisages de faire ?

— Rien. »

Lydia pousse un grand soupir à son oreille. D'un coup, elle ressemble exactement à leur mère.

« Pour moi, ta seule option est de l'appeler pour lui présenter tes plus plates excuses. Pour qu'il change d'avis. »

Hanna ne peut pas s'humilier ainsi. Elle a la chair de poule rien que d'y penser. Elle ne veut plus jamais revoir Christian, et encore moins lui parler. Alors lui demander pardon, c'est carrément hors de question.

« Impossible, lâche-t-elle, les lèvres pincées.

— Je connais son avocat, dit Lydia. Expérimenté et tranchant en audience. Tu ne feras pas le poids contre lui. »

Elle a l'air lasse. Hanna ne peut pas la blâmer. Qui n'en aurait pas assez de passer son temps à réparer les frasques de sa petite sœur ?

Elle roule à trente à l'heure, vient de quitter l'E14 en direction de Sadeln. La route étroite monte en lacets serrés qui rappellent les Alpes.

« Il faut que tu règles la situation avec Christian, assène Lydia avec dureté. S'il met sa menace à exécution, la police de Stockholm pourrait revenir sur notre accord. Et que deviendrait alors ton nouveau poste ? »

Hanna traverse un peu trop vite le centre de Björnen. Elle passe devant l'accueil de Skistar et les téléskis qui vont ouvrir le week-end prochain. Sa roue arrière dérape quand elle tourne vers Sadeln.

Elle s'imagine téléphonant à Christian. Tout en elle crie non.

« Je n'arriverai pas à lui demander pardon, murmure Hanna. Ne m'oblige pas à ça. »

Lydia soupire à nouveau.

« Je comprends ce que tu ressens, mais il le faut. Au plus vite, avant qu'il ne dépose sa fichue plainte. »

85

Il est sept heures et demie. À la cuisine, Hanna essaie depuis un long moment de se blinder pour appeler Christian. Impossible de repousser plus longtemps, même si l'idée la fait se mépriser jusqu'à la nausée. C'est lui qui s'est comporté comme un salaud, et c'est elle qui doit lui présenter des excuses ?

L'envie est forte de se verser un verre de vin. C'est même plus qu'une envie : un besoin. Prendre quelque chose qui voile ses pensées et lui serve de bouclier contre l'humiliation.

Seul son instinct de conservation lui fait y renoncer et préférer un verre de Coca-Cola. Boire de l'alcool maintenant serait dévastateur. Pour affronter Christian, il faut qu'elle soit sobre. Il se rendrait tout de suite compte du contraire. Et puis, elle ne peut pas aller travailler demain avec la gueule de bois.

Les deux appliques murales au-dessus du plan de travail diffusent une douce lumière jaune. Le plafonnier est éteint. Dans la pénombre, elle fait défiler les photos de Christian sur son portable. Elle devrait les effacer, elle le sait, mais n'en a pas la force.

Elle repense à tous les dîners entre couples après lesquels Christian critiquait son attitude : est-ce qu'elle ne pouvait pas faire un effort pour être plus sociable, « un peu marrante », comme il disait ? Était-elle obligée d'être toujours aussi sérieuse ? Après une longue journée de travail où elle avait eu affaire à une nouvelle femme couverte de bleus essayant de prendre la défense de son compagnon violent, ce n'était pas toujours très facile de se mettre dans une ambiance de fête. Elle n'a jamais été douée pour sourire sur commande.

Elle n'a jamais pu le lui expliquer. Elle préférait se taire et essayer de faire un effort la fois suivante. Pour finir, elle ne savait plus à quel saint se vouer. Rétrospectivement, elle a honte de s'être autant pliée à sa volonté, même si, pour Christian, ce n'était jamais assez.

Hanna en vient à penser à Daniel, à leur si bonne collaboration au cours des interrogatoires de la journée. Critiquerait-il ainsi sa partenaire ? Probablement pas, au contraire, il la soutiendrait certainement. Elle le connaît à peine, mais elle a déjà l'impression que c'est ce genre de personne. Elle ne peut s'empêcher de se demander s'il est avec quelqu'un. Certainement : à son âge, tous les garçons bien sont déjà casés.

Son portable bipe.

Tu as appelé Christian ? Comment ça s'est passé ?

Lydia a aidé Hanna plus qu'elle n'aurait pu l'espérer, mais elle peut aussi se montrer pénible : dans le monde de Lydia, on prend une décision et la chose est réglée ; après, il n'y a plus qu'à tourner la page. Si seulement c'était aussi facile…

Elle répond rapidement qu'elle va s'en occuper et ramène les pieds sous son siège. Les chaises de cuisine arrondies et couvertes d'étoffe blanche sont presque des fauteuils, spacieuses et confortables, avec de généreux accoudoirs. Elle manipule son téléphone, affiche le numéro de Christian et fixe les chiffres.

À cette heure-ci, il est probablement en train de terminer sa journée à son agence immobilière. Comme c'est mercredi, il n'a sûrement pas de visites dans la soirée, ses journées les plus chargées étant les lundis et les mardis.

Et si elle lui envoyait des excuses par sms ?

Ça, elle y arriverait, ce serait moins douloureux qu'un appel. Mais Lydia lui a dit de lui parler de vive voix pour l'adoucir. Pour être allé jusqu'à contacter un avocat connu, il doit être sacrément remonté.

En même temps, Hanna savait combien il aimait ses costumes et ses chaussures italiennes, et c'est précisément pour cette raison qu'elle s'en est prise à sa précieuse garde-robe. Pour qu'il souffre autant qu'elle. Mais ça, elle ne peut pas l'avouer. Ça ne ferait qu'aggraver les choses.

Hanna décide finalement d'ouvrir son ordinateur. Elle peut bien s'accorder de surfer quelques minutes, pour se changer les idées. En posant le téléphone, elle renverse son Coca-Cola. Ça coule par terre et forme une grande flaque, comme le jour où Zuhra a involontairement renversé un flacon de lessive dans l'entrée.

Tiens, à propos de Zuhra… Avec tout ce qui s'est passé, Hanna n'a pas eu le temps de réfléchir à sa visite de la veille au siège de Fjäll-städ. Étrange que la secrétaire ne connaisse pas la jeune femme de ménage. Cette dernière doit donc travailler ailleurs, mais où ?

Après avoir tout essuyé, Hanna va sur Google chercher d'autres sociétés de nettoyage à Åre. Il devrait être possible de retrouver Zuhra.

Hanna se promet d'appeler Christian d'ici une demi-heure au plus…

86

À son bureau, Daniel lit les transcriptions des entretiens avec les propriétaires de chalet de la vallée d'Ullådalen menés par Raffe, Anton et un des enquêteurs d'Östersund. Les mêmes questions et les mêmes réponses sans intérêt se répètent encore et encore. En raison du mauvais temps, peu ont sorti leur scooter le week-end dernier. Encore moins ont remarqué quoi que ce soit d'inhabituel dans le secteur ces derniers jours. Personne n'a vu de scooter sombre en pleine nuit.

Daniel fait pivoter sa tête plusieurs fois pour assouplir sa nuque. Il est tard, il devrait rentrer, mais il n'a pas fini. Et si un détail important lui échappait ?

Il vient de parler de Fredrik Bergfors avec le procureur. Daniel a demandé une perquisition, Ahlqvist a requis davantage d'éléments pour prendre une telle décision. Ce n'était pas la première fois que Daniel négociait avec un procureur, mais ce soir, la patience a failli lui manquer. Il était à deux doigts de jeter son téléphone contre le mur après leur conversation.

Son portable sonne. C'est Ida. Bien sûr, elle se demande s'il va rentrer.

« Salut, chérie, dit-il en s'efforçant de paraître de bonne humeur.

— Tu es où ? »

Elle a l'air stressée. Alice crie à l'arrière-plan.

« Au boulot.

— Tu as vu l'heure ? Presque huit heures et demie. »

Si tard ?

« Pardon, dit-il. Je n'ai pas vu le temps filer.

— Tu ne pouvais pas me prévenir que tu serais en retard ? J'ai préparé le dîner. »

Évidemment qu'il aurait dû. Mais il s'est laissé absorber par le travail sans s'en rendre compte.

« Tu as raison, dit-il en essayant d'arrondir les angles. Encore pardon.

— Franchement… »

La voix d'Ida ne laisse aucun doute sur sa contrariété.

« Tu as encore raté le bain d'Alice. Et elle a beaucoup de mal à s'endormir, elle ne fait que crier.

— Je rentre dès que je peux, promet Daniel. Je dois juste finir de regarder quelques rapports. »

JEUDI 19 DÉCEMBRE

87

C'est l'heure du loup, juste avant l'aube. Quand Hanna ouvre les yeux, la nuit est en train de finir. Elle a dormi d'un sommeil inquiet, sans cesse réveillée avant de replonger dans une somnolence superficielle. Son esprit est encore poisseux de son dernier cauchemar.

Dans son rêve, elle allait voir Christian qui l'accueillait avec des mots de mépris quand elle tentait de s'excuser. Puis apparaissait Daniel, la mine déçue, qui lui demandait pourquoi elle lui avait caché que la police de Stockholm voulait se débarrasser d'elle.

Elle n'a pas réussi à appeler Christian hier soir. L'angoisse la mine. Il va porter plainte contre elle et tout tombera à l'eau. Elle ne pourra pas rester à Åre – qui voudrait d'une nouvelle collègue mise en cause pour vandalisme ? Comment a-t-elle pu croire à une deuxième chance ?

Elle se cache sous la couette et ferme les yeux. Le vent se met à siffler au coin de la maison, comme si la nature acquiesçait. En regardant par la fenêtre dont les stores sont à moitié descendus, Hanna constate qu'une véritable tempête se déchaîne. Des paquets de neige fouettent les carreaux si furieusement qu'ils laissent derrière eux des traces de givre.

Elle se laisse retomber sur l'oreiller en pensant à Daniel : elle adorerait continuer à travailler sous ses ordres, si elle en avait la possibilité. Il la prend au sérieux. Il écoute ses arguments. Il la fait se sentir à nouveau à sa place dans la police. Il y a en plus chez lui quelque chose qui la détend. En sa présence, elle n'est pas stressée par le silence.

Elle ne peut pas risquer de perdre ce nouveau poste parce qu'elle ne se décide pas à contacter Christian. Il *faut* qu'elle le fasse aujourd'hui.

La tempête arrache à la façade des craquements de mauvais augure. La nature est en ébullition, exactement comme elle.

Hanna s'assoupit à nouveau malgré tout et lorsqu'elle se réveille, il est presque sept heures. La tempête a faibli. Le grand sapin en face de sa chambre ne se plie plus aussi douloureusement, même s'il y a encore beaucoup de vent.

Le bruit d'une voiture qui approche la fait regarder vers la route. C'est une Golf gris foncé qui s'arrête deux numéros plus loin, devant une des maisons au toit de tourbe. Une silhouette couverte d'un blouson bouffant descend côté passager et ouvre le coffre pour y prendre des affaires. Difficile de bien voir dans la pénombre et la tempête de neige, mais on dirait du matériel de ménage. Le conducteur descend lui aussi et va ouvrir la maison.

Hanna presse son visage contre le carreau pour mieux voir. N'est-ce pas Zuhra qui traîne les affaires vers l'entrée ? Elle disparaît dans la maison tandis que la Golf fait marche arrière et s'en va.

Hanna réagit alors instinctivement. Elle enfile un jean et un pull, attrape au vol un blouson et des bottes dans l'entrée. Puis elle sort dans le vent.

88

Hanna traverse la rue. Le froid est comme un mur glacé. Le chasse-neige n'est pas encore passé, elle doit se frayer un passage dans la poudreuse. L'autre maison est un peu en contrebas, avec un étage en sous-sol, au bord des pistes. Hanna dérape en descendant vers la porte d'entrée.

Personne ne vient ouvrir quand elle frappe. Elle essaie à nouveau, mais toujours aucun bruit à l'intérieur. Bizarre, elle a pourtant vu à l'instant Zuhra entrer. Et il y a de la lumière à l'extérieur de la maison.

Elle finit par tâter la poignée et découvre que la porte n'est pas fermée à clé. Après une seconde d'hésitation, elle ouvre et pénètre dans un hall dallé d'ardoises. Des crochets pour les affaires de ski s'alignent sur le mur d'en face, dessous un long banc couvert de peaux de mouton claires.

« Il y a quelqu'un ? »

Pas de réponse.

Hanna veut vraiment saisir cette occasion de parler à Zuhra. Sa réaction apeurée de dimanche dernier lui rappelle trop l'attitude de ces femmes battues sur lesquelles elle a si souvent enquêté à Stockholm. Leur regard qui suinte la terreur permanente d'être punies. L'incertitude de ne pas savoir ce qui est bien ou mal, comment faire, puisque les humeurs de l'homme violent sont imprévisibles. Cette vulnérabilité installée au fil du temps devient impossible à cacher, elle est comme une seconde peau.

Hanna appelle à nouveau. En vain.

Où est-elle donc passée ? Elle n'a pas pu partir aussi vite. Et en plus ce n'était pas fermé.

Hanna quitte ses bottes et tend le cou. Il y a là un vaste séjour meublé d'un groupe de fauteuils taupe. Il se prolonge en cuisine avec une table pour dix personnes. La maison semble prête pour la location. Hanna n'y voit pas d'objets personnels, pas de photos ou de bibelots trahissant l'identité du propriétaire.

Un raclement retentit au sous-sol. Est-ce Zuhra ?

Soudain, Hanna réalise ce qu'elle est en train de faire. Elle vient d'entrer sans permission dans une maison étrangère. Si ce n'est pas Zuhra en bas, elle aura du mal à s'expliquer, elle pourra même être accusée de violation de domicile. Ce n'est pas le moment de s'attirer d'autres ennuis.

Et pourtant elle continue. Impossible d'abandonner la jeune femme à la peur qui l'habitait l'autre jour.

Hanna descend quelques marches et lance à nouveau : « Il y a quelqu'un ? » sans davantage de réponse. Elle poursuit sa descente sur la pointe des pieds et atterrit dans un grand salon télé. Deux chambres occupent les deux extrémités du sous-sol. Dans l'une d'elles, elle entend un aspirateur. Ce doit être Zuhra.

Hanna suit le bruit. Zuhra est en effet dans la chambre. La tête penchée, elle passe l'aspirateur sur une plinthe, l'air concentré.

« Pardon… », dit Hanna d'une voix forte pour se faire entendre.

Comme la jeune femme ne réagit pas, elle lui tapote doucement l'épaule. Zuhra fait volte-face, la bouche entrouverte et les yeux terrifiés.

Elle met quelques secondes à comprendre qui est devant elle. Alors elle se calme, ses épaules retombent, son visage se lisse. Sa peur est remplacée par une expression interrogative.

« Bonjour, dit Hanna en anglais, en s'efforçant de lui inspirer confiance. Vous vous souvenez de moi ? Vous avez fait le ménage là où j'habite dimanche dernier. »

Zuhra hoche la tête. Il est évident qu'elle est encore sur ses gardes. Elle serre fort le tuyau télescopique de l'aspirateur.

Difficile de parler avec le grondement de l'appareil.

« Est-ce qu'on peut l'éteindre ? » demande Hanna.

Sans répondre, Zuhra se penche et appuie sur le bouton.

Dans le brusque silence, elles se regardent. Hanna n'a pas réfléchi à ce qu'elle voulait dire, mais elle doit soigneusement choisir ses mots. Elle veut que Zuhra s'ouvre à elle. Si elle est en difficulté, il faut l'aider.

« Vous avez un moment pour discuter ? » demande-t-elle.

Zuhra secoue la tête.

« Devoir travailler, murmure-t-elle en baissant les yeux.

— Cinq minutes seulement. Ce ne sera pas long. »

Quand Zuhra lorgne vers la porte, Hanna voit son profil. Un bleu sombre s'étend sur sa joue droite. Hanna en a vu assez souvent pour savoir que la jeune femme a reçu une violente gifle. On distingue presque l'empreinte d'une paume ouverte.

Tous ses soupçons se confirment.

Hanna s'assoit sur le lit double qui attend d'être fait. Elle tapote le matelas pour encourager Zuhra à s'asseoir à côté d'elle.

« Ce ne sera pas long, répète-t-elle. Je voudrais juste vous poser quelques questions. »

Zuhra finit par la rejoindre à contrecœur, tout au bord du lit.

« Je voudrais juste savoir si tout va bien pour vous », dit précautionneusement Hanna.

Elle montre de la tête la marque sur la joue de Zuhra. De près, le coup semble assez récent. L'ecchymose n'a pas encore viré au mauve ou au jaune.

« On vous a battue ? »

Zuhra porte la main à son visage.

« Ce n'est rien, murmure-t-elle.

— On dirait qu'on vous maltraite, tente Hanna. Vous pouvez m'en parler. »

Doit-elle lui dire qu'elle est policière ? Le problème est que cela risque de l'effrayer davantage. Dans beaucoup de pays, la police n'est pas une institution rassurante pour les femmes battues. Si les papiers de Zuhra ne sont pas en règle, une policière est la dernière personne à qui elle aura envie de se confier.

Zuhra ne répond pas, mais ses yeux se remplissent de larmes.

Hanna observe ses mains. Pas d'alliance.

« C'est votre petit ami qui a été méchant avec vous ? » essaie-t-elle.

Zuhra secoue la tête.

« Est-ce que vous pouvez en parler à votre chef ? »

Zuhra semble encore plus terrifiée.

« Pas parler chef, murmure-t-elle. S'il vous plaît. Chef très fâché. »

Elle se relève, ramasse le tube de l'aspirateur et appuie sur le bouton. Son dos tourné et le vacarme de l'appareil signifient clairement à Hanna de partir.

« Devoir travailler », murmure Zuhra.

Hanna sait qu'il est important de faire preuve de compréhension et de compassion à l'égard des femmes battues, dans la mesure où beaucoup d'entre elles ont honte de leur situation. En même temps, il faut aller droit au but pour ne pas rendre la violence invisible. Il faut ainsi marquer qu'elle ne saurait être acceptée. Par des questions directes et claires, on peut parfois faire se lever les barrières qui poussent ces femmes à taire la vérité.

Hanna revient à la charge d'une voix douce :

« Qui vous a frappée ? Vous pouvez me raconter, je suis de votre côté. »

Parfois, c'est un soulagement pour la victime de parler des violences subies, mais Zuhra n'a pas l'air de faire partie de cette catégorie. Elle continue son ménage, sans regarder Hanna.

« Vous avez un téléphone portable ? » demande celle-ci.

Zuhra secoue la tête.

« Vous partir, chuchote-t-elle. Chef fâché la dernière fois, quand j'ai parlé avec… autre fille.

— Quelle autre fille ? »

Zuhra ne répond pas.

« À qui avez-vous parlé ? »

Zuhra continue de se taire en détournant le visage.

Hanna voudrait tellement l'aider. Elle cherche dans la pièce de quoi écrire. Dans le tiroir de la table de nuit, elle trouve un stylo et un vieux ticket de caisse de supermarché. Elle y note son numéro.

« Tenez, dit-elle en lui tendant le papier. Vous pouvez m'appeler n'importe quand si vous avez besoin d'aide. Même la nuit, si nécessaire. »

Zuhra se dépêche de fourrer le papier dans la poche de son jean. Ses yeux brillent de larmes retenues.

« Vous partir, la supplie-t-elle en se penchant de nouveau sur son aspirateur. S'il vous plaît. »

89

Daniel se dirige vers la salle de réunion pour un point avec Östersund. Il est fatigué et de mauvaise humeur. Ida était irritée quand il a fini par rentrer hier soir. Alice s'est plusieurs fois réveillée en pleurant pendant la nuit. Sa boîte mail est déjà pleine, alors qu'il a travaillé tard hier et arrive tôt ce matin. Sur tous les plans, il n'est décidément pas à la hauteur.

Anton et Raffe sont là, mais Hanna manque à l'appel. Au moment précis où Daniel se connecte avec Östersund, elle se dépêche d'entrer, une grosse liasse de documents sous le bras.

« Pardon, je suis en retard, balbutie-t-elle, le rouge aux joues. Mon réveil n'a pas sonné. »

Les cheveux en bataille, elle s'installe à côté d'Anton, la mine désolée.

Birgitta Grip et deux autres personnes apparaissent à l'écran. Le procureur n'est pas là, mais Daniel ne comptait pas sur lui.

« Bienvenue dans la bande », dit gentiment Birgitta Grip à Hanna avant de donner la parole à Daniel.

Il résume les interrogatoires de Sandahl et Bergfors, ainsi que les déclarations d'Harald Halvorssen au sujet de son chien empoisonné. Puis Anton rend compte de leurs entretiens avec les propriétaires de chalet, qui n'ont rien donné. Quant aux nouveaux renseignements téléphoniques qu'ils ont reçus, aucun n'a été jugé intéressant. Quelques camarades d'Amanda se sont révélés connus des services de police, mais pour des faits qui ne les rendent pas pour autant suspects dans cette affaire – surtout des conduites de scooter sans permis et un vol de mobylette.

Au final, Fredrik Bergfors est noté comme le principal suspect. Avant tout, il a un mobile clair, impossible de l'ignorer. Il possède un SUV et un scooter de marque Ski-Doo, c'est un conducteur aguerri, habitué des trajets en montagne. Un ancien partenaire d'affaires, qui a eu un différend en justice avec lui, l'a qualifié de « salaud rancunier ». Sans compter que l'entrepreneur a le physique pour trimballer un corps sans vie.

En même temps, ils n'en ont pas terminé avec le petit ami d'Amanda. Viktor aussi fait un bon suspect, lui aussi assez fort pour maîtriser Amanda et la porter une fois inconsciente. Et son passé violent plaide contre lui. Daniel lui-même l'a vu perdre son calme, et des témoins présents à la fête ont parlé d'une dispute avec Amanda juste avant son départ du domicile d'Ebba.

Daniel fait de son mieux pour garder l'esprit ouvert. Il s'agit de ne pas s'en tenir trop tôt à une hypothèse unique.

« Et le passé de Sandahl, le prof principal d'Amanda ? demande Grip. Maintenant qu'il a reconnu avoir mis les pattes sur elle, nous devons aussi le considérer comme un suspect. »

Anton hoche la tête et prend note.

« Tu peux t'occuper de vérifier le casier de Sandahl, lui demande Daniel, et chercher si lui ou Bergfors ont un lien avec Ullådallen ? »

Ils se répartissent les tâches. Mira Bergfors devra être entendue au plus vite dans la mesure où son mari la désigne comme son alibi pour la nuit où Amanda a disparu. Il faut aussi qu'ils entendent son point de vue sur sa liaison avec Harald.

« Est-ce qu'il ne faudrait pas approfondir cette histoire de boulot qu'aurait eu Amanda ? demande Hanna. Il est bizarre que son prof principal dise une chose et son père le contraire. »

Daniel avait presque oublié cet élément.

« Amanda l'a peut-être inventé ? propose-t-il. Pour se défausser ?

— On devrait pouvoir en reparler avec sa meilleure copine, dit Hanna. Elle sait peut-être des choses que les parents d'Amanda ignoraient. Je peux m'en occuper.

— Ok, opine Daniel. Vas-y. »

Puis il change d'avis. Il trouve bon de travailler avec Hanna, ces premiers jours. Il a juste quelques points à régler auparavant.

« On va faire ça ensemble, dit-il. On file dans une heure. On passe chez Ebba, puis on s'occupera de Mira Bergfors après déjeuner. »

90

Ebba est seule chez elle quand ils sonnent à la porte. Son père et sa mère travaillent et son petit frère est à l'école. Elle surfe, couchée sur son lit, comme depuis plusieurs jours. Toute son énergie a disparu.

Elle n'est pas retournée au bahut depuis le jour où Amanda a disparu – comment pourra-t-elle jamais y retourner ? Elle n'a pas le courage de croiser les regards inquisiteurs des autres, qui savent tous qu'Amanda et elle étaient inséparables depuis le primaire. Leurs deux casiers sont voisins. Combien de fois n'ont-elles pas traîné là à dégoiser sur les garçons et à se plaindre des profs pénibles ?

Comment pourra-t-elle ouvrir son casier en sachant qu'Amanda n'ouvrira jamais plus le sien ?

La porte sonne encore. Ebba descend ouvrir. C'est ce policier, Daniel, accompagné d'une femme en bonnet de laine vert mousse.

Son pouls s'accélère aussitôt.

Viktor lui a envoyé un message pour lui dire que Daniel était passé chez lui mardi dernier. Et qu'il l'avait accusé d'une façon complètement dingue.

« Bonjour, Ebba », dit Daniel.

Il a l'air plus gentil que la dernière fois, mais Ebba se méfie.

« On peut entrer ? »

Comment refuser ? Elle attend dans l'entrée pendant qu'ils enlèvent leurs vêtements chauds.

« On peut s'asseoir quelque part ? » demande Daniel.

Ebba les précède à la cuisine et tire une chaise. Les policiers la suivent et s'installent à leur tour. La femme se présente : Hanna.

« Comment ça va ? » demande-t-elle.

Sa voix est beaucoup plus gentille que celle de Daniel. Cela suffit pour que les yeux d'Ebba se remplissent de larmes.

« Pas très bien, murmure-t-elle.

— Je comprends. Ce n'est pas facile de perdre sa meilleure amie. »

Hanna se lève pour prendre un peu d'essuie-tout au distributeur au-dessus de l'évier. Ebba se mouche plusieurs fois, s'efforce de ravaler ses sanglots et de se ressaisir.

« Tu as le courage de nous parler un moment ? » demande Hanna.

Ebba hoche la tête.

« On nous a dit qu'Amanda avait un petit boulot, qui empiétait sur son travail scolaire. Tu étais au courant de ce job ? »

La question la prend complètement de court. C'était leur secret, à Amanda et à elle : elles travaillaient quelques heures par-ci par-là, personne n'était au courant et c'était bien payé, cent couronnes de l'heure à chaque fois, grâce à quoi elles pouvaient s'acheter maquillage et vêtements – leur bourse d'études n'aurait jamais suffi pour ce genre de petits plaisirs.

« Hein ? balbutie-t-elle.

— Amanda avait apparemment un petit boulot à côté de l'école, dit Daniel. Nous avons besoin d'en savoir plus. »

Il la dévisage.

Que répondre ? Ebba n'est pas idiote. Reconnaître devant la police qu'Amanda et elle travaillaient au noir ne serait pas très malin. Mais elle ignore ce qu'ils savent exactement. Il doit bien y avoir quelque chose pour qu'ils soient venus la voir.

Ebba se mord l'ongle du pouce. Elle se rappelle l'indignation d'Amanda la dernière fois qu'elles ont parlé de tout ce truc.

Elles ont travaillé deux saisons pour Linda. C'était un extra parfait, dont personne ne devait être au courant. Quand elles avaient besoin d'argent, elles n'avaient qu'à envoyer un message via Messenger. Dès qu'elles avaient fini, elles étaient payées par Swish.

« Ebba, reprend Daniel avec un accent dur dans la voix, si tu es au courant du job que faisait Amanda, tu dois nous le dire. C'est important. »

Ebba recommence à pleurer. Elle voudrait les aider, elle le voudrait vraiment. Mais elle ne peut pas…

91

Zuhra devrait avoir bientôt fini le ménage de la maison voisine, d'après les calculs d'Hanna. Elle est dans sa voiture dans l'allée, à moitié dissimulée derrière la grande congère laissée par le chasse-neige. Juste après la visite chez Ebba, elle a prétexté le passage d'un artisan pour rentrer un moment chez elle.

Elle espère que Zuhra sera récupérée par la Golf gris foncé qui l'a déposée. Impossible qu'elle reparte à pied par ce temps et avec tout le matériel à transporter. Si Hanna parvient à relever l'immatriculation de la Golf, elle pourra continuer à dévider cette pelote.

Elle ne parvient pas à lâcher l'affaire. C'est pour ça qu'elle s'est éclipsée une heure de son travail, alors qu'elle devrait entièrement se concentrer sur Amanda. Il y a trop de choses qui l'alertent. Zuhra a tous les symptômes d'une femme sous emprise. Qu'elle ne dispose pas d'un téléphone portable est également suspect.

Ça sent le trafic d'êtres humains, Hanna en est de plus en plus convaincue. D'après le dernier rapport de l'ONU, c'est une des activités criminelles les plus rentables en Europe, avec un chiffre d'affaires de plusieurs milliards de couronnes.

On croit en général que les femmes exploitées qui arrivent en Suède sont forcées à la prostitution ou à la mendicité. Mais un tiers d'entre elles se retrouvent dans des situations de travail forcé où elles ne bénéficient d'aucune rémunération ni d'aucun droit. Des hommes et des femmes sont attirés ici par la promesse d'emplois bien payés qui leur permettront d'envoyer de l'argent à leurs familles, mais à leur arrivée, ils découvrent une tout autre réalité. On les force en outre à rembourser leur voyage. Si à cela s'ajoutent menaces et violences, ils sont véritablement pris au piège.

Hanna jette un coup d'œil sur le tableau de bord : moins dix-neuf dehors. Elle a froid, ses doigts et ses orteils sont gelés, elle se tortille sur son siège pour stimuler sa circulation. Midi approche, elle va bientôt devoir regagner le commissariat. Avec Daniel, elle doit aller voir Mira Bergfors.

Elle repense à leur visite chez Ebba ce matin. Il est évident qu'elle en savait beaucoup plus qu'elle n'a bien voulu en dire sur le job d'Amanda, mais quelque chose semblait la retenir. Il devrait être possible de gagner sa confiance pour qu'elle parle.

Un bruit sourd de moteur fait sursauter Hanna. La lueur de deux phares déchire la neige. Puis Hanna voit une Golf gris foncé descendre vers la maison où Zuhra fait le ménage.

La voiture s'arrête devant la porte et klaxonne plusieurs fois. Impossible de dire si c'est un homme ou une femme qui est au volant, Hanna est trop loin, et la personne porte un blouson à capuche qui lui dissimule entièrement la tête.

La porte s'ouvre et Zuhra se montre sur le seuil. Elle sort avec un seau et un balai-serpillière dans une main et l'aspirateur dans l'autre. Elle ouvre le coffre de la voiture, y range son matériel et va s'asseoir à l'avant. Pendant ce temps, le chauffeur va fermer la maison. Toujours impossible de le ou la distinguer. Mais sa façon d'agir montre qu'on ne confie pas de clés à Zuhra. Ce qui confirme la précarité de sa situation : elle n'est qu'une marionnette qu'on déplace pour faire le ménage dans les maisons de vacances des riches.

La Golf recule, fait demi-tour et repart vers l'est. Hanna a bien vu son numéro d'immatriculation avant qu'elle disparaisse.

92

Il va être une heure quand Hanna et Daniel arrivent chez les Bergfors. Ayant appris que Mira était en congé pour s'occuper de sa fille malade, ils n'ont pas eu à pousser jusqu'à Järpen, où le conseil communal a ses locaux.

Pour le moment, Hanna a mis de côté son inquiétude au sujet de Zuhra. Elle se renseignera sur la Golf dès qu'elle le pourra. Mais là, elle doit se concentrer de nouveau sur l'enquête.

Ils sonnent, Mira vient leur ouvrir. Elle porte un jean et un pull, sans maquillage. Ses yeux sont gonflés et rougis. Elle est pourtant très belle avec ses épais cheveux sombres qui lui tombent librement sur les épaules. À côté de son mari grand et large d'épaules, elle doit sembler encore plus menue.

Une petite fille arrive en trombe. Pas du tout l'air malade.

Daniel explique ce qui les amène. Ils s'installent dans le séjour tout décoré de bibelots de Noël. Au mur, un tableau représente un saint, une croix à la main. Des pots d'étoiles de Noël blanches ornent les rebords de fenêtres. La maison rappelle un peu celle de Lydia, avec ses surfaces ouvertes et ses vastes baies donnant sur le lac d'Åre. Mais la décoration n'est pas aussi branchée. Des tas de jouets jonchent le sol et Hanna jurerait que les canapés viennent de chez Ikea.

Soudain, un élégant chat sacré de Birmanie se glisse dans la pièce. Mira lui adresse un pâle sourire quand il se frotte à ses jambes. Il saute sur ses genoux en ronronnant bruyamment.

« Nous avons besoin d'évoquer avec vous votre relation avec Harald Halvorssen », commence Daniel.

Mira reste impassible.

« Harald est mon chef, se contente-t-elle de répondre.

— Nous avons des raisons de penser qu'il est davantage que cela. »

Mira jette un coup d'œil à sa fille, entièrement absorbée par la construction d'une tour en Lego rouges et bleus.

« Pouvez-vous nous décrire votre relation ? demande Daniel. Il est important que vous soyez sincère avec nous.

— Nous avons eu une liaison, mais elle a pris fin, dit tout bas Mira.

— Quand ?

— Il y a un bon mois. À mon initiative. »

Elle déglutit.

« Ce n'était pas juste vis-à-vis de Fredrik.

— Est-il au courant de votre aventure ? » demande Hanna.

Les yeux de Mira sont luisants.

« Oui.

— Comment l'a-t-il pris ? »

Elle baisse les yeux, flatte le chat de ses doigts fins.

« Pas très bien.

— Pouvez-vous être plus précise ? » demande Hanna.

Mira a du mal à rester assise, elle n'arrête pas de changer de position. Le chat prend d'abord un air offusqué, puis saute à terre et disparaît en direction de la cuisine.

« Il était… très en colère.

— Il vous a frappée ? »

Mira relève la tête.

« Fredrik ne m'a jamais battue. Ce n'est pas son genre. »

Mira défend son mari d'une voix indignée, et pourtant Hanna a la forte impression qu'elle cache quelque chose.

Il y a beaucoup d'hommes qui ne recourraient jamais à la violence a priori. Jusqu'au jour où ils le font. Dans certaines circonstances, en particulier si l'alcool entre en jeu, les digues peuvent céder. Même une personnalité aussi réservée que Fredrik Bergfors peut passer les bornes si elle se sent suffisamment provoquée.

Mais peut-être n'a-t-il effectivement pas frappé sa femme ? Peut-être s'est-il défoulé sur quelqu'un d'autre ?

Daniel se racle la gorge.

« Votre mari affirme avoir passé la nuit du 12 au 13 décembre ici. Pouvez-vous l'attester ? »

Mira paraît d'abord interloquée. Puis elle comprend le but de la question et porte la main à sa bouche.

« Absolument, dit-elle en hochant énergiquement la tête. Il n'a pas bougé de la maison.

— Vous êtes-vous couchés en même temps ? demande Hanna.

— Je ne m'en souviens pas bien… Je ne suis pas du soir, et je me couche en général vers dix heures. Fredrik continue souvent à travailler un moment.

— L'a-t-il fait ce soir-là ?

— Je ne crois pas.

— Pouvez-vous vraiment certifier qu'il a passé toute la nuit dans le lit ? » insiste Daniel.

Les joues de Mira rougissent.

« Oui.

— Et comment ?

— Je l'aurais remarqué s'il n'était pas venu se coucher. »

Hanna la scrute. Mira ne varie pas. Elle répond, le regard fixe, et assure un alibi à son mari.

« Il était ici », répète-t-elle.

Hanna décide de changer de sujet :

« Décririez-vous votre mari comme un homme au sang chaud ? »

Mira secoue la tête.

« Fredrik est quelqu'un de calme. Il est d'un naturel réservé.

— Mais il lui arrive de perdre son calme, non ? Vous nous avez dit qu'il s'était mis en colère en apprenant votre liaison. Que se passe-t-il dans ces moments-là ? »

La question laisse Mira interloquée. Elle déglutit à plusieurs reprises, comme si elle cherchait les mots justes.

« Je ne sais pas bien…

— Crie-t-il, lance-t-il des objets ?

— Non… »

Hanna attend une suite, mais Mira se tait.

« Il semble que quelqu'un ait empoisonné le chien de la famille Halvorssen, dit Daniel. Vous êtes au courant ? »

Mira porte la main à sa bouche.

« Ludde est mort ? »

Daniel hoche la tête.

« Votre mari pourrait-il être à l'origine de cet empoisonnement ?

— Fredrik ne ferait jamais une chose pareille », dit Mira.

Elle est à présent très pâle, ce qui fait ressortir les taches rouges de ses joues.

« Il n'est pas comme ça.

— Vous comprenez que votre mari a un mobile pour vouloir nuire à Harald Halvorssen et à sa famille ? assène Hanna. Il est très important que vous nous disiez la vérité. »

Le menton haut, Mira la regarde en face.

« Fredrik ne s'en serait jamais pris à Amanda. Il était avec moi cette nuit-là. »

93

Quand Lena se réveille, la boîte de somnifères sur la table de chevet est la première chose qu'elle voit. Elle regarde les médicaments, les yeux si gonflés de larmes que ses paupières palpitent.

La douleur d'avoir perdu Amanda la déchire de l'intérieur.

Elle tend la main vers la boîte de cachets. Sur l'étiquette, un nom qui ne lui dit pas grand-chose, Imovane. Son médecin de famille les lui a prescrits l'autre jour. Un cachet chaque soir pour lui permettre de dormir correctement. Pendant la journée, elle peut prendre des calmants pour tenir le coup.

« On commence avec ça, lui a-t-il dit en lui tapotant la main.

— Et après ? a murmuré Lena.

— Si vous avez toujours du mal à dormir, je pourrai vous en prescrire davantage, mais je vous ai déjà donné un produit assez fort. Je veux limiter la dose. Vous ne devez pas tomber dans la dépendance. »

Comme si cela avait la moindre importance.

Amanda est morte, qu'est-ce qui peut être pire ?

Le médecin a dit que ces médicaments étaient surtout nécessaires pour les premiers jours, les plus difficiles, jusqu'à l'enterrement. Imaginer sa fille si belle et adorable sous la terre humide est insupportable à Lena. Elle serre la boîte dans sa main en refoulant l'image d'Amanda enfermée dans un cercueil.

Au bout d'un moment, elle dévisse le bouchon et examine le contenu de la boîte. Onze cachets au fond. Censés lui permettre de dormir en paix encore onze nuits. Elle passe à la boîte de calmants. Deux plaquettes de dix cachets, il en reste en tout dix-sept. Elle repose les médicaments sur la table de chevet, à côté du verre d'eau tiède, et se glisse à nouveau sous la couette en calculant. Onze plus dix-sept ça fait vingt-huit. On peut tout avaler en quelques gorgées.

Ça devrait suffire pour dormir à jamais. Cette idée la console un peu.

94

Hanna rentre chez elle fatiguée. Elle a passé des heures avec Daniel et Anton à discuter du couple Bergfors. Vers sept heures, elle a fini par jeter l'éponge.

Elle devrait se préparer à dîner, mais se contente de mettre un peu d'eau à chauffer pour du thé. Ensuite, elle sort son ordinateur et se logue sur le site de la Direction des transports pour y saisir le numéro d'immatriculation de la Golf gris sombre. Au bout d'une courte seconde, elle obtient toutes les informations qu'elle attendait. Une femme est enregistrée comme la propriétaire du véhicule, Kristina Risberg. Elle habite Undersåker, Albins väg 11.

Hanna va sur Google Maps pour voir à quoi ressemble cette adresse. Google View lui montre deux maisons jumelles. Il lui suffit à présent de s'y rendre pour vérifier si la Golf y est garée. Puis elle pourra commencer à démêler les problèmes de Zuhra.

La bouilloire s'arrête, elle se prépare une grande tasse de thé avec du sucre et du lait avant de se rasseoir devant l'ordinateur pour faire le point sur ce qu'elle sait.

Zuhra a violemment réagi quand Hanna lui a demandé si elle pouvait parler de sa situation à son chef. Or la secrétaire de Fjäll-städ a nié employer une dénommée Zuhra. Mais Lydia a confirmé que la société à laquelle elle fait appel s'appelle bien ainsi, toutes ses factures viennent de là. D'une façon ou d'une autre, il doit y avoir un lien.

Encore une fois, Hanna saisit *Fjäll-städ* dans la case de recherche et retombe sur le site qui indique la situation économique de la société. Les bénéfices ont augmenté régulièrement depuis 2016. Elle n'y avait pas réfléchi, la dernière fois. Elle réalise que l'année précédente, 2015, a vu arriver une grande vague d'immigration en Suède, en raison de la guerre civile en Syrie. En Europe, c'est la Suède qui a accueilli le plus de réfugiés. Chaque commune a dû en prendre sa part, et elle a lu que beaucoup étaient arrivés à Åre. Un des hôtels, le Continental Inn, a été transformé en camp de réfugiés quand la situation a été critique.

Cela peut-il être un hasard si l'année du grand afflux de réfugiés correspond au début de l'augmentation des bénéfices de Fjäll-städ ? songe Hanna. Fjäll-städ a peut-être recruté parmi les nouveaux arrivants, puisque l'État subventionnait les premiers emplois de personnes ayant une mauvaise maîtrise de la langue et un faible niveau de formation. Peu à peu, les réfugiés se sont mieux intégrés, ils ont quitté la commune ou ont trouvé des emplois mieux payés. Entre-temps, Fjäll-städ avait probablement dû constater combien il était rentable d'utiliser une main-d'œuvre bon marché. De là à en faire un système, le pas n'était pas grand, même s'il fallait pour cela avoir recours à des travailleurs illégaux.

Hanna continue ses recherches et trouve des données factuelles sur les nombreux réfugiés sans papiers présents en Suède. Ils se répartissent principalement en deux catégories : des personnes dont la demande de permis de séjour a été refusée et qui sont entrées dans la clandestinité ou des personnes devant être expulsées mais qui ne peuvent pas l'être dans la mesure où le système juridique de leur pays de destination ne remplit pas les critères permettant le rapatriement. Hanna lit que presque cinquante mille réfugiés arrivés en Suède en 2015 ont été déboutés de leur demande de droit d'asile. Moins de la moitié ont quitté le pays de leur plein gré.

Cela signifie que, suite à la seule crise des réfugiés, plus de vingt-cinq mille personnes vivent dans la clandestinité. Et chaque année ajoute son lot de réfugiés désespérés à le recherche d'un nouveau pays mais qui se heurtent à un refus. Sur le site de l'Office des migrations, elle trouve la liste des dix principaux pays d'origine des réfugiés en Suède. Zuhra vient d'Ouzbékistan. Ce pays est à la quatrième place.

Hanna regarde l'heure. Sept heures et demie, il n'est pas trop tard pour se rendre à Undersåker. Elle prend les clés de la voiture et enfile son blouson.

Une fois sur l'E14, Hanna met à peine dix minutes pour atteindre la sortie Undersåker. Elle suit la route du village et se laisse guider par le GPS. Après avoir dépassé l'école de Stamgärde, elle réalise qu'elle est allée trop loin. Elle revient sur ses pas. Là, sur sa droite, elle trouve Albins väg. Au bout de trois cents mètres elle repère le numéro 11. Elle reconnaît la maison d'après la photo de Google View. C'est une villa en bois avec vue sur le lac, comme tant d'autres propriétés de la région. Elle a l'air spacieuse, avec sa façade rouge fraîchement repeinte et ses angles blancs. Il y a une balançoire dans le jardin : peut-être de jeunes enfants vivent-ils ici ?

Hanna s'arrête un peu plus loin avant de descendre de voiture, elle ne veut pas trop attirer l'attention. La nuit est tombée, et les lumières sont allumées au rez-de-chaussée d'une des ailes de la maison double. En s'approchant, Hanna ne voit qu'une seule voiture rouge sur le parking. Il y a un garage, mais ses portes sont fermées, impossible de dire si une Golf gris foncé y est garée.

Elle continue le long de la rue. Deux boîtes aux lettres sur pied marquent l'entrée de l'allée. Elle glisse la main dans la première. Vide. Dans l'autre, elle trouve plusieurs lettres adressées à Kristina Risberg. Ce qui signifie que cette dernière n'est probablement pas encore rentrée chez elle. Peut-être occupée à conduire Zuhra quelque part ?

Hanna jette un œil vers le bâtiment. Par une des fenêtres éclairées, on aperçoit une cuisine avec des dessins d'enfants aux murs. C'est là que doit habiter la famille dont la boîte aux lettres a été relevée. Sans doute donc les propriétaires de la voiture rouge.

Hanna regarde à nouveau autour d'elle. Elle est toujours seule dans la rue. Courbée en deux, elle gagne à petites foulées l'aile éteinte de la maison. Les deux entrées ne sont pas côte à côte, mais chacune sur un pignon. Là, on ne peut pas la voir.

Elle a une poussée d'adrénaline en se glissant en haut du perron pour tâter la poignée de la porte. Elle est fermée, naturellement, mais elle n'a pas à chercher longtemps pour trouver une clé de secours : cachée sous un pot de fleurs vide, à côté de l'entrée. Elle le sait depuis l'enfance : à la campagne, on a toujours un double de clé facilement accessible.

C'est une vraie folie de s'introduire en douce au domicile de quelqu'un, mais maintenant qu'elle est là, la tentation est trop forte.

Hanna ouvre et se glisse à l'intérieur après un dernier coup d'œil vers la route.

95

Les yeux d'Hanna mettent plusieurs secondes à s'habituer à l'obscurité du vestibule, puis elle réussit à s'orienter et continue vers l'intérieur de la maison.

Un grand séjour communique avec une cuisine plus petite. Là, on y voit plus clair, plusieurs chandeliers de l'Avent diffusent une lueur douce qui suffit tout juste à dissiper l'obscurité. Dans la cuisine, une étoile de l'Avent pend à la fenêtre. Tout est coquet et soigné, aucune vaisselle ne traîne. Kristina Risberg semble être une personne ordonnée. À en juger par les vêtements dans l'entrée, elle vit seule. Pas de chaussures d'homme ou d'enfant.

Sans savoir vraiment ce qu'elle cherche, Hanna soulève des journaux et papiers qui traînent. Si seulement elle pouvait trouver un document, n'importe quoi qui atteste d'un lien avec Fjäll-städ. Ou avec un trafic de main-d'œuvre illégale.

Rien au rez-de-chaussée, peut-être à l'étage ? Elle grimpe sans bruit jusqu'à un petit palier où une porte est ouverte sur une chambre à coucher. Là, tout est aussi coquet qu'à la cuisine, le lit est fait. Hanna ouvre doucement les tiroirs de la table de nuit, mais n'y trouve que des bricoles, fil dentaire ou crayons.

Elle retourne sur le palier, repère la salle de bain et avise tout au bout une porte close. En enfonçant la poignée, elle tombe sur ce qui semble être un bureau. Près de la fenêtre, sur une table, un ordinateur. Elle s'approche et découvre tout de suite un document au logo de Fjäll-städ.

Bingo.

Quand elle clique sur la souris, l'écran de l'ordinateur s'allume, mais lui demande le mot de passe. Ça peut être absolument n'importe quoi, inutile de perdre du temps là-dessus. Elle feuillette des papiers où s'alignent des colonnes de chiffres. Puis elle sort son portable et photographie tout ce qu'elle voit.

Soudain, un bruit de moteur arrive de la route. Hanna se fige. En jetant un œil par la fenêtre, elle voit une paire de phares s'engager dans l'allée. Impossible de discerner s'il s'agit d'une Golf gris foncé.

Hanna se colle à la cloison. Son cerveau s'affole. Si la porte d'entrée s'ouvre, elle va devoir se cacher dans la maison jusqu'à trouver un moyen de filer en douce. Comment a-t-elle pu être assez débile pour entrer ici sans autorisation ?

Son cœur s'emballe dans sa poitrine quand la voiture se gare. Peut-elle avoir la chance folle que ce soit celle des voisins ? Qu'ils en aient deux ? Elle retient son souffle.

Une portière claque en se refermant. Elle voit un homme de grande taille en pantalon de travail se diriger vers l'*autre* entrée. Un cri d'enfant l'accueille :

« Papa ! »

Le soulagement d'Hanna lui scie les genoux. Le stress fait siffler ses oreilles. Il faut qu'elle parte d'ici, tout de suite.

Vite, elle photographie quelques autres documents avant de se glisser dans l'escalier et de disparaître dehors, le cœur battant. Pliée en deux, elle court jusqu'à sa voiture à la faveur de l'obscurité. Au moment où elle quitte le terrain, une autre paire de phares apparaît, plus loin dans la rue. Hanna a juste le temps de s'abriter derrière un arbre quand surgit la Golf gris foncé.

Elle ralentit et tourne dans l'allée. Une femme en descend et se dirige vers la porte. Est-ce bien Kristina Risberg ? Hanna la suit des yeux jusqu'à ce qu'elle ait disparu dans la maison.

Ce n'est qu'une fois remontée dans sa voiture qu'elle ose reprendre son souffle.

96

Sur la table de la cuisine, la bouteille de cognac est à moitié vide quand Harald ouvre l'œil. Il a dû s'endormir un moment après avoir couché les enfants. Le bras sur lequel reposait sa tête est engourdi.

Lena continue à se cacher dans la chambre avec ses somnifères. La dernière fois qu'Harald est passé la voir, elle était recroquevillée en position fœtale, les yeux clos. La pièce sentait plus que jamais le renfermé.

Son portable sonne, c'est cela qui l'a réveillé. Il répond et une décharge traverse son corps quand il comprend qui l'appelle.

La voix douce de Mira déclenche aussitôt un ouragan d'émotions qu'il ne peut maîtriser.

« Qu'est-ce que tu veux ?

— Je voulais juste… savoir comment tu allais.

— Pourquoi ? »

Il entend sa respiration au bout du fil, heurtée. Il la connaît suffisamment bien pour savoir qu'elle est bouleversée.

« Harald, le supplie-t-elle, je t'en prie. Je me soucie toujours de toi, tu ne comprends pas ça ? »

Harald n'a pas l'intention de gober la pseudo-compassion de Mira.

« Ce n'est pas l'impression que j'ai eue avant-hier.

— Ce n'est pas si facile. »

Elle se trompe, c'est très simple ; elle ne veut plus de lui et son mari a peut-être assassiné sa fille.

« Il faut que je te dise quelque chose », continue Mira.

Sa voix semble sur le point de se briser.

« C'est Fredrik, murmure-t-elle. La police est venue poser des questions…

— Ah oui ? »

Mira est dans la merde. En quoi est-il concerné ?

« Je n'ai pas le temps », la coupe Harald.

Il va raccrocher quand Mira s'écrie :

« Tu dois m'écouter !

— Et pourquoi je *devrais* t'écouter ? »

Le silence dans la cuisine est lourd. Harald fixe l'étoile de Noël à la fenêtre, se dit que Lena a dû monter sur un tabouret pour l'accrocher – dans une autre vie.

« Fredrik m'a avoué qu'il s'était rendu chez vous lundi matin, furieux. Il a trouvé votre chien dehors… »

Sa voix n'est plus qu'un murmure.

« Il s'en est pris à Ludde pour se venger. Ludde s'est débattu et l'a griffé, mais Fredrik est costaud et il était fou de colère… Harald, il l'a empoisonné. »

Les paroles de Mira se fraient un chemin jusqu'au cerveau d'Harald. Puis leur sens lui apparaît.

D'un coup il raccroche. Il n'a pas besoin d'en entendre davantage.

Il pose son téléphone, ouvre et ferme les poings plusieurs fois. Il lui reste si peu de sa vie d'avant, et c'est une source de manque et de douleur inépuisable.

Si Fredrik est coupable de la mort de sa fille, il doit payer le prix fort.

97

Quand il rentre chez lui, Daniel trouve l'appartement silencieux et plongé dans le noir. Il est presque dix heures, Ida doit dormir et il a encore une fois manqué le bain du soir et le coucher d'Alice.

Il n'a vraiment pas pu finir plus tôt, submergé qu'il était au commissariat par des mails et des rapports. Il essaie d'avoir le temps de tout faire, mais tout va trop lentement. Ils pataugent, n'arrivent à rien.

La frustration le ronge. S'y ajoute la mauvaise conscience. La vie avec un bébé est plus difficile qu'il n'imaginait. Son couple est mis à l'épreuve, surtout en ce moment où Ida supporte sans aucun doute le plus gros du fardeau. Il a l'impression d'être tout le temps tiraillé par tout le monde.

Il n'a pas eu le temps de dîner. Il se faufile à la cuisine, ne trouve au réfrigérateur qu'une boîte d'œufs tout au fond, à côté d'une bière. Va pour un toast à l'œuf.

Un bruit dans son dos le fait se retourner. Ida est dans l'embrasure de la porte. Elle a enfilé une robe de chambre sur sa chemise de nuit, ses cheveux sont un peu ébouriffés et elle a de légères marques d'oreiller sur le visage.

« Pardon, je t'ai réveillée », dit Daniel.

Il prend une poêle et y verse une cuillère à soupe d'huile de colza. Quand elle commence à grésiller, il y casse un œuf.

« Comment va l'enquête ? » demande Ida.

Daniel est soulagé de ne la sentir ni fâchée ni déçue, juste fatiguée.

« Pas terrible », répond-il.

Il est épuisé lui aussi. Amanda occupe toutes ses pensées et tout son temps.

« Tu fais bien attention à toi ? » dit Ida d'une petite voix.

Daniel retourne son œuf pour le frire de l'autre côté.

« Ne t'inquiète pas pour moi. Il n'y a aucune raison d'avoir peur. »

L'œuf prêt, il le pose sur deux toasts grillés, verse dessus du ketchup et saupoudre le tout de poivre noir. L'assiette dans une main et la bière dans l'autre, il s'installe à table et attaque son dîner. Ida s'assied en face de lui.

« Tu ne peux pas travailler comme ça, dit-elle. Tu es sur le pont vingt-quatre heures sur vingt-quatre. Tu vas t'épuiser à force.

— Ne te fais pas de souci, dit-il la bouche pleine. Ça va aller.

— J'ai peur qu'il t'arrive quelque chose.

— Il ne va rien se passer », lui assure Daniel.

Ida se penche par-dessus la table et pose sa main sur la sienne.

« Il n'y a personne d'autre qui puisse s'occuper de cette affaire ? Pour que tu lèves le pied ? »

La dernière chose que souhaite Daniel est qu'un collègue prenne l'enquête à sa place. Il a promis à

Birgitta Grip de gérer, surtout maintenant qu'il dispose de nouvelles ressources en la personne d'Hanna.

« Chérie, dit-il, ça fait partie de mon boulot. »

Les yeux d'Ida deviennent luisants.

« Pense à Alice, craque-t-elle. Si quelque chose t'arrivait, elle n'aurait plus que moi. »

Dans le mille. Daniel a du mal à déterminer si c'est la mauvaise conscience ou l'irritation qui l'aiguillonne. Pourquoi faut-il qu'Ida dramatise à ce point ?

« Mais bon Dieu, je suis flic, quand même ! »

Il regrette à la seconde son ton beaucoup trop cassant, mais les yeux d'Ida lancent déjà des éclairs.

« Comment peux-tu être aussi égoïste ? éclate-t-elle. Tu ne t'intéresses donc plus à nous ?

— Bien sûr que si. Pardon si j'ai été indélicat, je ne l'ai pas fait exprès. »

Il espère qu'elle va accepter ses excuses et en rester là. Daniel a hâte d'aller se coucher. Il est crevé et se sait incapable d'apporter à Ida tout ce dont elle a besoin en ce moment. Elle est encore à fleur de peau, Alice n'a que trois mois.

Ils sont déjà passés par ce genre de disputes, ça ne finit jamais bien. Il se concentre sur son assiette en espérant qu'Ida va se calmer. Mais elle se trompe complètement sur le sens de son silence.

« Écoute-moi, crache-t-elle. Tu as une famille, maintenant. Une petite fille. Tu ne peux pas continuer à vivre comme avant. »

C'est bien tout le contraire, elle devrait le savoir, mais ses paroles le blessent. C'est sans doute le but.

Ses années à Göteborg l'ont formaté : longtemps le travail a été sa priorité, son salut aussi, après la mort de Francesca. Il lui arrive de regretter l'époque où il n'avait à compter qu'avec lui-même, sans s'occuper de qui que ce soit. Mais ce dont elle l'accuse est faux. Il n'arrête pas de se dire qu'il devrait rester à la maison s'occuper d'Alice. Il essaie de faire de son mieux, mais cela ne suffit jamais.

« Maman m'a bien dit que tu réagirais comme ça, dit Ida. Que tu ne m'écouterais pas.

— Tu as parlé de moi avec ta mère ? »

L'idée qu'Ida se soit plainte de lui auprès de sa mère redouble sa frustration.

« Et avec qui j'aurais pu en parler, sinon ? Ce n'est pas comme si tu t'étais beaucoup montré ces derniers temps. »

Ne pas s'énerver. Ça n'apporterait rien de bon. Daniel pose soigneusement ses couverts dans son assiette et boit sa dernière gorgée de bière. Il inspire plusieurs fois à fond pour trouver son calme.

« Tout ce qui t'intéresse, c'est ton travail. »

Ce ton tranchant, c'est plus qu'il ne peut en supporter.

« Une jeune fille a été assassinée, assène-t-il. Tu trouves que c'est le bon moment pour se disputer ?

— Comment tu peux faire passer ça avant Alice et moi ?

— Ce n'est pas le cas. »

Des larmes de colère se sont mises à couler sur les joues d'Ida. Elle les essuie d'un geste impatient de la main.

« Tu n'as jamais de temps pour nous. C'est comme si on ne comptait plus. »

Daniel en a assez de culpabiliser. Il fait de son mieux, il n'arrête pas d'essayer. Pourquoi ne le voit-elle donc pas ?

« Est-ce qu'on ne pourrait pas plutôt aller se coucher ? la supplie-t-il. S'il te plaît…

— Et on en parlera quand, alors ? Tu n'es jamais à la maison.

— On pourra en parler demain. J'essaierai de rentrer plus tôt, c'est promis. »

Il se lève pour débarrasser.

« Il faut vraiment que je dorme maintenant, ajoute-t-il. Je dois me lever très tôt.

— Qu'est-ce que tu crois que ça me fait, à moi, de rester ici avec Alice, pendant que tu vis ta vie sans tenir compte de nous ? »

Ida le regarde avec amertume.

« Maman avait raison depuis le début. Tu es terriblement égoïste. J'aurais dû comprendre que tu ne ferais jamais un bon père. »

Là c'en est trop, Daniel explose, une colère impossible à contenir :

« Ferme ta gueule ! »

Et en criant ces mots, il balance son assiette contre le mur. Comme au ralenti, l'assiette éclate en mille morceaux. Une pluie d'éclats de porcelaine blanche couvre bientôt le sol de la cuisine.

Ida le dévisage, bouche ouverte.

« Tu es complètement fou ! » murmure-t-elle.

Daniel ne peut pas expliquer la violence de sa réaction. Tout est devenu noir dans sa tête, c'est tout.

Dans la chambre, Alice se réveille et se met à crier.

Il gagne la porte, attrape son blouson au vol et disparaît dans la nuit.

VENDREDI 20 DÉCEMBRE

98

À l'aube, Harald abandonne : impossible de dormir. Penser à Fredrik l'obsède. C'est forcément lui le coupable.

Il aurait dû réagir plus tôt. Mira lui a dit que Fredrik pouvait être jaloux et vindicatif. Que découvrir leur liaison l'avait mis en fureur. C'est le genre d'homme qu'il vaut mieux ne pas avoir pour ennemi.

Harald se souvient d'un matin quelques mois plus tôt, alors qu'ils étaient au lit après une nuit passée ensemble dans un chalet de montagne qu'il avait pu emprunter. C'était un privilège rare de se réveiller auprès d'elle. Ils avaient fait l'amour lentement et précautionneusement dans la lumière de l'aube. Sa tête reposait contre son bras et la chaleur de son corps se répandait dans le sien.

Ils en sont venus à parler de Fredrik. De la peur de Mira qu'il découvre la situation.

« Fredrik ne pardonne pas ce genre d'affront, avait-elle dit avec un frisson qui suggérait quelque chose de plus sombre qu'une banale rancune. Il n'oublie jamais. »

Harald se redresse dans le lit de la chambre d'amis. Son corps est lourd, ses membres endoloris. Un mélange de manque de sommeil et de migraine lui martèle l'arrière du crâne. L'alcool qu'il a bu hier n'arrange rien.

Sa chemise de la veille sent le moisi. Il va en chercher une propre. En ouvrant la porte de la chambre plongée dans le noir, il distingue à peine la silhouette de Lena sous la couette. Après quelques secondes, une fois ses yeux habitués à l'obscurité, il voit qu'elle est étendue sur le côté, les yeux clos. Elle s'est complètement absentée de son existence.

Il devrait s'occuper d'elle, la faire manger, se laver, mais il n'en a pas le courage. Il prend des vêtements propres et va dans la salle de bain.

Il est sous la douche quand il réalise d'un coup : sa fille est morte et c'est sa faute ; s'il n'avait pas eu cette liaison avec Mira, Fredrik n'aurait jamais songé à se venger.

Ses larmes se mettent à couler et se mêlent au jet d'eau chaude. Des sanglots silencieux secouent tout son corps. Il doit s'agripper au robinet pour ne pas tomber. Rien n'y fait, il s'écroule, submergé par le désespoir.

Peu à peu, ses pleurs se tarissent. Il monte la température et laisse l'eau couler sur son visage. Elle lui brûle la peau et la salle de bain s'emplit de vapeur.

Fredrik ne doit pas s'en tirer. Harald s'accroche à cette idée. Quoi qu'il arrive, ce monstre doit être puni.

99

Daniel se brosse les dents dans le vestiaire du commissariat. Il a dormi quelques heures sous une couverture dans la salle de repos. Il vient de s'asperger le visage d'eau froide pour dissiper sa fatigue. Mais cela ne suffit pas pour venir à bout de son sentiment de culpabilité.

Il a profondément honte de sa crise d'hier soir, tout en ne sachant pas comment se faire pardonner. Il a envoyé un sms d'excuse à Ida, mais cela lui semble dérisoire et insuffisant. L'appeler, il ne peut pas, c'est trop tôt. Peut-être doit-il juste rester un moment en retrait, lui laisser un peu le temps de digérer ?

Il se gargarise et crache, s'apprête à commencer sa journée. Il a le cœur gros, voilà un jour entier qu'il n'a pas vu Alice, et c'est sa faute. Si seulement il arrivait à se contrôler. Les crises de colère chez un enfant sont une chose, mais maintenant il est adulte, il devrait savoir se maîtriser.

Alice ne doit pas avoir à subir les disputes entre ses parents. Daniel se l'était promis à sa naissance, et pourtant c'est arrivé hier : alors que sa fille n'a que trois mois, il s'est laissé aveugler par la fureur, exactement comme son grand-père maternel. Daniel se demande s'il éprouvait la même honte profonde chaque fois qu'il perdait le contrôle.

Parfois, Daniel a entendu des gens dire qu'il est bon de pouvoir se mettre vraiment en colère, de laisser sortir toutes ses émotions pour pouvoir ensuite aller de l'avant. Ils ne savent pas de quoi ils parlent.

C'est profondément terrifiant d'entrer dans une rage telle contre quelqu'un qu'ensuite on ne se rappelle plus ce qu'on lui a dit. Surtout quand il s'agit d'une personne qu'on aime.

Il s'était pourtant juré de ne pas s'échauffer hier soir. En temps ordinaire, il est calme, mesuré même. Impossible d'être policier si on ne contrôle pas ses nerfs. Il peut se passer des années sans qu'il se laisse déborder. Mais quand ça arrive, il devient un autre, un être inconnu qu'il exècre.

Daniel ferme le robinet et s'essuie la bouche avec quelques serviettes en papier, frotte si fort que sa lèvre supérieure le brûle.

Il se souvient à peine de ce qu'il a crié à Ida. Se rappelle juste son sentiment de ne pas supporter de rester une seconde de plus dans la même pièce qu'elle. De devoir s'en aller avant de faire encore pire.

Il est effaré de se comporter ainsi. Se penche au-dessus du lavabo et fixe avec horreur son reflet.

Il ne veut pas être comme son grand-père. Ni comme son père.

La porte s'ouvre et Anton entre avec son sac de sport dans une main et son étui de saxophone dans l'autre. Il a une heure d'avance et comprend immédiatement la situation : les vêtements d'hier en boule dans un coin, la brosse à dents sur le bord du lavabo.

Mais il a le tact de ne pas faire de remarque sur l'allure pitoyable de Daniel.

« Tout va bien chez toi ? » se contente-t-il de glisser.

Daniel s'entend bien avec son collègue, il leur arrive parfois d'aller boire une bière ensemble. Mais la situation avec Ida est trop privée.

Il peut à peine s'expliquer à lui-même ce qui s'est passé hier, alors encore moins à un collègue. Il hausse les épaules, ne trouve la force que de grimacer.

« On se voit tout à l'heure à la réunion du matin », dit-il avant de s'éclipser aux toilettes.

100

Kalle mâchonne distraitement sa tartine à la table de la cuisine. Mimi n'a pas touché à son verre de lait.

« Et Ludde, quand est-ce qu'il revient à la maison ? » demande-t-elle.

Harald déglutit. Il n'a toujours pas trouvé le courage de leur annoncer la mort du chien.

« Bientôt, se contente-t-il de répondre en se versant du café dans un mug.

— Pourquoi maman ne vient pas avec nous pour le petit déjeuner ? » demande Kalle.

Il bascule un peu sa chaise en arrière en la raclant par terre, jusqu'à l'incliner dangereusement.

« Arrête ça ! » lui crie son père.

Le visage de Kalle se referme.

« Pardon, murmure-t-il, au bord des larmes.

— C'est moi qui m'excuse, dit à son tour Harald. Je ne voulais pas te crier dessus. J'ai seulement eu peur que tu tombes à la renverse. »

Il pose son café et vient s'accroupir près de son fils.

« Maman dort, dit-il d'un ton plus doux.

— Elle dort tout le temps », fait remarquer Mimi.

Les enfants ont raison. Lena ne s'est pas montrée depuis plusieurs jours. Elle a abdiqué toutes ses responsabilités. Il sent déferler l'irritation, il ne peut pas porter sa famille seul sur les épaules.

« Et si on montait la réveiller ? » propose-t-il.

Peut-être que Lena trouvera la force de se lever si les jumeaux montent lui faire un câlin. Qu'elle réagira en voyant qu'elle a encore deux enfants qui ont besoin d'elle.

Harald a un geste en direction de l'escalier.

« Allez demander à maman si elle veut prendre son petit déjeuner. »

Les enfants filent comme l'éclair. Il entend leurs pas dans l'escalier, la porte de la chambre qui grince en s'ouvrant.

Harald se lève et finit son café. Ouvre la porte du lave-vaisselle pour ranger grossièrement la cuisine.

Kalle réapparaît dans l'embrasure de la porte.

« Maman ne se réveille pas », dit-il.

Harald s'interrompt, une assiette à la main.

« Qu'est-ce que tu veux dire ?

— Elle ne bouge plus. »

Il ne s'est pas écoulé une heure depuis qu'il est lui-même entré dans la chambre. Ses somnifères continuent probablement à faire effet.

« Insiste un peu », dit-il en renvoyant son fils.

Il ne veut pas mentionner les médicaments. Les enfants n'ont pas besoin de savoir.

Kalle disparaît à nouveau. Harald continue à charger la vaisselle.

Quelque chose l'interrompt. Un soupçon qu'il ose à peine s'avouer.

Il quitte la cuisine et monte l'escalier à grandes enjambées. Gagne la chambre où il trouve Mimi et Kalle au chevet du lit, en train de secouer leur mère.

Elle ne réagit pas, les muscles de son corps sont complètement relâchés. Et son visage est si pâle…

Mimi fixe son père, les yeux apeurés.

« Est-ce que maman est morte, elle aussi ? »

101

On dirait qu'il vente et neige depuis une éternité. Daniel aimerait tellement une journée ensoleillée. Quelques heures au sommet de l'Åreskutan, quand la neige crépite de vie et que les montagnes forment un paysage de sucre glace aux quatre points cardinaux. Au lieu de quoi il est dans la salle de réunion, où le givre s'accroche aux vitres. C'est déjà le crépuscule, la matinée a filé, entre interrogatoires et visioconférences.

Par-dessus le marché, Grip a prévu une nouvelle conférence de presse dans l'après-midi, à laquelle Daniel doit participer. Il a eu beau tempêter, elle a refusé d'écouter ses objections.

Au mur, les photos d'Amanda le dévisagent d'un air accusateur.

Daniel pose sa tête dans ses mains, découragé. Il s'est écoulé plus de cinq jours depuis que la jeune fille a été retrouvée morte. Il lui semble qu'ils poursuivent des milliers de lièvres sans savoir quel est le bon.

Raffe et Anton ont identifié une douzaine de chalets à Ullådalen dont les propriétaires pourraient être intéressants. Daniel voudrait tous les inspecter, mais impossible d'obtenir un mandat de perquisition dans aucun d'eux sans soupçon fondé. Pour cela, il faudrait que leur enquête s'oriente vers un suspect particulier. Bref, on tourne en rond.

Ils ont continué à évaluer le cas de Fredrik Bergfors, sans réussir à établir le moindre lien entre lui et Ullådalen. En outre, il dispose d'un alibi, sa femme Mira affirmant qu'il était couché auprès d'elle la nuit en question.

Daniel a de nouveau interrogé le petit ami d'Amanda dans la matinée, sans rien en tirer de neuf. Cette fois-ci, Viktor était flanqué d'un avocat. Daniel n'était pas étonné.

Anton a vérifié le passé du professeur principal, Lasse Sandahl. Il ne figure dans aucun fichier de la police, et ne possède pas de scooter des neiges. Sandahl jure qu'il n'a pas touché à Amanda depuis l'incident de l'an dernier à la fête de Walpurgis. Ils ont parlé avec la proviseure, qui a été stupéfaite d'apprendre que Sandahl avait tenté des attouchements sur une élève. Elle a déclaré qu'il n'avait jusqu'alors jamais fait l'objet d'aucune plainte.

Daniel aimerait avoir plus d'éléments techniques. Il vient d'envoyer un mail au labo pour leur demander d'accélérer l'analyse des restes de peau retrouvés sous les ongles d'Amanda. Il leur sera beaucoup plus facile d'avancer une fois l'analyse ADN terminée.

Hanna arrive, un café à la main. Ils ont travaillé chacun de leur côté depuis le début de la journée. Hanna a tenté de faire baisser la garde à Ebba pour qu'elle leur parle du boulot d'Amanda, pendant que Daniel était occupé par ses interrogatoires et visioconférences.

« Dure matinée ?

— Ça se voit tant que ça ? répond-il.

— Tu as l'air un peu crevé.

— Non, juste frustré que ça aille si lentement. Et en plus Grip veut que je descende à Östersund cet après-midi pour participer à une nouvelle conférence de presse. »

Daniel soupire, l'air abattu.

Il ne dit rien de sa situation personnelle. Hanna et lui se connaissent à peine. Il fait tout pour se concentrer sur son travail, malgré sa mauvaise conscience qui ne lui laisse aucun répit.

« Redis-moi le déroulé des faits, lui propose Hanna en s'asseyant en face de lui. Parfois, c'est bien de formuler les choses à haute voix. »

Une fois de plus, Daniel répète leur hypothèse.

Amanda quitte la fête, elle longe l'E14, où quelqu'un la prend à bord d'une voiture sombre. Ce doit être quelqu'un qu'elle connaît, sinon elle ne serait pas montée. Une dispute survient, l'homme étrangle Amanda, qui perd connaissance. Il l'emmène, probablement toujours sans connaissance, et la cache dans un chalet d'Ullådalen. Elle y reste deux jours, ce qui lui suffit pour mourir de froid. Son ravisseur, pris de panique, décide de rendre le corps d'Amanda. Il le dépose sur le télésiège VM6, où il est retrouvé dimanche matin par l'employé de la station.

« Connaissait-elle Fredrik Bergfors ? demande Hanna. Si nous supposons que c'est lui le coupable, et non son petit ami ou son prof principal.

— Je ne sais pas. Peut-être assez pour se sentir en confiance.

— Ce serait vraiment bien d'avoir accès au téléphone d'Amanda, dit Hanna en finissant son café. Ça nous aiderait beaucoup de pouvoir lire ses sms. Les jeunes n'arrêtent pas de s'envoyer des messages, elle a peut-être eu le temps d'en envoyer un avant d'être enlevée ? »

Une idée traverse Daniel. Ils n'ont certes pas retrouvé le téléphone d'Amanda, mais il y a peut-être un moyen d'accéder à ses sms. L'ordinateur saisi dans sa chambre n'est-il pas un Mac ? Il a le même à la maison, relié à son téléphone : tous ses messages privés arrivent à la fois sur son ordinateur et sur son portable. Si Amanda disposait du même système, ils pourraient consulter ses contacts.

Les experts en informatique devraient en avoir bientôt fini avec son ordinateur. Puisqu'il doit descendre à Östersund, Daniel pourra regarder ça avec eux. Il compte en profiter aussi pour parler au procureur en direct. Perquisitionner chez Bergfors le démange. Reste à obtenir un mandat.

Il regarde l'heure.

« Il faut que j'y aille, dit-il en se levant. À plus. »

102

Au moment où il entre sur le parking de l'hôtel de police d'Östersund, Daniel reçoit un sms inattendu : la conférence de presse est annulée, Grip doit se rendre à une réunion urgente à Stockholm.

Son soulagement est monumental. Il reste assis au volant tandis que toute sa tension se relâche. Il avait bien besoin que quelque chose lui sourie aujourd'hui. Tout le reste lui semble tellement merdique.

Avant de se rendre chez le procureur, il se dirige vers le labo informatique, situé un étage au-dessus de son bureau les jours où il travaille à Östersund. Markus Larsson, le responsable, porte des écouteurs et ne remarque pas sa présence avant que Daniel lui tapote l'épaule. Il est assis face à trois grands écrans, et ses doigts pianotent sans arrêt sur les touches du clavier. Le sol est couvert de câbles noirs.

« Salut ! dit-il à Daniel.

— Comment ça se passe avec l'ordinateur d'Amanda Halvorssen ? »

Markus désigne un Mac à coque argentée posé sur la table voisine.

« En gros, j'ai fini, je pensais justement t'appeler cet après-midi. Désolé pour l'attente.

— On peut jeter un coup d'œil ? » demande Daniel en tirant un siège.

Markus attrape l'ordinateur et déplie l'écran. L'informaticien ne correspond en rien aux geeks tels que se les imaginait Daniel : il n'est pas introverti, ni en surpoids, et ne porte pas de sweat noir à capuche. Markus est un garçon ordinaire, un trentenaire svelte en chemise blanche à lunettes à monture noire.

« Qu'est-ce que tu veux regarder en premier ? demande-t-il.

— Je voudrais savoir si elle a synchronisé son portable et son ordinateur, pour qu'on puisse lire ses sms. »

Markus ouvre l'application de messagerie.

« Il semble que oui. »

Daniel regarde les messages s'afficher sous ses yeux. Rien de particulièrement suspect.

« Et ses emails ? »

Markus ouvre la boîte de réception, sans y trouver beaucoup plus d'informations.

« Est-ce que tu peux accéder à d'autres applis depuis son ordinateur ? demande Daniel. Facebook, Instagram, Snapchat ? »

Markus se connecte à Facebook grâce à un mot de passe de réserve.

Amanda n'en était pas une utilisatrice très assidue, ses publications sont peu nombreuses et espacées de plusieurs semaines, voire de plusieurs mois. Sa dernière intervention a été de changer sa photo de profil pour une image d'elle au soleil couchant au bord du lac d'Åre. Elle semble gaie et heureuse, le regard fixé sur l'horizon. La douce lumière d'août lui donne un éclat doré. C'est déchirant de se dire qu'elle n'aura jamais plus de dix-huit ans.

Daniel ne peut s'empêcher d'imaginer Alice.

« On essaie Messenger ? propose Markus. C'est la fonction messagerie de Facebook. Beaucoup d'établissements scolaires utilisent Facebook pour que les élèves puissent communiquer entre eux. Un certain nombre d'employeurs font la même chose, puisque les jeunes ne se donnent plus la peine de consulter leurs mails. »

À en juger par la quantité de mails restés non ouverts, Amanda appartenait à cette catégorie.

« Regarde ce que tu peux trouver », répond Daniel.

Markus ouvre une nouvelle fenêtre avec un certain nombre de messages. Un des expéditeurs attire l'attention de Daniel. Une femme dénommée Linda. Ce prénom ne correspond à aucun des contacts d'Amanda qu'ils ont recensés.

« On peut regarder ça ? » demande-t-il en lui montrant les messages.

Markus ouvre la conversation.

Apparemment, Amanda travaillait pour une société de nettoyage à côté de ses études au lycée. Elle recevait des instructions de cette Linda, les adresses auxquelles elle devait se rendre à des horaires précis. Parfois, le nom d'Ebba était également mentionné.

Daniel réfléchit. Ses parents n'étaient pas au courant de ce job. Ebba a prétendu ne rien savoir. Quelque chose cloche.

« Est-ce qu'on peut identifier cette Linda ? »

Markus affiche l'expéditeur et tombe sur un profil remarquablement anonyme. La photo est prise à contre-jour, impossible de reconnaître la personne photographiée. Aucune donnée ou photo personnelle.

« Louche », dit Markus.

Il fronce les sourcils, clique encore un peu, mais finit par hausser les épaules.

« Ce n'est pas un profil ordinaire, dit-il. Il n'est là que pour permettre l'accès à la fonction messagerie.

— C'est courant ?

— Ça arrive. En tout cas ça en dit long sur cette Linda : elle ne veut pas qu'on la voie ni qu'on puisse remonter jusqu'à elle.

— Tu crois que c'est son vrai nom ? demande Daniel.

— Aucune idée. »

Pourquoi un employeur évite-t-il de se montrer en photo ? Peut-être parce qu'il s'agit de travail au noir ? Quoi qu'il en soit, il faut vraiment vérifier. Et s'il y a bien une personne qui peut les renseigner, puisque son nom figure dans les messages, c'est Ebba. Il est grand temps de lui arracher la vérité.

103

Dans son bureau, Hanna lit les derniers rapports concernant l'enquête. Alors qu'elle s'efforce de se concentrer sur Amanda, elle n'arrête pas de repenser à Zuhra.

Elle a désormais la preuve que Fjäll-städ est mêlé à quelque chose de bizarre. Pourquoi sinon la secrétaire de la société aurait-elle nié l'existence de Zuhra, alors que Kristina Risberg la conduit de maison en maison pour faire le ménage ? Dans la mesure où cette femme a chez elle des documents au logo de Fjäll-städ, il y a un lien.

Hanna ne regrette pas de s'être introduite dans son domicile, mais elle est bien consciente des risques qu'elle court : si la chose se savait, cela pourrait lui coûter son poste à Åre.

Il est presque quatre heures quand Daniel appelle. Il ne reste personne d'autre au commissariat. C'est vendredi après-midi, Anton vient de filer.

« Alors, ça se passe comment à Östersund ? demande-t-elle.

— Je crois que j'ai quelque chose d'intéressant.

— Raconte.

— Nous avons trouvé des échanges sur Messenger qui concernent le boulot que faisait Amanda. Elle avait en effet un petit extra dont personne n'était au courant. Il semble qu'elle travaillait au noir pour une société de nettoyage. »

Hanna se redresse dans son fauteuil.

« Tu connais le nom de cette société ?

— Non, ce n'est pas indiqué. En revanche, il y a le nom d'une femme qui semble avoir été le contact d'Amanda. Une certaine Linda, mais c'est peut-être un pseudo. »

La femme au bureau de Fjäll-städ s'appelait Linda. Est-ce une coïncidence ? Est-ce qu'il y aurait même un lien avec la situation précaire de Zuhra ?

Avant qu'elle ait le temps de le mentionner, Daniel reprend :

« Tu ne pourrais pas aller causer de ça avec Ebba, voir de quoi elle est exactement au courant ? »

Hanna a plusieurs fois appelé Ebba au cours de la journée, laissé des messages, en vain.

« Pas de problème, répond-elle. Je file tout de suite chez elle. »

Pendant qu'ils parlent, elle entre *Linda* et *Fjäll-städ* sur Google, mais cela ne donne rien.

« Parfait, dit Daniel. Je ne sais pas vraiment quand je serai rentré à Åre. Je dois voir le procureur, Tobias Ahlqvist, mais il a été retardé au tribunal, alors je poireaute. »

Hanna hésite : doit-elle lui parler de ses recherches sur Zuhra ? Le problème est qu'elle a trop peu d'éléments concrets. Tout ce qu'elle peut dire c'est qu'une jeune immigrée montre des signes de mauvais traitements et d'exploitation. Mais le flair ne peut remplacer des preuves tangibles.

Elle a analysé les documents photographiés dans le bureau de Kristina Risberg, mais impossible d'avouer comment elle se les est procurés. Elle ne veut pas risquer de perdre la confiance de Daniel, alors que tout se passe si bien.

« À plus », dit-elle avant de raccrocher.

Elle prend son blouson pour se rendre chez Ebba. En sortant du commissariat, elle s'aperçoit que la journée a filé sans qu'elle ait téléphoné à Christian. Elle a juré ses grands dieux d'appeler sa sœur ce soir, vers sept heures. Et la première chose que fera Lydia sera de l'interroger sur ce qu'a donné sa discussion avec lui. Hanna se promet d'appeler ce dernier juste après sa visite à Ebba.

Le chagrin de la rupture n'est plus aussi douloureux, mais la seule idée de présenter des excuses à son ex la rend malade.

« Maudit Christian de malheur », grommelle-t-elle en se dirigeant vers sa voiture.

104

Cette fois, c'est la mère d'Ebba, Sanna Nyrén, qui vient ouvrir à Hanna. Elle ressemble à sa fille, petite et mince avec des cheveux châtains coupés court. La mine défaite, elle fait entrer Hanna.

« C'est vraiment terrible ce qui arrive à Lena, dit-elle.

— Pardon ?

— Vous n'êtes pas au courant ? »

Voyant Hanna secouer la tête d'un air interloqué, Sanna baisse la voix, comme si elle ne voulait pas parler de la tragique réalité.

« Lena est en réanimation. Elle a tenté de se suicider cette nuit. Comme c'est triste pour Harald et les jumeaux. »

Hanna déglutit. Elle n'était pas du tout au courant. Encore un coup porté à cette famille dans le sillage de la mort d'Amanda. Harald et les pauvres petits jumeaux doivent être anéantis.

Elle suit Sanna dans le séjour. Ebba est assise sur le canapé en coin, les jambes repliées, un plaid gris sur le corps. Elle a l'air frêle et malheureuse. Sanna s'installe à côté d'elle et propose le fauteuil à Hanna.

« Salut, Ebba, dit Hanna. J'ai essayé de te joindre toute la journée. J'ai quelques autres questions à propos du petit boulot d'Amanda dont nous avons parlé hier. »

Elle fait de son mieux pour lui parler avec douceur et précaution.

« C'est très important que tu dises tout ce que tu sais à ce sujet. »

Ebba semble avoir envie d'être très loin d'ici.

« Nous avons déjà appris qu'Amanda travaillait pour une certaine Linda, continue Hannah. Es-tu au courant ? Est-ce que tu travaillais aussi pour elle ? »

Sanna caresse les cheveux châtains d'Ebba.

« Si tu sais quelque chose, tu dois le dire, l'encourage-t-elle. Le plus important maintenant, c'est que la police retrouve celui qui a tué Amanda. »

Ebba entrelace ses doigts. Quand elle finit par répondre, la voix lui manque.

« On travaillait toutes les deux pour Linda, dit-elle à Hanna.

— C'est-à-dire ?

— On faisait des ménages à Björnen et Sadeln. On le faisait en cachette, c'est pour ça que je ne voulais pas le dire avant. »

Ebba jette un regard penaud à sa mère.

« Pardon de ne pas en avoir parlé. Je savais que si je le disais à la police, vous alliez aussi l'apprendre. Papa et toi auriez été fâchés.

— Ne crains rien, dit Sanna en prenant la main d'Ebba. C'est bien que tu sois sincère maintenant. »

Elle se tourne vers Hanna.

« Nous refusions qu'Ebba ait un job pendant l'année scolaire. Il valait mieux qu'elle se concentre sur ses études pour avoir de bonnes notes au bac. »

Hanna apprécie le soutien de la mère, ce ne serait pas le bon moment pour gronder sa fille.

« En plus c'était… au noir », ajoute Ebba.

Elle cligne plusieurs fois des yeux.

« On ne pouvait rien dire. Le père d'Amanda est un homme politique, il faisait bien attention à ce que tout soit parfait. Amanda me racontait qu'il n'arrêtait pas de rabâcher ça à sa mère, qu'il ne fallait pas qu'ils se retrouvent dans les journaux pour une affaire de fraude fiscale ou quoi que ce soit qui nuirait à sa carrière.

— Je comprends », dit Hanna.

Elle n'est pas étonnée qu'Ebba et Amanda soient toutes deux impliquées. Ni qu'elles aient fait ça en douce, sans en parler à leurs parents.

« Est-ce que tu pourrais me raconter comment ça se passait ?

— On y allait de temps en temps, on faisait quelques heures une semaine sur deux pour gagner un peu d'argent de poche.

— Cette femme, Linda, dit Hanna, tu connais son nom de famille ?

— Je ne l'ai jamais rencontrée, dit Ebba. On ne se parlait que via Messenger. »

Elle lève la main gauche et essuie une grosse goutte de morve sous son nez.

« Mais dans ce cas, comment ça se passait dans la pratique ? demande Hanna. Le paiement, les adresses, les clés des maisons ? »

Elles devaient quand même bien avoir une ou deux fois rencontré cette mystérieuse Linda.

« C'était Amanda qui allait d'habitude chercher les clés et le matériel pour le ménage, puisqu'elle a… avait le permis de conduire. »

Cette erreur involontaire brise la voix d'Ebba. Il lui faut plusieurs secondes avant de poursuivre.

« Je n'ai pas encore passé mon permis, mais Amanda empruntait la voiture de sa mère, puisque Lena va travailler à pied. Le bureau de Linda est dans le bourg. Amanda y passait avant de venir me prendre.

— Tu connais le nom de cette société de nettoyage ? » demande Hanna.

Ebba secoue la tête.

C'est une déception. Mais l'information selon laquelle le bureau de Linda se trouve dans le bourg désigne aussi Fjäll-städ.

« Peux-tu me dire comment vous avez commencé à travailler pour Linda ? » demande Hanna.

Elle croise les jambes pour être assise plus confortablement dans le fauteuil bas.

« C'est par une copine qui l'a fait avant nous, Alva. »

Le visage d'Ebba a repris quelques couleurs, comme si vider enfin ce qu'elle avait sur le cœur lui faisait du bien.

« Elle a fini le lycée l'an dernier et est partie à Umeå faire des études. Elle nous a demandé si on aurait envie de prendre le relais. C'était une super façon de gagner de l'argent. »

Elle jette un regard timide en direction de Sanna, comme pour s'assurer que sa mère ne se fâche pas.

« Pourrais-tu nous indiquer quelques-unes des maisons où tu as fait le ménage ? demande Hanna. Cela nous permettrait de demander aux propriétaires le nom de la société.

— Je crois, murmure Ebba. Il y en avait beaucoup à Sadeln. »

C'est *forcément* Fjäll-städ.

Sanna tapote doucement la joue d'Ebba.

« Est-ce que tu as tout dit, maintenant ? »

Ebba serre les lèvres. Elle a un début d'aphte au coin d'une lèvre, un bouton blanchâtre qui s'étend.

« Il y a encore une chose », murmure-t-elle.

Hanna attend patiemment. Elle ne veut pas que la jeune fille se referme à nouveau.

« Il s'est passé un truc la semaine avant qu'Amanda… disparaisse », reprend Ebba.

Elle tire sur les manches de son sweat rose clair jusqu'à ce qu'elles lui couvrent les phalanges.

« On a tout notre temps, lui assure Hanna. Essaie juste de te souvenir le mieux possible. »

Ebba écarte ses cheveux châtains de son front.

« Amanda devait faire le ménage d'une maison à Sadeln, dit-elle. J'aurais dû y aller aussi, mais j'avais des douleurs menstruelles, alors je suis restée à la maison. »

Elle se rapproche de quelques centimètres de sa mère.

« Quand Amanda est arrivée il y avait déjà une autre fille sur place. Une étrangère. Amanda pensait qu'elle venait d'Ouzbékistan. Elle parlait très mal anglais. Il y avait eu un malentendu sur qui devait travailler où ce jour-là. »

Hanna retient son souffle. Ebba continue :

« Amanda a compris que quelque chose n'allait pas. La fille était tellement désolée, et elle avait plusieurs bleus, comme si on l'avait battue. À la fin, Amanda a réussi à lui faire raconter ce qui lui arrivait. »

Ebba remonte son plaid, comme si elle avait froid.

« Amanda était comme ça, elle inspirait confiance. On osait lui parler.

— Comment s'appelait cette fille ?

— Je ne me souviens pas bien. Ça ressemblait à Zara. »

Ce devait être Zuhra.

« Sais-tu ce qu'elle a dit à Amanda ? demande Hanna en s'efforçant de cacher son excitation.

— Qu'elle était… comme une esclave. Elle travaillait tout le temps mais n'était presque jamais payée. Elles étaient visiblement trois filles dans cette situation. Elles auraient juste voulu rentrer chez elles, mais ne le pouvaient pas, parce qu'elles devaient déjà beaucoup d'argent pour rembourser leur voyage vers la Suède.

— Auprès de qui étaient-elles endettées ?

— Je ne sais pas.

— Est-ce que c'était Linda qui l'obligeait à autant travailler ? »

Ebba hoche la tête. Puis ses yeux prennent une expression hésitante.

« Il y avait plusieurs personnes impliquées. Un homme aussi. Amanda m'a raconté qu'elle était allée dire à Linda qu'on ne pouvait pas traiter cette fille si mal. Mais Linda lui a alors répondu que ce n'était pas son idée, que c'était celle de son chef, et qu'il se mettait très en colère si on faisait des histoires. »

Le cerveau d'Hanna se met en branle. L'affaire est vraiment grave. Un trafic d'êtres humains dans les règles de l'art, à Åre. Amanda a pu se frotter à de dangereux criminels.

« Sais-tu si cette jeune femme était aussi obligée de se prostituer ? » demande-t-elle.

Ebba et sa mère paraissent effrayées.

« Je ne sais pas, dit Ebba. C'est Amanda qui l'a rencontrée.

— Est-ce qu'elle savait qui était derrière ce trafic ? Une personne de la région ?

— Je ne crois pas. »

Hanna note fébrilement.

« Est-ce qu'elle a dit autre chose ? Je te serais reconnaissante de tout ce dont tu pourras te souvenir, même de petits détails. »

Ebba se ronge l'ongle du pouce, sa bouche tremble.

« Eh bien…, commence-t-elle, Amanda parlait d'aider cette fille et ses camarades. Elle n'arrivait pas à penser à autre chose, elle en parlait tout le temps. À un moment, elle a décidé d'envoyer un tuyau anonyme à la police. »

Ebba écarte les mains dans un geste d'impuissance.

« Mais je ne sais pas si elle en a eu le temps… »

105

Le couloir de l'hôpital d'Östersund, où Harald est assis sur un banc, est peint dans une nuance indéfinissable entre le brun et le rose. Cela fait des heures qu'il attend, depuis que les équipes médicales ont pris en charge Lena. Elle est toujours sans connaissance.

Les néons du plafond se reflètent sur le lino du sol. Une alarme se déclenche dans une des chambres du fond, tandis qu'une lampe rouge clignote au-dessus de la porte.

On entre et sort sans arrêt de la chambre de Lena. Il a vu des machines y être roulées, des pieds à perfusion en sortir, mais personne n'est venu s'asseoir à côté de lui pour lui dire ce qui se passait.

Les enfants sont restés à Åre. La mère d'Harald est passée les prendre à peu près au moment où l'ambulance a évacué Lena. Il l'a suivie dans sa propre voiture.

Il fixe le mur d'en face sans vraiment voir le tableau au motif floral multicolore. Son portable sonne, mais il ne répond pas. Il est encore tellement sous le choc qu'il est incapable de feuilleter un journal, et encore moins de soutenir une conversation téléphonique.

Harald enfouit son visage dans ses mains.

Si seulement il avait fait plus d'efforts pour voir comment allait Lena… Pourquoi n'est-il pas allé dans la chambre essayer de lui parler ? Pourquoi l'a-t-il abandonnée là, des heures et des heures, sans même au moins consulter le médecin de famille qui lui avait prescrit les somnifères ?

Qu'adviendra-t-il de Mimi et Kalle si elle disparaît elle aussi ?

La porte s'ouvre et une femme en sort. Elle regarde alentour comme si elle cherchait quelqu'un, avise Harald et s'approche de lui. Un badge sur sa poitrine indique en jolis caractères : *Médecin principal*.

« Comment ça va ? » lui demande-t-elle.

Harald lui adresse un regard désemparé. Que dire ? Toute cette situation est irréelle.

« Votre femme ne s'est pas encore réveillée, explique la docteure. Elle a subi un lavage d'estomac et nous lui avons administré du charbon pour tenter de neutraliser les médicaments qu'elle a ingurgités. Le problème est que nous ignorons l'heure de la prise des somnifères, et je ne peux donc pas dire comment elle va répondre à ce traitement. »

Elle met les mains dans les poches de sa blouse.

« Vous avez bien fait d'apporter les boîtes des médicaments, continue-t-elle. Comme ça, nous savons au moins ce qu'elle a pris.

— Comment va-t-elle ? »

Harald ne reconnaît pas sa propre voix. Elle semble brisée et forcée, ses cordes vocales refusent de coopérer. Il se racle la gorge et fait une nouvelle tentative :

« Est-ce que je peux la voir ?

— Vous pouvez y aller, mais soyez préparé à trouver ça… effrayant. Elle a beaucoup d'électrodes, car nous devons surveiller sa respiration. Elle est sous oxygène et perfusion. »

Elle marque une pause.

« Mais son état est stable », ajoute-t-elle.

Harald s'efforce de traduire ce jargon médical. Qu'est-ce que cela signifie, en fait ? Peut-on être stable même mourant ?

« Est-ce qu'elle va s'en sortir ? parvient-il à articuler.

— Il est trop tôt pour le dire.

— Y a-t-il un risque de lésions cérébrales ? »

Il trébuche un peu sur ces derniers mots.

« Je suis désolée, mais je ne peux pas non plus vraiment répondre à cela. Il faut d'abord qu'elle se réveille. »

Une grande fatigue s'abat sur Harald. Il appuie l'arrière de la tête contre le mur, ferme les yeux quelques secondes. Ses paupières sont beaucoup trop lourdes.

« Vous devriez peut-être rentrer pour essayer de vous reposer un peu, dit la docteure.

— J'habite à Åre.

— Je comprends. Ça fait une longue route. »

Elle regarde sa montre, elle semble devoir aller s'occuper du patient suivant. Sa blouse verte est éclaboussée de taches couleur rouille.

« Nous pouvons certainement vous trouver une salle de repos, dit-elle. Si vous voulez rester cette nuit à l'hôpital. Je crois que cela peut durer un moment avant que votre épouse se réveille. »

Harald lit entre les lignes, entend ce qu'elle ne dit pas tout haut : *si* elle se réveille.

Il imagine Mimi et Kalle. Ils viennent de perdre leur grande sœur chérie. Vont-ils perdre aussi leur maman ?

Lena est inconsciente à côté et il l'a trompée de la pire façon qui soit. Elle, la mère de ses enfants, à ses côtés depuis la fin de leurs études.

Si seulement il avait su à quoi allait conduire son aventure avec Mira…

Une brûlure lui traverse le front, un point unique de haine distillée contre l'homme qui a causé tant de douleur à sa famille. Il se déteste lui-même pour ce qu'il a fait, mais hait encore plus Fredrik.

Ça aussi, Harald l'a sur la conscience. Penser que pendant ce temps, Fredrik est libre de ses mouvements lui donne un haut-le-cœur.

La docteure le regarde, la mine compatissante. De minuscules ridules apparaissent autour de ses yeux dans la lumière crue des néons.

« Voulez-vous que je demande une salle de repos pour vous ? » propose-t-elle à nouveau en lui touchant légèrement l'épaule.

Harald rejette sa main. Il se lève si brusquement qu'elle recule de plusieurs pas.

« Il faut que je rentre », grommelle-t-il.

Il sait qu'il est brusque, mais n'a pas la force de s'excuser. Il prend l'ascenseur et descend directement au parking.

Il serre si fort ses clés de voiture qu'elles lui entaillent la peau, mais la douleur l'aide à se concentrer.

Les jumeaux dormiront ce soir chez sa mère.

Fredrik n'a pas seulement assassiné sa fille aînée et leur chien adoré. Il a aussi poussé Lena au seuil de la mort. Combien de victimes encore avant qu'on le stoppe ?

106

Les fenêtres sont éclairées quand Hanna se gare dans Albins väg, à quelques centaines de mètres du numéro 11. Il est cinq heures et demie, elle rentrait déjà chez elle après sa visite chez Ebba quand elle a changé d'avis. Au lieu de prendre la sortie Björnen, elle a continué vers Undersåker pour retourner au domicile de Kristina Risberg.

C'est peut-être une folie de continuer cette enquête sauvage, mais elle sent qu'elle a ferré quelque chose.

En route, elle a appelé Daniel pour lui rendre compte de son interrogatoire d'Ebba. Elle a mentionné une certaine Linda au bureau de Fjäll-städ, il est clairement établi que cette société doit être examinée de plus près. Ils ont convenu de se retrouver au commissariat demain matin.

Elle ne lui a pas encore parlé de Kristina Risberg ni de Zuhra, mais espère découvrir dans les prochaines heures quelque chose qui puisse faire le lien avec leur enquête. N'importe quoi qui ne permette pas en tout cas de remonter à son intrusion illégale au domicile de Risberg.

Hanna mord dans une pomme. Christian traverse son esprit. Elle devrait l'appeler maintenant. Mais c'est au-dessus de ses forces. Elle verra ça plus tard, avant de parler à Lydia.

Elle entreprend plutôt de relire ses notes sur Fjäll-städ. En surface, on dirait une entreprise honnête. Son bilan annuel ne serait pas disponible en ligne s'il n'était pas conforme à la législation. Mais Ebba a confirmé qu'il y avait des ménages au noir, et Hanna a vu de ses propres yeux Zuhra conduite de maison en maison.

La peur qu'elle a lue dans ses yeux était bien réelle, elle était terrorisée.

Ebba a dit qu'Amanda était allée protester auprès de Linda, qui s'était défaussée sur son chef. Il y a donc un homme plus haut placé dans l'organisation qui sait que Zuhra a révélé à Amanda la situation d'exploitation dans laquelle elle se trouvait. Cela ne fait qu'accroître la détermination d'Hanna contre tous ces salauds qui exploitent des femmes vulnérables. Zuhra a probablement été punie pour avoir parlé à Amanda. C'est pour cette raison qu'elle n'a pas osé dire la vérité quand Hanna lui a proposé de l'aider.

Les yeux fixés sur la neige tourbillonnante, Hanna assemble les pièces du puzzle.

Il fait déjà si froid dans la voiture que son haleine se transforme en nuage. Elle démarre le moteur, dirige le chauffage vers ses pieds et le pousse au maximum. Il ne faut pas qu'elle se refroidisse trop, sinon elle ne réussira pas à rester là longtemps. Kristina Risberg peut mettre des heures à ressortir. Si seulement elle le fait.

Le risque que l'activité illégale de Fjäll-städ soit révélée est sans doute très réduit. Beaucoup de maisons de vacances et d'appartements loués en continu constituent un marché idéal pour celui qui a systématiquement recours au travail au noir. Les contrôles sont insignifiants, avec ce flux permanent de nouveaux locataires ou ces propriétaires qui n'utilisent leur bien que quelques semaines chaque saison. Si l'un d'entre eux rentrait malgré tout à l'improviste, pas de danger. Hanna a elle-même constaté que Zuhra n'osait rien dire. Les réfugiés sans papiers ne peuvent pas protester ni dénoncer leur situation auprès des autorités.

C'est cynique, mais sophistiqué.

La partie blanche de l'entreprise est affichée à l'usage du fisc et comme vitrine vis-à-vis des clients. En parallèle se poursuit une activité où des employés exploités et sous-payés sont utilisés pour faire des bénéfices. Avec de temps en temps le renfort d'adolescentes, probablement lors des pics d'activité, quand les équipes ordinaires ne suffisent plus à la tâche.

Hanna ne peut s'empêcher de se demander si tout le conseil d'administration marche dans la combine, ou si elle n'est l'œuvre que de quelques-uns qui agissent en sous-main, dans l'ombre. Beaucoup d'administrateurs de petites ou moyennes entreprises n'en contrôlent que très vaguement l'activité : on prend souvent des copains ou des connaissances, avec un confortable jeton de présence à la clé ; dès lors, pourquoi cracher dans la soupe ?

C'est un système waterproof.

Jusqu'à ce que quelqu'un comme Amanda survienne et pose les mauvaises questions.

107

Quand Kristina Risberg sort et démarre sa Golf bleu foncé, il est six heures trente-cinq. Hanna était sur le point d'abandonner et de rentrer à la maison pour appeler Lydia à l'heure convenue.

L'adrénaline est au rendez-vous.

Et si Risberg la conduisait vers d'autres membres de l'organisation, peut-être le chef ? Elle aimerait tant aider Zuhra à envoyer cette ordure au trou. D'après Ebba, il y a encore deux autres jeunes femmes ouzbèkes dans la même situation. Il faut y mettre fin.

Elle prend Risberg en filature, essaie de garder ses distances pour qu'elle ne remarque pas qu'elle est suivie. La Golf se dirige vers Björnen, traverse le centre et oblique vers le quartier Copperhill, sur les hauteurs. Risberg s'arrête devant une maison brun foncé aux grandes baies vitrées. C'est allumé à l'intérieur et Zuhra apparaît soudain derrière la fenêtre panoramique.

Même à distance, on perçoit combien elle est fatiguée : son dos est courbé, ses mouvements sont lents. Si elle a commencé sa journée aussi tôt qu'hier, elle travaille depuis presque douze heures.

Hanna aimerait plus que tout se précipiter pour tirer Zuhra de là et l'emmener avec elle, mais c'est impossible, elle perdrait alors toute possibilité d'identifier le responsable. Elle se force à ne pas bouger et sort son portable pour faire des photos.

Zuhra prend son matériel de ménage et monte dans la voiture. Hanna suit le véhicule. La Golf clignote à gauche à l'approche de l'E14, et s'engage sur la voie rapide. Risberg retourne-t-elle chez elle à Undersåker ? Non, elle dépasse la sortie et continue vers Järpen.

L'obscurité joue en faveur d'Hanna. Elle rend plus difficile pour Risberg de savoir si c'est toujours la même voiture qui roule derrière elle.

Au bout de vingt minutes, elles approchent de Järpen : est-ce la destination ? La Golf ralentit pour prendre à gauche dans Skansvägen puis à droite dans Skogsvägen.

Hanna a de plus en plus de mal à garder la distance. Le stress la fait suer sous son blouson en duvet.

Elles passent devant une rangée de maisons basses en bois. La Golf finit par tourner dans Hjortronstigen. Une impasse : Hanna voit le panneau au dernier moment et parvient à freiner juste avant le tournant. Elle se dépêche de couper son moteur pour que les phares ne la trahissent pas et passe tant bien que mal sur le siège passager pour essayer de voir.

La Golf s'est arrêtée devant un immeuble gris de trois étages. Il a l'air décrépi, sa façade est taguée et la lampe du porche cassée. Plusieurs fenêtres ont les volets clos, comme si personne n'y habitait.

Zuhra descend de voiture, mais cette fois sans son équipement. Visiblement, il reste dans la voiture.

Hanna jette un coup d'œil à sa montre. Sept heures et quart.

Zuhra disparaît par le porche, dont la porte se referme derrière elle.

La Golf recule et passe devant Hanna comme elle l'a fait plus tôt dans la journée. Pourvu que Risberg ne la remarque pas.

Hanna attend quelques minutes. Quand elle est sûre que Risberg est vraiment partie, elle quitte sa voiture et se glisse en courbant l'échine vers l'immeuble de trois étages. Elle tâte la porte. Ouverte. Elle la pousse et arrive dans un hall peint en gris aussi dégradé que l'extérieur. Là aussi, les murs sont couverts de tags et le sol jonché de mégots. Elle cherche en vain une liste des locataires.

Il y a deux appartements au rez-de-chaussée, il devrait logiquement y en avoir autant à chaque étage. Huit en tout. Zuhra peut être dans n'importe lequel. Comment la trouver ? Hanna regarde les noms sur les portes. Aucune consonance ouzbèke. Mais il est peu probable qu'on ait laissé Zuhra louer un appartement à son nom.

Elle pose l'oreille sur la première porte à la recherche d'un indice. La télévision est allumée, on dirait les infos. Derrière l'autre porte, silence, c'est peut-être vide, d'où les rideaux tirés.

Hanna monte au premier étage, et recommence. Des cris d'enfants derrière l'une des portes, une bruyante dispute dans l'appartement voisin.

Arrivée au deuxième étage, il lui semble entendre une voix d'homme qui parle avec quelqu'un qui répond tout bas en anglais. Elle s'avance sur la pointe des pieds et presse l'oreille contre la porte.

N'est-ce pas une femme qui pleure ?

La voix d'homme devient plus forte et approche.

Hanna recule et monte de quelques marches dans l'escalier. Soudain, la porte s'ouvre et Hanna a tout juste le temps de reculer assez pour ne pas être vue.

Elle entrevoit un homme blanc dans la force de l'âge qui descend vers le porche tandis que la porte de l'appartement claque violemment derrière lui. De l'autre côté, les sanglots s'entendent distinctement.

Hanna est presque sûre que c'est Zuhra.

Va-t-elle essayer d'entrer en contact avec elle, ou suivre l'homme qui vient de sortir ?

Maintenant, elle sait où trouver Zuhra.

Les pas de l'homme résonnent encore dans la cage d'escalier.

Hanna se précipite derrière lui.

108

Daniel tarde à retourner à Åre. La discussion avec le procureur Tobias Ahlqvist a été longue, sans résultat concret : il veut plus de preuves pour ordonner une perquisition chez Fredrik Bergfors.

En même temps, les nouvelles informations obtenues par Hanna sur le travail au noir d'Amanda et Ebba sont intéressantes. Elles pointent dans une direction nouvelle qu'il faut explorer.

Hanna a fait du bon boulot, en amenant Ebba à se confier.

Daniel vient de passer devant l'usine de chocolat d'Åre et se dirige vers le domicile des parents d'Amanda, même s'il est déjà sept heures et demie. Peut-être sauront-ils en dire plus au sujet de cette mystérieuse Linda quand il les mettra au courant des extras d'Amanda ?

Il se gare dans la rue devant la maison de la famille Halvorssen. Tout est éteint, à part une grande étoile de l'Avent à la fenêtre de la cuisine. Daniel sonne et attend. Il sonne encore.

Au moment où il s'apprête à partir, Harald lui ouvre.

« Ah, c'est vous », dit-il.

Daniel le reconnaît à peine. Quelques jours seulement se sont écoulés depuis la dernière fois qu'ils se sont vus, mais Harald semble avoir vieilli de plusieurs années. Son visage est gris, ses joues sont creuses et mal rasées.

« Qu'est-ce que vous voulez ? grommelle-t-il.

— Il faudrait que je vous parle de quelque chose, explique Daniel. Je peux entrer ? »

Harald semble infiniment las, mais il hoche la tête et recule d'un pas pour lui laisser le passage.

Daniel entre, les jeunes enfants n'ont pas l'air à la maison. En glissant un œil dans la cuisine, il aperçoit une bouteille d'alcool et un verre à moitié plein.

« Lena est là ? demande-t-il. J'aimerais vous parler à tous les deux. »

Harald regarde Daniel, interloqué.

« Elle est à l'hôpital d'Östersund. Elle… a fait une overdose de somnifères la nuit dernière. »

Daniel s'explique à présent l'apparence défaite d'Harald.

« Comment va-t-elle ?

— Elle est dans le coma. Ils ne peuvent pas dire si elle va se réveiller… »

Sa voix vacille, son regard s'éteint.

« Ni si elle a des lésions cérébrales. »

Il parvient à peine à terminer sa phrase.

« Je suis désolé, dit Daniel. Ça doit être terrible pour vous. J'espère vraiment que Lena va s'en sortir. »

Il hésite. Harald est-il en état de répondre à des questions ?

« Je n'en ai pas pour longtemps, reprend-il. Vous devez savoir que nous faisons tout pour retrouver le meurtrier d'Amanda. »

Il lui résume rapidement les échanges d'Amanda sur Messenger. Lui dit qu'elle semble avoir fait des ménages payés au noir pour une femme dénommée Linda. Harald a-t-il une idée de qui il peut s'agir ?

Il secoue la tête.

« Pourquoi Amanda aurait-elle travaillé au noir ? dit-il. Elle savait exactement ce que je pense de ce genre de pratique. Je suis un homme politique à plein temps, c'est impensable dans notre famille. »

Par ces mots, il explique pourquoi Amanda a gardé la chose secrète. Daniel s'abstient de le faire remarquer. Il remercie et s'apprête à partir quand Harald lui barre la route.

« Et Bergfors ? »

Daniel est étonné par son ton haineux.

« L'a-t-on arrêté ? continue Harald.

— L'enquête n'est pas terminée, esquive Daniel. Nous devons d'abord procéder à beaucoup de vérifications.

— C'est forcément lui !

— Il est beaucoup trop tôt pour tirer cette conclusion.

— C'est Fredrik qui a empoisonné Ludde ! »

Harald a presque crié cette dernière phrase.

Daniel hésite.

« Vous en êtes sûr ?

— Mira me l'a dit hier. »

C'est curieux : ils lui ont demandé la même chose et elle a nié de toutes ses forces. Si elle a menti à ce sujet, peut-être a-t-elle aussi menti sur l'alibi de Fredrik ?

Daniel ne veut pas le mentionner à Harald. Il est déjà suffisamment affecté.

« Laissez-nous faire notre travail, dit-il plutôt. Nous allons mener l'enquête. Dès que nous saurons quelque chose, nous vous tiendrons au courant. »

Il est sur le point de poser une main apaisante sur le bras d'Harald, mais il se ravise en voyant ses yeux. Il est à la fois ivre et en colère, il pourrait mal interpréter ce geste.

« Avez-vous quelqu'un que vous pourriez appeler ? propose-t-il. Pour ne pas rester seul ? »

Le regard d'Harald se durcit. Il tourne le dos à Daniel.

« Allez-vous-en et laissez-moi tranquille », grommelle-t-il par-dessus son épaule.

109

Par la vitre du porche, Hanna voit deux feux arrière disparaître au bout de Hjortronstigen. Elle court vers sa voiture, démarre en trombe, exécute un demi-tour qui l'envoie presque déraper dans le fossé, puis s'élance dans Skogsvägen.

Où est-il passé ?

Elle tourne la tête dans tous les sens pour repérer le véhicule. Loin devant, elle aperçoit les feux arrière d'une voiture sombre. Est-ce lui ? Elle accélère sur la route enneigée et le suit.

Ses pensées s'affolent. Elle n'a fait qu'entrevoir l'homme qui a quitté l'appartement, mais son air lui disait quelque chose. Elle cherche à se souvenir, mais elle doit se concentrer sur la conduite. La neige tourbillonne de plus belle. La météo s'est dégradée depuis une heure. Les essuie-glaces battent à plein régime, mais on a quand même du mal à bien voir.

Elle arrive au croisement de Skogsvägen et Skansvägen et regarde désespérément autour d'elle. N'a-t-il pas tourné dans Skansvägen ? Est-ce que cela voudrait dire qu'il se dirige vers Åre ?

Elle jure, sait bien qu'elle ne dispose que de quelques secondes pour avoir une chance de le rattraper.

Elle braque précipitamment et décide de s'engager dans Skansvägen. Des phares sur le pont qui traverse le Järpströmmen trahissent une voiture solitaire qui disparaît en direction d'Åre. C'est forcément lui. Hanna s'engage à son tour sur le pont en espérant prendre la bonne décision.

La visibilité est mauvaise, la neige tourbillonne devant les phares, créant un brouillard qui cache la chaussée. Quand la route tourne, Hanna perd de vue l'autre voiture, puis deux feux de position réapparaissent plus loin devant.

Hanna prie en silence pour que ce soit la bonne voiture.

Il roule bien trop vite, elle a du mal à suivre. La tension lui ronge tout le corps.

L'éclairage urbain cesse. Elle n'a plus que ses phares pour lui indiquer la route.

Dans un nouveau tournant, un poids lourd surgit dans un nuage de neige. Ses phares sont si violents qu'elle est aveuglée. C'est à peine si elle voit où la route se termine et où commence le fossé. Elle devrait ralentir mais n'ose pas, de peur de perdre de vue la voiture. Lorsque le poids lourd la croise, le souffle la secoue. Un instant, ses roues arrière dérapent, elle perd l'adhérence et pousse un cri. Puis les pneus mordent à nouveau la chaussée et elle reprend le contrôle.

Ses mains tremblent sous l'effet de l'adrénaline, la sueur perle sur son front et ruisselle sur ses tempes. Hanna s'entend haleter tandis qu'elle tente de rattraper son retard.

Les feux arrière de la voiture apparaissent encore comme deux faibles points au loin. Elle ne doit pas, ne peut pas se laisser distancer.

Ils sont dans une ligne droite. Hanna roule à quatre-vingts, la limite de vitesse, mais les feux du véhicule de devant faiblissent, elle est en train de se faire semer. Elle serre le volant à en avoir mal, essaie de rouler plus vite, morte de peur à l'idée de perdre à nouveau le contrôle.

Ils ont passé Hålland, la route est à présent plus sinueuse. Soudain, elle aperçoit une puissante lumière dans son rétroviseur. Beaucoup trop proche.

Elle a fort à faire pour ne pas perdre de vue la voiture de devant, mais celle qui arrive derrière elle semble accélérer alors que l'état de la chaussée lui imposerait de garder une distance de sécurité. Hanna est forcée d'accélérer encore.

Les phares dans le rétroviseur l'éblouissent, à quoi joue ce conducteur ? C'est mortellement risqué de rouler si près par ce temps : s'il ne ralentit pas, il va finir par la tamponner.

Elle n'a pas d'autre choix que d'accélérer encore. La flèche de son compteur monte de quatre-vingts à quatre-vingt-dix puis à cent et cent dix. La voiture tangue de façon inquiétante sur la chaussée. La bourrasque fait tourbillonner de plus belle la neige devant le pare-brise.

La lumière dans le rétroviseur est si violente qu'Hanna doit plisser les yeux. Son regard va et vient au hasard entre la chaussée et le rétroviseur. Le stress fait s'emballer son pouls.

Un virage surgit brusquement. En même temps, un coup de boutoir dans le pare-chocs arrière secoue l'habitacle.

Soudain, plus de lumière derrière elle.

À quoi joue ce dingue ? a-t-elle le temps de penser, une microseconde avant que sa voiture ne bondisse. Comme au ralenti, elle voit son capot plonger dans une tout autre direction que la route. Puis un arbre se précipiter sur elle, qu'elle tente d'éviter, paniquée.

110

Fredrik doit payer.

Après le départ de Daniel, Harald reste dans le noir à la cuisine. Sa rancœur efface tout le reste.

Comment Fredrik peut-il rester libre, comme s'il ne s'était rien passé ? Va-t-il continuer à vivre comme d'habitude, quand la vie d'Harald est en miettes ? La police ne fait rien, Daniel le lui a confirmé avant de partir.

Harald imagine la maison rouge où Mira et Fredrik dorment. Le grand chalet de bois auquel ils ont consacré toute leur âme. Le foyer où ils passent la nuit bien en sécurité avec leur petite Leah.

Leur fille est bien vivante, alors que la sienne est morte. Il les hait tous les deux.

Fredrik devrait brûler en enfer pour ses crimes.

Harald cligne des yeux, tout devient d'un coup très simple, il comprend soudain ce qu'il doit faire.

Le bois brûle vite : avec quelques litres d'essence et deux allumettes, leur maison devrait flamber en quelques secondes. Et en cette saison, l'intervention des pompiers serait rendue plus difficile par la neige sur les routes.

Harald entreprend de déterminer combien de litres d'essence seraient nécessaires. Ce calcul méthodique le console, il imagine déjà la scène de chaos, le crépitement, la lueur des flammes affamées.

Toutes les émotions qu'il a tenté de contenir débordent. Pourquoi resterait-il seul à souffrir ?

Au bout de quelques minutes, il va mettre ses chaussures. Sans prendre la peine d'enfiler un blouson, il sort ouvrir la porte du garage. Là, sur un banc dans un coin, il trouve le bidon de réserve. Il le soupèse. Il est plein. Pour être sûr, il dévisse le bouchon vert et contrôle le contenu. En le refermant, il en renverse quelques gouttes sur son pantalon.

Les vapeurs d'essence le plongent dans un calme étrange. Rempli d'une énergie nouvelle, il imagine la danse des étincelles. Des langues de feu qui lèchent la façade de la maison de Mira, jusqu'à ce qu'il n'en reste plus qu'un tas de cendres.

Harald rebouche soigneusement le bidon et le charge dans le coffre de la voiture.

Il est bientôt huit heures et demie, il va attendre quelques heures que tout le monde dorme. Il peut se garer au bord de l'E14 et terminer à pied. Personne ne le remarquera. Il fait presque moins vingt-cinq, tout le monde reste à l'intérieur par un froid pareil. En plus, il neige abondamment, ce qui le rendra encore plus invisible.

Ce sera un jeu d'enfant de répandre l'essence sur les façades de bois sec et d'allumer quelques allumettes.

L'image de la petite Leah lui apparaît, mais il la rejette. La seule chose qui le tient debout, c'est l'espoir que Fredrik paie pour son crime. Penser à la fille de Mira ne doit pas l'arrêter. Il le doit à sa propre fille.

111

Il fait nuit noire quand Hanna reprend connaissance. L'airbag est gonflé, une douleur intense palpite à son front.

Il lui faut quelques secondes pour se souvenir de ce qui s'est passé. La poursuite folle sur l'E14, la voiture qui s'approche trop près derrière elle. Le choc qui lui fait perdre le contrôle de son véhicule.

Elle tourne précautionneusement la tête, essaie de sentir si elle est blessée. Ses muscles lui obéissent, tout semble entier, à part cette terrible douleur à la tempe.

Elle se tâte, la douleur empire. Le doigt qu'elle porte à sa bouche a un goût de sang. La panique l'envahit. Elle est coincée dans sa voiture, dans la nuit. Aucune maison en vue, personne.

Où est-elle ?

Elle roulait en ligne droite à travers la forêt juste avant qu'on la force à quitter la route. Tout est allé très vite, elle ne se rappelle pas où elle se trouvait, seulement que l'autre voiture était beaucoup trop près et l'a heurtée par l'arrière.

Si son conducteur voulait lui nuire, ce devait être quelqu'un qui l'avait suivie depuis le domicile de Zuhra. Ce soupçon l'effraie, mais elle pouvait bien se douter que ceux qui exploitent Zuhra sont sans scrupules.

Le froid est si terrible qu'elle claque des dents. Elle est gelée jusqu'à la moelle, sa respiration haletante forme une vapeur blanche. Elle a dû rester un bon moment sans connaissance pour être refroidie à ce point.

Il faut qu'elle se sorte de là. Elle essaie de tourner la clé, le moteur démarre, Dieu merci, mais les roues tournent dans le vide. Elle ne bouge pas d'un millimètre non plus quand elle met la marche arrière ni quand elle essaie d'accélérer.

À la lueur de ses phares, elle prend conscience de son environnement. Les hauts sapins forment de toutes parts une muraille sombre, plus loin elle aperçoit un gros rocher. Les arbres poussent serrés, mais elle est parvenue à passer entre les troncs et à s'arrêter pile devant un sapin. Il n'est qu'à un mètre du pare-chocs et semble d'une épaisseur funeste dans la lumière des phares.

Elle a eu une chance miraculeuse de survivre à cet accident.

Elle tremble en réalisant qu'elle a frôlé la mort. Dans un choc frontal avec le sapin, elle serait très vraisemblablement morte. Et elle n'a qu'une plaie au front. Sans doute aussi un traumatisme crânien : elle a le vertige et un peu la nausée, elle a du mal à se concentrer.

Ses dents s'entrechoquent, ses doigts sont gelés et elle ne sent presque plus ses pieds. Il faut qu'elle appelle Daniel à l'aide.

Mais elle a beau fouiller dans sa poche, elle ne trouve pas son portable. L'avait-elle sorti ? Elle le laisse souvent sur le siège passager en conduisant. Hanna tente de se souvenir, mais tout se confond. Tout ce qu'elle voudrait, c'est dormir.

Ses paupières sont lourdes, mais sa nausée se précise. Au point qu'elle doit ouvrir la porte pour vomir. Son ventre se retourne et se vide en fumant dans la neige.

Ça la réveille. Elle ne doit à aucun prix s'endormir dans la voiture. Si elle ne sort pas d'ici, elle risque de mourir de froid pendant la nuit. Exactement comme Amanda.

Hanna s'applique à chercher son portable tout en laissant tourner le moteur. Elle allume le plafonnier et inspecte entre les pédales au cas où il aurait été projeté en avant lors du violent coup de freins.

Il est forcément encore dans l'habitacle, elle ne peut quand même pas l'avoir perdu en courant vers sa voiture. Elle ne peut pas avoir une poisse pareille.

Elle s'accroupit de son mieux et cherche partout à tâtons. S'il n'est pas par terre, il a dû glisser sur le côté du siège. Elle fouille, tend les doigts aussi loin qu'elle le peut entre les deux sièges de devant, sans parvenir à le trouver.

Des larmes de frustration coulent sur ses joues. Comment a-t-elle pu être assez bête pour ne pas dire à Daniel où elle allait ? Personne ne sait où elle est…

Sa nausée revient de plus belle, elle est si fatiguée, elle a de plus en plus envie de dormir. Elle se pince la paume de la main pour se concentrer.

Est-ce que le choc aurait pu projeter le portable sous la banquette arrière ?

Pour ne pas sortir dans le froid mordant, elle doit escalader les sièges avant. Puis, à genoux, elle passe lentement le bout des doigts sur le tapis de sol en caoutchouc en chuchotant : « S'il te plaît. » Elle sent soudain quelque chose de dur. Précautionneusement, elle extirpe son portable, coincé sous une des fixations de la banquette.

Maintenant, pourvu qu'il ne soit pas cassé.

Hanna presse l'écran, le voit s'allumer. Et aussitôt s'éteindre. Elle appuie encore, mais il reste sombre.

Elle sait que la batterie n'était pas vide quand elle est partie de la maison. Elle devait au moins être à cinquante pour cent. Puis elle comprend. C'est un iPhone, leurs batteries ne supportent pas le grand froid. Pour le faire redémarrer, il faut le réchauffer.

Elle glisse le téléphone sous son pull, dans son soutien-gorge. Le métal est glacé contre sa peau, mais elle se persuade que c'est bien. Elle a besoin de se maintenir éveillée jusqu'à ce qu'elle reçoive de l'aide. Elle peut pendant un moment faire tourner le moteur pour avoir du chauffage, mais elle ne sait pas combien de temps va tenir la batterie. Il est neuf heures moins vingt.

Hanna regagne péniblement le siège conducteur et s'y réinstalle. Elle essaie d'ignorer la douleur lancinante qui lui tenaille la tête comme un casque en acier tapissé de pointes.

D'un coup, tout devient noir. Hanna retient son souffle. Elle tourne et retourne la clé de contact. Il ne se passe rien. Elle finit par devoir admettre que la voiture ne peut plus démarrer.

À quelle distance peut-elle être de la voie rapide ? Pas très loin, même si elle a l'air de s'être un peu enfoncée en forêt. Parviendra-t-elle à regagner la route pour tenter de stopper une voiture qui puisse l'aider ?

L'idée de partir dans le froid sans portable ni lampe de poche lui donne des suées. Elle ne sait pas comment retrouver l'E14 dans ces ténèbres compactes, même si elle ne peut pas être à plus de quelques centaines de mètres. Et comment faire pour attirer l'attention au passage d'une voiture ? Sans parler du risque de se faire renverser.

L'option de rester attendre ici ne vaut guère mieux. Y aurait-il une lampe de poche dans la voiture ? Hanna fouille la boîte à gants. Quand elle se penche, la flèche qui lui traverse le front lui arrache un cri de douleur. Elle ne trouve que des papiers et une raclette à givre.

Si elle reste ici, elle risque de s'endormir. Ses bras et ses jambes se sont déjà engourdis, elle doit lutter pour ne pas laisser la fatigue avoir le dessus. Elle ne veut pas mourir de froid dans la forêt. En sortant dans le froid, elle risque aussi sa vie, elle pourrait partir dans la mauvaise direction et se perdre parmi les arbres.

Elle sort le portable de son soutien-gorge, tente de le rallumer, en vain. Encore une fois, elle se reproche de ne pas avoir dit à Daniel ce qu'elle comptait faire.

Pourquoi faut-il toujours qu'elle fasse cavalier seul ? Elle aurait pu se contenter de lui faire part de ses soupçons à l'égard de Kristina Risberg, et lui dire qu'elle allait la surveiller pendant quelques heures.

Maintenant, il est trop tard. Personne ne sait où elle se trouve.

Il faut qu'elle prenne une décision. C'est sans doute mieux de partir à la recherche de la route que de rester ici, où il peut se passer des heures avant qu'on ne la retrouve.

Elle ouvre la portière et sort de la voiture. La nuit s'abat sur elle.

112

Le serveur vient de poser la pizza à peine sortie du four devant Daniel. Il s'est réfugié dans un des restaurants italiens les plus populaires d'Åre, Prima Pasta, pour souffler un peu après cette journée mouvementée et riche en découvertes.

Après le dîner, il va rentrer et se réconcilier avec Ida. Elle et Alice lui manquent, il a un besoin physique de sentir la joue chaude de sa fille contre la sienne.

Il a juste besoin de se ressaisir un moment. La nouvelle de la tentative de suicide de Lena Halvorssen le plombe. D'un point de vue purement logique, Daniel sait bien que ce n'est pas sa faute. Mais le regard désespéré d'Harald le tourmente. Cette tragédie semble ne jamais devoir finir.

Il coupe un bout de pizza et le mâche rapidement.

Les extras cachés d'Amanda pour Fjäll-städ ont un rapport avec sa mort. Daniel en est de plus en plus convaincu. Pourrait-il y avoir un lien entre Fredrik Bergfors et Fjällstäd ? D'après ce que sait Daniel, c'est possible. Bergfors est responsable de plusieurs maisons neuves. Dès qu'elles sont livrées, leurs propriétaires doivent avoir recours à des services de nettoyage.

On peut faire de l'argent à tous les étages.

Harald a dit que Bergfors était à l'origine de la mort de son chien, son épouse le lui avait dit. Les indices convergent de plus en plus vers cet homme, même si Daniel n'est pas encore prêt à mettre totalement hors de cause Viktor et Sandahl.

Il se souvient de la liste des membres du conseil d'administration de Fjäll-städ qu'Hanna lui a montrée l'autre jour. Fredrik Bergfors y était bien, non ? Il va sortir son portable pour contrôler quand il l'entend biper dans sa poche arrière. Un bref instant, il est tenté de finir de manger avant de lire le message. Mais le sens du devoir prend le dessus et il sort l'appareil de sa poche.

Le message provient d'un numéro inconnu.

Excusez-moi de vous déranger, mais si j'ai bien compris, vous travaillez avec ma petite sœur Hanna Ahlander. Nous devions nous parler au téléphone vers dix-neuf heures aujourd'hui, et malgré tous mes appels, elle ne répond pas. Ça ne lui ressemble pas de disparaître comme ça. Je voudrais juste vérifier que tout est ok.

C'est signé d'une certaine Lydia.

Daniel regarde l'heure. Il est neuf heures dix. Il essaie d'appeler Hanna, mais tombe sur son répondeur. Il recommence, même résultat.

La dernière fois qu'il a parlé avec elle, il était environ cinq heures et demie. Elle venait de sortir de chez Ebba et semblait sur le point de rentrer chez elle à Sadeln. Il s'est écoulé quatre heures depuis. Sa sœur n'aurait pas pris la peine de chercher le numéro de

Daniel et de lui envoyer ce message si elle n'était pas inquiète.

Daniel regarde par la fenêtre. La météo est toujours mauvaise, la neige tourbillonne et le vent a forci. Les drapeaux de la place sont au garde-à-vous dans la bourrasque.

Il voudrait rentrer retrouver Ida et Alice, mais ce sms l'inquiète. Il envoie à Lydia une réponse rapide, lui assurant qu'il va essayer de trouver Hanna. Puis il se lève en jetant un regard plein de regrets à la pizza toute chaude, s'en taille un gros morceau qu'il emporte avant d'aller payer.

113

Le vent fouette le visage d'Hanna, qui avance péniblement. La neige s'enfonce sous ses pas. Elle comprend à présent pourquoi la voiture patinait. La neige est beaucoup trop fraîche pour que les roues aient la moindre prise.

Elle se recroqueville contre la bourrasque glaciale et s'efforce de suivre les traces laissées par la voiture pour rejoindre la route. Le problème est qu'elle ne voit presque rien.

Tout est incompréhensible et noir autour d'elle, elle n'avait jamais réalisé à quel point il est effarant de ne pas voir sa main devant soi. Difficile de garder son calme quand il est impossible de s'orienter.

La peur de s'égarer croît à chacun de ses pas. Tant qu'elle garde la voiture en vue, elle se dit qu'elle pourra toujours revenir en arrière si elle ne retrouve pas la route. Mais la Mitsubishi finit par disparaître, et plus elle marche, plus elle doute de la direction.

Elle a suffisamment fréquenté la montagne pour savoir combien il est difficile de garder son calme dans le noir et une tempête de neige. Il est facile de se tromper, c'est pour ça que des gens se perdent et meurent par mauvais temps.

Ses lèvres se sont raidies, le froid lui mord les joues. Hanna remonte encore son écharpe, en vain. Elle est déjà couverte d'une fine couche de glace et d'humidité provenant de sa respiration.

Elle pensait que ses yeux s'habitueraient, mais elle ne voit pas mieux dans le noir. Comme elle n'a pas de montre et compte d'habitude sur son portable, elle ne sait pas depuis combien de temps elle se trouve dehors.

À chaque minute qui passe, elle a de plus en plus peur de marcher dans la mauvaise direction et de s'enfoncer parmi les sapins.

Il lui suffirait d'apercevoir les phares d'un seul véhicule pour se guider. Il va bien finir par passer une voiture, se dit-elle pour se soutenir le moral. C'est une route importante, il y a toujours un minimum de circulation, même tard le soir.

Le froid colle ses larmes à ses paupières.

Elle s'agenouille pour essayer de vérifier qu'elle suit toujours les traces de sa voiture. Même le visage à un mètre du sol, c'est difficile à dire. Elle doit tâter la neige pour voir où elle est aplatie. Elle a beau être gelée, c'est merveilleusement agréable de ne plus bouger. Elle se laisse descendre plus profondément dans la neige, se blottit sur un flanc. Elle peut bien s'accorder une minute avant de continuer.

Elle tente de se relever, mais c'est impossible. Elle n'en a pas la force, il faut qu'elle se repose encore un peu.

La douleur à son front s'apaise quand elle ferme les yeux. La neige est douce et agréable sous elle. Elle épouse son corps comme un lit moelleux, l'invite à s'étendre complètement.

La partie de son cerveau qui fonctionne encore la met en garde contre cette tentation. Elle ne doit pas rester dans la forêt, et encore moins se coucher – au risque de ne plus se réveiller. Elle doit rejoindre l'E14 et trouver de l'aide. Bientôt, son visage et ses doigts vont geler.

« Je dois continuer, se murmure-t-elle à elle-même. Tout de suite. Mais je vais juste me reposer un peu avant… »

114

Harald roule vers la maison des Bergfors sur l'E14 déserte, les mains crispées sur le volant.

À mi-chemin, son cœur bat si vite qu'il doit s'arrêter sur une aire de stationnement. De l'air, il lui faut de l'air…

En sueur, saturé d'adrénaline, il baisse la vitre. Une bouffée d'air glacé s'engouffre par la fenêtre ouverte. Le poids sur sa poitrine s'allège après quelques inspirations. Une violente envie de cigarette le saisit, alors qu'il n'a pas fumé depuis plus de dix ans.

Les phares d'un poids lourd illuminent la chaussée. Il voit son propre visage dans le rétroviseur. Un chagrin sans fond suinte de ses yeux. La police ne va rien faire contre le meurtrier de sa fille, il l'a compris après la visite de Daniel. C'est là qu'il a pris sa décision. Il sait que c'est la bonne. La seule.

Harald passe la première et repart vers la maison de Fredrik et Mira.

Après avoir quitté la grand-route, il se gare à quelques centaines de mètres en contrebas de leur terrain. Une bourrasque lui fouette le visage dès qu'il sort de voiture. La tempête de neige continue et le vent est violent. Tant mieux, ça attisera le feu.

Avant de sortir le bidon d'essence du coffre, il regarde alentour. Personne en vue. Harald commence à gravir la pente qui mène à la maison, seul dans le noir.

Avant il était furieux, à présent il se sent calme et concentré. Il n'a qu'un seul but, punir l'homme qui a détruit sa vie.

115

Une bourrasque déferle au moment précis où Daniel sort du restaurant. Le vent fait gémir les arbres. Il se dépêche de regagner sa voiture et part pour Sadeln vérifier qu'Hannah est chez elle. Après tout, elle s'est peut-être endormie avec son téléphone en mode silencieux. Il n'y a pas de raison qu'il se soit passé quoi que ce soit d'anormal. En même temps, le message de sa sœur le tracasse. Et si son inquiétude était fondée ?

En s'engageant dans sa rue, il trouve la grande maison d'Hanna plongée dans le noir. Daniel se gare à l'arrière, et constate que la Mitsubishi n'est pas là. Par acquit de conscience, il sort de sa voiture pour aller frapper à la porte.

Dans ce hameau en hauteur, le vent est encore plus violent. Chez le voisin, les filins claquent contre la hampe du drapeau, on les dirait sur le point de s'arracher. Tandis que le froid lui glace la nuque, Daniel frappe longuement à la porte sans obtenir de réponse. Il fait ensuite le tour de la maison et scrute à travers les fenêtres des chambres à la lueur de son portable. Toutes vides.

Il retourne s'asseoir dans sa voiture. Où Hanna est-elle donc passée ? Si elle est juste au bar avec une amie, pourquoi n'a-t-elle pas répondu à ses appels ?

Quand son portable sonne, l'espoir que ce soit elle saisit Daniel. Mais c'est le centre régional des secours.

« Oui ?

— Je viens d'apprendre qu'une de vos collègues a été victime d'un accident de la route, s'entend-il répondre. Elle s'appelle Hanna Ahlander, elle est bien rattachée à Åre ? »

Le cœur de Daniel se serre.

« Que s'est-il passé ?

— Il semble qu'elle ait fait une sortie de route entre Järpen et Åre. Un particulier a donné l'alerte, et quand la patrouille est arrivée sur place, ils l'ont retrouvée dans la neige à l'écart de la route. »

Daniel démarre aussitôt, tout en gardant le téléphone coincé entre le menton et l'épaule.

« Elle est gravement blessée ?

— Je ne peux pas vous dire, mais une ambulance a été envoyée sur place. Elle a murmuré votre nom.

— Où est-elle ?

— Je ne peux pas vous dire non plus. »

Daniel prend la direction de l'E14. L'inquiétude lui fait ignorer le panneau *Stop*, il accélère si brusquement que ses roues arrière patinent.

Il s'était promis de rentrer retrouver Ida et Alice, mais rien à faire, l'accident d'Hanna doit passer avant ses problèmes privés.

Dans le faisceau des phares, les flocons virevoltent aussi vite que ses pensées. Hanna a une formation de policière, elle doit savoir comment conduire une voiture en sécurité par temps de neige. Que faisait-elle entre Järpen et Åre, si tard ?

Les sapins sombres défilent en sifflant tandis que Daniel accélère. Son anxiété croît de minute en minute.

116

Harald arrive à la clôture qui entoure la propriété. Il pose le bidon d'essence et lève les yeux vers la façade sombre. Tout est éteint, la famille dort.

Là-dedans il y a le meurtrier de sa fille et le responsable de la tentative de suicide de sa femme. Même leur chien, il a fallu qu'il s'en prenne à lui. Le corps de Ludde est toujours au garage, emballé dans un sac.

Jusqu'où un homme peut-il s'abaisser ?

Harald referme la main sur le briquet dans sa poche. Fredrik ne doit plus jamais avoir l'occasion de faire de mal à sa famille. Il faut qu'il disparaisse.

Harald regarde autour de lui, constate qu'il est toujours seul et emporte le bidon à l'arrière de la maison. Lentement, méthodiquement, il dévisse le bouchon en plastique et commence à asperger d'essence la façade peinte en rouge. Ça sent si fort que les larmes lui montent aux yeux. Il cligne les paupières, encore et encore, jusqu'à ne plus savoir s'il pleure à cause des vapeurs d'essence ou de chagrin.

Quand il a fini, il a imprégné une bonne partie de la façade, ainsi que les quatre piliers du balcon. Il recule d'un pas et lève les yeux vers l'étage.

Une voix intérieure lui dit qu'il devrait réveiller Mira et la petite Leah, leur donner une chance de sortir avant que tout flambe pour de bon. Mais il songe alors à Amanda. À son corps jeté à moitié nu sur un télésiège à la vue de tous. Elle a été condamnée à mourir de froid, toute seule dans la nuit d'hiver. Elle, elle n'a eu aucune chance.

Il reste pourtant là, le briquet dans la poche, sans se résoudre à le sortir. Il n'est pas comme ça. Il n'est pas un assassin.

Puis il se représente de nouveau Fredrik, le meurtrier de sa fille, et ses doigts se crispent.

117

Le lieu de l’accident ne peut pas se manquer quand Daniel arrive sur l’E14. Plusieurs voitures de police sont garées sur le bas-côté, ainsi qu’une dépanneuse. Les gyrophares bleus clignotent, de mauvais augure.

Daniel voit les traces de roues qui disparaissent dans la forêt sombre. Une boule au ventre, il imagine Hanna écrasée contre un arbre. Il se précipite dehors vers un des policiers qu’il reconnaît.

« On m’a signalé l’accident, dit-il. Comment va la conductrice ?

— Ils l’ont évacuée en ambulance vers Östersund.

— Dans quel état ? »

Son collègue secoue la tête.

« Difficile à dire. Elle était en hypothermie et inconsciente, le visage en sang.

— Mais vivante ?

— Jusqu’ici, oui. »

Une heure plus tard, Daniel arrive dans les rues vides d’Östersund. Il traverse la ville beaucoup trop vite, se gare n’importe comment devant l’hôpital et court jusqu’aux urgences.

Il y a la queue à l'accueil. Il dégaine sa carte de police et double tout le monde sans faire attention aux regards interloqués.

« Hanna Ahlander, halète-t-il à l'infirmière assise derrière la vitre. On l'a transportée ici après un accident de la route sur l'E14.

— Attendez voir… »

Daniel peine à tenir en place.

« Où est-elle ? s'exclame-t-il. Comment va-t-elle ? »

L'infirmière le regarde.

« Vous pouvez vous calmer ? Vous n'êtes pas le seul ce soir. »

Elle fixe son écran quelques secondes – une éternité pour Daniel.

« Les médecins s'occupent d'elle en ce moment, finit-elle par dire.

— Qu'est-ce que ça signifie ? »

Daniel a vu assez de corps déchiquetés après de graves accidents pour pressentir le pire.

« Doit-elle être opérée ?

— Asseyez-vous dans la salle d'attente, nous vous tiendrons au courant.

— Vous ne pouvez pas me dire comment elle va ?

— Non, désolée.

— Mais dites-moi au moins si elle est gravement blessée ! s'exclame Daniel en se retenant de hurler.

— Allez attendre, comme je vous l'ai dit. »

Elle porte son regard sur la personne derrière lui.

« Suivant ! »

118

Harald est effondré sur le siège conducteur, le front appuyé contre le volant, les joues mouillées de larmes. Même ça, il n'y est pas arrivé. Punir le meurtrier de sa fille. Au tout dernier moment, il n'a pas eu le cran de mettre le feu à la maison, malgré sa façade qui empestait l'essence.

Il est tellement enfermé dans son désespoir qu'il lui faut quelques secondes pour réagir quand son portable vibre dans sa poche. Il finit par répondre d'une voix à peine audible.

« Harald Halvorssen ? fait une voix de femme. J'appelle de l'hôpital d'Östersund. J'ai malheureusement de mauvaises nouvelles.

— Hein ? murmure Harald.

— Je suis vraiment désolée, mais votre femme est partie il y a quelques minutes. Tout semblait aller bien, puis elle a fait un arrêt cardiaque. Nous avons fait tout ce qui était en notre pouvoir, mais ça n'a pas suffi. Toutes mes condoléances. »

Harald regarde son téléphone pendant quelques secondes, puis raccroche.

Quand il remet son portable dans sa poche, le bout de ses doigts frôle son briquet. D'une main tremblante, il le lève devant son visage et l'allume quelques secondes. Puis il ouvre sa portière et remonte lentement vers la maison de Fredrik.

La neige a cessé de tomber, mais le vent est encore violent. Après des semaines, la couverture nuageuse est enfin en train de se déchirer. Un croissant de lune blanc luit dans le ciel noir au-dessus d'Åre.

Harald tombe à genoux dans la neige devant la maison pour rassembler ses forces. Une forte odeur d'essence se dégage toujours de la façade. Il sort alors son briquet de sa poche et appuie.

Une puissante flamme s'embrase dans une gloire orangée. Elle brûle d'un éclat consolateur, elle est même belle sur fond de neige blanche et de nuit noire.

« Œil pour œil, dent pour dent. » Un proverbe primitif auquel Harald n'a jamais cru. À présent, il lui semble tout à fait juste.

119

Daniel a l'impression d'attendre depuis une éternité quand un infirmier vient lui tapoter l'épaule.

« C'est vous qui êtes venu pour Hannah Ahlander ?

— Oui.

— Elle vient de quitter les urgences pour le secteur 15. »

Bonne ou mauvaise nouvelle ? Daniel ne prend pas la peine de demander.

Il se presse à travers des couloirs vides aux murs nus, dans la lumière blanche des néons. Il n'avait encore jamais pris conscience de la taille de cet hôpital. Il se trompe, cherche en vain quelqu'un pour le renseigner. Il finit par revenir en trombe sur ses pas, et comprend qu'il aurait dû tourner à gauche plus tôt.

Enfin, il arrive au bon secteur et pousse la porte. Il tombe sur une infirmière d'une cinquantaine d'années aux cheveux gris.

« Je cherche Hanna Ahlander, parvient-il à lâcher.

— Vous êtes un proche ? »

Daniel ment en répondant que oui. À tout hasard, il montre aussi sa carte de police.

« Elle est en chambre 7.

— Comment va-t-elle ?

— Elle a un sérieux traumatisme crânien et plusieurs engelures, mais les médecins pensent qu'elle n'aura pas de séquelles. Elle avait aussi une vilaine plaie au front, qu'il a fallu recoudre, mais c'est tout. »

Le soulagement submerge Daniel.

« Est-elle réveillée ? demande-t-il.

— On lui a administré des antalgiques, alors elle dort sûrement. Mais vous pouvez aller la voir si vous voulez. »

Daniel remercie et se dirige vers la chambre d'Hanna. Il pousse précautionneusement la porte et glisse un œil dans la pénombre.

Une unique lampe est allumée au chevet du lit, à côté d'un pied à perfusion. Hanna est étendue sur le dos, les yeux clos. Un large bandage blanc lui barre le front. Elle est très pâle et ses joues portent des traces d'engelures.

Daniel s'assied à côté d'elle. Il voudrait prendre sa main dans la sienne, mais n'ose pas. Soudain, elle ouvre les yeux et le regarde. Il voit son étonnement se muer en joie.

« Oh, c'est toi, murmure-t-elle tout bas. Salut. »

C'est merveilleux qu'elle soit même en état de parler.

« Comment tu vas ? »

Elle tente de former un sourire, sans vraiment y parvenir.

« Je ne pensais pas m'en sortir… »

Sa voix s'éteint.

« Qu'est-ce qui s'est passé ? demande Daniel. Tu as la force de me raconter ? »

Hanna cligne des yeux, comme si elle essayait de se remémorer l'enchaînement des faits. Une lueur de peur apparaît dans son regard.

« Une voiture m'a poussée dans le décor, murmure-t-elle.

— Tu veux dire que c'était intentionnel ? »

Hanna hoche la tête.

« La voiture est arrivée à toute vitesse derrière moi, et elle m'est rentrée dedans. J'ai perdu le contrôle. »

Bout à bout, Daniel recueille tout ce qui l'a menée jusqu'ici. Son enquête sur Risberg et Zuhra. Quand elle a fini, Hanna a le visage gris d'épuisement.

« Cet homme qui est sorti de l'appartement de Zuhra, murmure-t-elle, je crois que c'était… »

Elle parle si bas qu'il n'arrive pas à l'entendre. Il se penche, l'oreille près de sa bouche.

« Bosse Lundh », parvient-elle à lâcher.

Daniel a du mal à le croire. Elle a bien parlé de Bosse Lundh, de Missing People ?

Les paupières d'Hanna se referment.

« Repose-toi », lui dit-il doucement.

En quelques minutes seulement, elle s'est rendormie.

Daniel reste assis là, à rassembler tous les éléments qu'il vient de recueillir. Zuhra et Amanda travaillant toutes deux pour Fjäll-städ. Zuhra arrivant par hasard chez Hanna, dont l'instinct policier repère que quelque chose ne va pas. Hanna elle aussi s'est trop approchée. Tout se tient.

Daniel sent soudain sa fatigue. Il se fait très tard, il faut qu'il rentre à Åre. Il ne sera pas chez lui avant trois heures du matin.

Il jette un dernier regard sur la silhouette d'Hanna. Ses sourcils noirs soulignent la pâleur de sa peau, ses cheveux sont répandus sur l'oreiller. Il se penche et lui caresse doucement le bras. Puis il s'en va sans bruit.

SAMEDI 21 DÉCEMBRE

120

Le corps perclus de fatigue mais bourré d'adrénaline, Daniel se réveille vers huit heures dans la salle de repos du commissariat. Quand il est arrivé à Åre, il était presque trois heures du matin, impossible de rentrer chez lui à une heure pareille, alors qu'il avait prévu d'aller demander pardon à Ida. Son existence est sens dessus dessous.

Après une douche rapide, il remet ses vêtements de la veille et appelle l'hôpital d'Östersund. Hanna va bien, en tout cas au vu des circonstances. Elle a dormi toute la nuit. Elle va être gardée encore vingt-quatre heures en observation, pour s'assurer que ses engelures ne s'aggravent pas.

Il demande à l'infirmière de lui dire qu'il a appelé, puis allume son ordinateur et cherche des informations sur la direction de Fjäll-städ AB. La liste des membres du conseil d'administration s'affiche, et tout s'éclaire.

Daniel se précipite dans la salle de réunion et sort la carte d'Ullådalen et les noms des différents propriétaires de chalet. Il envoie ensuite un message à Anton pour lui demander de rassembler un certain nombre de données et de le retrouver au commissariat dans deux heures. Puis il descend au garage où les deux scooters des neiges sont garés, chacun sur sa remorque. Il en accroche une à un véhicule banalisé et sort dans l'âpre matin d'hiver.

Il fait toujours nuit quand Daniel arrive au parking d'Ullådalen, en contrebas du café. C'est totalement désert. Il détache le scooter, le descend de la remorque, enfile le casque et démarre le moteur. Le cône du phare déchirant l'obscurité, il s'élance dans le paysage blanc.

Les chenilles glissent facilement sur la surface gelée. Il traverse le lac Ullsjön puis continue vers la montagne à l'ouest avant d'obliquer en direction d'Holmtjärn. Seul le bruit de son moteur trouble le silence austère. Il effraie un lièvre qui vient de revêtir sa fourrure d'hiver. L'animal blanc détale en sens inverse et disparaît dans un creux du terrain.

Daniel s'arrête pour s'orienter. Pour la première fois depuis des semaines, le ciel est clair et sans nuages. C'est un soulagement de ne plus subir les tourbillons de neige et le vent glacial qui ont sévi tout décembre.

Il sort la carte cadastrale et étudie la délimitation des parcelles et la disposition des bâtiments. Il est censé y avoir entre quinze et vingt petits chalets, sans compter le pavillon de chasse du prince Carl.

L'aube commence à poindre à l'est, vers Rödkullen. Daniel tourne le visage vers la lumière et songe à Hanna.

C'est elle qui a découvert le lien avec Kristina Risberg, l'employeuse qui transportait ces femmes de ménage exploitées d'une maison à l'autre. Parmi les propriétaires d'Ullådalen, il y avait sur la liste une personne portant le même patronyme, Annika Risberg.

D'après Anton, la famille Risberg est un des plus gros propriétaires fonciers d'Ullådalen.

Bosse Lundh est le compagnon d'Annika Risberg, la sœur de Kristina Risberg. Ça ne peut pas être un hasard. Et le meurtrier est arrivé en scooter d'Ullådalen, à en croire l'employé de la station de ski.

Daniel repère le chalet de la famille Risberg sur la carte et redémarre le scooter. Le soleil passe la crête des montagnes quand il se met en route. Les premiers rayons scintillent dans la neige.

Dix minutes plus tard, le toit de tôle rouillée du chalet en rondins sort de la couverture neigeuse, entouré de bouleaux nains. Une étroite cheminée se dresse d'un côté, deux panneaux solaires sont placés sur le toit. Le bâtiment n'est pas grand, trois mètres sur quatre tout au plus.

Daniel s'arrête devant la porte et descend du scooter. Il fait le tour du chalet et jette un œil par une fenêtre à moitié obturée. Il devine un intérieur spartiate : deux lits superposés avec deux matelas tachés sur la couchette du bas, une petite table avec deux bancs et un poêle pour le chauffage.

Il est certes tombé de grandes quantités de neige depuis la nuit où Amanda a disparu, mais il est cependant possible de voir que quelqu'un est venu ici la semaine dernière. Par acquit de conscience, Daniel s'est arrêté devant les chalets sur son passage, totalement enneigés. Il observe les abords de celui-ci, sans se presser. De près, il n'y a aucun doute : le chemin qui mène à la porte a été récemment dégagé, ses rebords recouverts de neige se distinguent nettement.

Daniel sort son portable et photographie tout. Puis il retourne à la fenêtre et regarde le poêle. Un peu de cendre devant l'ouverture indique qu'il a été récemment utilisé. Tout le bois a disparu. Aucun propriétaire de chalet sérieux ne laisserait son habitation dans cet état.

Au bord de la fenêtre, il voit comme une inscription près de la vitre. Il plisse les yeux et presse le nez contre le verre. Il finit par distinguer des lettres péniblement tracées.

Amanda.

Daniel en a assez vu : c'est là que la jeune fille a trouvé la mort.

Il remonte sur le scooter, démarre et fait demi-tour pour rentrer, dans la blancheur scintillante du paysage montagnard.

121

Anton attend dans la salle de réunion et hausse les sourcils en voyant Daniel entrer en combinaison de scooter, casque sous le bras.

« Alors ? demande-t-il en commençant à se débarrasser de la combinaison.

— J'ai imprimé tous les documents que tu voulais. »

Anton aligne des papiers sur la table.

« Voici l'extrait du registre des impôts », dit-il en indiquant un premier document.

En haut, on y lit le nom d'Annika Risberg, avec ses données personnelles et adresse. En dessous, son compagnon : Bosse Lundh.

Anton saisit un autre papier : un extrait du fichier des assurances qui indique que Bosse Lundh est propriétaire d'un scooter Yamaha noir.

Le dernier document vient du registre des immatriculations : Bosse Lundh possède aussi un SUV noir Volkswagen.

« Je crois que nous le tenons », dit lentement Daniel.

Il lui résume sa visite au chalet d'Ullådalen.

« Si l'ADN de Lundh correspond à celui que le légiste a trouvé sous les ongles d'Amanda, il est cuit. Il devrait aussi y avoir des traces d'ADN dans sa voiture et dans le chalet, et probablement sur le traîneau qu'il a utilisé pour la transporter.

— Merde alors, lâche Anton en se grattant la nuque. Qui l'aurait cru ? Lui qui nous a même aidés à la chercher… Quel salopard ! »

Daniel tire un siège et s'assoit.

Il reste encore beaucoup de travail avant qu'ils puissent confirmer sans doute possible que Bosse Lundh est bien l'homme qui a tué Amanda. Ils ne peuvent pas formellement mettre hors de cause les autres suspects, Fredrik Bergfors, Lasse Sandahl et le petit ami Viktor, avant que les analyses du labo ne soient terminées.

Mais Daniel sent qu'ils le tiennent. Bien trop d'éléments le désignent.

C'est sans doute aussi lui qui est à l'origine de l'accident d'Hanna : elle a dit que la voiture qui l'avait percutée était de couleur sombre.

Bosse Lundh n'a fait que trop de victimes.

Daniel commence à lister les mesures à prendre dans les prochaines vingt-quatre heures. Le couple Lundh-Risberg doit être arrêté, ainsi que la sœur, Kristina, et cette Linda, qui reste à identifier. Il leur faut saisir la voiture de Lundh et envoyer les techniciens du labo au chalet d'Ullådalen.

L'expert informatique Markus va avoir fort à faire avec les ordinateurs et les téléphones du couple, mais Daniel lui fait confiance pour dénicher des sms compromettants, et peut-être même géolocaliser les différentes personnes impliquées aux moments critiques.

Il espère aussi trouver des traces de peinture de la voiture d'Hanna sur le pare-chocs du SUV de Lundh.

Ils peuvent également perquisitionner le siège de Fjäll-städ ainsi que les appartements de Hjortronstigen où sont sans doute logées avec Zuhra les deux autres femmes ouzbèkes. Les services sociaux doivent être sollicités pour s'occuper d'elles, ainsi que l'Office des migrations. Par la suite, la double comptabilité devra être analysée par la police financière.

Daniel n'a aucun doute, cette fois, le procureur Tobias Ahlqvist sera prêt à prendre toutes les décisions qui s'imposent.

« Au fait, tu es au courant pour l'incendie ? demande Anton.

— Hein ?

— Ça a brûlé cette nuit chez Fredrik et Mira Bergfors.

— Qu'est-ce qui s'est passé ?

— Le feu a pris vers minuit. Ça s'est propagé à une vitesse démente, selon la déclaration des experts ce matin. Toute la maison est partie en fumée. Ils pensent que c'est volontaire.

— Un incendie criminel, tu veux dire ? »

Daniel songe aussitôt à sa visite chez Harald Halvorssen. En désespoir de cause, ce dernier s'est-il fait justice lui-même ? Il se reproche aussitôt son manque de prudence : c'est lui qui a informé Halvorssen que la police soupçonnait Bergfors en raison de sa liaison avec Mira.

« Et la famille ?

— Pas de victimes, mais c'est un coup de chance incroyable. Apparemment, les époux avaient eu une violente dispute le soir même. Mira était partie avec sa fille chez ses parents et Fredrik avait passé la nuit à son bureau. Sans ça, ils auraient tous flambé. »

Daniel respire.

Si c'est bien Harald qui est à l'origine de l'incendie, c'est une nouvelle tragédie, mais au moins elle n'a pas provoqué davantage de morts.

« Quelqu'un devrait aller chez Halvorssen », dit-il.

Anton dévisage Daniel.

« Je l'ai vu hier, reprend ce dernier. Il était hors de lui, avait bu, et proférait des propos haineux à l'encontre de Fredrik Bergfors. Personne n'avait de motif plus puissant que lui. »

Anton hoche pensivement la tête.

« Je m'en occupe », dit-il en prenant son portable.

Daniel l'entend donner de brèves instructions au téléphone pour appréhender Halvorssen.

Puis il ferme les yeux en essayant de trouver une énergie nouvelle.

Il voudrait appeler Ida, mais il faudra que ça attende. Il se contentera d'un nouveau sms, car c'est l'heure de la visioconférence avec Tobias Ahlqvist et Birgitta Grip. Ils doivent établir un plan de bataille pour la journée et la suite.

Son regard s'arrête sur la photo d'Amanda au mur. C'est la première fois, depuis qu'on l'a retrouvée, qu'il réussit à la regarder sans éprouver de culpabilité.

Il appuie sur le bouton pour lancer la réunion vidéo. Le moment est venu de donner le dernier coup d'accélérateur.

122

En arrivant avec les patrouilles de police au domicile de Bosse Lundh et Annika Risberg, Daniel aperçoit deux silhouettes par la fenêtre. Le couple dîne tranquillement. Une bouteille de vin est ouverte, chacun a un verre plein devant lui. Trois bougies sont allumées dans le chandelier de l'Avent sur la table, et des rideaux rouges encadrent les fenêtres.

On dirait n'importe quelle famille suédoise un samedi soir de décembre. Daniel s'imagine à la table de sa cuisine avec Ida et Alice.

Il rajuste son gilet pare-balles qui le gêne aux aisselles. Par précaution, il vérifie son arme de service.

Il va être six heures et demie. En ce moment même, d'autres collègues s'apprêtent à des interventions similaires contre les autres personnes impliquées, Kristina Risberg et Linda Edén – ainsi s'appelle la femme du bureau de Fjäll-städ.

Ils avancent pliés en deux, la neige souple sous leurs semelles.

Daniel fait un signe à Anton et indique de la tête aux autres que c'est le moment.

Pendant qu'Anton et lui attendent dehors, la porte est enfoncée et deux hommes entrent arme au poing.

On entend le cri strident d'une femme, puis du verre brisé. Puis le silence se fait.

Quand Daniel entre, Lundh, debout, le regarde fixement pendant qu'on lui passe les menottes. Annika Risberg est toujours assise, le visage blanc. Anton s'occupe d'elle.

Daniel s'approche de Lundh.

« Vous êtes arrêté pour le meurtre d'Amanda Halvorssen, tentative de meurtre contre Hannah Ahlander et exploitation aggravée d'êtres humains », l'informe-t-il.

L'homme cligne des yeux, effaré, comme s'il ne comprenait pas ce qui se passe. Sa bouche s'ouvre et se ferme sans qu'il en sorte aucun son. Daniel ne peut pas se retenir. Il lui saisit violemment le bras et lui crache presque à la figure :

« Bordel, comment vous avez pu faire semblant de rechercher Amanda alors que vous l'avez laissée mourir de froid toute seule dans ce chalet ? Elle n'avait que dix-huit ans ! »

Annika Risberg a le souffle coupé.

« Qu'est-ce que tu as fait ? s'écrie-t-elle.

— Je ne voulais pas, se défend Lundh d'une voix rauque. J'avais besoin de temps pour réfléchir. Quand je suis revenu, il était trop tard pour la sauver. Je ne pensais pas qu'elle serait si vite à court de bois. »

Daniel lui jette un regard de mépris, tandis que deux techniciens de la police scientifique entrent dans la maison. Il s'écarte d'un pas pour laisser ses collègues en uniforme conduire les deux coupables aux voitures de police. Les gyrophares ont déjà attiré les voisins curieux à leurs fenêtres.

Daniel n'éprouve aucun sentiment de triomphe. La mort d'Amanda est une tragédie. Et ses conséquences sont terribles. Il devrait se réjouir des aveux de Lundh, mais il est trop épuisé. La tension a été dure ces derniers jours, il manque cruellement de sommeil et il n'ose pas savoir où en est son couple.

Malgré tout, il a échoué.

Il n'a pas été possible de sauver la vie d'Amanda.

123

La tête bourdonnante de fatigue, Daniel est devant la porte de son appartement, trousseau de clés à la main.

Après l'arrestation de Bosse Lundh et de sa compagne, on a commencé la perquisition de leur domicile et du chalet d'Ullådalen. Les services sociaux ont pris en charge les trois jeunes femmes ouzbèkes. Kristina Risberg a déjà avoué que c'est Lundh qui a percuté Hanna. Ils avaient remarqué sa voiture et commençaient à se sentir menacés. Ils ont réussi à tromper Hanna pour permettre à Bosse de se placer derrière elle et la forcer à sortir de la route. Kristina a prétendu qu'ils voulaient juste lui faire peur, pas la tuer. Cela reste à vérifier.

Daniel regarde le bouquet qu'il tient à la main. Il s'est arrêté à la station-service pour acheter des roses rouges. C'est un peu pathétique de rentrer à la maison avec ces fleurs à moitié fanées achetées au bord de la route, mais il n'a rien trouvé de mieux.

Sa petite famille lui manque tellement.

Il ouvre et glisse un œil à la maison. Le silence est complet, pas de télé ni de musique. La cuisine est dans le noir, il voit juste une vague lumière qui provient du fond de l'appartement.

« Il y a quelqu'un ? »

Daniel ôte ses vêtements chauds et se glisse au séjour. Sur le canapé, Ida fait téter Alice. Son petit corps repose tout contre sa mère, qui soutient du bras droit son crâne duveteux.

Les voir ainsi toutes les deux ravive la mauvaise conscience de Daniel.

Il est vraiment un salaud. Qui file en abandonnant sa famille pendant plusieurs jours, comme il vient de le faire ? Ida se remet tout juste de l'accouchement, Alice n'a que trois mois.

Une vague de honte le submerge. C'est son devoir de s'occuper d'elles.

Daniel s'approche du canapé, tombe à genoux devant sa compagne et sa fille et murmure :

« Pardon. »

Presque aussitôt sortie de chez Ebba, Amanda regrette. Il fait un froid de canard, elle commence tout de suite à geler tandis qu'elle se dirige vers l'E14.

Fichu Viktor. Pourquoi fallait-il qu'il boive autant ? Elle attendait vraiment cette soirée avec impatience, et il a tout gâché.

Elle arrive sur la grand-route et part à pied vers l'est. Ce n'est pas très malin de longer à pied l'E14, mais il y a peu de voitures à cette heure-ci. Elle espère que quelqu'un va la prendre en stop, il fait sacrément froid.

Un SUV sombre approche, Amanda agite la main. Le chauffeur ralentit et s'arrête un peu plus loin sur une aire de stationnement. Elle court pour le rattraper. La vitre descend.

« Tu veux monter ? »

Amanda sourit avec gratitude et ouvre la portière pour grimper à bord. Elle reconnaît presque aussitôt le conducteur : c'est Bosse, une connaissance de son père.

Il la regarde, l'air étonné.

« Amanda Halvorssen, dit-il. C'est bien toi ? »

Elle hoche la tête.

« Merci de vous être arrêté, dit-elle. Il fait super froid. »

Après une petite pause, elle ajoute :

« J'habite dans Pilgrimsvägen. »

Dans la voiture, elle s'aperçoit qu'elle a perdu son écharpe, mais elle ne veut pas demander à Bosse de faire demi-tour. Il faudra qu'elle revienne la chercher demain.

« Tu reviens d'une fête ? » demande-t-il.

Amanda hoche la tête.

« Chez ma copine Ebba. »

Elle commence à avoir envie de dormir, il fait chaud dans la voiture et elle a trop bu.

Bosse continue à rouler, mais il ne tourne pas là où il devrait.

« Pardon, dit Amanda. J'habite par là-bas.

— Je sais dit-il, mais il faut que je te parle de quelque chose. »

Amanda cligne des yeux. Parler de quoi ?

« C'est comme si le destin avait voulu que nous ayons cette petite discussion, toi et moi », ajoute-t-il.

Amanda ne comprend toujours pas ce qu'il veut dire.

« Vous ne pourriez pas juste me laisser là ? Je finirai à pied », tente-t-elle.

Bosse quitte l'E14 et s'engage dans une étroite route forestière. Amanda s'efforce de refouler sa peur.

« Il faut vraiment que je rentre, maintenant », dit-elle en essayant de ne rien laisser paraître.

Bosse ne semble pas l'écouter. Il n'arrête la voiture qu'après s'être enfoncé assez profondément dans la forêt. Le bruit de sa ceinture de sécurité qu'il défait glace la jeune fille.

Il se tourne vers elle. Son visage jusqu'ici si aimable est devenu sombre.

« Visiblement, tu as parlé à une de mes filles », dit-il.

Amanda met quelques secondes à saisir à qui il fait allusion. Elle respire un peu plus difficilement.

« Vous parlez de Zuhra ?

— Elle raconte plein de conneries, tu ne dois pas écouter tout ce qu'elle invente. »

La vérité éclate aux yeux d'Amanda.

Elle imaginait l'homme qui exploitait Zuhra comme un vrai salaud, un gangster, jamais elle n'aurait cru que c'était quelqu'un comme Bosse. Un type ordinaire, juste un peu plus âgé que son père, même ventre de buveur de bière, vêtements tristes et cheveux clairsemés.

Amanda se rappelle l'air terrorisé de Zuhra quand elle a fini par lui raconter à quoi ressemblait sa vie. Elle avait de gros bleus aux bras, des larmes coulaient sur ses joues. Amanda lui a promis de l'aider. Elle a ressassé toute la semaine pour trouver quoi faire.

Elle fixe Bosse, sous le choc.

« C'est vous qui l'avez frappée ? »

La bouche de Bosse se réduit à un trait.

« Elle et sa putain de grande gueule... »

En voyant les yeux froids de l'homme, Amanda comprend la terreur de Zuhra.

Elle lorgne vers la portière, mais Bosse suit son regard.

« Je l'ai fermée, dit-il. Maintenant, tu vas bien m'écouter. »

Amanda reste très calme.

« Tu ne dis pas un mot au sujet de Zuhra. À personne. Pigé ? »

Amanda essaie de ravaler sa peur. Elle hoche la tête.

« Si tu ne fais ne serait-ce que mentionner son existence à quelqu'un, je la punirai. Compris ? Si tu caftes, ce n'est pas toi qui en paieras le prix, c'est elle, et ce sera bien pire que tout ce qu'elle a subi jusqu'à présent. »

Amanda hoche à nouveau la tête. Les larmes lui montent aux yeux, mais elle n'ose pas lever la main pour les essuyer. En même temps, elle se déteste d'être terrorisée à ce point. Elle ne veut pas céder à ce type. Elle ne veut pas être sa victime, comme Zuhra.

Bosse paraît plus calme.

« Bon, dit-il avec un sourire qui donne la chair de poule à Amanda. C'est bien qu'on ait pu parler. Quelle chance que je t'aie trouvée sur ma route. »

Il se retourne pour rattacher sa ceinture de sécurité, visiblement satisfait.

Amanda le hait profondément. Comment Bosse peut-il s'attaquer à une personne aussi vulnérable que Zuhra ? Sans papiers, dans un pays dont elle parle à peine la langue, Zuhra n'a pas d'argent ni de famille pour l'aider.

La colère la submerge. L'alcool qu'elle a bu lui donne du courage.

Bosse est une enflure. Il n'a rien à lui ordonner. Elle n'a pas l'intention de se laisser faire, jamais de la vie. Elle va sortir de là, ce n'est pas lui qui l'en empêchera.

Amanda se met à tirailler la portière en lui hurlant :

« Laisse-moi sortir, pauvre con. »

Comme la portière ne s'ouvre pas, elle lui frappe l'épaule de toutes ses forces.

« Je vais le dire à papa ! crie-t-elle. Je vais tout lui raconter ! »

Bosse réagit beaucoup plus vite qu'elle ne l'en croyait capable. Il se jette sur elle et l'attrape par le haut des bras.

D'abord, elle n'arrive pas à bouger, puis elle parvient à libérer une de ses mains et le griffe à la racine des cheveux.

Soudain, il referme ses mains autour de son cou, serre fort, elle a du mal à respirer.

« Tu vas faire ce que je t'ai dit », siffle-t-il.

Amanda lutte pour se dégager. Elle se tortille, mais Bosse est beaucoup trop costaud. Il est si près qu'elle voit ses yeux exorbités, un peu de salive qui mousse aux commissures de ses lèvres.

Puis tout devient noir.

DIMANCHE 22 DÉCEMBRE

124

Le soleil danse sur la glace du lac d'Åre quand l'ambulance d'Hanna arrive à la sortie Björnen. Au-dessus du hameau, on aperçoit Stjärnbacken et Hummelbranten, deux pistes bien dessinées qui suivent les courbes de la montagne. Toutes les remontées fonctionnent et de minuscules silhouettes de skieurs slaloment avec enthousiasme sur la pente.

L'Åreskutan s'élève majestueusement, on distingue clairement la station au sommet qui se dessine sur le ciel bleu clair.

Hanna est assise à l'arrière de l'ambulance. Elle est encore fatiguée et éprouvée, mais bien contente de ne pas être obligée de rester à l'hôpital.

La voiture commence à grimper vers Björnen. Dans le virage le plus raide, une cascade gelée pend à la paroi rocheuse. Un jaillissement d'eau aux reflets verts stoppé net par le froid, comme si le temps s'était un instant figé. Des couches de glace superposées luisent au soleil avec un scintillement accueillant. Les sapins chargés de neige créent un paysage féerique tandis que le véhicule continue vers Sadeln.

Hanna resserre son blouson. A-t-elle bien fait d'enquêter pour son compte sur Kristina Risberg ?

Elle ne peut s'empêcher de ressasser. Elle s'était promis de faire profil bas dans ce nouveau poste, et elle a fait exactement l'inverse. Voudront-ils encore d'elle ?

Pour ce qui est de Daniel, apparemment oui. Il a appelé ce matin pour prendre de ses nouvelles avant sa sortie. Il lui a raconté les arrestations et les aveux de Lundh. Sans les recherches d'Hanna, ils n'auraient jamais remonté la bonne piste. Il le lui a plusieurs fois assuré, et elle voudrait tellement le croire, ne pas laisser filer cette chance de travailler avec lui. Elle se rappelle combien elle s'est sentie rassurée à l'hôpital de le voir arriver à son chevet en pleine nuit.

Du côté de Christian, tout semble aussi s'arranger. Lydia l'a appelée dans la matinée pour lui dire qu'elle l'avait informé de ce qui s'était passé, et de la raison pour laquelle elle ne l'avait pas appelé. En apprenant l'accident, toute sa colère avait disparu. Christian ne va pas déposer plainte. Hanna peut souffler.

Quand la voiture entre dans Sadeln et s'arrête devant la maison, elle voit Lydia sur le pas de la porte. Elle a insisté pour venir en avion accueillir sa petite sœur, alors qu'elle va bientôt partir en croisière en famille. Comme d'habitude, impossible de s'y opposer.

Lydia a estimé qu'Hanna ne devait pas revenir dans une maison vide après son accident. Elle va rester jusqu'à demain. Elle a fait des courses, acheté tout ce dont Hanna peut avoir besoin.

En voyant sa sœur, Hanna sent sa gorge se nouer. Ses parents sont comme ils sont, mais elle peut vraiment compter sur Lydia.

Dans deux jours, c'est Noël. Hanna l'avait presque oublié.

Östersundsposten

7 juillet 2020

Un jugement a été rendu aujourd'hui au procès d'un réseau de trafiquants d'êtres humains démantelé à Åre au cours de l'hiver. Un couple en association avec la sœur de la femme et une employée avaient fait venir trois femmes d'Ouzbékistan, attirées en Suède par de fausses promesses.

La bande a été démasquée après qu'une jeune fille de dix-huit ans originaire d'Åre, Amanda Halvorssen, eut disparu dans des circonstances mystérieuses la nuit de la Sainte-Lucie l'an dernier.

Au terme d'une importante enquête, l'homme, Bosse Lundh, a été reconnu coupable de plusieurs crimes graves. Il a été également mis en examen pour tentative de meurtre sur la personne d'une policière qu'il avait poursuivie à haute vitesse et forcée à quitter la route.

Bosse Lundh a été condamné à dix-huit ans de prison pour homicide, exploitation aggravée et tentative de meurtre. Sa compagne, Annika Risberg, a été condamnée à huit ans de prison et les autres femmes, Kristina Risberg et Linda Edén, à des peines de prison de respectivement quatre ans et deux ans et sept mois.

Le père d'Amanda Halvorssen, l'ancien conseiller communal Harald Halvorssen, s'est abstenu de commenter les sentences. Il a récemment été condamné à une peine conditionnelle pour un incendie criminel, contrecoup tragique de ces événements.

Il a été fait appel de tous les jugements.

REMERCIEMENTS

Il existe une profonde ressemblance entre un archipel et la montagne : même puissance de la nature, même horizon ininterrompu et même beauté sublime des paysages qui font qu'on s'y sent facilement chez soi.

Quand la crise du coronavirus a éclaté, je me trouvais à Åre, où je suis restée, en raison des restrictions de déplacement. L'inspiration m'est venue peu à peu, et j'ai fini par écrire ce roman policier situé dans les montagnes du Jämtland.

Une autrice qui se lance dans un nouveau livre d'une nouvelle série dans un nouveau milieu est extrêmement dépendante de l'aide amicale prodiguée par des habitants de la région. Deux personnes ont été d'un soutien inestimable pendant l'écriture d'*Une écharpe dans la neige* : Ulrika Bauman Edblad et Anders Edblad. Mille mercis pour avoir lu, commenté mon texte et m'avoir fourni les contacts nécessaires à ma documentation. Je voudrais aussi remercier Tuva Edblad qui m'a aidée à cerner le milieu scolaire, le mode de vie et les expressions des jeunes. Merci à tous les habitants d'Åre qui ont si généreusement partagé avec moi leur expertise et leurs connaissances :

Fredrik Nyhlén, anciennement en poste à la police d'Åre et désormais au sein des douanes, qui m'a parlé du travail de la police dans le secteur ces dix dernières années.

Anders Arnholm, directeur financier régional de Skistar, qui m'a aidée à comprendre comment fonctionne la station de ski d'Åre.

Markus Kristoffersson et Andreas Lundin, enquêteurs à la police d'Åre, qui m'ont décrit leur travail quotidien au commissariat local.

Anders Berge, propriétaire foncier dans l'Ullådalen, qui m'a emmenée faire un long tour en scooter à la recherche d'un bon endroit « pour cacher un cadavre ».

Inger Fritzon, qui m'a décrit l'ambiance au lycée du Jämtland à Åre et Järpen.

Je veux aussi remercier l'inspecteur Rolf Hanson, qui une fois encore m'a montré divers aspects du travail de la police, et la juriste Cecilia Klerbo, qui m'a fourni des avis précieux sur les aspects pénaux et légaux des événements de mon livre. Mes chères amies Anette Brifalk, Helen Duphorn et Madeleine Lyrvall ont toutes lu et commenté mon manuscrit pendant son écriture. Mille mercis à elles !

J'ai pris quelques libertés d'écrivaine – aucune rue ne s'appelle Västra Sadelviksvägen ou Hjortronstigen ; la maison de Lydia est inspirée de plusieurs belles maisons.

Si des erreurs sont présentes dans ce livre, je les prends toutes entièrement à mon compte.

Aucun écrivain n'écrit sur une île déserte, et ce livre est vraiment le résultat d'un fantastique travail d'équipe. Sans le fort engagement de mon éditrice Ebba Österberg, de mon cher relecteur John Häggblom et de mon exceptionnelle correctrice Lisa Jonasdotter Nilsson, ce livre aurait été beaucoup moins réussi. Grand merci, c'est un privilège de travailler avec vous, comme avec la super pro Sofia Heurlin et tous les autres chez Ester Bonnier et avec toute l'équipe de Micael Bindefeld AB.

Merci également à mon assistante dévouée Madeleine Jonsson, qui gouverne mon existence et veille à me permettre de garder la tête hors de l'eau.

Anna Frankl, merci d'être toujours là à mes côtés !

Et enfin, merci à mon cher mari Lennart, qui m'a si soigneusement relue, et à mes chers enfants, Camilla, Alexander et Leo. Sans vous, rien n'aurait d'importance.

Åre, le 21 septembre 2020

De la même autrice aux Éditions Albin Michel :

La Reine de la Baltique, 2013.
Du sang sur la Baltique, 2014.
Les Nuits de la Saint-Jean, 2015.
Les Secrets de l'île, 2016.
Au cœur de l'été, 2017.
Retour sur l'île, 2018.
Dans l'ombre du paradis, 2019.
Au nom de la vérité, 2020.
Sous protection, 2021.
Les Ombres de la vallée, 2023.

Découvrez le début du nouveau livre de Viveca Sten :

Les Ombres de la vallée

ALBIN MICHEL

SAMEDI 22 FÉVRIER 2020

1

Anna Larsson roule par moins douze degrés sur l'étroite route Tångbölevägen avec Hugo, son fils de sept ans, assis à l'arrière dans son épaisse combinaison. Tous deux sont en chemin vers Duved pour le cours de ski du garçon qui démarre à huit heures le samedi matin.

L'aube commence à poindre, mais la pénombre enveloppe encore le paysage.

Un mouvement au loin incite Anna à ralentir. L'autre jour, elle a vu un renne en plein virage – il s'agit de rester alerte. Cette fois, ce n'est qu'un petit lièvre, qui sautille sur le bas-côté, s'arrête, fait volte-face et disparaît entre les arbres.

« Maman. J'ai envie de faire pipi ! lance Hugo d'une voix fluette.

— Tu ne peux pas te retenir ? On est presque arrivés.

— Non, j'ai très très envie. »

Anna soupire. Duved n'est qu'à un quart d'heure de route et il fait un froid de canard. Mais quand l'envie se fait trop pressante, Hugo n'arrive pas toujours à se retenir.

Dès que la route s'élargit, elle se gare sur l'accotement. « Allez, dépêche-toi », dit-elle à son fils qui détache déjà sa ceinture.

Hugo a sauté de la voiture et s'est éloigné dans la neige vers un buisson à quelques mètres de la route. Un instant après, la portière s'ouvre en grand.

« Il y a un monsieur par terre ! fait Hugo d'une voix inquiète.

— Comment ça ?

— Il est allongé. Il s'est fait mal. »

C'est impossible, pense Anna. Aller vérifier les mettrait encore plus en retard. Hugo a rendez-vous au bas des pistes, skis aux pieds, dans une demi-heure. Il n'est pas du genre rapide et Anna a horreur de le brusquer.

Mais son fils n'a pas non plus l'habitude de dire n'importe quoi.

Et s'il y avait vraiment quelqu'un là-bas ?

Dans le rétroviseur, elle voit bien que son fils n'est pas lui-même avec ses yeux écarquillés.

« Bon. Ne bouge pas, je reviens. »

Ouvrant la portière, elle sent immédiatement la morsure du froid. Ses narines se glacent et son haleine forme un nuage blanc devant sa bouche. Les bouleaux ont l'air de statues de givre.

Anna s'avance dans les pas d'Hugo. À quelques mètres de la voiture, elle dérape dans la neige et s'agrippe à une branche.

Un homme gît à terre, sous les buissons. Les mains nues, attachées derrière le dos. Le visage en sang.

Anna regarde fixement le corps.

La neige, qui s'est déposée sur lui comme une couverture poudreuse, ne suffit pas à masquer la plaie profonde à l'arrière de son crâne.

Le cri d'Anna est englouti par l'ouate blanche qui noie le paysage.

Réprimant un haut-le-cœur, elle titube jusqu'à la voiture pour appeler les secours.

Viveca Sten

EST AU LIVRE DE POCHE

PAPIER À BASE DE FIBRES CERTIFIÉES

Le Livre de Poche s'engage pour l'environnement en réduisant l'empreinte carbone de ses livres. Celle de cet exemplaire est de :
200 g éq. CO_2
Rendez-vous sur www.livredepoche-durable.fr

Composition réalisée par PCA

Achevé d'imprimer en France par
CPI BRODARD & TAUPIN (72200 La Flèche)
en octobre 2023
N° d'impression : 3055071
Dépôt légal 1re publication : septembre 2023
Édition 03 - novembre 2023
LIBRAIRIE GÉNÉRALE FRANÇAISE
21, rue du Montparnasse – 75298 Paris Cedex 06

83/2097/7